KB081152

마술사
오펜
뜻밖의 여행

나의 절망을 감싸라, 신록

눈앞에 나타난 남자는
그저 그곳에 있을 뿐이었다.
본 적은 없었다.
하지만 본능적으로
위험하다고 느꼈다.
그것이 최악의 적이라고,
공기가 말해주고 있다.

말도 안되게 커다란
거목 속에서,
천천히,
사람이 나왔다——

도망칠 방법은 하나뿐.
검을 든 오른손을 들고, 외친다.
「나 발하노라, 빛의 칼날!」

C O N T E N T S

나의 절망을 감싸라, 신록

ORCEROUS STABBER

마술사
오펜
뜻밖의 여행

애장판 8

나의 절망을 감싸라, 신록

秋田禎信
Yoshinobu Akita

일러스트 쿠사카 유야　**번역** 김정규　**디자인** 백진화
편집 김일철　**마케팅** 김정훈　**주간** 박관형

나의 운명을 이끌라、마검

프롤로그

다미안 르우가 본 어둠은 끝도 없는 것도 뭣도 아닌, 그저 어둠일 뿐이었다.

위압도 고독도 없는, 체온처럼 뜨끈한 공허. 온기를 불쾌하게 여긴다면 이곳은 분명히 불편한 곳이다.

그곳이 현실 세계——즉 모든 방향으로 펼쳐진 공간이 아니라는 것은 알고 있다. 무서울 정도로 일방적이면서도 정해진 흐름이 없는 폐쇄된 무한의 공간.

'아니……'

다미안 르우는 생각했다. 비아냥 섞인 생각을.

'지금은 현실 세계 쪽이 폐쇄된 공간이군요…… 안 그렇습니까? 영주님.'

대답은 없다.

사실 힘을 지닌 영주라 해도—— 이 곳에는 힘도 지혜도 그 손길을 뻗을 수 없다. 그건 알고 있다. 이 대륙에는 절대적인 힘이 몇 가지 있다. 결코 거역할 수 없고 거역해도 의미가 없는 그런 영역이. 그것을 피하거나 이용하는 등의 대처법에 대해 여러모로 궁리했지만.

다미안 르우는 관찰했다. 신중하게 관찰했다.

어떻게 대처하건, 상대가 어떤 존재이건, 파악하지 못하면 시작할 수도 없다.

'인간의 영역에는 아직 존재하면 안 될 정도로 강대한 힘이다……'

이것은 이후의 역사를 쉬사리 결정해버릴 수 있을 정도의 불가항력이 될 수 있다.

그런 것은 존재해선 안 된다. 그 누구도 어찌 할 수 없는 힘이라는 것은 모두 있어야 할 곳에 봉해둬야만 한다. 전부 제거해야만 한다. 저주받은 성역에.

다미안 르우는 중얼거렸다. 아주 작은 소리로 중얼거렸다.

"……도펠 익스인가. 정말 귀찮은 짓을."

하지만 지금은 생각할 시간이 없다.

시간은 상당히 한정돼 있다. 현세의 시간으로는 얼마나 되려나. 시간이 파도치는 이 공간에서는 약간의 오차가 큰 영향을 미치는 일도 있다. 몇 초가 몇 시간이 되고, 수십 년이 몇 분이 될 수도 있다. 전체적으로 보면 현세의 시간과 큰 차이가 없겠지만. 시간이 짧으면 짧을수록 오차를 무시할 수 없게 될 가능성이 크다.

서둘러서 나쁠 것은 없다.

다미안 르우는 전진했다. 빠르게 전진했다.

그곳이 인간이 들어갈 수 없는 영역이라는 것은 자각하고 있다. 경계는 의미가 없다──상대가 이쪽을 멸하려고 마음먹는다면 순식간에 그럴 수 있다. 아무런 대책도 없이, 자신은 영원히 방축될 것이다. 그것이 무섭기도 했다.

유일하다고 할 수 있는 대항 수단은 행운 뿐. 기도할 신도 없는데. 음침하게 웃을 수밖에 없다.

신과 자신의 관계.

세계는 신들로부터 과거를, 역사를 얻었다. 미래는 빼앗겼지만.

'애당초 대륙의 역사란 무엇이었던가…….'

끝이 오면 의미가 없어지는 일기에 불과한 것일까.

묘비에 새겨진 단 한 줄의 문구로 바꿀 수 있는 헛된 시간인 것일까.

'아마도, 그렇겠지.'

역사는 지금까지 인간 종족에게 문명을 가져다줬다. 지혜를 가져다 줬다. 사회를 가져다줬다. 오락을 가져다줬다. 책을 가져다줬다. 큰 상처를 가져다줬다. 평화를 유지할 의지를 가져다줬다.

그리고, 마술을 가져다줬다.

마술의 궁극이 자신이면, 인간 종족의 역사를 만든 것도 자신일까.

'결국은…… 만들어진 것의 일부에 불과하겠지. 시민 하나 만큼 이상의 가치가 있다고 자부할 정도로 오만해질 수는 없으니.'

키에살히마 대륙. 신들의 변덕 덕분에 살아 있는…….

문득. 그는 걸음을 멈췄다.

다미안 르우는 발견한다. 곧 순조롭게 발견하지만.

뭔가를 찾아낸 것이 아니다. 말하자면 찾아낸 것은 그 장소였다. 아무것도 없지만 뭔가가 있는. 모든 어둠의 중심점.

더 이상은 갈 수 없다. 중심에서 더 움직이면 멀어질 뿐이다.

대륙 최강의 힘 한복판에서, 다미안 르우는 탄식했다.

'결국은 이 공간 자체가 힘의 총량이라는 것이지.'

어둠의 모든 것. 딥 드래곤의 끝없는 힘 전부.

"영주님."

그는 조용히 중얼거렸다.

"무리입니다. 제게는 무리입니다…… 이것을 죽이다니."

고개를 젓고, 이렇게 말했다.

"딥 드래곤은 무적입니다. 약점은 없고 공격성은 극히 강합니다. 구세계, 구시대로부터 누구에게도 진 적이 없는 궁극의 전사입니다."

대륙 최강의 술자로서——물론 이 지위는 비공식적인 것이지만—
—그는 목소리를 기다리는 것처럼 말을 멈췄다. 가만히 한 점을 바라
보며, 잠시 있다가,

　"그렇다면 각오해 주십시오. 이것과 싸운다면 저희가 가진 모든 전
력과 맞바꿔야 합니다. 그래도 이긴다는 보장은 없습니다."

　그리고 혀를 찼다.

　"아니면 저희를 잃은 뒤에, 그 암살자에게 대역을 맡길 생각입니까?
성역과의…… 결전을."

　또 몇 초의 침묵.

　그 사이에 의식에 직접 전해지는 소리 없는 말.

　거기에 대해, 입을 열려다가——

　《누구야……? 당신은…….》

　묻는 목소리에, 눈이 휘둥그레졌다.

　"……뭐라고?"

　신음했다. 있을 수 없는 일이다.

　자신이 본 것을 그저 가만히 바라보며, 그는 주먹에 살짝 힘을 줬다.
이 상태에서는 오감이 전부 사라졌을 텐데, 가끔씩 땀의 감촉이 느껴
질 때가 있다. 그렇기에 붕괴하지 않을 수 있는 것이지만.

　설마, 싶었다. 영주가 이 사실을 예측했으리라는 것은 너무 앞선 생
각이다. 그럴 리가 없다. 이것은 행운일까. 그렇다, 알고 있다. 유일한
대항수단은 행운뿐이다…….

　"영주님. 있을 수 없는 일입니다만."

　다미안 르우는 보고한다. 그 의미를 생각하며 보고한다.

　"이…… 딥 드래곤은…… 약점이 있습니다.

제1장 ──까지 앞으로 11시간

그것은 환희였다. 틀렸다는 것을 알면서도 억누를 수 없는, 치밀어 오르는 하나의 충동. 그것은 환희였다.

자신의 두 손을 보며──외친다. 소리는 없어도.

'제어…… 했다!'

화상도 없다. 열도 느껴지지 않았다. 힘을 있는 대로 방출해도, 자신의 제어가 따라가지 못하는 일은 없었다. 모든 것을 파악하고 제어할 수 있다.

세계를 다시 만들고 자기 마음대로 한다. 마술의 완성은 항상 황홀하다. 매지크는 뱃속에서 부풀어 오르는 것을 억누르지 못하고, 다시 한 번 되풀이했다.

'제어했다!'

완벽했다. 매지크가 발한 열충격파는 어둠을 하얗게 바꿨고. 표적에 박혀서 폭발했다. 위력을 충분히 발휘해서 그 격렬한 진동이 대지를 뒤흔들었다.

하지만.

"……?!"

깜짝 놀라서, 눈이 휘둥그레졌다. 거기에, 몇 초 전과 완전히 똑같은 여관의 모습이 있었다. 클리오의 팔을──어떻게 기능했는지──칭칭 동여맨 채로, 흠집 하나 없이, 목조 건물이 남아 있다.

몇 미터 앞에서 불덩어리가 소용돌이치고, 전혀 효과를 발휘하지 못한 위력이 흩어지려 하고 있다.

오싹, 등줄기에 소름이 돋았다. 완벽한 구성이었다. 마술사로서 그 누구에게도 자랑할 수 있는 완전한 마술이었다.

그것이, 아무런 의미가 없었다.

'어떻게…… 된 거지?'

가공의 누군가에게 물었다. 아니.

그 가공의 인물은 바로 실존하는 이름으로 바뀌었다. 하지만 그 인물은 여기에 없다.

'어떻게든 해야…….'

주먹을 쥐었다.

클리오는 이쪽을 보고, 얼이 빠진 것 같다. 클리오는 아무것도 할 수 없다. 어떻게든 해줘야만 한다.

영문을 모르겠다──거의 이해 가능한 수준을 넘어선 일이었다. 여관이 거대해졌다. 클리오가 가까이 갔더니 여관이 클리오를 덮쳤다. 동시에 자신도 넘어졌다. 왜 넘어졌는지도 모르겠다. 그저 몸이 날아가서 의미도 없이 쓰러졌다. 간신히 일어나서 완전무비한 편성을 짜고 발동한 마술은 전혀 소용이 없었다. 자기 몸에 일어난 일들을 열거했다. 무엇 하나, 무슨 일이 일어났는지 모르겠다.

'스승님이라면…… 아시려나.'

문득, 그런 생각을 했다. 하지만 그럴 리가 없다. 모르는 건 모르는 것──그 누구건 간에.

하지만, 이해하지 못하더라도 최선──에 가까운──책을 실행할 용기가 있는지 아닌지. 단지 그것뿐이다.

겨우 그것뿐인데…….

'최선책이라는 게…… 뭐지?'

초조해하는 자기 자신이 짜증난다. 한 순간 뒤에는 클리오가 죽을지도 모른다. 아니, 자신이 죽을지도 모른다. 적이 누구인지, 어떤 수단을 쓰는 건지도 모르기 때문에 무슨 일이 일어나도 이상할 게 없다. 가장 가능성이 높은 건 둘 다 죽는 쪽이겠지. 뭐, 누가 몇 초 먼저 죽건 큰 차이는 없겠지만.

'최선…… 은.'

매지크는 입술을 깨물고, 외쳤다.

"돌아올 테니까——"

그렇게 말한 동시에, 몸을 돌렸다. 지금까지 걸어온 방향으로 뛰어갔다.

"스승님을 찾아서, 바로 돌아올 테니까!"

순간, 몸이 허공에 떴다.

'젠장——'

또다시 정체불명의 힘에 떠밀리며 투덜댔다. 넘어지진 않았지만 몸이 앞으로 고꾸라지면서 속도가 떨어졌다.

그래도 버티고, 계속 뛰었다.

"돌아와서, 클리오가 죽어 있기만 해봐."

아무도 없는 밤길에서 시선을 이리저리 돌리고, 발소리를 새기고, 신음소리를 토한다. 결국 뛰는 게 아니라 그저 넘어지지 않으려고 우왕좌왕 하고 있을 뿐인지는 모르겠지만, 매지크는 열심히 발을 내디뎠다.

"전부, 부숴버릴 거야——송두리째. 어디에 숨어 있건 상관없어. 송두리째——"

상대가 듣고 있을 것 같지는 않지만.

"그런 영문 모를 짓을…… 용서할 것 같아!"

"세상은 신념만으로 성립되는 게 아니야."

"……?!"

목소리가 들려왔고, 매지크는 자기도 모르게 발을 멈췄다.

멈춰선 뒤에 초조한 기분이 들었다. 자신이 왜 멈춰 섰는지 알 수가 없었다. 떠밀리건 넘어지려고 하건 멈추지 않았는데, 왜 그 한마디에 멈춰선 걸까.

오히려 부조리했다. 멈춰서지 말고 계속 뛰어야 했는데. 최선책은 스승을——오펜을 찾는 것이니까. 무슨 일이 있어도 멈춰 서선 안 됐다.

하지만 매지크는 멈춰 섰고, 무릎은 두 번 다시 뛰지 못할 정도로 부들부들 떨리고 있었다.

"……누구지?"

목소리까지 떨리는 건 숨길 수가 없었다.

어쨌거나 상대는 듣고 있는 것 같지 않았고——그저 제멋대로 떠들고 있기는 했지만.

"믿는 자에게 배신당하고 비명을 지르는 자가 있다. 그것은 무의미하다. 처음부터 믿을 가치가 없었다. 단지 그것뿐이다. 그리고 이 세상에 믿어도 되는 것은 존재하지 않는다."

"믿어도 되는 게 있어."

매지크는 주위를 둘러보면서, 거친 숨을 어떻게든 진정시키려고 가슴을 문질렀다. 땀에 흠뻑 젖은 피부에 옷이 들러붙는다.

"난 마술사다. 네가 모습을 드러내면 온 힘을 당해서 마술을 날려주겠어."

"그걸로 날 쓰러트릴 수 있다고 믿는 건가? 흥. 좋다…… 좋은 답이라고 생각한다."

얼마나 뛰었을까——

어번라마의 밤길은 듣던 만큼 살벌해 보이지는 않았지만, 그건 조금 전부터 사람이 전혀 보이지 않는 탓인지도 모른다.

부자연스러울 정도로 사람이 없다. 하지만 지금은 신경 써봤자 소용없다.

상대가 어디서 나올지. 예상할 수도 없지만 모르는 채로 계속 기다렸다. 매지크는 큰길 한복판으로 이동했다. 어디서 나오건 도달할 때까지 가장 시간이 걸리는 위치로.

아무것도 생각하지 않았다. 상대가 모습을 드러내면 최대 위력으로 마술을 날릴 수 있도록 의식을 집중했다.

호흡을 센다. 하나, 둘…….

"경계할 필요는 없다."

목소리는 가장 주의를 기울이지 않았던 방향에서 들려왔다.

"내가 숨을 필요가 없는 것과 마찬가지이기는 하지만."

즉, 정면에서.

"————?!"

당황해서 두 팔을 들었다. 모든 것은 한 묶음의 동작. 약속된 절차다.

"나 발하노라, 빛의 칼날!"

나타난 표적을 향해 집속하고, 폭렬해서 소멸하는 하나의 절차. 구성은 문제없었다.

소리가 느껴지지 않는 충격——아니, 폭발했기 때문에 소리가 울리는 걸까. 그 광경만이 사라지고, 그것만이 기억에 남지 않은 것처럼, 폭음은 귀까지 전해지지 않았다.

빛이 사라지고…….

"……소용없다니…… 어째서."

매지크는 그렇게 신음했을 뿐이다. 구성은 완벽했을 텐데. 문제는 없었다. 하지만.

나타난 남자는 아무것도 잃지 않은 채, 그저 거기에 있다.

이 남자를 본 기억은 없다. 하지만 본능적으로 뭔가 위험하다는 느낌이 든다. 지금 앞에 서있는 이 자가 최악의 적이라고, 공기가 말해주고 있다.

낡은 정장 차림에 검을 한 자루——이 검은 본 적이 있다. 기묘한 일이지만. 똑똑히 기억하고 있다. 로테샤의 검이었다. 천인 종족의 마술 문자가 그 검에 새겨져 있다는 걸, 알아차린 것이다. 클리오의 이야기를 들어보면 내쉬워터에서 라이언이 빼앗아갔다고 했지만, 그 로테샤의 검을 왜 지금 이 남자가 들고 있는지, 도저히 모르겠다.

아마도 라이언의 동료가 아닐까…….

결코 뽑히지 않았던 그 검이 뽑혀져 있다. 하얀, 광택이 없는 칼날이 어둠 속에서 두드러진다. 칼집은 보이지 않고.

남자는 똑바로, 이쪽을 보고 있을 뿐이었다.

"나 같으면 한 번 더 시험했을 텐데——내가 움직이기 전에 말이야."

그것은…… 아무리 생각해도 충고였다.

식어가던 체온이 다시 올라가는 것이 느껴진다.

"무시하지 마!"

매지크는 소리치고, 다시 한 번 백열광을 날렸다——의식 속에서, 자신과 상대 사이에 직선을 그으며.

순백색 빛은 문제없이 남자 바로 앞까지 갔고,

"……또……?"

그 남자 앞에서 폭발했다. 보이지 않은 구형 장벽이 감싸고 있는 것처럼, 남자에게는 위력이 미치지 않았다.

남자는 손에 든 검을 가볍게 고쳐 쥐었다. 검에는 마술이 있고, 그리고 그 힘을 발동했다——그건 틀림없다. 마술 문자에 의해서 발생한 마술 구성도 보였지만, 천인의 마술을 해석하는 건 불가능했다.

"프릭 다이아몬드…… 비두 크립스터는 그렇게 이름을 지었다는 것 같더군. 본래의 이름은 벌레 문장의 검(콜크트)."

가볍게, 잡담이라도 하는 것처럼 설명했다.

"예상했겠지만, 그 시대에 성역이 인간 종족의 사회에 뿌렸던 것이지…… 자기 손으로, 자기 종족의 오점을 제거하기 위해서."

누구를 비웃는 것일까, 남자는 말투를 바꿨다.

"즉, 마술을 지니지 못한 자에게 마술에 대항할 수 있는 힘을 부여하는 도구. 그런 것이다."

'완벽한 구성이었는데…… 소용 없었어…….'

그 사실이 충격이었다.

더할 나위 없이 완벽한 마술을 행사했다. 그런데 통하지 않는다. 이 남자뿐만이 아니다. 그 기묘한 여관도 그랬다.

'그렇다면…… 마술은, 아무런 도움이 안 되는 거야……?'

누구에게 말하려는 건진 모르겠지만, 투덜댔다.

그래도.

"젠장!"

매지크는 몸을 돌려서 그대로 도망쳤다. 남자 쪽으로 손을 뻗고 뛰어가려 했다. 그 순간.

"으악?!"

몸이 떴고, 지면에 처박혔다. 구른 뒤에, 우연히 시야가 그 남자 쪽을 향한 채로 멈췄다. 남자는 한 걸음도 움직이지 않았다.

"그렇군……."

한 번, 검을 휘두르고 신음하듯 말하는 소리가 들린다.

"역시 거리가 가까울수록 정확도가 높아지는 것 같군."

"나 이끄나니, **죽음을 부르는 찌르레기!**"

쓰러진 자세 그대로, 매지크가 외쳤다. 공기가 술렁거리고, 남자를 향해서 파괴적인 진동파를 날렸지만──

역시 효과가 없다. 뭔가에 튕겨난 것 같은, 그런 소리가 울렸다.

'역시 벽 같은 뭔가가 있어.'

그렇게 생각해보면 자신의 몸이 갑자기 떠밀리거나 공중으로 떠오른 것도 뭔가 이상한 장치 때문이 아니라──보이지 않는 힘으로 뭔가를 했다는 것이다. 그것이 마술의 효과라면 단지 그것뿐이고, 더 이상 생각해봤자 의미가 없다.

"벽이라면, 뚫으면 그만이야!"

자신을 고무시키려는 듯이 소리를 지르고, 매지크는 간신히 상체만이라도 일으켰다. 길은 포장이 되어 있기는 했지만, 쓰레기 같은 것들이 잔뜩 굴러다니고 있다. 손으로 들 수 있는 정도의 돌을 주워서 그것을 앞으로 뻗고, 딱 한 번 시험해봤던 어떤 구성을 맺었다.

"나 춤추노라──?! ……윽……."

말이, 막힌다.

팔에서 힘이 빠졌다. 집어들었던 돌이 툭, 땅바닥에 떨어진다.

모든 것은 한 순간의 일이다. 팔꿈치가 부러져 있었다.

"......?"

이해할 수가 없었다. 아픔도 느끼지 못했다. 그저 오른팔 팔꿈치 아래쪽이 말도 안 되는 방향으로 꺾여 있다. 완성되려하던 구성도, 순식간에 의식에서 날아가 버렸다.

자세히 보니 오른팔에 가느다란 뭔가가 감겨 있었다. 시야가 흐릿해지고——의식이 멀어진다——그리고 포기하려는 자신을 자각하고는 오싹한 기분이 들었다. 그런 와중에 그 가느다란 것이 남자의 손 쪽으로 이어져 있다는 걸 확인했다. 채찍인가 싶었지만, 아니다. 무엇보다 채찍으로 인간의 팔을 부러트릴 리가 없으니까.

사실 그 남자가 검을 들고 있는 손의 손가락 하나만 몇 미터 길이로 뻗어서 매지크의 팔에 감고 팔꿈치 관절을 뜯어버렸다면, 마술을 쓸 생각도 못 했겠지.

실제로 일어난 일이니까 채찍보다는 리얼리티가 있겠지. 몽롱해지는 의식 속에서 매지크는 왼팔을 들어 올리려고 했다.

하지만 또 한 개의 손가락이 왼쪽 어깨에 박힌 탓에 그러지 못했다.

쇄골이 부러졌겠지——몸이 움직이지 않는다. 매지크는 그제야 비명을 질렀다.

"으……. 아으아아아아아악?!"

"마술엔 팔이 필요 없을 텐데——우리와 달라서."

남자는 그런 말을 중얼거렸다. 그 말을 들은 건 그리 고맙지 않은 기적이었다. 남자의 눈이 녹색으로 빛나고 있다.

"하지만 집중력을 잃으면 구성을 짤 수 없지. 너희 인간 종족에게는 통각이 있으니까."

"아아아아아악?!"

어디서부터 잘못된 건지는 모르겠지만──매지크는 고통 때문에 몸을 비틀면서 몸부림쳤다──, 도망칠 수도 없게 돼버렸다. 피 냄새가 난다. 왼쪽 어깨가 뜨겁다.

남자가 한 걸음 앞으로 걸어왔다. 흐릿해진 시야에 눈물까지 고여서 제대로 보이지도 않았지만, 그래도 그 모습은 보였다. 머리를 쥐어뜯고 싶지만 그럴 수도 없다.

극심한 고통에 시달리면서 발버둥 칠 수도 없다──

"가학적인 취미라고 생각하지는 말아줬으면 싶군. 우리에게도 자존심이 있으니."

멀리, 저 멀리서, 남자의 목소리.

"몸을 고정시키고, 그 뒤에 숨통을 끊는다. 이 검의 결계에서 나가지 않고 확실하게 해치우려면 그 방법밖에──"

"아아악…… 악──"

비명은 거기서 멈췄다. 고통이 사라진 것도, 죽어서도 아니다. 그저 폐에서 공기를 내뿜을 수가 없어서 소리가 안 나온 것뿐이다. 경련하고, 숨도 쉴 수가 없다.

문득…… 고통이 사라졌다.

의식을 잃는다──그리고 두 번 다시 눈을 뜨는 일은 없을 거라고, 천천히 포기했다.

'어머니……'

그리고 그 남자와 다른, 다른 목소리가 들려왔다.

"어디선가 온다. 표표한 기척을 새기는 고향으로."

슈욱 펑!——

바로 정리하자면, 그런 소리였다. 공기가 모이고, 그리고 터지는 것 같은.

하얗게 흐릿해졌던 시계가 충격 속에서 다시 돌아왔다. 의식과 오감이 동시에 부활한 대가는 또다시 덮쳐온 엄청난 고통, 그것이었다. 하지만 지금은 그 고통에 감사하면서, 오히려 거기에 매달렸다. 의식을 잃은 한 순간. 압도적인 쾌감이기는 했지만, 정말로 빠져 들어선 안 될 쾌감이라는 건 어렴풋이 이해했다.

남아 있는 힘으로, 한쪽 눈만 떴다. 자신의 몸은 바닥에 쓰러져 있었다. 이것은 기묘한 일이었다——그 남자의 손가락. 그것이 박혀 있는 한 쓰러질 리가 없을 텐데.

그 남자는 조금 전까지 있었던 곳에 없었다. 손가락도 없다. 남자가 서 있던 자리에 도려낸 것 같은 흔적이 남아 있을 뿐이었다.

"……?"

영문을 모르겠다. 하지만 시선을 약간 옮겨보니 남자가 쓰러져 있었다. 녹아웃 당한 건 아니다——그저 깜짝 놀라서 엉덩방아를 찧은 상태. 파괴된 흔적에서 몇 미터나 날아가서.

"스승…… 님……?"

그렇게 생각했지만. 아닌 것 같다.

바람이 불기 시작한 것처럼 들려오는 목소리.

"돌아올. 상처자국 많은 짐승의 우리. 크게 꿈틀거리고, 작게 짖는다."

또다시, 날카로운 굉음——

쇠망치려 때려서 구부러진 못처럼 남자가, 소리처럼 여러 번, 튕겨 났다. 그 벽으로 충격 자체는 막고 있는 것 같지만, 그 벽채로 남자를 날려버렸다.

"간에 있는 벌레. 장에 있는 뱀. 남풍에 날려 묻어버리는 자갈——"

그리고.

남자의 몸이 휙 사라졌다. 아무래도 도망친 것 같다.

"……."

두근두근, 자신의 심장이 뛰는 소리를 들으며, 매지크는 그저 몽롱한 상태였다. 혹시 이건, 피가 나는 소리일까? 점점 생각을 할 수 없게 됐다. 하지만 알 수 있는 것도 있었다.

들려온, 그 노래 같은 문고. 틀림없이 주문이었다. 마술 구성처럼도 보였다. 한 순간, 오펜인가 싶었던 것도 그 때문이겠지——스승에 필적할 정도로 치밀한 구성이었다. 쉽사리 볼 수 없는.

'그런데…… 누구지……?'

더 이상 소리도 내지 못하고, 매지크는 눈을 감았다.

클리오 에버래스틴의 인생은 17년 전에 태어났다.

딱히 특별할 것도 없는 출산이고 탄생이었다고 하면 관계자들이 화를 낼지도 모른다——한마디로 남들만큼의 애정과 고생과 기적 덕분에 태어났다. 어머니는 티시티니 에버래스틴. 아버지 에킨트라와의 결혼은 누가 봐도 타당한 이야기였지만, 이미 부모를 잃은 티시니티가 당시에 후견이었던 숙부가 시키는 대로만 했던 것이 아니다. 그 숙부라는 자도 요절하고, 대대로 명이 짧은 집안인 에버래스틴 가문의 나쁜 전통이라고 해야 할까, 에킨트라도 클리오가 15세 때에 병으로 죽었다.

그녀에게는 언니가 있었는데, 그 이름은 어머니가 지었다. 클리오의 이름은 아버지가 지었고. 그래서인지 클리오는 아버지를 잘 따랐던 것 같다.

라이언 킬마크는 어둠 속에서 클리오를 보고 있었다. 움직이지도 못하고 겁에 질려 있는 모습을.

겉으로는 드러내지 않았지만——그 소녀는 의연해보였다——그녀의 맥박, 호흡, 체온 상승, 모든 것을 느낄 수 있다. 마음의 교류가 전부 착각이라면, 이 또한 그런 것일까.

그녀는 이해하고 있는 걸까? 서로 닿았다는 의미를.

가족의 손을 잡고 죽는 이도 있다. 의사가 눈꺼풀을 억지로 벌려서 죽었는지 확인한다. 하지만 그녀는, 살해자에게 닿은 채로 죽게 된다.

'나하고…… 말이지.'

지금의 자신은 그저 어둠 속에 있는 한 쌍의 눈. 그것도 그녀에게는 보이지 않을. 자기가 생각해도 겁쟁이 같지만, 그녀의 머리 위에서 두 발로 서 있는 수호자를 생각해보면 신중해서 나쁠 것은 없다.

자신이 소녀의 생명을 끝내는 자라면——

그것은 그녀의 생명을 영원한 것으로 만들 수 있는 존재였다.

딥 드래곤, 펜릴.

드래곤 종족의 최강의 힘.

소녀에게 있어 자신이 죽음이 된다면, 그런 자신의 앞을 가로막는 죽음은 바로 이 존재일 것이다.

　어릴 적에는 몸이 안 좋은 적이 많았다는 것 같다. 그것은 질환이라기보다는 정신적인 요인에 의한 것인지도 모른다. 아무래도 부모님은 그녀를 과보호하게 됐고, 그 덕분에 종종 언니와 사이가 틀어졌다.

　시간이 지나면서 그런 문제는 자연히 소멸됐다. 특별히 언급할 필요도 없이.

　그녀는 종종 가문의 이름에 어울리지 않는——숙부는 그렇게 말했지만——짓을 하길 좋아했다. 서민들의 학교에서 어설픈 교육을 받길 바랐고, 학교에서는 어린 시절의 울분을 풀려는 건지 몸 움직이기를 좋아했다고 한다. 딱히 뭔가를 타고난 것은 아니지만, 주위에서는 활발한 사람이라 인지했고 본인도 그렇게 행동했다.

　다른 사람들과 부딪치는 일도 많았겠지만, 그것을 내치는 데 집착하지 않았던 덕분에 원한을 사는 일은 많지 않았다고 한다. 결국 인간은 다른 사람들이 바라는 대로만 하면 미움을 사지는 않으니까.

　녹보석의 갑옷(스네이크 그린). 이것이 그의 유일한 무기였다. 유일이자 최강의 같은 드래곤 종족이 만들어낸 마술 병기.

　머리를 제외한 온 몸을 뒤덮는 녹색의 이너웨어는, 그의 의지에 과민하게 반응해서 작동한다.

　'이것이 내가 쓸 수 있는 유일한 비장의 카드…….'

　그리고.

　'내 절망이기도 하지.'

　그렇기에——

'어울리는 무기다. 무대에 걸맞은 무기야──안 그런가?'

이 녹보석의 갑옷은 여러 모양으로 변화한다. 수목과 흡사한 촉수를 발생시켜서 변화무쌍하게 변하고, 특정한 마술문자를 그릴 수도 있다.

어설프나마 의태도 가능하다.

예를 들자면 낡은 목조 건물 같은 것이라면.

건물 표면을 전부 표면으로 뒤덮는다. 그 다음엔 기억에 따라 의태하고. 여관 안에 있던 인간을 전부 처분한 뒤에 자신은 그 중심에 자리잡고 계속 기다린다.

소녀가 여관을──자신의 촉수를──건드렸을 때는 솔직히 떨렸다. 소년 쪽은 파트너가 제거할 예정이다. 그렇다 되면 남은 건, 결판을 낼 시간이다

여관 중심에 있는 복도. 갑옷의 촉수에 묻혀 있던 통로 한복판에서, 그는 계속 어둠 속에서 눈을 번뜩이고 있었다. 이미 손목은 잡았다. 이제 끌어들이기만 하면 된다.

그럴 마음만 먹으면, 심장이건 안구건 뇌건 마음이건 빼앗을 수 있다. 빼앗는 것도 짓밟는 것도 가능한 거리. 닿는다는 것은 그런 뜻이다.

수년의 헛된 마술의 폭발을 의식에서 떨쳐버리며, 그는 지금부터 자신이 할 일을 멍하니 생각했다. 할 일. 해야 할 일.

'……우스운 일이군…….'

씁쓸한 미소. 원래는 단순한 임무였어야 한다. 마검 프릭 다이아몬드처럼 아스라리엘의 아이는 성역으로 돌려보내야 한다. 거기에 대해서 성역으로부터 지령을 받은 것은 아니지만 굳이 생각할 필요도 없는 일이다. 딥 드래곤 종족 전사 대장의 힘은 앞으로 성역에 필요할 테

니까. 그러기 위해서는 아마도 그 소녀——하는 김에 소년도——죽여야 하겠지. 단지 그것뿐이고, 굳이 누군가에게 보고할 필요도 없는 일이다. 내쉬워터에서는 그러려고 했다. 딥 드래곤의 유생이 자발적으로 자신을 공격한 것은 오산이었지만, 이레귤러는 언제든 일어날 수 있다.

'예를 들자면…… 그래. 오펜인가 키리란셀로인가라고 했었지. 그 검은 마술사처럼. 아니, 인간종족 마술사 자체가 이레귤러인가…… 거슬러 올라가면 세계와 드래곤 종족 전부가.'

그러다 생각이 나서, 그는 한숨을 흘렸다. 힘이 빠지는 것 같은 허무한 한숨.

'그래. 클리오. 너도 이레귤러다. 나한테는.'

처리할 상대가 아니라 도전할 표적이 됐다.

어째서일까. 모르는 건 아니지만 말로 표현할 수가 없다.

어쩌면 엄청날 정도로 단순한 말이 될 수도 있지만 그것을 인정할 수는 없다. 그럴 바엔 모르는 쪽이 낫다.

그 때——

"레키…… 너도, 못 이길 것 같으면 언제든지 도망쳐."

목소리를 듣고 그는——정신이 퍼뜩 든 건 아니었다. 그저 어둠 속에서 눈동자 색깔을 바꿨다. 축축한 기분이 들었다. 보이지 않아서 알수는 없지만.

그녀의 목소리는 촉수가 직접 들을 수 있다. 엿듣기 위한 기능이라고나 할까. 원래 이 갑옷은 첩보용 도구였다. 여관 안에 있으면서 밖에 있는 상대에게 직접 말을 걸 수는 없지만, 촉수를 이용해서 유사적으로 자신의 목소리를 만들어 낼 수도 있을 것이다. 자주 쓰는 건 아니지만.

그것을 이용해서, 대답했다.

"이 상황에서는 그 소년을 걱정하는 게 좋을 텐데."

말을 걸었다. 금발 소년——미숙한 마술사 같았다——은 그리 오래 살아있지 못할 것이다.

"내 파트너가 그 소년을 쫓아갔어. 미안하지만, 어떤 인간이건 내 파트너한테 쫓겨서 살아남을 수는 없거든."

그렇게 덧붙였다. 입가에 감촉. 일그러지면서 치켜 올라간 자신의 입술.

"그래…… 이게 절망이라는 거야."

"그 소리는 이제 지긋지긋해."

그녀는 바로 받아쳤다.

"대체 어쩌려는 거야? 지난번에 그 검만 가지고는 부족했어? 이번 엔 뭐가 필요한 건데."

뭐가 필요한 걸까.

한 순간이나마 생각한 자신을 자조하며 웃었다.

가르쳐주고 싶은 것이 있다.

그 덕분에 이 별 것도 아닌 평범한 소녀가 이레귤러가 돼버렸다.

말하고 싶은 것이.

타이르고 싶은 것이.

인정하게 만들고 싶은 것이.

그것은 한심한 것일 수도 있지만——

그에게는 소중한 것이었다.

경우에 따라서는 딥 드래곤 따위도 상관없을 정도로.

"글쎄."

그래서, 그는 고했다.

"그래──난 네 신념이 갖고 싶어. 하지만, 솔직하게 말해서 널 죽이는 것밖에 못 할 것 같아."

갑옷은 그의 감정에 과민하게 반응한다.

살의에도. 공포에도. 욕정에도. 그 모든 것이 같은 의지를 보이는 것이라면 주저하지도 않는다. 가느다란 덩굴 같은 촉수 몇 개를 그녀의 몸 쪽으로 뻗었다──

학교생활은 아주 단조로운 소란과 아무리 낭비해도 다 쓸 수 없는 시간 속에서 보냈다. 친구는 많지도 적지도 않았고, 이것도 흔히 있는 일이지만 특히 사이가 좋은 소수의 친구와 그렇지 않은 친구로 구분됐다.

학업 성적은 아주 양호했던 것 같고, 아무튼 결단이 빠른 성격 때문인지 그룹 내에서는 뭐든지 솔선하는 일이 많았던 것 같다. 본인보다 나이가 어린 친구가 많았던 탓일 수도 있겠지.

찰나──

충격이 전해졌다. 조금 전의 마술과는 질이 다른, 깊고 날카로운 대미지.

그 순간, 촉수에 의한 자각이 사라졌다. 모든 것을 때려눕히고, 비틀어버리고, 파괴한다. 고막을 때리는 굉음 때문에 라이언은 정신이 돌아왔다. 경솔했다. 방심했던 건 아니지만 너무 사사로운 것에 정신이 팔려 있었다. 공격을 하면 반격당하는 건 당연한 일인데.

혀를 차고, 일단 경계했다. 삐걱삐걱 소리를 내는 것은 여관의 기둥과 벽이었다. 여관 바깥쪽에서 압도적인 힘으로 짓뭉개려 하고 있다. 버티는 건 갑옷의 촉수 덕분이겠지. 솔직히 그것도 몇 초나 버틸지 모르는 일이지만.

이런 상황에서는 탈출하는 수밖에 없다. 이대로 여관 안에 있어봤자 이점이 없다. 그는 갑옷에 명령했다. 온 힘을 다 해서 막으라고.

그리고, 자신에게 명했다. 온 힘을 다 해서 싸우라고.

그녀의 일기를 들여다보니 생각과는 달리 시시한 내용이 적혀 있었다.

날짜와 날시, 그리고 대충 감으로 적은 것 같은 기온 정도인 경우도 많다.

심리적인 기술은 좋은 것을 전혀 찾아볼 수가 없다. 하루에 한 줄에서 세 줄 정도인데, 긴 문장을 못 쓰는 것인지도 모른다. 세 줄이라도 해도 『졸려. 잘래. 쿨.』인 날도 있었다.

자신과 만난 날에는 아무것도 안 적혀 있었다. 그리고──이것이 가장 흥미로운 부분인데──자신에게 배신당한 날의 기술.

『레키가 없어지는 줄 알았다. 하지만 돌아왔다. 다행이다.』

생각해 보면, 이것을 본 순간에 돌이킬 수 없게 됐던 것 같다.

촉수 대부분과 함께 여관 지붕을 뚫고 튀쳐나온 순간──건물은 저항할 힘을 잃고 단숨에 파괴당했다. 걸레를 짜는 것처럼 크게 비틀렸다. 혹처럼 변한 촉수 사이로 머리만 내밀고, 라이언은 밖을 내다봤다. 무너져가는 건물에서 기생목처럼 뻗어 나온 위치에서, 소녀가 있었을 곳을 내려다봤다. 그녀는 이미 여관을 빠져나와, 눈동자가 녹색으로 빛나는 작은 드래곤을 안고서 이쪽을 보고 있다.

대화할 시간도 없다.

라이언은 오싹한 기분이 들어서 몸을 틀었다. 동시에 촉수 다발이 변형하고, 더욱 규모를 넓혀서 자신과 소녀 사이에 숲의 벽을 만들어 냈다. 이번에는 단순한 힘이 아니라 폭발을 수반한 진동이 그 벽을 때렸다. 폭발의 압력에 떠밀려, 지붕 위에서 뒤쪽의 노면으로 낙하한다.

충격은 역시나 촉수가 막아줬다. 떨어지기 전에 딥 드래곤의 마술에 타버렸고, 그을린 부분을 잘라냈다. 몸이 가벼워진 라이언은 옆쪽으로 튀쳐나가면서 오른쪽 부분에만 촉수 몇 개를 뻗었다. 몇 걸음 걸어갔더니 여관 건물 너머에 있는 금발 소녀와 검은 새끼 드래곤의 모습이 보였다.

소녀는 아직 이쪽을 알아차리지 못한 것 같다. 하지만 드래곤의 시선을 이쪽으로 향해 있다. 순식간에 다른 존재의 목숨을 빼앗는 시선.

그것을 마주보고——라이언은 미소를 지었다.

"난 무섭지 않거든."

팔에 엉겨서 둥글게 뭉친 촉수를 팔과 함께, 그녀 쪽으로 내질렀다.

"단 한 가지 일에 지배당하고 있으니까……."

창처럼 날카롭게 뻗어가는 촉수는 그녀가 비명을 지르기도 전에, 순식간에 소멸됐다. 내부에서부터 붕괴시킨 것 같다. 딥 드래곤의 눈동자가 빛나고 있다.

이번에는 왼손에서 촉수를 뻗어서 지면에 박아 넣었다. 땅속 깊이 파고 들어가면서, 라이언은 온 몸에서 최고 속도로 촉수를 팽창시켰다. 만일, 숲이 폭발한다면 아마도 이런 모습일 것이다——나뭇가지 모양의 촉수가 방사상으로 부풀어 오른다. 촉수가 시야를 전부 뒤덮기 직전, 소녀의 날카로운 목소리가 들린 것 같았다.

"왜 이런 짓을 하는 거야!"

"……."

그 질문에는 대답했을 텐데. 하지만 묻는다는 것은 이해하지 못했다는 뜻이겠지.

라이언은 촉수를 팽창시키면서 목을 울렸다.

"네가 이해하지 못했으니까."

"대체 뭘!"

꿈틀거리는 촉수는 나뭇가지에서 줄기 정도로 성장했다. 곧 라이언 자신이 이 촉수 속에 묻혀서 육성으로 말을 하지도 못하게 될 것이다. 그 전에, 그는 외쳤다.

"절망을 가르쳐주고 싶다──너한테 말이야."

"그런…… 짓을!"

폭발──

거대해지려던 촉수의 숲이 순식간에 산산이 부서졌다. 부서지는 숲의 안에 있는 라이언 자신까지 전부 날려버릴 정도의 위력이었지만…….

그렇게 되기 직전에, 라이언은 행동했다. 땅에 박아 넣은 촉수도 이미 지름 2미터 정도 굵기까지 성장했다. 뿌리가 되는 그 부분으로 자신의 몸을 이동시켰다──갑옷 안에서는 자유롭게 움직일 수 있다. 땅속 깊이, 수십 미터까지 파고 들면 딥 드래곤의 마술이라도 쉽사리 찾아낼 수는 없다. 그들 종족의 마술은 시선을 매체로 삼으니까.

한편, 이쪽은 촉수를 이용해서 어느 정도 지각하고 공격할 수 있다.

촉수를 통한 지각에는 제한이 있기 때문에 놓쳐버릴 가능성도 있지만.

땅속으로 들어가기 직전까지 표적이 서 있던 장소는 기억하고 있다. 그 기억을 기준으로 탐지하면 쉽사리 놓치지는 않을 것이다.

또다시 촉수를 뻗었다.

소녀는 전혀 이동하지 않은 것 같다. 이쪽이 죽었다고 생각했는지도 모른다.

"난 죽이는 게 일이야, 클리오."

들으라고 한 말은 아니지만, 라이언은 중얼거렸다.

"명령을 받으면 시키는 대로 한다. 내가 사는 것도 죽는 것도 내가 아닌 누군가가 정한다. 나에게 주어진 자유 의지는 표적을 죽일지 살릴지…… 일을 잘 하면 관계자를 죽이지 않고도 임무를 수행할 수 있을지도 모르지. 예를 들자면, 그 때 네가 프릭 다이아몬드를 얌전히 넘겨줬다면 난 그대로 도망칠 수도 있었다. 그 딥 드래곤도 회수할 수 있었겠지. 하지만 너는 이레귤러를 일으켰다. 난 이제 널 죽이는 것밖에 선택할 수 없다."

촉수는 아무런 저항도 없이 표적에 감겼다. 그대로 조금만 힘을 줘서 조여 버리면 소녀의 가느다란 몸을 여러 토막으로 분할해버릴 수 있다. 딥 드래곤의 힘이 있어도 회복할 수 없을 정도로. 그녀는 죽을 것이다.

그것은 편한 일이다…… 죽을 수 있다는 건 편한 일이다.

'그냥 죽게 할 수는 없지.'

라이언은 또 소리쳤다. 육성이 전해지지 않는다는 걸 알면서도. 촉수가 전달해줄 것이다.

"난 죽이는 게 싫다…… 도덕군자 행세가 아니야. 나한테는 나름대로의 이유가 있고, 사람을 죽이는 것은 굴욕이다──죽는 건 편한 일이다. 난 절망을 품은 채로 살아가야만 한다. 거기에 비하면──죽는 건 편한 일이다!"

촉수를 통해서 육체의 부드러움이 전해진다. 감촉과는 다르다. 단순한 데이터로서의 부드러움. 그것이 사람의 살이라는 건 틀림없다.

"죽기 전에 절망을 알게 해주겠다. 내가 맛본 것의 천 분의 일이라도 느끼게 해주마. 그 정도는 해야 직성이 풀리지 않겠어. 안 그래?"

그 때──

그는 위화감을 느끼고 말을 멈췄다.

촉수에서 전해지는 것은 소녀 몸의 부드러운──유연함──연약함. 그것은 틀림없다. 하지만.

'……어떻게 된 거지? 너무 부드러운 것 아냐? 이건…….'

저항이 없다.

전혀 없다. 딥 드래곤이 반격하지도 않고, 단순하게 촉수를 뿌리치려고 하는 헛된 저항도 느껴지지 않는다. 붙잡은 건 틀림없이 그 소녀인데.

'정말로…… 분명한데.'

소녀에게 닿은 촉수를 더 늘려서 확인한다. 인간 모양. 키, 체중부터 머리카락 길이까지. 막연하기는 하지만 촉수가 가진 의사적인 시각을 통해서도 그녀가 맞다고 특정할 수 있다. 이미 죽은 건 아니다. 심장 소리도 호흡 소리도 틀림없이 존재한다. 하지만…….

그 몸에서 완전히 힘이 빠져버린 것 같다. 촉수를 떼면 그대로 쓰러지겠지.

'……함정? 아니, 대체 무슨 함정이라는 거야? 저쪽은 내가 상대의

이상을 알 수 있다는 것도 모르는데. 알았다고 해도 내가 무조건 조여서 죽여 버릴 가능성이 훨씬 커.'

이해할 수 없는 일이었다. 확인하려면 지상으로 나가는 수밖에 없다.

"이럴 수가……."

거의 확실하게, 그 딥 드래곤과 마주치게 된다. 하지만.

"확인하지 않고 이대로 죽이는 건…… 안 돼. 그녀는 이해하지 못했다."

그에게는 중요한 일이었다.

경우에 따라서는 딥 드래곤을 무시해도 될 정도로.

다시 한 번 중얼거리고──쓸쓸한 미소를 지었다.

그리고 천천히, 신중하게, 자신의 몸을 지상으로 토해내도록, 갑옷에게 명령했다.

클리오 에버래스틴. 17세. 토토칸타시 출신. 무직. 간단한 경력과 성격은 앞서 말한 대로.

파트너에게 고개를 숙여가면서까지 조사했지만 겨우 이 정도. 네트워크라고 해봤자 대단할 것도 없다──사람의 마음이나 기억까지는 알 수가 없으니까. 게다가 누군가가 알고 있는 것 외에는 조사할 수가 없다.

결국은 자신이 알려고 하는 수밖에 없다. 정말로 알고 싶은 것은.

성역의 어머니는 아무것도 가르쳐주지 않지만, 그래서 그것을 실감했다.

그리고 지금 막, 알게 된 것이 있다.

함정은 얼핏 위험하지 않은 곳에 설치하는 것이 당연하다는 사실.
특히 운명의 함정이라면.

지상으로 나와서 제일 처음 발견한 것은 그 소녀였다.

촉수는 전부 풀었기 때문에——예상대로 소녀는 팔다리를 축 늘어
트리고 바닥에 누워 있었다. 눈은 크게 뜬 채로 깜박거리지도 않는다.
가슴이 천천히 오르내리고 있지만 움직임이라고는 그게 전부였다. 표
정도 가장 이완된 형태를 무표정이라고 한다면, 이 이상 가는 무표정
은 없을 것이다.

"……어떻게 된 거지?"

라이언은 땅속에서 중얼거렸던 말을 되풀이했다. 이해할 수가 없다.

"죽음의 공포 때문에 쇼크사…… 아니, 죽진 않았다. 뇌사? 그런 말
도 안 되는 일이——"

주위를 둘러봤다. 기척은 없다. 애당초 이 난리 속에서 지나가던 누
군가가 그녀에게 해를 끼치고 사라졌다는 건 너무나 의미불명이겠지.

라이언은 경계하면서 소녀에게 다가갔다. 쓰러져 있는 소녀는 꼼작
도 하지 않았다. 함정은 있을 수 없다. 관찰한 시간만 해도 5분이 넘었
다. 눈 하나 깜박하지 않고 누워 있는 건 불가능하겠지.

소녀 옆으로 가서 몸을 숙이고——

"일단…… 이걸 회수할…… 까?"

회수, 라는 자신의 말에 퍼뜩 정신이 들었다. 회수해야 할 것이 보이
지 않았다.

고개를 돌린다. 그것은 뭔가를 알아차렸기 때문이 아니다. 그것이
그곳에 있으리라는 단순한 예감 때문이었다. 함정이라면 뒤에 있는 것

이 가장 자연스럽다.

그것은, 거기에 있었다.

라이언은 올려다보고——온 몸이 굳어지는 것을 느꼈다. 그것은 거기에 있었다.

거대한 머리가, 자신을 내려다보고 있다. 어둠 속에서도 시커멓게 보이는 그림자. 달빛에 비친 것도 아닌데, 그저 그 실루엣만이 어둠 속에서 두드러지고 있다. 검은 밀림의 왕. 옛날 말이 떠올랐다. 그것은 소리도 없이 나타난다. 적에게 경고 없는 죽음을 내리기 위해.

"딥 드래곤……!"

하지만 조금 전까지 있던 새끼 드래곤이 아니었다. 머리 높이가 4 미터는 된다. 칠흑으로 빛나는 늑대의 거구. 짐승은 조용히 이쪽을 내려다보고 있다. 날카로운 녹색 눈빛으로——

이런 곳에 있을 리가 없다. 모든 딥 드래곤 종족은 《펜릴의 숲》에 있다. 성역을 수호하기 위해. 숲으로 들어선 침입자를 모조리 배척하기 위해. 이런, 인간의 도시에 있을 리가 없다.

단 한 마리를 제외하면.

"유일…… 딥 드래곤의 성역 외 성역 전력…… 아스라리엘의 유생……."

라이언은 비명을 질렀다.

"아스라리엘은 아직 살아 있는데——이름을 계승했다는 건가?! 뭘 위해서! 뭘 위해서냐!"

목소리는 거기서 사라졌다. 딥 드래곤, 펜릴에게 묻는 것이 어리석기 짝이 없는 짓이라는 건 알고 있다.

상대는 전사다. 적을 멸하는 것 외에는 하지 않는다.

라이언은 입을 크게 벌렸다――자발적인 것은 아니지만. 모든 골격이 틀어지고 몸이 움직이지 않게 됐다. 온 몸에서 뼈 부서지는 소리가 들린다. 뭔가가 터지는 감촉, 그리고 맛이 입 안에 번진다. 몸 전체가 끓어오르는 것처럼 뜨겁다. 그러면서도 중심 부분만이 찌르는 것처럼 차갑다. 사지의 감각은 사라지고 자신이 어떤 생김새였는지도 모르게 된다. 시야는 이미 닫혔다. 격렬하게 눈부신, 녹색의 두 눈만이 기억에 남는다.

'아아아아아아아아아아아아아아아아아아아아아아아아아아아아아아아아아……'

문자가, 영원히 늘어선다. 의식은 이미 날아갔다. 말도 맺어지지 않는다. 그저 문자만이 떠오른다.

격렬한 진폭.

라이언 킬마크는 그 생명과 죽음의 진폭 속에서――

인생에서 몇 십 번째의 죽음을 맞이했다.

다른 길의 어둠 속에서.

천천히 모습을 드러낸 거대한 짐승을 바라보며, 그 남자는 조용히 중얼거렸다.

"……예상외였군."

"그렇습니까."

그 남자가 그렇게 말한다면 이렇게 대답하는 수밖에 없다. 그는 가만히 서서 남자가 다음 말을 할 때까지 기다렸다.

다부지고 날씬한 몸이라고 할까——그 남자는 그런 남자였다. 몸에 걸친 것은 아주 일반적인 의류지만, 그가 입으면 왠지 군복처럼 보인다. 30대 정도로 보이는 연령에서 오는 감정적 고요함도 가미됐기 때문일까. 짧게 깎은 머리, 깔끔하게 깎은 수염, 금속은 싫어한다는 입버릇대로 시계도 장신구도 아무것도 없다. 물론 무기도 들지는 않았지만, 원래 그 남자에게는 필요 없는 것이다.

남자는 시간을 잔뜩 들여서 생각한 뒤에 다시 말했다.

"이건 영주님께도 예상 밖의 일이었겠지. 틀림없이."

"그렇겠죠."

그는——왠지 입술에 남은 상처가 근질거리는 것 같은 기분이 들어서, 망토 속에 있는 팔을 꺼내서 손가락으로 긁은 뒤에 고개를 끄덕였다. 온 몸에 달고 있는 무장의 고리들이 잘그락, 작은 소리를 냈다.

그것이 귀에 거슬렸는지, 남자가 시선을 이쪽으로 돌렸다.

"유이스."

남자는 길 쪽을 가리켰다. 짐승이 한 순간 노려봤을 뿐인데 엉망진창이 된 라이언이 상처 입은 몸을 질질 끌면서 도망치려 하고 있다.

"네가 추적해라. 저 정도 상처를 입고도 도망치려 하고 있다…… 아마도 본거지로 돌아가겠지."

그 때까지 목숨이 버틴다면.

그 말은 굳이 하지 않았다. 보면 알 수 있는 일이니까.

무엇보다 라이언이 순식간에 절명하지 않은 쪽이 신기했다——도망치려 하고는 있지만 라이언인 망가진 몸을 간신히 질질 끌고 있을 뿐이고, 아무리 봐도 치명적인 상처가 열 곳도 넘는다. 쓰러져 있는 소녀를 길 위에 방치하고 가려는 것 같은데, 라이언도 이미 의식이 없는 것이겠지. 그저 본능적으로 딥 드래곤에게서 멀어지려는 것인지도 모른다. 정작 드래곤은 이미 파괴한 상대 따위한테는 이미 관심을 잃고 모습을 감춘 것 같지만.

그것도 굳이 말할 필요가 없는 일이다. 그래서 말은 하지 않고 시선만으로 남자에게 물었다.

하지만 남자는 의견을 바꾸지 않았다.

"조금 전에 내가 조우한 레드 드래곤도 제대로 반격도 하지 않고 물러났다. 미지의 세력과 마주쳤으니 서로 정보를 교환할 것이다. 그들의 네트워크는 그렇게 완벽하지 않은 것 같으니."

"동일 세계에 있는 네트워크에 우열은 없다고, 그는 그렇게 말했습니다만."

"알았다. 인정하지. 우리의 네트워크도 완전하게 기능하는 것은 아니다."

그리고 남자는 탄식했다.

"하지만 명령은 바뀌지 않는다. 너는 놈을 추적해서 놈들의 본거지로 가라. 그리고 놈들이 우리가 모르는 전력을 보유하고 있는지 확인하고, 가능하다면 전부 격퇴하도록."

남자는 의견이 아니라 명령이라고 했다. 거기에 고집해봤자 의미는 없을지도 모르지만——

일단, 물었다.

"······혼자서?"

남자가 씁쓸하게 물었다.

"솔직하게 묻기를 바랐다. 너는 이미 놈들에게 마크 당하고 있다. 그것을 역으로 이용하기 위해서 굳이 너를 감시하고 있던 성복의 남자에게 내가 직접 암시를 걸었던 것이다——앞으로 한 나절은, 그는 무슨 일이 있어도 그 장소에 머물러 있을 것이다. 남자가 그것을 의심하지 않는 한, 이 사실은 네트워크로도 탐지할 수 없다. 놈들은 아직 네가 감시하에 있다고 믿고 있다. 그리고."

진지한 표정으로, 덧붙였다. 발밑에 쓰러져 있는 금발 소년을 가리키며,

"이 소년을 적당히 치료할 수 있는 곳으로 옮긴 뒤에, 나는 딥 드래곤을 쫓겠다. 여기까지 말하면 불만은 없겠지?"

"저 소녀는?"

그리고 방치돼 있는 소녀를 가리켰다. 그녀는 전혀 움직이지 않았다.

남자는 또다시 씁쓸하게 웃은 것 같다.

"딥 드래곤이 뭔가를 한 것 같은 대상을 굳이 건드리고 싶지는 않군. 움직인 순간 큰 폭발을 일으키도록 암시가 걸려 있을지도 모른다——뭐, 진심으로 그렇게 생각하는 건 아니지만. 어쨌거나 위노나가 어떻게든 하겠지. 저것은 그녀의 관할이다."

"알겠습니다."

그는 고개를 끄덕였다.

어쩔 수 없겠지. 소리는 내지 않고 고개를 끄덕인 뒤에 라이언의 모습을 찾았다. 죽어가는 남자——하지만 죽다 만 남자지만——는 아직 몇 걸음을 옮기지도 못했다.

그는 품 안의 무기를 확인했다. 도펠 익스를 상대할 만큼의 장비는 가지고 왔다. 레드 드래곤 종족을 상대하게 될 가능성이 있다면 부족할지도 모르지만.

    아무리 봐도 주의해서 미행할 필요는 없다고 판단하고, 그대로 걸음을 옮기려 했다.

    그 때.

    "영주님께 협력겠다는 마음이 변한 적은 없는가?"

    갑자기 남자가 말해서 걸음을 멈췄다. 그는 고개를 돌리고 물었다.

    "어째서입니까?"

    남자는 확인하는 듯이, 이쪽의 얼굴을 들여다보려 했다——엄숙한 표정으로, 한치의 빈틈도 없이.

    "아니……. 위노나가 기묘한 말을 해서 말이다."

    각진 턱을 쓰다듬는 자세로 말했다.

    "네가, 표적을 일부러 죽이지 않았다고."

    "……."

    그는 대답하지 않고 다시 걸음을 옮겼다.

제2장　앞으로 다섯 시간.

　그 아침 해는 평소의 아침 해와 다를 바가 없었다.

　만약 잘 구운 토스트에 버터를 듬뿍 바르고 노른자를 터트린 달걀부침을 끼워서 먹는 걸 금지시키면 놀라는 사람도 있었을 것이다――하지만 그런 일은 없다. 하얀 셔츠에 치명적인 얼룩을 만들 수 있는 그 조식도, 날이 안 드는 면도기 때문에 투덜대는 것도, 창문을 열고 테라스의 화분에 물을 주는 것도, 무엇 하나 제한하지 않았다.

　하지만 그런 평소와 다름없는 아침 해 속에서, 어번라마 사람들은 어떤 것의 출현을 받아들여야만 했다.

　처음에 그것을 발견한 사람이 누구인지는 모른다――

　모든 이가 틀림없이 놀랐을 것이다. 하지만 소동이 일어나지 않은 것은 그것이 무엇을 의미하는 것인지, 발견한 사람이 전혀 이해하지 못했기 때문이겠지. 어설프게 이해했으면 광란을 일으킬 여지도 있었겠지만.

　어번라마 북쪽에 있는 가장 넓은 공원에 갑자기 나타난 그것은, 미동도 하지 않고 아침 햇살 속에서 가만히 앉아 있었다. 수평 방향을 보고 있는 시선도, 중량감 넘치는 체구도, 매끈하게 뒤쪽으로 흐르는 칠흑의 체모도 무엇 하나 움직이지 않았다. 그저 가만히, 거기에 있다. 조깅 중에, 우유 배달 중에, 출근 중에 그것을 본 사람들은 이해는 못했어도 막연히 느끼는 것이 있었다. 그것은 왕자(王者)였다. 결코 움직일 수 없는, 존재 자체를 받아들이는 수밖에 없는. 절대적인 왕자.

　아는 이가 봤다면 그것이 무엇인지 이해했을지도 모른다. 어쩌면 그

것 자신이 누구인지 말했을지도 모른다.

하지만 지금은 움직이지도 않고 가만히 아침 햇살을 쬐고 있다. 머리 꼭대기까지 높이가 몇 미터나 되는 그 거대한 왕자는 어느 시각을 기다리고 있었다

딥 드래곤 종족 궁극의 전사인 아스라리엘. 그 이름을 지닌 칠흑의 털을 가진 왕자는, 그 종족의 섭리에 따라 소리도 없이 거기에 존재하고 있다.

"영차, 영차, 영차……."

규칙적인 구령 소리만이 고요한 아침을 흔든다. 아니, 흔들 정도로 거창한 것은 아니다. 도틴은 그렇게 생각을 고치고 투덜거렸다. 기껏해야 문질러대는 정도려나. 그 자체가 아침의 정숙을 깰 정도는 아니다.

"저기, 형님……."

관 같은 거대하고 기다란 궤짝——실제로 관이 아닌가 싶기도 했지만 그건 일단 잊어버리고——의 앞부분을 머리 위로 들고, 도틴은 신음하듯 말했다.

"으음, 뭐냐 도틴. 역시 처음에 제안한대로 구령을 헛둘, 헛둘로 하는 쪽이 좋겠냐?"

"아니, 그런 게 아니고."

도틴은 고개를 저었다.

"이건 완전히 도둑질 같은데."

"음?"

마찬가지로 상자 뒤쪽을 들고 있을 형이 완전히 의외라는 듯이 말했다.

"그러냐? 그러니까 말이다. 이 마스마튜리아의 투견 볼카노 볼칸 님의 포지티브 바이브레이셔널 소나, 즉 귀가 들어본 적이 있다. 그 양파 사내가, 자기가 없는 동안 건물 안에 있는 것들을 마음대로 해도 된다고."

"아니, 그래도…… 건물 안에 숨겨져 있는 건 마음대로 하면 안 될 것 같은데."

"으음. 임기응변이다. 하지만 예외사항은 없다고 정하기는 했지만, 신경 쓰지 않으니까 대충 오케이다."

"형님이 신경 안 쓴다고 뭐가 달라질 것 같지는 않은데……."

"하─하하! 뭘 모르는 구나 동생아. 이 세상에는 힘과 돈이 전부다. 『뭔가 불리하다 싶으면 다 덮어 버려라』──이 말을 내년쯤에 키워드로 삼을까 한다만."

"해도 말이야."

"♪ 오~ 오~. 오늘도 계속 황금색~. 힘내라 정의의 뇌물이다~."

"노래까지."

힘이 쭉 빠졌다.

다행이도 이른 아침의 길가에는 다른 지나가는 사람도 없고, 아무리 봐도 수상한 자신들을 불러 세우는 경찰도 보이지 않는다. 아니, 경찰은 24시간 항상 있어야 하지만, 폴리스 박스라는 건 가능하다면 피해 가고 싶다.

안 그래도 지인은 눈에 띈다──거의 대륙 남쪽에 있는 자치령에 격리돼 있고, 인간들이 사는 곳에 모습을 드러내는 일이 거의 없으니 당연한 일이지만. 누가 봐도 민족의상인 모피 망토를 걸쳤고, 만약 그걸 입지 않았다고 해도 인간 종족과는 체격이 너무 다르다. 게다가 형은 허리에 중고 검까지 차고 있으니, 언제 어디서 불심검문을 받아도 이상하지 않을 것이다.

그리고 아마도, 검문을 당하면 끝장이다.

몸이 부르르 떨고, 도틴은 인정했다.

"♪ 불리해지면 그냥 버리자~. 뭐? 버렸어? 잘 주워라"

엉뚱한 노래에 뭔가 이상한 후렴구까지 들어간 것 같다.

"──그러니까 말이야, 완력도 키우지 않고 싸움에서 이기겠다는 게 너무 뻔뻔한 생각이라고. 안 그래? 그 가느다란 팔을 대체 어쩔 거냐고."

"예에……."

"지혜와 용기 따위는 그냥 꿈이야, 꿈. 단순한 헛소리, 잠꼬대. 알았어? 어이쿠 이런, 하고 하나부터 열까지 다 망쳐버리는 쪼잔한 잔꾀보다, 눈에 들어오자마자 적의 턱을 날려버리는 철권을 단련하는 게 확실하다고. 내 말을 믿어."

"으음."

"그리고 말이야, 너희 에드는 사실 대단한 상대도 아니라고. 난 훈련소에서 그 인간을 몇 번이나 쓰러트렸는지 기억도 안 날 정도라니까."

"……뭐?"

어렴풋한 의식 속에서 들려온 것은, 간단히 말하자면 전투밖에 모르는 바보 두 사람의 뒤숭숭한 대화였다. 눈을 떠보니 아침 햇살이 창을 통해서 들어오고 있다.

조용한 아침이다. 아무 일도 없었던 것 같은…… 그런 생각을 하면서, 오펜은 쓸쓸하게 웃었다.

'속도 편하네. 여기가 어딘지도 모르는데.'

짜증을 내며 두 팔을 들었다──청결한 냄새가 나는 침대의 이불 속에 있는 팔을 꺼내서 얼굴을 가렸다. 너무 편안해서 오히려 울고 싶어졌다. 이제 와서 눈물이 나올 리도 없지만.

'자, 이제 어쩌지……?'

오펜은 자신에게 물었다.

'남은 건 나랑 음침한 복수녀, 시끄러운 잔소리꾼. 그게 전부다. 자, 어쩔까?'

"그게 다가 아니라고. 가만히 듣고 있으니까 정말이지."

"……"

자기는 아무 말도 안 했는데 반론하는 소리를 듣고, 오펜은 자기도 모르게 벌떡 일어났다. 깜짝 놀라서 옆을 보니──자신이 누워 있는 침대에서 약간 떨어진 곳에서, 유난히 덩치가 큰 여자와 대조적으로 체격이 작은 여자 둘이 깜짝 놀란 얼굴로 자신을 보고 있었다. 아무래도 갑자기 일어나서 놀란 것 같은데.

반론한 사람은 덩치 큰 여자──아마 위노나라고 했었지──쪽이었다. 어제처럼 대학 로고가 들어간 셔츠에 낡은 청바지. 내기해도 좋은데, 같은 옷을 두 벌 가지고 있을 리는 없다. 그녀는 눈을 한 번 껌벅인 뒤에 또 한 사람의 작은 체격의 소녀, 로테샤 쪽으로 고개를 돌렸다.

"그러니까 말이야…… 그게 다가 아니라고. 때린 다음이 더 중요한 게 아니겠어? 안 그래? 평생 잊지 못할 말로 끝장을 보지 않으면, 끝도 없는 복수가 이어질 뿐이라고."

"아니, 그러니까……."

진료실의 등받이도 없는 의자에 앉아 있는데도 키 차이가 크게 나는 상대를 올려다보며, 로테샤는 피곤한 표정을 짓고 있다. 오펜은 조용히 한숨을 쉬었다. 다른 이야기였던 것 같다.

진료실.

왠지 모르게 떠오른 그 단어를 다시 한 번 인식했다. 위화감은 없었다——그야말로 진료실처럼 보였기 때문이다. 솔직히 말하자면 학교 보건실에 가까울까. 보통 진료실에 환자를 눕혀놓진 않을 텐데. 침대가 두 개, 그 중 하나에는 자신이 누워 있다. 방의 절반은 그 침대가 차지하고 있다. 나머지는 진찰대에 그럴듯한 기구들이 늘어서 있고, 의사와 환자가 앉는 의자에는 위노나와 로테샤가 앉아 있다. 물건이 너무 많은 탓에 전체적으로 좁고, 창밖에는 정원 같은 것도 없이 바로 벽으로 가려져 있다. 그다지 높지 않은 벽이고, 햇빛은 아직 각도가 낮았다. 실내에 시계는 없지만, 아마도 이른 아침이겠지.

"내가 열네 살 때 패준 놈 얘기 했던가? 뭐, 했다고? 뭐, 같은 열네 살이라도 그 때는 매주 다른 녀석을 때렸으니까, 아마도 다른 얘기일 텐데——"

멈추지 않는 건 고사하고 막힐 기미조차 보이지 않는 위노나의 목소리에 등을 돌리고, 오펜은 방에 하나밖에 없는 문을 열고 복도로 나왔다. 적당히, 어림짐작으로 세면실을 찾았다. 생각하기 싫을 때는 일단 얼굴부터 씻는 게 좋으니까.

다행이 알기 쉬운 곳에서 화장실을 찾았고 그리로 들어갔다. 여기가 누구 건물이 됐건 집안에는 자신과 위노나, 로테샤 말고 아무도 없는 건지 사람 기척이 느껴지지 않았다. 일단 레버를 눌러서 물을 틀었다.

투명한 액체를 손으로 받자, 생각보다 차가운 가을 물 때문에 손바닥이 저려왔다. 몇 번인가 얼굴을 씻은 뒤에, 오펜은 정면에 있는 거울을 봤다.

생기 없는 눈빛이 자신을 마주보고 있다.

어디서나 흔히 볼 수 있다고 할 수 있는——온통 시커먼 남자. 목에 걸린 게 없다는 걸 알고 주머니를 뒤져보니 가는 은사슬 펜던트가 들어 있었다. 어젯밤에 의식을 잃었을 때 누군가가 벗겨서 주머니에 넣어뒀겠지. 그것을 목에 건 뒤에 다시 한 번 거울에 비친 자신의 모습을 바라봤다. 검에 얽힌 외다리 드래곤 문장. 대륙 흑마술의 최고봉 《송곳니 탑》의 문장이자 최고의 술자의 증명이다.

하지만 거울에 비친 남자는 힘없이 웃고 있을 뿐이었다.

"젠장……."

혀를 차고 몸을 돌렸다. 아니, 돌리려다가 다시 고개를 돌려서 거울을 봤다.

"뭐냐고. 분명히 아무것도 못 하긴 했어——뭘 할 수 있었는데? 그래 맞아. 내 주위에서 누가 얼쩡거리건, 그게 클리오나 매지크를 노릴 거라고는 생각도 못 했어. 전혀. 상상도 못 했다고."

뭔가가 달라져 있기를 기대했던 자신에게 화가 나서 투덜댔다. 세면대에 손을 짚고 거울에 코가 닿을 정도로 얼굴을 들이대고는 계속 혼잣말을 했다.

"뭐가 일어났는데? 뭐가 일어날 수 있는데?"

그것을 알아야 한다.

어젯밤 일을──어젯밤까지의 일을 생각해야 한다.

내쉬워터에서 드래곤 종족과 조우했다. 인간으로 의태할 수 있는 레드 드래곤 종족. 드래곤 종족 중에서도 특히 뛰어난 전투력을 지닌 종족이다. 사실 그렇지 않은 드래곤 종족은 없지만.

"그 놈──헬퍼트라고 했었나. 그 자식은 라이언과 손을 잡고 로테샤의 검, 원래는 천인 종족이 벼렸다는 것 같은 마검을 손에 넣으려고 했어."

왜 이제 와서 드래곤 종족이 그런 걸 원하는 이유에 대해서는 모르겠지만.

분명히 천인종족의 유산 중에서 강대한 힘을 지닌 물건들이 종종 발견되지만, 그래봤자 겨우 검 한 자루일 뿐이다. 개인이 썼을 때 극적인 효과가 있는 경우도 있다──예를 들어서 직업적인 암살자라면 어느 정도의 곤란을 뛰어넘어서라도 손에 넣으려고 하겠지. 하지만 희생을 치러서까지 입수해야 할 정도의 물건은 아니다. 게다가 드래곤 종족이 태어나면서부터 가지고 있는 각자의 마술이나 능력을 생각해보면 굳이 인간들이 사는 곳에 출몰하면서까지 빼앗을 필요는 없겠지. 병기가 아니라 골동품, 귀중품으로서의 가치가 높아서 도굴품 전문 암시장 같은 것도 존재한다는 것 같지만, 애당초 드래곤 종족이 인간 사회의 화폐나 재산과 바꿀 묵적으로 움직일 리도 없다.

한마디로 영문을 모르겠다는 뜻이다.

바라보는 눈과 마주보는 눈이 동시에 날카로워졌다.

"그러다가 나와 만난 건 우연이었던 것 같지만, 헬퍼트는 아자리 일로 날 감시할 생각이었다는 것 같은 말을 했어……."

그 사실은 딱히 놀라운 일도 아니다. 누나가 정말로 키에살히마 대륙을 구세계에서 격리하는 아일망카 결계라는 것 밖으로 뛰쳐나갔다면, 결계의 관리자인 드래곤 종족이 주시할 수밖에 없겠지. 오히려 잘됐다고 생각했다. 그쪽이 먼저 움직여준다면 손쓸 방법이 없었던 누나의 행방에 대한 단서를 얻을 수 있을지도 모르니까.

"그런데 왜 클리오지? 매지크지……?"

입술을 깨물었다. 결과적으로 두 사람을 잃고 말았다.

"어째서 이렇게 됐지……?!"

어쩔 도리가 없는 일이 돼버렸다. 돌이킬 수 없는. 다시 할 수도 없는.

"빌어먹을!"

겨울을 두들기고 얼굴을 뗐다. 이번에야말로 몸을 돌려서 복도로 뛰어갔다.

오펜은 그대로 원래 있던 진료실로 돌아가서 문을 열었다.

"이봐, 여기가 어딘지 가르쳐줘. 난 지금부터 매지크 자식을 찾으러 갈 테니까——"

"그건 참아줘."

그 말에 암시라도 걸린 것처럼, 오펜은 움직임을 멈췄다. 진료실 입구에서 멈춰섰다.

왜 이렇게 된 거지……?

뭔가 얄궂은 예감에 가슴이 뒤틀린다.

"정말이지…… 영주님 말씀이 맞았다니까. 댁은 너무 경솔해."

로테샤의 관자놀이에 총구를 들이댄 위노나가 차갑게 내뱉었다.

천천히…… 천천히…….

어두운 시야에 붉은 점이 떠올랐다. 그 색은 한없이 그림자에 가까워서 주위의 어둠과 그 점을 구분하기 힘들었다. 하지만 자세히 들여다보면 그 차이를 알 수 있다——왜 그래야 하냐고 묻는다면 그게 본능이기 때문이라고밖에 대답할 방법이 없다.

붉은 점은 점점 커졌다. 단조롭게 흔들리고 복잡하게 일그러지면서.

갑자기, 뭔가가 연결됐다는 걸 알 수 있었다. 손가락과 손, 손목과 팔, 허리와 척추, 목과 머리…….

차례로 접속되고 제일 먼저 되살아난 것은——오한이었다. 차갑게 식은 몸에 체온이 돌아오려면 조금 더 걸린다. 생명 활동을 재개하고 아주 잠시 동안. 몸이 마비될 것 같은 오한 속에서 발버둥쳤다. 근육이 수축되면서 다소의 열을 발생시켰다. 완만한 사고가 첫 번째 말을 맺었다.

'라이언…… 내 이름.'

이것만은 확실히 생각해낼 수 있다. 틀림없이 생각해낼 수 있다. 그리고 두 번째.

'성역…… 내 고향.'

안식과 함께하는 말. 눈 속에 비친다.

깊은 숲. 맑은 하늘 아래에 거울처럼 펼쳐진 눈부신 호수. 이끼 낀 거목이 잠겨 있는 호수 속에는 작은 물고기들도 보인다. 성역. 혼의 안

식은 언제나 그곳에 존재한다.

괴로움을 느낀다. 항상 같은 타이밍이다——라는 게 생각났다. 생명활동이 재개됐으니 호흡을 해야만 한다. 점토처럼 굳어있던 폐를 천천히 수축시킨다. 온 몸에서 느껴지던 고통이 살짝 날카로워졌다. 이제 시야에 붉은 점은 보이지 않는다…….

라이언은 눈을 떴다. 눈에 보인 것은 낡은 교회의 천장이었다.

둘러본다. 무너지기 직전인 그 건물은 뭔가 강력한 폭발물의 피해라도 입은 것처럼 파괴돼 있다. 방사상으로 그을린 바닥부터 한쪽 벽이 송두리째 날아간 흔적까지 확인하고, 라이언은 상체를 일으켰다. 욱신거리는 머리를 손으로 누른다. 말라붙은 혀가 구강 안에서 움츠러져 있다.

그 때——

"라이언 킬마크…… 예전과 같은가?"

목소리가 들려왔다. 고개를 돌렸다. 그곳에는 남자가 있다.

정확히는 그 절반만이.

남자의 모습은 오른쪽 팔과 오른쪽 어깨, 오른쪽 가슴까지를 깔끔하게 도려낸 모양이었다. 아무리 봐도 치명상이지만, 탄화된 새카만 단면이 보일 뿐이고 그 남자한테는 대수로운 일도 아닌 것 같다.

낡은 정장 차림으로, 더 추레한 자세로 바닥에 앉아 있다. 보아하니 자신이 소생할 때까지 가만히 놔뒀던 걸까. 남자는 익숙한 것처럼 이쪽을 보고 있다.

라이언은 남자의 시선을 그대로 마주보며 기억이 접속되기를 기다렸다. 차례로 정보가 떠올랐다. 자신. 성역. 녹보석의 갑옷. 임무. 그리고, 파트너.

"아…… 그래."

라이언은 고개를 끄덕였다.

"괜찮…… 습니다. 기억, 합니다. 전——"

그리고 말을 멈추고,

"전, 달라지지 않았…… 죠?"

상대가 물은 것을 그대로 되물은 꼴이 됐지만, 남자는 크게 신경 쓰지 않는 것 같았다. 어깨를 으쓱거리고——한쪽뿐이기는 했지만——말했다.

"당장은 문제없는 것 같군. 어느 기억이 사라졌는지는 나중에 알아보자. 당장 급한 문제가 있다."

"아, 예."

두통. 이라기보다는 두개골에 남은 찌르는 것 같은 위화감——누군가한테 아주 심하게 파괴당한 것 같다——은 많이 가라앉았지만, 그대신에 극심한 구토감이 위 속에서 신경을 잠식해왔다. 손을 몇 번이나 벌렸다 쥐면서 어떻게든 참았지만, 건조해진 피부에 스멀스멀 땀이배는 게 느껴졌다.

하지만 개의치 않고 남자——파트너는 계속해서 말했다. 레드 드래곤 종족 제일가는 암살자인 헬퍼트.

"아스라리엘의 이름이 계승되고 말았다. 이건 딱히 문제가 아니다."

"……그렇군요."

예정엔 없었던 일이지만 언젠간 일어날 일이었으니 그 자체는 난리칠 일이 아니다. 약간 빨라졌을 뿐이다.

하지만——

헬퍼트는 담담하게 말했다.

"하지만 그 새로운 딥 드래곤의 전사 대장은 우리에게 적대할 자세를 보이고 있다."

"이상한 일이군요."

라이언은 고개를 저었다.

"딥 드래곤 종족에게는 개체의 의지라는 게 없는데……."

"그렇다. 뭐, 허용 범위 밖이라고 투덜대봤자 소용없는 일이다."

여전히 매사에 집착하지 않는——다고 해야 할까——헬퍼트답지만, 이것만은 그렇게 속 편하게 받아들일 수 없을 것 같다. 이 대륙에 딥 드래곤과 싸울 수 있는 힘 따위는 없다. 딥드래곤은 서로가 싸우는 일이 없으니, 실질적으로 무적의 존재라는 뜻이 된다. 그리고 그것이 자신들과 대립하고 있다.

라이언은 웃음이 나올 것 같은 심정으로 파트너의 얼굴을 봤다. 감정이 없는 의태. 오른쪽 가슴 바깥쪽을 전부 잃었으면서도 인간의 형태를 유지하고 있는 데 큰 의미는 없을 것이다——화상만은 재생하는 데 시간이 걸린다고, 예전에 들은 적이 있다. 딥 드래곤과의 차이는 그 한 가지다. 드래곤 종족으로서 같은 위치의 존재지만 레드 드래곤에게는 약점이 있다. 다른 것들도 대개 그렇지만.

'인정하진 않겠지만…… 저 친구는 이길 수 없어.'

라이언은 조용히 인정했다.

'그렇다면…….'

그는 생각하면서 입을 열었다.

"헬퍼트. 이 동네를 통째로 말려들게 해도 좋다면 대항할 수단은 있습니다. 저한테는 말이죠."

"이곳을 말려들게 하는 것이라면 처음부터 그럴 생각이었다. 인간 종족에게는…… 뭐, 경고도 없이. 선언이라고 할까. 그가 그것을 받아들일지 까지는 책임을 질 수 없지만."

"어쩔 생각이죠?"

"연락이 가능한 내 권속들을 전부 모은다. 그리고 총력을 다해 공격한다."

'그리고…… 전부 죽겠죠.'

소리 없이 대답하고, 그 대신 다른 말을 했다.

"굳이 그러지 않아도 저 하나면 충분합니다. 단지 아무도 방해하지 않았으면 싶습니다…… 당신은 장애물을 제거해줬으면 싶군요. 제가 준비할 때까지 앞으로 너댓 시간 정도는 걸립니다."

"알았다."

간단하게, 헬퍼트가. 분명히 그걸로 끝난다면 바라 마지않는 일이겠지.

하지만——

조금 지나, 파트너가 말했다. 감정이 없어야 할 눈에 어딘가 이해할 수 없다는 기척을 띄우고,

"아직도 고집하고 있는 건가? ……그 자들과의 결판에."

"그 자들?"

영문 모를 파트너의 말에, 라이언은 고개를 갸웃거렸다.

"누굴 말하는 겁니까?"

그리고 자신을 지켜주는 녹보석의 갑옷에 궁극의 공격 명령을 내렸다.

왜 일이 이렇게 됐지……?

오펜은 눈을 반쯤 감고 되풀이했다. 일그러진 얼굴의 로테샤가 영문을 모르겠다는 표정으로 눈을 껌벅거리는 모습을 보며. 아니, 그런 로테샤의 목을 꽉 끌어안고 있는 다부진 팔과 그녀의 관자놀이에 들이댄 권총을 보며.

둘 다 로테샤의 뒤쪽에 있는 덩치 큰 여자의 것이다. 위노나.

위노나는 딱히 웃지도 화를 내지도 않는다. 그저 가만히, 경직 상태를 유지하고 있다. 그녀가 왼손에 쥐고 있는 것은 아주 표준적인——보기 드문 무기인 건 사실이지만 어쨌거나 표준적인——권총이었다. 회전식 탄창이 달린 검게 빛나는 강철 무기.

슥——팔을 들려고 했던 이쪽의 기선을 제압하려는 것처럼 위노나가 입을 열었다.

"가만히 있는 게 좋을 거야. 댁이 주문을 외우는 것보다 내가 더 빠르니까."

어디선가 들은 대사에 로테샤가 복잡한 표정을 지었다.

알아차린 건지 아닌지, 위노나가 계속해서 말했다.

"이게 뭔지는 알지? 봐줄 수가 없는 무기거든. 그거 알아? 인간의 뇌에는 피가 들어 있거든. 나도 그걸 굳이 뿌리고 싶지는 않아."

"……."

말없이 듣고, 오펜은 그대로 오른손을 품 안에 넣었다.

"……?"

머리 위에 물음표를 띄운 위노나의 미간에 주름이 지는 것이 보인다. 혀를 차는 것처럼 말했다.

"가만히 있으라고 했을 텐데."

"나도 들었어. 그쪽 말이 맞아. 예를 들어서 내가 구성을 짜고 마술을 구현하고 효과가 발휘되는 것보다, 댁의 장난감 속에 있는 탄피에서 탄두가 튀어나오는 게 더 빠르지. 게다가 여기서 뛰어들어서 속임수를 쓰고 댁의 허를 찔러서 격철과 탄약 사이에 손가락을 쑤셔 넣고, 그리고는 자랑스레 그 팔을 물어뜯거나 해서 로테샤를 풀어준 뒤에 간에 주먹을 한 방 먹이는 것보다는 방아쇠를 당기는 게 훨씬 빠르겠지."

그리고 탄식하고,

"하지만 내가 이렇게 30초나 떠드는 동안 그쪽은 한 번도 방아쇠를 당기지 않았어."

"……무슨 소리야……?"

"모르겠어? 인간은 결국 계기가 없으면 아무것도 못 한다는 뜻이야. 나는 이미 품 안에 손을 넣었어. 내가 이 오른손을 빼는 것과 그쪽이 방아쇠를 당기는 속도를 비교한다면, 뭐 호각이지. 내가 오른손에 뭘 들고 있을 것 같아?"

"흥."

위노나는 무시하는 건지 콧방귀를 뀌었다. 로테샤를 붙잡은 오른팔에 힘을 더 주는 걸 알 수 있다——입과 코가 막힌 로테샤가 얼굴을 찌푸리는 걸 보지 않아도.

"어차피 스로잉 대거 같은 거잖아? 칼집에서 뽑으려면 시간이 꽤 걸릴 텐데. 보나마나 그냥 허세겠지."

"시험해볼까? 시험하는 건 내 목숨이 아냐. 거기 있는 로테샤하고 그쪽 목숨이야. 난 그래도 좋거든?"

"……."

"그만두라고. 진심도 아닌 것 같은데."

"그래, 알았어."

위노나는 바로 포기하고 로테샤를 풀어줬다. 허둥지둥, 로테샤가 위노나에게서 떨어졌고──오펜은 천천히, 오른손을 품에서 꺼냈다. 손에 쥔 것은 은 단검이었다.

그걸 본 위노나가 어깨를 으쓱거렸다.

"아무리 봐도 던지는 무기는 아닌 것 같은데."

"허세 부린 건 서로 마찬가지잖아. 그쪽, 정체가 뭐야?"

"미안해. 최대한 빨리 댁이 어떤 사람인지 확인하고 싶었거든."

그리고는 권총을──근처에 떨어져 있던 가방에서 튀어나와 있는 홀스터에 집어넣은 뒤에, 마음이 바뀌었는지 그걸 들어 보이며,

"내 정체는 이걸 보면 알겠지?"

"기사?"

권총은 대륙 전체에서도 귀족연맹이 허가한 자만이 휴대할 수 있다──즉 기사단, 그 중에서도 한정된 인간만이.

위노나는 그 무기를 사랑스럽다는 듯이 쓰다듬었다.

"디디라고 해. 난 파견 경찰관이고. 뭐…… 비공식이지만."

"비공식 기사(드라군)……?"

오펜은 신음소리를 냈다. 들어본 적은 있다──누구건 들어본 적은 있겠지. 하지만 실제로 있다고 믿는 사람은 그리 많지 않고, 실제로 있다는 것을 아는 사람은 그 중에서도 몇 명이나 될지 모른다.

아직 어느 정도 충격이 남아 있는 모양인지 제대로 이야기를 듣지도 않은 채로 일단 위노나한테서 떨어져 있으려고 하는 로테샤를 감싸는

것처럼 반걸음 정도 이동하고, 오펜은 계속해서 말했다.

"특정한 귀족의 사적인 용무로 움직인다는, 그거 말인가?"

드라군이란 그런 스태프들을 말하는 일종의 별명이었다. 법이나 체면 같은 족쇄에서 벗어난 자유로운 경기병이라는 의미다. 굳이 말할 필요도 없이 그들이 경기병인 것은 아니지만. 지극히 근위 기병연대 같은 것이자 흉포한 존재이며, 비둘기처럼 어디에나 섞여든다는, 그런 의미에서 나온 말이다.

"그렇지 뭐. 그 말이 맞을 거야…… 난 영주님의 명령에 따라 움직이니까."

위노나는 그렇게 말하고 허리를 숙이더니, 이번에야말로 권총을 홀스터에 집어넣었다. 그리고는 주섬주섬, 그녀가 지참한 거대한 가방에 집어넣고——

순간.

로테샤가 뛰쳐나갔다. 허를 찌르는 타이밍에.

위노나의 팔에서 도망쳤을 때 손에 넣은 것인지, 칼집에 들어 있는 검의 날끝으로 허리를 숙인 상대를 찌르려다가,

"——흡?!"

숨이 새나가는 것 같은 소리를 남기고, 로테샤가 달리던 궤도가 급하게 변했다. 쿵, 쿵, 불규칙한 소리를 내고 요란하게 구석 쪽으로 굴러갔다. 벽에 격돌해서야 겨우 그 기세가 멈췄다. 머리를 꽤 세게 부딪친 것 같은데.

보기에 위노나는 몸을 숙인 채, 단순히 팔을 한 번 휘둘렀을 뿐이다.

"말 했지?"

고개도 들지 않고 말했다.

"단순한 잠꼬대라고."

"……."

말없이.

오펜은 오른손에 들고 있던 단검을 던졌다. 한 순간의 잔광(殘光). 허공을 가르던 단검의 날이 위노나가 츠켜든 오른손 손가락을 살짝 스치고 반대쪽 벽에 꽂혔다.

"……?"

이번에도 아무 말 없이, 위노나의 시선이——깜짝 놀란 시선이 이쪽을 봤다. 흘끗, 오른손을 본 뒤에. 위노나의 오른손 가운데 손가락 끝에 핏방울이 맺혀 있다.

오펜이 말했다.

"자랑하는 것도 좋지만, 내 질문에 대답하던 중이었잖아."

약간 갈라진 휘파람을 불고 위노나가 일어났다. 다시 오펜 쪽을 보며,

"역시…… 키리란셀로, 궁극의 전투자라는 건가. 놀랐어."

"아무려면 어때. 어쨌거나 심기가 불편한 건 마찬가지야. 빨리 대답해——내가 굳이 묻지 않아도, 대답할 수 있는 건 전부."

"시간 여유가 별로 없는데."

"……무슨 시간인데?"

"당신, 아까부터 그걸 안 보려고 하는 것 같은데——"

웃고——있다.

뿌득, 이 가는 소리를 내고, 오펜은 그녀가 가리킨 쪽을 봤다. 자신이 누워 있던 침대의 옆 침대.

거기엔 클리오가 잠들어 있었다.

눈은 감고 있다——마지막으로 봤을 때처럼 눈을 감은 채로 꼼작도 안 하는 상태가 아니다. 문제는 이 난리 속에서도 눈을 뜨지 않았다. 그저 규칙적인, 그것도 이상할 정도로 느리게 규칙적으로 가슴이 오르내릴 뿐이었다.

"……."

오펜은 악물고 있던 이를 간신히 떼고, 신음했다.

"의사한테 보여줘야겠어."

"보여줬어…… 뭐, 면허가 있는 의사는 아니지만."

"이 건물 주인인가?"

방 안을 둘러보며 물었다. 겨우 로테샤가 비틀비틀 일어났다. 검을 지팡이 삼아, 엄청나게 화가 난 눈으로 위노나를 노려보고 있지만 한참동안은 움직이지 못하겠지.

위노나는 신경 쓰지 않는 것 같았다. 어깨를 으쓱거려서 노골적으로 자신의 빈틈을 보여줬다.

"여기는 침대를 빌렸을 뿐이야. 거리 북쪽에서 쉴 곳이 필요했으니까."

"응……?"

"내 동료——아니, 감시 담당? 지휘관? 뭐 아무려면 어때. 그 녀석한테 암시를 걸어달라고 했거든. 일단 며칠 동안, 어디든 좋으니까 적당한데 가 있다 오라고. 그게 여기 주인이야. 참고로 이 아이를 봐준 것도 그 녀석."

오펜은 확인하기 위해서 로테샤한테 눈짓을 했다. 로테샤는 아직 회복되지 않았는지 힘들게 한쪽 눈을 감고 있지만, 그래도 비틀거리면서 간신히 고개를 끄덕였다.

"예…… 누군지, 모르는 사람이…… 있었습니다. 조금 전까지……."

"다미안 르우. 지금은 그 사람도 나도 믿어도 돼. 영주님이 그쪽을 필요로 하니까."

"그 영주라는 게 누군데."

그러다 생각이 나서,

"귀족 내 혁명 이후로 영주라는 건 없을 텐데. 귀족 연맹은 모든 인민에게 인권을 주고 토지를 해방하고, 그 뒤에 자기들이 대륙을 통치하려고 했어. 과거에 천인들과 자신들과의 관계를 따라 해서 말이야. 중앙에서 관리자를 파견하기는 하지만, 그 이상은——"

"대륙 전체에 딱 하나가 남아 있어. 해방되지 않은 토지가 말이야. 뭐, 언젠가 데려다줄게."

위노나는 가볍게 말하고, 문득 주위를 둘러보더니 조금 전에 오펜이 던진 단검을 쳐다봤다. 벽에 꽂혀 있는 단검 쪽으로 다가가더니 그걸 뽑고, 씩 웃어보였다. 그리고, 중얼거렸다.

"최접근령…… 이라고 하거든."

왠지 받아치기도 귀찮아서, 오펜은 말없이 위노나를 쳐다봤다. 위노나는 단검을 가지고 노는 것처럼 손에 들고 몇 번인가 뒤집은 뒤에, 그 은색 날에 후~하고 숨을 불었다.

"영주님이 그쪽을 필요로 하고 있어——아니면, 적어도 유용하다고는 생각하고 있달까."

다시 한 번 말했다. 오펜은 짜증이 나서 한숨을 쉬었다. 위노나의 의도는 상당히 알기 쉽다. 복잡한 일이 아니다. 아무튼 이쪽이 물어보도록 유도하고 있는 것이겠지.

오펜은 입을 열었다.

"대체 누군데. 그 영주님이라는 게."

"거래를 하고 싶어. 무슨 말인지 알지?"

위노나는 눈을 가늘게 뜨고 다가오더니, 단검 끝을 잡고 손잡이를 오펜 쪽으로 내밀었다.

왠지 로테샤의 시선이 신경 쓰였지만──오펜은 그 손잡이를 잡아서 돌려받고, 그대로 단검을 품 안에 있는 칼집에 집어넣었다. 그리고 말을 맞춰주기 위해서 물었다.

"거래?"

"그쪽이 알고 싶은 걸 전부 대답해줄게. 그 대신에 영주님과 만나줬으면 싶고. 사태가 해결된 뒤에 말이야."

"……."

위노나가 한 말을 되새겨봤다. 1초도 생각할 필요가 없었지만, 상대에게 묻고 싶은 것들이 세 가지 튀어나왔다.

"……알고 싶은 걸 전부?"

"아, 그러니까, 거의 전부."

미안해 하지도 않고 말을 바꾸는 위노나를 보며 눈살을 찌푸리고,

"그 영주라는 자가 나한테 무슨 볼일이 있는 거지?"

"글쎄."

"사태라는 게 뭐지?"

"그러니까, 예를 들어서 말이야."

위노나는 침대 위에서 잠들어 있는 금발 소녀를 가리켰다.

"이 아이, 낫게 해주지 않으면…… 곤란하지?"

덜컥.

오펜은 반걸음 뛰쳐나갔다.

상대가 반응하기도 전에 오른발을 상대의 측면까지 집어넣고 위노나의 종아리에 뒤꿈치를 거는 모양으로 파고들었다. 무릎을 굽히고 몸을 깊이 숙인 그녀의 목에 집게손가락을, 찌르는 것처럼 들이대고——

그 위치가 경동맥이라는 걸 모를 리가 없다. 날카로운 눈빛으로, 오펜이 물었다.

"……자세히 말 해."

"정말이지."

위노나는 한 방 먹었다는 느낌 절반, 그러면서도 배짱 좋은 느낌 절반의 미소를 짓고 오펜을 보고 있다. 한쪽 무릎을 바닥에 댄 자세로. 오른쪽 다리를 밟고 있기 때문에 쉽사리 움직일 수는 없다.

그래야 했는데.

"하앗!"

숨결 한 번에, 위노나의 몸 전체가 튀어 올랐다. 믿기 힘든 완력으로, 만약 자신이 그녀의 등에 타고 있었다면 몸 전체가 날아가 버리지 않았을까 싶을 정도로——아무튼 재빨리 다리를 빼고 넘어지지 않게 버티는 게 고작이었다. 일어나는 위노나와 거리를 벌리고 주먹을 쥐었다.

위노나는 만족한 것 같았다. 지금까지 보여주지 않았던 환희에 가득차서 눈동자를 번쩍번쩍 빛내며, 딱 보기에도 군대식 자세를 잡았다. 안 그래도 컸던 위노나의 몸이 근육의 힘 때문에 한 치수 정도 더 커졌다.

"영주님이 왜 나한테 그쪽을 스카우트 해오라고 하셨는지 알 것 같아!"

"난 모르겠거든. 가르쳐달라고, 알기 쉽게!"

"그래, 이런 게 심플하고 빠르지!"

외치고, 위노나가 큰 덩치에 어울리지 않게 주먹을 살짝 뒤로 **뺐다**. 무슨 권법일까――오펜은 위노나를 바라보며 완전한 전투태세를 취했다. 쪼잔한 수 싸움은 필요 없다. 이쪽에게 필요 불가결한 카드는 이미 봤다. 상대에게 그 이상의 비장의 카드가 있더라도 상관없다.

'반죽음을 만들어서라도――'

상대가 덤벼드는 타이밍을 노리고 온 힘을 다해서 공격한다. 그러기 위해서 호흡을 멈춘. 순간.

"그만둬!"

목소리가 울렸다. 눈을 돌려보니 로테샤가 검을 끌어안고 절규하고 있었다.

"그러고 있을 때가 아니잖아?!"

"……."

"……."

기세가 꺾여서――

오펜은 위노나와 똑같은 시선으로 로테샤를 바라봤다. 로테샤는 눈에 눈물까지 살짝 고여서 부들부들 떨고 있다.

도끼눈을 뜨고, 오펜이 말했다.

"그쪽도 분명히 공격했어."

"공격당했지."

"아아아, 그만 해."

위노나까지 그렇게 말하자, 머리를 쥐어뜯으면서 고개를 저었다. 로테샤는 그래도 마음을 다잡고 고개를 들더니, 의식 불명인 클리오 쪽을 손으로 가리켰다.

"아무튼…… 클리오를 원래대로 되돌릴 수 있다면, 그게 더 중요하지 않겠습니까. 안 그런가요?"

마지막 한 마디는 위노나에게 한 말이었다. 반다나를 감고 있는 머리가 가려운 건지, 위노나는 떨떠름하게 머리를 긁으면서 대답했다.

"전부 추측이야. 그래도 다미안은 이런 일의 권위자라고…… 아마도. 난 잘 모르지만."

"내가 보기엔 선택의 여지 따윈 없어. 말할 수 있는 걸 전부 말 해. 그 뒤에 영주인지 뭔지를 만나기만 하면 된다면 그렇게 해줄 테니까."

오펜은 팔짱을 끼고 재촉했다. 위노나는 다시 오펜 쪽을 보더니,

"처음부터 다 말하는 게 좋겠지. 하지만 일단 이 아이에 대해서 말할게. 긴 이야기를 하는 중에 계속 재촉하면 그것도 골 아프니까."

위노나는 일단 흥분했던 머리를 식히기 위해서인지 살짝 심호흡을 한 뒤에 계속 말했다

"이 아이를 죽인 건, 그 딥 드래곤 새끼야."

그 아침 해는 평소의 아침 해와 다를 바가 없었다.

만약 곰팡이가 펴서 무거워진 커튼을 열고 어두웠던 침실에 아침 햇살을 들이는 것을 금지 당했다면 놀라는 사람도 있었을 것이다——하지만 그런 일은 없다. 밤새도록 난리를 치고 논 끝에 바닥에 널린 쓰레기와 재를 적당히 벽 쪽으로 치우는 것도, 창문 밑에 모여 있는 부랑자들을 쫓아내는 것도, 또 하루를 살아야 하는 걸 견디기 위해서 담배에

불을 붙이는 것도, 무엇 하나 제한된 것은 없었다.

하지만 그런 평소와 다름없는 아침 해 속에서, 어번라마 사람들은 어떤 것의 출현을 받아들여야만 했다.

그것은 분명한 이변이었다. 거리가 수십 블록이나 소실됐으니까. 아니, 정확히 말하자면 거기에 숲이 생겨 있었다. 건물과 길은 전부 숲에 삼켜져서 사라졌다. 밀집된 나무들 너머로, 어쩌면 부러진 표지판이나 갈라진 지붕이 보일지도 모른다. 숲은 이른 아침에 나타난 것이 분명했다. 어젯밤까지는 있었던 블록이 오늘 아침에는 존재하지 않았으니까.

혼란은 일어나지 않았다──일어날 수가 없었다. 숲속에서 나온 자는 없다. 숲은 서서히 퍼지고 있다. 땅속에서 나무들이 차례차례 자라나고, 포장된 길을 뚫어서 무너트리고 집어삼켜갔다.

아는 이가 본다면 그 숲이 무엇인지 알 수 있었을지도 모른다. 하지만 시민들은 아직 거리 북쪽에 나타난 이변과, 이 남쪽에 나타난 이변을 연결하지 못했다.

하지만, 그들이.

거리 북쪽에 나타난 거대한 늑대와──

거리 남쪽에 나타난 숲.

이 둘이 서로 노려보는 것처럼 대치했고, 그리고 숲이 움직이지 않는 늑대를 향해 거리를 침식하며 전진하고 있다는 걸 눈치 채는 데까지 그렇게 오랜 시간이 걸리지 않았다.

제3장 앞으로 3시간 반

"시민의 피난에 대해서는 거의 문제없어. 적어도 반경 200미터 이내에서는 완료되고 있다."

"부족하군. 경계 구역을 반경 1킬로미터 이내로 넓혀."

"제정신인가? 군대에 갔다 온 시민들만 있는 것도 아닌데."

"그리고 대부분 가재도구를 가지고 나오려고 한단 말이야."

"집에 불을 질러서라도 쫓아내. 신경 쓰지 마. 내일이면 고마워할 테니까."

서둘러 마련한 대책본부에서 오가는 대화를 별 관심 없이 들으며, 그녀는 의자에 앉아서 가만히 팔짱을 끼고 있었다. 때가 좋지 않다고밖에 할 말이 없는 일이지만, 이런 게 불운이라는 것이겠지.

'그래. 이런 일이겠지.'

사흘 전에 어번라마항에 도착했는데, 갑자기 역사상 예를 찾아볼 수 없는 사태 때문에 발이 묶였다고 해도.

게슴츠레한 눈으로 혼잣말을 하고, 레티샤는 한숨을 쉬었다. 대륙 마술사 동맹 직원들이 긴장한 얼굴로 우왕좌왕하는 회의실 안에서, 그녀에게 신경 쓰는 사람은 없었다.

붉은색과 검은색 바탕의 동맹 직원 제복을 멍하니 바라보며, 그들의 모습을 관찰했다. 우연인지, 아니면 어느 정도 이상의 지위에 있는 자들은 전부 피난이라도 한 건지 젊은 동맹원들이 눈에 들어왔다. 보통 크게 대단한 의제가 올라오는 일이 없는 이 회의실에서, 지금은 하나같이 힘이 있는 마술사들이 혼란에 빠져서 큰 소리로 한 쪽을 매도하고, 눈에 핏발을 세우로 문제를 해결할 실마리를 찾고 있다. 아니, 찾고 있다는 말은 적당하지 않을지도 모른다——기껏해야 찾기를 바라는 정도겠지. 문제는 그들에게 그것을 타결할 수단이 없고, 가질 수도 없다는 점이다. 너무나 근본적이라서 어쩔 도리가 없다.

그녀는 한쪽 눈만 크게 뜨고, 회의실 가장 구석에 있는 자신도 쉽게 읽을 수 있을 만큼 큰 글씨로 적혀 있는, 화이트보드의 의제를 읽었다.

'딥 드래곤 출현과 동시에 발생한 이변에 대한 대응.'

주민의 피난 유도에 대해서는 시의 군대가 주로 담당하고, 그 계획도 지휘도 어번라마 자치부가 맡아야 했다. 하지만 이것이 단순한 천재지변이 아니라, 딥 드래곤 종족이 출현한 상황이다 보니, 마술사 동맹도 움직일 수밖에 없었다——최종적인 결단 중에 하나로서 그 드래곤과의 결전도 벌어질 수 있다면, 마술 외에는 대항 수단이 없으니까.

대륙 마술사 동맹은 무능한 모습을 보여서는 안 된다. 마술사의 지위를 떨어트리면 그대로 대륙 전체에 있는 마술사들의 인권과 생명이 위태로워지니까.

실제로 그렇게까지 절박한지 아닌지는 둘째 치더라도, 그런 생각이 여기에 모여 있는 사람들의 공통된 인식이었다.

'어쩔 수 없는 일인지도 모르지.'

약간 냉담하게——스스로도 인정할 수밖에 없지만——포기를 반복했다.

'개죽음이라는 걸 알고도 이런 불리한 작전에 참가할 수는 없으니까.'

하지만 인간의 죽음은 전부 개죽음이다.

인생을 헛되게 하고 싶지 않다면 살아야만 한다. 레티샤 마크레디는 고개를 저었다.

화이트보드에는 현재 상황이 대략적으로 적혀 있다. 주민의 피난 상황, 현재까지의 손해 상황, 예상 손실 등등……

새벽녘에 갑자기 나타났던 거대한 딥 드래곤은 시 북부, 주택가 중심에 있는 공원에서 지금도 계속 침묵을 지키고 있다. 지금까지 없었던 일이다——인간이 사는 곳에 딥 드래곤 종족이 출현한 것은. 펜릴의 숲에 살고 숲으로 들어온 인간을 모조리 멸했던 심연의 숲 늑대. 시선을 통해서 온갖 물질을 지배하는 암흑마술을 사용하며, 거의 무적의 존재로 널리 알려져 있다. 소리도 없이 등 뒤에 나타나고, 표적이 된 자는 뒤를 돌아볼 틈도 없이 이 세상에서 소멸된다. 그 마술에는 대항할 수단이 없고, 오히려 적의 마술은 한 번 쳐다보기만 해도 소거해버린다.

하지만 현재까지 이 드래곤의 존재는 문제가 되지 않았다. 딥 드래곤은 출현한 뒤로 계속 침묵을 지키고 있다. 공원 한복판에서, 뭔가를 기다리는 것처럼 가만히. 그것이 언제까지 계속될지는 모르겠지만, 그보다 급한 일이 있었다.

숲의 출현.

이것만 보면 무슨 일인지 모르지만——실제로 그렇게 말할 수밖에 없는 사태였다. 출현한 드래곤과 대치하는 것처럼, 시 남부에 거대한 숲이 출현했다. 숲은 급속히 증식해서 이미 시가지를 광범위하게 집어삼켰고, 지금도 더 퍼지고 있다. 지금까지 숲에 '먹힌' 것이 주로 슬럼 지역이었기 때문에 피해는 파악하지 못했기 때문이지만, 시의 노동력을 상당수 잃은 것은 의심할 여지가 없다. 사태가 수습된다고 해도 부흥하려면 상당한 시간과 돈이 필요할 것이다. 자치도시다보니 왕도에

서의 원조도 기대할 수 없는 어번라마로서는 치명적인 사태다.

숲은 곧장, 드래곤을 향해서 침식하고 있다. 속도를 계산하고, 이 대륙 마술사 동맹원들은 하나의 시각을 산출했다.

그것은 단순한 추측이었다. 숲이 지금 속도 그대로 계속 북상했을 때, 딥 드래곤과 접촉하는 것은 정오 무렵이 된다.

'……앞으로 세 시간 반…….'

왼팔의 시계를 보고, 레티샤는 혼자서 중얼거렸다.

"얼라?"

갑자기 뭔가가 생각났다는 것 같은 소리를 내고 멈춰선 형 때문에, 도틴은 당혹스러웠다──어차피 같은 긴 궤를 들고 있는 이상은 형이 발을 멈추면 자신도 그럴 수밖에 없지만. 아무도 없는 시내를 계속 걸어왔지만, 딱히 눈에 띄는 변화는 없었다. 형이 어디에 정신이 팔렸는지 짐작도 못 한 채, 도틴은 형 쪽으로 고개를 돌렸다.

볼칸은 납득할 수 없다는 표정으로 주위를 둘러보고 있다.

"뭔가 이상하지 않냐? 도틴."

"그런가?"

되묻고, 도틴도 주위를 둘러봤다.

뭔가 있나 싶었지만 아무것도 없다. 거리의 모습에도 변화가 없고, 가끔씩 밀집된 골목길을 지나온 것 같기도 하면서 한산한 상점가를 지난 것 같은 기억도 있고, 지금 있는 곳은 초등학교 뒷문 앞이었다.

"생각해보니까 말이다."

도틴은 조용히 말했다.

"우리, 어디로 가던 거지."

굳이 물을 필요도 없다――도탄은 마음속으로 신음했다. 전혀 생각하지 않았다.

벽들이 온통 낙서투성이인 낡은 학교 건물은 기분 나쁠 정도로 조용했고, 새 울음소리가 희미하게 들려오는 것 외에는 움직임을 찾아볼 수가 없다. 말라붙은 나무와 발자국이 남아 있는 화단. 토끼 사육장도 텅 비었고, 철망 문이 대롱대롱 매달려 있을 뿐이다. 바람이라도 불면 삐걱거리는 소리라도 나겠지만, 하늘은 맑은데 바람이라고는 찾아볼 수가 없다. 학교 건물 창문, 바로 눈앞에 있는 문도 활짝 열려 있는 것이 너무나 부주의해 보였다.

'생각해보니까 말이야.'

이번에는 소리 내지 않고, 다시 한 번.

'그런 일이 있었고, 일단 뛰쳐나왔고. 그래서 무작정 도망치고 있으니까. 어디로 가야 할지 모르니까, 생각해봤자 달라질 것도 없을 테고.'

둘이 묵고 있던 교회에 이른 아침부터 갑자기 묘한 남자가 쳐들어왔고, 아는 사람을 살해했다. 일단 또 다른 묘한 남자가 내려와서――말 그대로 천장에서 내려와서――그 자리에서 도망칠 수가 있었다.

뜬금없는 일이 너무 많이 일어나서 상식적인 판단을 할 수 없게 돼버린 것 같다. 도틴은 멍하니 형 쪽을 봤다.

"역시 말이야, 경찰에 가야 하지 않을까."

"하하. 무슨 소리냐 도틴."

볼칸은 쾌활하게 말했다.

"너 말이야, 그거다. 경찰이란 말이다. 왜 그거. 뭐랄까, 진압봉이라든지. 그리고 수갑. 그리고 못. 가위."

"관계없는 것도 몇 개 섞여 있는 것 같은데……."

"뭐 대충 고문이나 투옥 같은 걸 당하고 싶지 않은 녀석은 가까이 가지 않는 게 좋다는 것이 이 몸의 연구 결과다."

"솔직히 가까이 간 순간 체포당할 수 있는 인생을 살지 않는 게 더 중요할 것 같은데."

도틴은 신음하고, 작은 소리로 덧붙였다.

"이거…… 이것도 바로 경찰한테 넘기면 죄가 안 될지도 모르는데."

그렇게 말하고 들고 있던 긴 궤를 슬쩍 두드렸다. 놀랐는지, 볼칸의 눈이 휘둥그레졌다.

"뭐라고요, 도틴 너, 벌써 부자의 생활에 질린 거냐?!"

"아니, 그게 아니라……."

부정했지만 볼칸은 들은 척도 안 했다. 긴 궤를 머리 위에 올려놓은 채 팔짱을 끼고, 필사적으로 뭔가를 생각하는지 미간에 주름까지 지었다.

"으음. 네가 그렇게까지 쉽게 질리는 녀석인 줄은 몰랐는데 말이다, 하지만, 일단 똑같이 생긴 부랑자와 옷을 바꿔 입는 정도는 해 두라고 충고하마."

"꼼짝 마라."

"그래 도틴 꼼짝 마라. 잠깐, 뭐야? 라고, 왜 내가 너한테 묻는 건지 잘 모르는 내가 너한테 말했을 텐데."

"조용히 해."

"여기엔 너랑 너밖에 없으니까 너한테 말한 것은 전부 내가 말한 것이라는 게 자명한 이치라고 할까——"

그리고, 거기서 겨우 형이 말을 멈췄다.

말은 물론이고 숨까지 멈추고, 도틴은 갑자기 나타난 상대를 봤다.

특별히 꾸미지도 않은 남자 하나가, 앞길을 가로막고 있다——본 적이 있는지 아닌지 생각할 필요도 없다. 바로 조금 전에 본 얼굴이었다. 둔중해 보이는 검은 망토, 길고 검은 머리카락, 그리고 입술의 상처…….

몸 곳곳이 그을린 것처럼 더러워져 있는데, 그것 말고는 딱히 특별한 변화도 없이, 어딘가 결정적으로 무관심한 눈으로 이쪽을 내려다보고 있다. 짊어지고 있는 긴 궤 뒤에서 상대의 얼굴을 올려다보고, 도틴은 또다시 뱃속에 이물질이 들어 있는 것 같은 기분에 몸을 움츠렸다. 이 남자가 눈앞에서 인간의 머리를 날려버렸을 때와 똑같은 이물질. 미지근하고 날카롭고 차가운, 묵직한 응어리다.

"네놈은!"

형이——도틴의 등 뒤에서——외쳤다.

"그러니까…… 뭔가 시커멓긴 하지만 돈 받으러 온 건 아닌 놈!"

"아, 아니 저기 형님, 뭔가 좀 더 큰 문제를 깜박한 것 같은데 말이야…… 그거…….."

"으음. 그렇다면 그거다. 그러니까. 뭔가 가늘고 긴 놈."

"아니, 외모가 아니라."

"그렇다면 이 녀석이 가는 곳마다 사람을 죽이고 다닌다는 걸 지적하면 되는 거냐? 뭐 분명히 그건 좋지 않은 일이지. 그만둬라."

"형니이이임."

"……."

남자는 그저 담담하게, 아무 말도 없다. 두 팔도 망토 속에 감추고
──이건 왠지, 최소한 전투태세 직전인 것 같은 생각이 들어서, 도틴
은 어떻게든 안심하려고 노력했다──가느다란 눈만이 빛나고 있다.

그 때──

볼칸이 훗훗훗, 대범하게 웃는 소리가 들렸다.

"괜찮다 도틴. 이 형님은 이미 놈의 약점을 간파했다."

"……정말?"

기대해봤자 의미가 없다는 건 알고 있지만 일단 물어봤다. 하지만
볼칸은 어디까지나 자신이 넘치는 것 같았다. 크게 고개를 끄덕이고,

"음. 놈은 구조상 아마도 검으로 벤다든지 하는 데 약하다. 그리고
그밖에도 둔기로 때리거나 마차에 치이거나 그리고, 그러니까 맹수한
테 잡아먹히는데도 약할 게 분명하다. 약점이 너무 많아, 네놈!"

"미안하군."

"사과했어?!"

손가락질까지 하면서 지적한 형에게 작은 소리로 중얼거린 그 남자
에게, 도틴도 따라서 소리를 질렀다. 자기도 모르게 큰 소리를 내고는
반걸음 정도 뒤로 물러났지만, 남자는 딱히 아무런 변화도 없이 그저
침묵을 유지하고 있었다.

이렇게 되면 이쪽도 할 말이 없다. 불편한 정숙 속에서 도틴은 쭈뼛
쭈뼛 주위를 둘러봤다. 어쩌면 우연히 누가 도와줄 지도 모른다…….

"이 근처에는 아무도 없다."

자신의 생각을 들여다보기라도 한 것처럼, 남자가 중얼거렸다. 고개
를 돌려보니 남자는 이미 이쪽이 아니라 다른 방향을 보고 있었다.

"으음?"

형이 되물었다. 남자는 몇 초 정도 지나서 말했다.

"너희가…… 놈들과 아무 관계도 없다면 딱히 상관은 없다."

그리고, 보고 있는 것과 다른 쪽을 가리키면서,

"여기는 이미 위험 구역이다. 주민들은 한참 전에 강제 피난했다. 그리고 얼마 지나지 않아서 숲이 온다. 도망치려면 이쪽으로 가라."

"숲?"

"신경 쓰지 마라."

"신경 쓰지 말라고 해도……."

의미심장한 얘기를 그렇게 연속으로 늘어놓으면 무시하기도 힘들다. 하지만 남자는 아무런 대답도 없이, 표정이 약간 굳어졌다——지금까지 불지 않았던 바람이 불어서 남자의 길고 검은 머리카락과 무거워 보이는 검은 망토를 흔들었다.

그리고. 땅이 울리는 소리가 나기 시작했다.

"흐에?"

바로 눈으로 봐도 알 수 있을 정도로 땅이 흔들리기 시작했다. 진동 속에서 간신히 균형을 잡고 긴 궤를 들었다.

남자가 중얼거리는 소리가 들려왔다.

"생각보다 빠른데……."

그리고.

지면이 부풀어 오르고, 초등학교 건물이 순식간에 무너지더니 굉음과 함께 모든 것을 집어삼키고——

숲이 밀려왔다.

"성역······ 이라고 하면 알려나? 그들은 자신들이 사는 곳을 그렇게 부르고, 영주님도 그렇게 부르시지. 지금도 드래곤 종족이 살아 있는 최후의 보루야."

　"몇 번인가 들어본 적이 있는 것 같아."

　오펜은 하늘을 보면서 고개를 끄덕였다. 푸른 하늘에 새겨진 할퀸 자국 같은 옅은 구름이 천천히 흘러간다. 거리는 조용했다. 옥상 위에서 둘러봐도 사람은 하나도 보이지 않았다. 그리고——

　멀리. 수백 미터는 덜어진 공터——아니, 공원이려나? 거기에 칠흑의 거대한 짐승이 보였다.

　예전에도 조우한 적이 있었다. 이 거리에서도 잘못 볼 리가 없다. 딥 드래곤, 펜릴의 거대한 몸.

　오펜은 숨을 내쉬고, 그제야 한참동안 숨을 멈추고 있었다는 걸 알았다. 쓸쓸하게 웃고 뒤에 있는 위노나 쪽을 봤다.

　"드래곤 종족의 성역······ 대륙 중앙에 있지? 다들 그렇게 말하던데 말이야."

　지금 있는 곳은 눈을 떴을 때 있었던 그 진료소의 옥상이다. 그럭저럭 넓고 주위도 잘 보인다. 사람이 잘 드나들지 않았는지 많이 더러웠지만. 하나밖에 없는 출입구 문도 경첩이 녹슬어 있었다.

　"결국."

　위노나의 목소리는 컸다. 조용한 아침에, 그리고 사람이 없는 조용한 거리에, 깊이 울렸다.

　"피난소야. 여신과의 싸움에서 드래곤 종족은 그 힘을 거의 잃었어.

월드 드래곤…… 그 전까지 우리 조상들을 지배했던 천인종족은 말 그대로 멸종됐다고 하고."

그대로, 몇 번이나 연습한 것처럼 척척, 그 다음을 설명했다.

"넌 어때? 뭐라고 배웠어? 드래곤 종족에 대해서."

"마주치지 마라."

"……응?"

"내 선생님은 그렇게 말했어——마주치지 마라, 거역해봤자 소용없는 것에 거역하지 마라, 라고."

오펜은 그렇게 대답하고 어깨를 으쓱거렸다.

그러자 위노나의 표정이 굳어지는 게 보였다. 위노나는 얼굴을 찌푸리는 것과 혀를 차는 것과 말을 내뱉는 것을 완전히 동시에 해냈다.

"소용없는 게 아냐. 우리는 전과를 올리고 있으니까."

"……그러니까."

신중하게, 오펜은 신음하듯 말했다.

"너희는 드래곤 종족——성역과 싸우고 있다는 거야?!"

"그렇다면 어쩔 건데?"

위노나는 그렇게 말하고, 한 눈에 봐도 전혀 신중하지 않고 단순한 허세로 뜸을 들이고, 팔짱을 끼고 상체를 슬쩍 뒤로 젖혔다. 강인한 위팔 근육이 두드러진다. 틀림없다…….

오펜은 말없이 인정했다.

'영주라는 자가 누구인지는 모르겠지만, 틀림없이 그 중에서도 최강의 병사 중에 하나겠지…… 아무리 봐도 말단은 아닌 것 같으니까.'

그렇게 인정하고 다시 위노나를 보니, 부정할 근거가 전혀 없어 보였다. 빈틈없이 단련했고, 장난기가 없고, 교만 덩어리 같은 전사의 몸. 기사──파견 경찰관이라고 했는데, 이렇게까지 전투에 특화된 사람은 흔치 않겠지. 파견 경찰 조직에는 유명한 대 무장 도적 전투과인 무장화 부대가 존재하는데, 그들의 단련 방법과도 또 다르다.

위노나의 눈을 마주보며 그 눈 속에 있는 의도를 읽는 것은 쉬웠다.

대 무장 도적 전투과. 그건 어차피 무장한 인간 집단을 진압하기 위한 존재다. 하지만 위노나는,

'……마치, 인간을 초월한 존재를 상대하려는 것처럼 보이는데…….'

오펜은 긴 시간을 들인 뒤에 입을 열었다.

"드래곤 종족하고는 싸울 수 없어."

"할 수 있어. 뭐, 이미 하고 있고."

하지만 위노나는 아주 간단히 대답했다.

"뭐 쉽다고 할 수는 없지 말이야. 동료도 여러 명 죽었고……."

그 때.

갑자기 말을 멈췄다.

"응?"

"쉿."

묻는 오펜을 제지하고, 위노나는 발소리도 내지 않고 아주 재빠른 발걸음으로 출입구 문 앞으로 갔다. 그리고는 바로, 문손잡이를 잡고 벌컥 열었다.

"까악?!"

비명을 지르면서 넘어진 사람은 로테샤였다. 바닥에 넘어졌다가 바로 일어나고, 아랫입술을 깨물고 위노나를 노려봤다.

하지만 검을 끌어안은 소녀가 노려봐도, 위노나는 속 편한 동작으로

두 팔을 벌리고서 말했다.

"무슨 짓이냐고 말하고 싶겠지만 말이야. 원래 엿들었던 사람은 그런 소리 하지 않는 법이야."

"들을 권리가 있습니다!"

일어서서, 로테샤가 소리쳤다.

위노나가 깜짝 놀랐다.

"권리?"

"에드 얘기도 하고 있었잖습니까? 그렇다면 저도——"

"들어서 어쩔 건데?"

오펜은 처음으로 끼어들었다.

위노나한테 뭔가 받아치고 싶은 건지——입을 몇 번 뻐끔거리고, 로테샤는 오펜 쪽으로 고개를 돌렸다. 뭔가 의식 같은 손짓으로 클리오의 검을 끌어안은 로테샤를 보며, 오펜은 신음하듯이 말했다.

"어쩔 거냐고."

다시 물었다. 로테샤는 살짝 고개를 젓고,

"만날겁니다…… 다시 한 번."

"또 죽으려고?"

오펜은 바로 말했다.

"이번에는 널 소생시켜 줄 레키도 없는데."

그리고——별 생각 없이 어깨 너머로, 멀리 떨어진 공원 쪽을 봤다. 칠흑의 거대한 짐승은 아직까지 꼼짝도 하지 않고 그 자리에 있다. 바람 때문에 눈이 따갑다.

시원하다기 보다는 춥다는 생각을 하며, 오펜은 계속해서 말했다.

"넌 한 번 죽었어. 한번 있었던 일이야. 되풀이할 뿐이라고."

"……."

로테샤는 아무 말도 하지 않았다──얼굴을 보고 싶지는 않았지만 어떤 표정인지 상상은 할 수 있었다.

그때──

"맞아."

위노나게 짧게 말했다. 끼어들 거라고는 생각도 못 했는데, 위노나 쪽을 쳐다보니 대수로운 일도 아니라는 듯이 계속 말하기 시작했다──
──뭔가 꿈이라도 꾸는 것처럼 담담하게.

"되풀이할…… 뿐일지도 모르겠네."

기묘한 말투 같기도 했지만.

오펜은 로테샤 쪽을 보며 고개를 끄덕였다.

"뭐, 그래도 혼자만 빼놓을 이유는 안 되려나. 듣고 싶으면 듣던지."

검은 머리의 소녀의 안색이 확 밝아지는 것을 보니, 왠지 자신의 힘이 빠려나가는 것 같은 기분이 들었다.

'이 헛수고 했다는 기분은 대체 뭐지.'

번히 아는 것을 자문하고, 탄식했다.

'정말이지. 누구 때문인지는 모르겠지만 문제가 너무 많은 것 아냐? 아무리 그래도 말이야…….'

투덜댔지만 듣는 사람도 없다.

로테샤가 같이 있는 걸 허락했다고 위노나가 반발할지도 모른다는 생각이 들었지만, 그쪽도 크게 신경 쓰지 않는 것 같다. 조금 전과 변함없는 투로 말하기 시작했다.

"도펠 익스라고, 그 놈들은 자기들을 그렇게 말하고 있어."

"응?"

"무슨 의미인지는 몰라. 한마디로 성역 밖으로 나와서 뭔가를 뒤적거리고 다니는 놈들이거든."

"배신자라는 뜻이겠지. 도펠…… 익스."

"그럴 것 같아. 하지만 뭐, 그런 건 그 녀석들 본인한테 묻고 싶어. 내가 알고 있는 건, 아무튼 성역의 드래곤 종족의 어떤 목적으로 에이전트들을 성역 밖으로 파견하고 있다는 거야."

위노나는 그렇게 말하고는 엄지손가락으로 자기 가슴을 가리켰다.

"우리는 그걸 찾아내서 암살하고. 예외 없이."

"왜 그래야 하는 거지?"

"그건 영주님께 물어봐. 난 제대로 설명할 자신이 없으니까."

"그쪽도 잘 모르는 게 아니고?"

오펜이 말하자 위노나는 눈이 휘둥그레져서 코끝을 긁었다. 거기에 몇 초나 걸릴 필요가 없는데, 위노나는 그만큼의 시간을 들였다. 뭔가를 생각하고 있다는 뜻이겠지——오펜은 그렇게 판단했다. 정곡을 찌른 건지도 모른다. 정말로 예상 밖일 리는 없을 테니까.

위노나가 빈정대는 것처럼 입 꼬리를 치켜 올리는 게 보였다.

"다시 얘기할게. 아마도 그건 영주님이 직접 얘기하시고 싶을 테니까, 난 말 안 해. 어쨌거나 영주님께 협력할 생각이 있는지 아닌지도 모르는 인간한테는 말할 수 없으니까."

"꽤나 그 영주님의 비위를 맞추려고 드는데."

"그래서, 결국 어쨌다는 거죠?"

로테샤의 맑은 목소리가 대화를 분단시켰다.

대담한 미소를 짓고 입을 벌리려던 얼굴로——뭔가 빈정대는 말이라도 날려서 한 방 먹이려고 했겠지——위노나가 김이 샜다는 눈으로 로테샤 쪽을 쳐다봤지만, 대화가 진행되지 않아서 짜증이 난 것 같은 로테샤한테는 통하지 않았다.

"그 토펠인가 하는 게, 저희랑 무슨 상관이 있다는 거죠?"

"이미 잔뜩 관계가 있어. 그쪽이 모르는 데서."

오펜은 한숨을 쉬면서 대답했다. 자신도 무슨 일이 일어난 건지 확신할 수는 없지만.

"네 검을 빼앗은 라이언. 그 녀석과 손을 잡은 건 헬퍼트인가 하는 레드 드래곤 종족이야."

"그런 얘기지. 그쪽이 모르는 일들이 잔뜩 있다고, 아가씨."

위노나가 어깨를 두드리려고 손을 뻗었지만 그것을 노골적으로 피하고, 위노나가 큰 소리로 말했다.

"그래서 왜 드래곤이 검을 원하는 거냐고요?"

날카로운 목소리는 화풀이 하는 것처럼 들리기도 했지만, 지당한 질문이기도 했다. 일단 오펜 자신은 대답할 방법이 없었기에 위노나 쪽을 쳐다봤다.

위노나는 한숨을 한 번 크게 쉬고 나서 조용히 대답했다.

"그 놈들의 의도를 내가 알 도리가 없잖아? 하지만 이것만은 가르쳐줄게, 아가씨——그쪽이 에드라고 부르는 남자는 말이야, 정말로 그 검이 갖고 싶어서 내쉬워터의 옛 집으로 돌아온 게 아냐. 그 검을 노리는 건 헬퍼트라고 하는, 도펠 익스 놈들 중에서도 제일가는 킬러야. 킬러라는 표현이 마음에 안 든다면 전투 생물이라고 할까. 그 레드 드래곤이라는 건 말이지."

"⋯⋯."

침묵하고, 침을 삼키는 로테샤의 옆얼굴을 보면서, 오펜은 신음하듯이 말했다.

"레드 드래곤 종족은 타고난 살육자야. 선생님이 엮이지 말라고 말한 이유를 너무나 잘 알 수 있을 정도로."

고개를 끄덕이고, 위노나가 계속 말했다.

"헬퍼트한테는 우리 동료도 여러 명이 죽었어. 라이언이라는 녀석도 한패였던 것 같은데. 유이스——아, 에드 얘기야——는 영주님의 명령으로 헬퍼트를 죽이기 위해서 내쉬워터로 돌아갔던 거야. 그리고 결국 실패해서 검은 빼앗기고, 그 놈들 중에 하나도 못 죽였지. 그래서 이번에 이 꼴이 났고. 뭐, 그 녀석도 대가는 치러야겠지. 지금쯤 다시 그 놈들을 말살하려고 움직이고 있을 거야."

"일단 그런 얘기엔 관심 없어."

오펜은 그렇게 말하고 가슴에 있는 펜던트를 슬쩍 만졌다.

위노나가 웃었다.

"꽤나 매정하네."

"그 녀석이 누굴 죽이려 했고 그리고 죽이러 갔다면, 뭐 무사히 일을 완수하겠지. 기분은 더럽지만 내가 막을 수 있는 일도 아니고."

"왠지 과대평가 하는 거 아냐?"

"그런가? 내가 알고 있는 한, 그 녀석은 선생님한테 제일 근접한 마술사야——"

그리고, 로테샤의 시선을 알아차리고는 정정했다.

"아, 난 그 녀석을 잘~ 알거든. 몇 년 전부터 아는 사이…… 아니, 가족 같은 관계야. 말해두는데, 내가 알고 있는 이름은 에드도 유이스도 아냐. 젠장, 옛날부터 박쥐벽이라도 있는 것처럼 이리저리 돌아다니던 녀석인데, 그게 가능이나 한 건가? 몇 년이나, 여러 이름을 쓰면서 사는 게."

"댁도 비슷한 입장 아닌가? 키리란셀로 씨?"

"……"

혀를 차고, 오펜은 철책 난간을 두드렸다.

"뭐…… 그 녀석 얘기는 됐고. 너희가 그 영주인지 뭔지의 명령으로 움직이고 드래곤 종족과 싸우고 있다는 건 알았어. 하지만 이 정도로는 아무것도 모르는 것과 별 차이가 없어. 결국 이런 결론이 되니까――대체 뭘 위해서 그런 짓을 해야 하는 건데?"

"시끄러. 그 얘기는 이미 했잖아."

정말로 질렸다는 듯이, 위노나가 말했다. 얼굴을 잔뜩 찌푸렸다. 하지만 이쪽이 가만히 쳐다보자, 이렇게 말했다.

"그럼 이렇게 말하면 될까. 우리는 성역에 대한 충분한 대항력이 없는 한, 결국 잠재적으로 드래곤 종족의 지배를 받을 수밖에 없어. 진정한 독립과 자립을 위해, 그들과 호각으로 싸울 방법을 모색할 필요가 있다. 라든지."

"마지막에 '라든지'가 노골적으로 수상한데."

"원래 정론(正論)이란 그런 법이야."

겨우 그 정도 정론을 늘어놓고 어깨라도 결린 건지, 위노나는 뻐근하다는 듯이 팔을 돌리고는 겨우 몇 걸음으로 난간 앞까지 걸어와서 거기에 몸을 기댔다. 튼튼한 난간이 비걱거리는 소리가 진정될 때까지 기다렸다가 먼 곳으로 시선을 보냈다――위노나가 바라본 것, 그건 생각해볼 필요도 없었다. 시선을 따라가 보니 거대한 검은 왕자(王者), 딥 드래곤의 모습이 있었다.

"저게 한 마리 나타났을 뿐인데…… 이 대륙 4대 도시 중에 하나가 아주 난리가 났잖아. 어때? 저게 마음만 먹으면 이 동네를 거의 날려 버릴 수도 있는 것도 사실이잖아. 그리고 거리 남쪽에 나타나서 저 너무 많이 자란 꺼먼 개를 향해서 돌진하고 있는 '숲'."

집게손가락으로 지도라도 더듬는 것처럼 실제 도시의 풍경을 슥 가리키고——

"난 저 녀석들이 계속 제멋대로 굴게 두고 싶지 않거든."

"이 도시에는 시립 군대가 있어. 마술사 동맹도 가만히 있지 않을 테고."

"아, 맞다 마술사 동맹. 그쪽 아는 사람이 와 있어…… 뭐, 나중에 생각이 나면 한 번 가보라고."

"?"

"저기……."

로테샤가 끼어들었다. 조금 전까지와 비교하면 상당히 차분해진 목소리로, 위노나가 자기 쪽을 봐주길 바라는지 잠시 뜸을 들였다.

결국 위노나는 아는 척도 안 했지만, 소녀는 검을 끌어안은 채로 그 다음 말을 했다.

"에드가 있는 곳을 가르쳐주실 수 있을까요……?"

"가르쳐줄 수 없는 이유가 세 개 정도 있거든."

위노나가 몸을 움직이자 난간에서 불쾌한 소리가 났다.

"하나. 지금 그쪽이 유이스를 죽이면 곤란해. 둘. 거기 있는 눈빛이 더러운 양반한테 걱정거리를 늘려 주고 싶지 않아. 셋. 유이스는 날 용서하지 않아…… 아, 그리고 하나 더. 대답하고 싶어도 난 몰라. 그 녀석이 있는 건 이 동네 어딘가야. 그 녀석은 독자적인 판단으로 표적을 찾아서 죽여. 고삐 풀린 사냥개라고. 무슨 말인지 알겠어?"

"나도 그런 사냥개로 만들겠다는 거야?"

그렇게 묻고, 오펜은 위노나의 반응을 관찰했다──웃을 거라고 생각했지만, 위노나는 아주 진지하게 고개를 저을 뿐이었다.

"남의 개는 거두는 게 아니지. 안 그래?"

"그럼 왜 나한테 이러는 건데?"

"그쪽만 할 수 있는 일이 있으니까. 그리고 영주님은 자기 것으로 삼을 수 없는 상대한테는 대등한 거래를 제안하지."

위노나의 눈에 날카로운 빛이 번쩍인 것처럼 보였다.

"그 클리오라는 애를 구하고 싶잖아?"

"그래."

"그쪽이 어떻게 생각하는지는 모르겠지만 말이야, 영주님은 현실적인 분이거든. 당대 제일의 암살 기능자를 적으로 돌릴 생각은 안 해. 그 분이 원하는 건 대등한 거래. 그 분의 제안은 틀림없이 그쪽이 손해 보는 일은 아닐 거야."

"듣기 전엔 모르는 일이잖아?"

"우리도 처음부터 이런 사태를 예상했던 건 아냐. 클리오의 건강 회복을 저래 소재로 꺼낸 건 어쩌다보니 그렇게 된 것 뿐이지. 영주님이 준비한 보수는 따로 있어."

"……뭐야 이건?"

그녀의 시선이 왠지 거북했고──오펜은 못 뒤쪽이 따끔거렸다. 안 좋은 예감. 때와 장소를 가리지 않고 찾아오는 오한과 불길한 조짐.

차분해진 위노나의 목소리도 그 한기를 더욱 강조할 뿐이었다.

"아마도 이 대륙에서 댁의 누나가 있는 곳을 찾을 수 있는 사람은 영주님밖에 없어…… 그 분은 이미 그녀와 접촉하는 데 성공했고."

"……."

숨이 막혔다.

위노나는 그대로 계속 말했다.

"겨우 몇 초. 그것도 상대가 이쪽의 존재를 알아차리게 하지도 못했지만 생존만은 확인했어. 그녀와의 교섭하기 위한 비장의 카드로, 영주님은 그쪽을 필요로 하고 있거든…… 내가 얘기할 수 있는 건 여기까지야. 이 정도만 해도 너무 많이 했지만."

"……."

겨우 숨이 트였다.

목 주위에 밴 것 같은 땀을 손으로 닦아서 열기를 날렸다. 손바닥은 너무나 차가워져 있었다. 위노나의 얼굴을 보면서도 상대의 표정 따위는 눈에 들어오지도 않았지만, 오펜은 천천히 할 말을 찾았다.

"먼저…… 클리오에 대해서. 아자리는 자기 앞가림 정도는 알아서 할 테니까."

"오케이. 조금 안심했어."

위노나가 미소를 지었다──지금까지와 조금 다른, 약간 풀어진 것 같기도 했지만 그것도 착각인지도 모른다. 그녀는 난간에서 몸을 떼고 손을 펄럭펄럭 흔들었다.

"그쪽이 안심하게 해줄게. 댁의 제자는 다미안이 보호해서 안전한 곳에 옮겨뒀어. 의식을 회복하려면 조금 더 걸리겠지만 걱정하지 않아도 될 거야."

"내가 더 버티면 매지크도 거래 소재가 되는 건가?"

"기껏 협력할 수 있는 분위기가 됐는데 너무 그러지 말고."

위노나는 아주 대담하게 웃었다. 그리고 바로 그 웃음을 지우고,

"잠자는 공주——아. 클리오라는 애 얘기야——다미안이 보기에 정신인지 혼인지 뭐 그런 게 빠져나간 것 같다더라고. 몸은 죽지 않았지만 언제까지 버틸지 모른다고. 경우에 따라서는…… 그대로 죽거나 다른 사람이 돼버릴 수도 다고. 그렇게 말했어."

"추측인가?"

"다미안은 강력한 백마술사야. 아마 99% 틀림없을 것 같은데."

"백마술사……?"

깜짝 놀라서 물었다. 위노나는 바로 고개를 끄덕였다.

"잠자는 공주님한테 무슨 일이 일어났는지, 그걸 얘기해줄게. 그 아이가 여관에 돌아왔을 때 라이언인가 하는 도펠 익스가 덮쳤어."

"라이언이……?"

날카로운 비명——로테샤였다. 손으로 입을 막은 놀란 표정이다.

위노나가 살짝 눈살을 찌푸렸다. 어깨를 으쓱거리는 대신이었을지도 모른다.

"성역의 에이전트로서 움직이는 건 드래곤 종족만이 아냐. 뭐, 인간 중에 섞여서 무슨 짓을 하려면, 인간이 제일 눈에 안 띄니까."

"하지만…… 라이언은 반년이나 우리 도장에——"

"유이스 자식 때문이었겠지. 그 자식들, 일단 일을 벌이면 거창하게 하는 주제에 의외로 신중한 구석이 있거든."

"라이언이, 클리오를 저렇게?"

오펜이 다시 클리오 얘기를 하자, 위노나는 고개를 좌우로 저었다.

"아니. 그저 저 아이를 죽기 직전까지 몰아붙였을 뿐이야. 내가 그 자리에 있었던 게 아니라서 자세한 건 모르겠지만."

위노나는 복잡한 표정을 짓고,

"문제는 그 아이한테 딥 드래곤이 수호자로 붙어 있었다는 점이야."

"레키가 클리오를 죽였다고 했었지."

오펜은 그 말을 생각하면서 말했다.

"그럴 리는 없을 것 같은데. 레키가 클리오한테 해를 끼칠 이유가 없잖아."

적어도 지금까지 그 딥 드래곤 새끼는 어떤 국면에서건 클리오를 지켜왔다.

그 말을 듣고 위노나가 씁쓸하게 웃었다. 곤란하다는 듯이 말했다.

"그야 그렇겠지. 해라니, 말도 안 되지."

라고.

위노나가 말을 멈췄다. 로테샤가 답답하다는 듯이 입을 삐죽 내밀었지만, 손으로 제지하고 코를 벌름거렸다. 냄새를 맡는 건 아닐 텐데.

그리고——

재빨리 경계태세에 들어가고, 눈으로만 어느 한 쪽을 쳐다봤다. 출입구가 있는 쪽을.

위노나가 경계 태세에 들어간 이유는, 피부로 느낄 수 있었다. 기척이라고 해야 할까, 명확한 위협에 신경이 반응했다. 오펜은 손을 품 안에 넣었다. 은 단검. 그 자루의 촉감. 이딴 게 도움이 될지는 모르겠지만…….

짧은 정숙이 지나고, 위노나가 조용히 말했다.

"뭐…… 자세한 건 아마도 이 녀석한테 물어보는 게 빠르겠지."

"그렇다."

목소리가 들리는 곳은 등 뒤——난간 아래쪽이었다.

고개를 돌렸다. 동시에 난간 아래쪽에서 금발 남자가 튀어나왔다.

양쪽 눈은 녹색으로 빛나고, 입을 크게 벌려서 송곳니가 다 보인다. 남자가 난간을 뛰어넘어 옥상으로 들어오자, 오펜은 품 안의 단검을 뽑아서 그대로 남자의 얼굴을 찔렀다.

종이풍선을 찌르는 느낌과 함께, 남자의 몸이 펑 터져서 사라졌다.

다음 순간.

굉음과 함께 뭔가 날아간 것 같았다. 소리는 또 등 뒤. 처음에 경계했던 출입구 문이 산산이 부서졌다. 지금 막 베어버린 것과 똑같이 생긴 남자가 거기 있었다. 문을 파괴할 때 앞으로 뻗은 것인지, 축 늘어진 2미터 정도 길이의 팔을 한 번 흔들어서 원래 길이로 되돌렸다.

재미없는 생김새였다——특별할 것도 없는, 낡고 수수한 정장. 추레한 윤곽. 피곤해 보이는 얼굴. 머리카락. 하지만 단 하나, 이상할 정도로 빛나는 녹색 두 눈만 빼고.

그냥 흔한 남자처럼 보였다.

그 남자가, 입구에서 한 걸음을 내딛더니——

오른팔을 대충 휘둘렀다.

채찍처럼 길게 늘어난 손가락이 미처 피하지 못한 위노나의 몸을 옆으로 날려버렸다. 그녀의 몸에 바닥에 몇 번 튀는 모습을 보며, 오펜은 단검을 고쳐 쥐고 마술 구성을 전개했다.

"나 발하노라, 빛의 칼날!"

순백색 빛줄기가 레드 드래곤의 몸을 둘러싸고——

그리고 보이지 않는 벽에 떠밀린 것처럼 궤도를 바꿔서 엉뚱한 방향에서 폭발했다.

"뭐야?"

당황하고, 신음했다. 하지만 생각할 시간은 없었다.

레드 드래곤, 버서커————헬퍼트가 이쪽을 봤다.

그제야 로테샤가 비명을 질렀다.

헬퍼트가 지금까지 등 뒤에 숨기고 있던 왼손을 꺼내자, 그 손에는 칼집에서 뽑은 검이 한 자루 쥐어져 있었다. 기묘한 모양, 거의 실용적이라고 할 수 없는 장식용 검 같은 가느다란 일직선 칼날. 칼날이 하얗게 빛나면서 그 검의 내력을 은근슬쩍 주장했다.

"프릭 다이아몬드!"

로테샤가 소리를 지르거나 말거나, 오펜은 옆으로 뛰었다. 위노나를 날려버린 손가락으로 이번엔 자신을 향해 내리쳤지만, 간신히 피했다.

'마술을 막아냈어…….'

오펜은 혀를 차고 다음 수를 준비했다.

검. 마술을 막았다. 그것만으로도 대강 알 수 있다.

예전에 천인과 인간 종족 마술사와의 전쟁——이라고 하는 자도 있지만, 실제로는 단순한 술래잡기였다——에서, 천인 종족은 자신들을 따르는 인간 종족에게 마술사와 싸울 힘을 주기 위해서 수많은 무기들을 줬다. 그것들은 천인 종족이 맺은 마술 문자에 의해 강대한 힘을 발휘했고, 밖으로 많이 드러나지 않은 천인 종족보다 훨씬 많은 마술사들을 살육했다. 그 성질상 그 무기들 대부분이 마술을 막아내는 능력을 지녔다.

인간 종족의 마술이 그 시대보다 훨씬 진보했다고는 해도, 그 무기들의 방어를 돌파하는 것은 쉬운 일이 아니었다.

게다가——

'그걸 이 자식이 들었다니!'

드래곤 종족의 암살자, 레드 드래곤이.

빛나는 검을 치켜드는 괴물의 모습을 보고, 오펜은 절망적인 신음소리를 냈다. 애당초 통각도 급소도 없는 레드 드래곤 종족에게 칼이나 타격은 통하지 않고, 마술까지 막아낸다면 쓰러트릴 방법이 없다.

'열 충격파까지 튕겨내면 가까이 갈 수도 없는데.'

일어나려다가──그만두고, 오펜은 손바닥을 옥상 바닥에 댔다.

'틈을 만들어서 검을 빼앗는 수밖에 없어.'

숨을 들이쉬고, 고도의 구성을 짠다. 오펜은 큰 소리로 주문을 외쳤다.

"나 노래하노라──"

거기서, 숨이 멈췄다.

시야가 급속도로 어두워지고──오싹한 기분을 맛보면서, 공기를 들이쉬기 위해 헐떡였다. 산소결핍 때문에 몽롱해지면서, 오펜은 몸을 비틀었다. 하지만 강력한 뭔가가 뒤쪽에서 목을 졸랐기 때문에 마음대로 움직일 수도 없다.

그래도 억지로 고개를 돌려보니…….

"뭐야……?"

거기에, 헬퍼트가 있었다.

하지만 조금 달라졌다. 팔과 오른쪽 가슴을 통째로 도려낸 모양이었다. 상처 단면은 탄화됐지만, 나머지 부분은 딱히 이상할 것도 없이 담담했다. 목을 조이고 있는 것은 길게 뻗은 왼팔이었다. 그것이 몸에 감겨서, 정신을 놓으면 뼈 채로 부숴버릴 수도 있는 힘으로 조이고 있다.

시선만 움직여서 옥상 입구에 서 있는 헬퍼트──검을 들고, 사지가 멀쩡한──를 보니, 마침 그쪽이 후두둑 무너져 내리기 시작했다. 검이 바닥에 떨어져서 땡그랑, 소리를 냈다.

"첫 번째가 의태였다. 두 번째가 그렇다고 해도 이상할 것은 없지."

남은 헬퍼트가 작은 소리로 말했다.

"큭————!"

오펜은 신음하면서 단검으로 목에 감긴 팔을 찔렀지만, 통하지 않으리라는 건 처음부터 알고 있었다. 그러는 사이에도 헬퍼트의 팔에는 힘이 더 들어갔고, 천천히, 오펜의 몸을 들어올렸다.

코 끝이 뜨거워진다. 목이 삐걱거리고 턱이 일그러진다. 무엇보다, 소리를 낼 수 없다——주문을 외울 수가 없어 초조해졌다.

"오펜 씨!"

로테샤의 목소리. 그리고 뭔가를 던진 것 같은 툭, 하는 소리. 로테샤가 뭔가를 하려 했고 그리고 헬퍼트가 쳐낸 것 같은데, 시야가 거의 시커매져서 볼 수도 없다.

저린 것 같은. 떨리는 것 같은. 온몸이 끓어오르고 두개골이 삐걱거리는 소리를 들으면서 모든 것을 포기하고 싶어졌다.

유혹은 강했다.

적어도 이건 황홀한 최후다.

길게 이어져온 것을 한 순간에 영원히 끝낼 수 있다는, 그런 유혹.

언제나 존재하는. 누구에게나 속삭이는 유혹의 손길.

편하다는 점에서 생각한다면 지고의 선택이다. 현세에 영혼도 극락도 없다는 것이 증명된 이 시대에서는 특히.

신이 존재하지 않게 되고, 생과 사는 같은 가치가 됐다…….

————————

'웃기지마!'

마음속으로 외치고, 오펜은 오른팔을 일단 내렸다가 다시 치켜 올려서 몇 미터 떨어진 헬퍼트를 향해, 손에 쥐고 있던 단검을 던졌다. 그 칼날이 맞았는지 아닌지는 모르겠지만, 목에 파고 들던 드래곤의 팔에 두 손 손가락을 박아 넣었다──적의 팔을 뜯어내기 위해서 온 몸의 힘을 짜냈다. 한 순간이 지나, 그 팔이 조금 헐거워진 것 같은 기분이 들었다. 단검이 명중한 것 같다. 눈물 때문에 눈앞이 흐려져서 아무것도 보이지 않지만.

그 순간──

"이야아아아아아!"

흐릿해진 의식 속에서 고함 소리가 들렸다. 충격, 그리고 갑자기 팔이 풀리고 몸이 해방됐다. 고개를 돌려보니 위노나가 검을──로테샤가 안고 있던 검을──드래곤 종족의 팔을 잘라낸 자세로 들고 있다.

"……좋은 검인데."

위노나가 그렇게 중얼거리고 자세를 고친 것과, 헬퍼트가 아무렇지도 않다는 표정으로 잘려나간 왼팔을 재생한 것은 거의 동시였다.

목에 꽂혀 있던 단검을 아무렇지도 않게 뽑아서 옆으로 던지고, 헬퍼트가 조용히 말했다.

"──의 때까지, 끼어들지 못하도록 하겠다."

"……?"

그 말의 앞부분은 잘 알아듣지 못했다. 하지만 헬퍼트는──들으라고 한 말이 아니겠지──개의치 않고 그 다음을 계속 말했다.

"내 동지가…… 생과 사를 전부 걸고 싶다고 했으니까."

그 말이 끝나자마자.

아니, 분명히 끝나기도 전에.

헬퍼트가 울부짖었고, 그리고 건물이 순식간에 무너졌다.

제4장 앞으로 2시간 10분

"라이언. 당신은 이 세계 밖으로 가야 합니다."

그 목소리는 영하의 바람에 울리는 방울 소리처럼 아름다웠다.

'뭐야…… 왜, 이런 일이 생각나지……?'

예를 들어서 잠에서 깼을 때, 자는 동안 꿨던 꿈은 언젠가 생각이 안 나게 된다.

그 순간이 언제였는지는 모른다. 하지만 어느 샌가 생각나지 않게 된다.

꿈을 꿨다는 것만은 기억한다. 그 꿈속에 누군가가 있었다는 것은 기억한다.

하지만, 생각해낼 수근 없다.

아무것도 생각해낼 수 없지만…….

'뭐야…… 난 뭘 하고 있지……?'

녹보석의 갑옷은 천인 종족이 만들어낸 최강의 병기 중에 하나였다. 희대의 술자, 이스타시바가 만들어낸 궁극 병기. 말 그대로 무기의 이상을 실현한다. 사용자를 완전히 방어하면서 무진장의 공격능력을 발휘한다.

최소한 스펙상의 기능만 있어도 더 이상 바랄 것이 없는 최고의 병기가 되어야 했다.

실제로는 한 걸음이 모자랐다고나 할까. 빈사상태의 이스타시바의 힘으로는 그 마지막 한 걸음을 해결할 수가 없었다.

결과적으로 몇 가지 결함이 남았다.

하지만 성역은 그 결함을 인정하더라도 유용한 무장이라는 이유로 이 녹보석의 갑옷을 채용했다.

"놀랐나——? 그래, 『밖』이라고 했어. 거기에는 우리의 힘이 미치지 못해…… 그러니까 이걸. 당신에게."

바깥.

소년——이라기보다는 아이였던 자신이 그 단어에 대해 품고 있던 공포는 상당히 막연한 것이었다고 기억한다. 세계가 멸망해가고 있다는 예언을 되풀이하는 제2 세계도탑 관리자들의 말에도 익숙해진 지금 이 상황에서 두려워할 필요는 없는데, 그 단어가 의미하는 것이 너무나 크고 너무나 모호하다는 점이 남김없이 짜냈다고 생각한 것이 더 나오도록 만들어버렸다. 바깥.

바깥. 이곳의 바깥. 이곳보다 바깥.

실제로 『밖』에 나와 보니 크게 위험하지도 않았다. 처음 내려선 곳은 지금 있는 어번라마.

10년 전에 처음으로 죽음을 체험한 것도 그곳이었다.

"이 갑옷은 말이야…… 어머나, 이상한가보지? 이런 게 갑옷이라니 말이야. 하지만 이건 말이야, 이 세상 어떤 것보다 튼튼한 방어구이자 무기이기도 한 거야. 당신의 감정과 의지에 반응해서 절대적인 효과를 만들어내지. 당신이 다치지 않게, 당신이 죽지 않게, 영원히 작동하거든."

만전의 갑옷.

그녀가 그렇게 말한 것은 아무리 봐도 이상한 물건이었다. 녹색 타이츠. 거의 온 몸을 뒤덮는. 색이 녹색인 건, 아무래도 천인 종족이 만든 탓이겠지. 햇빛에 약한 천인 종족은 어째선지 지상의 녹색을 동경한다고 한다. 그녀와 동료들은 그 색이 가장 아름답다고 생각한 것 같다.

그건 좋다. 하지만 그는 뭔가가 마음에 걸렸다. 아니, 누구든 알 수 있는 건지도 모른다. 그는 물었다. 그 갑옷이 만능이라면 어째서 지금까지 자신에게 주지 않았는지. 태어났을 때부터 입혔어도 됐는데.

어머니의 목소리는 상냥하게 대답했다.

"천인 종족의 마술로 만들 수 없는 건 없어. 하지만 말이야. 완전한 건…… 단 하나도 없었어."

"……여기 어딘가에 있을 텐데."

"으아아아아아아!"

"자, 이걸 어쩐다."

"아으아아아아아!"

"……."

유이스 엘스 이트 에굼 에드 코르곤——

그는 자기 주위를 빙글빙글 돌면서 비명을 질러대는 두 지인을 내려다보며 탄식했다. 안경을 쓴 쪽은 무작정 허둥댔고, 검을 든 쪽은 긴 궤를 질질 끌면서 정신없이 뛰어다니고 있다. 크게 신경 쓸 일은 아니지만 귀찮기는 했다.

그리고 그 주위에서는 건물들이 차례로 무너지고, 곳곳의 지면에서 『분출』되는 거대한 나무들한테 삼켜지고 묻혀갔다. 땅 울리는 소리와 진동 속에서 균형을 잡으며, 코르곤은 일단 발을 앞으로 내밀었다.

"어어어?!"

부츠 끝에 발이 걸려서, 뛰어다니던 지인 하나가 긴 궤를 든 채로 넘어졌다. 그 위에 겹쳐지는 것처럼 나머지 하나도 넘어졌다.

"뭐 하는 거냐?!"

생각보다 빨리, 지인 하나가 벌떡 일어났다. 자기 위에 엎어져 있는 동료를 밀치면서 일어나더니,

"이 마스마튜리아의 투견, 그리고 금일 미명부로 궁극의 부자라는 왕좌를 얻은 무결한 영웅 볼카노 볼칸 님의 통행을 방해한 죄, 가볍지 않으리라고 혼신의 힘을 다해 외친다! 그렇게 해서 틀림없이 극형을 선고하고 죽이겠으니, 잘 듣도록 하거라!"

라고, 뭔가 이상한 소리를 질러댔지만,

"뭐야, 뜨아아아?!"

그 눈앞에서, 갑자기, 굵기가 수십 센티미터나 되는 나무가 지면에서 튀어나왔다. 일단 상대가 입을 다물었으니, 코르곤은 눈만 움직여서 주위를 둘러봤다.

겨우 몇 초밖에 안 되는 시간이었지만——주위에 보이는 건물들이 전부 붕괴됐다. 말 그대로 시가지를 집어삼키는 것처럼 나타난 숲의 밀도가 엄청난 속도로 높아졌다. 몇 미터 간격으로 나타난 큰 나무 사이에서 더 가늘게 분할된 나무들이 차례로 분출됐고, 덩굴들이 소리를 내면서 뒤엉키면서 원시림을 넘어 곰팡이 덩어리 같은 이상한 숲을 형

성했다.

'어쩌면…… 이사하기 전에 짐을 싸는 것 같은, 그런 것일까.'

숲 전체의 질량은 정말 엄청난 것이다. 시가지를 짓눌러버릴 기세의 숲이 엄청난 속도로 성장하고 있다.

어깨 바로 옆을 스친 가지를 슬쩍 피하면서, 그는 눈을 반쯤 감았다.

'이 숲 어딘가에 라이언이 있다는 건가…… 찾아내는 건 절망적이겠군.'

이제는 지금 가지고 있는 무기로 어떻게 할 수 있는 차원의 문제가 아니다.

또 목 뒤쪽으로 뻗어온 가지를——뒤도 돌아보지 않고——피하려다가, 코르곤은 움직임을 멈췄다. 아니, 멈추게 됐다. 시선만 내려서 아래쪽을 보니 이끼 같은 무언가가 말목까지 뒤덮고 있다.

같은 무언가라는 표현은, 그것이 평범한 이끼였다면 딱히 문제가 없기 때문이다. 약간이지만 점성이 있는 것처럼 발을 움직일 수가 없었다. 가만히 서 있는 사이에 어깨에, 목에, 팔에, 몸에, 검은 망토처럼 덩굴이 감겨 있었다.

"뜨억?! 도틴, 잠깐 생각해봐라! 너 혹시 이 형님이 모르는 사이에 이 식물에게 엄청난 원한이라도 산 게 아니냐?! 그것 말고 이 현상에 대해 설명할 방법이 있다면 당장 대답하면서 해결해라!"

"나도 몰라!"

소리 지르는 지인들의 목소리를 들으며——

코르곤은 눈을 감았다. 의식 속에서 수많은 선이 짜였고, 자수처럼 한 폭의 그림을 그렸다. 구성은 순식간에 완성됐다. 짜여진 그것을 해방하면서 외쳤다.

"나 노래하노라. 파괴의 성음!"

그 순간.

자신에 접촉해 있던 덩굴이 흙처럼 무너졌다. 거기에 연쇄해서, 그 자괴(自壞)가 순식간에 퍼져나갔다. 나무들이 나타나는 것보다 빠르게. 원형으로, 나타났던 숲이 전부 붕괴했다.

"으악?!"

자신을 괴롭히던 나무들이 갑자기 소멸하자, 지인들이 놀라서 소리를 질렀다. 코르곤은 신경 쓰지 않고 망토 속에서 칼을 뽑았다. 마술의 효과는 신속하게 퍼졌고, 그리고 급속히 소실됐다. 일단 주위――십여 미터 정도려나――에 있는 숲을 대충 분해해서 없애기는 했지만, 바로 발밑에서 새로운 나무들이 나타났다.

뻗어 올라온 덩굴을 검으로 쳐내고, 코르곤은 뒤로 뛰었다. 이젠 눈에 보이는 범위는 온통 숲에 삼켜져서 도망칠 길도 없다.

'자…… 어쩌지?'

조용히, 자신에게 물었다. 딱히 당황할 필요는 없다.

'일단 뛰어들기는 했지만――이길 수 있는 상대가 아니었나.'

그렇다면 도망치는 수밖에 없다.

도망칠 길이 없으니 만드는 수밖에 없다.

만들 방법은 하나뿐이다.

적당한 방향으로――감으로, 숲의 벽이 얇을 것으로 보이는 방향을 보며 숨을 들이쉬었다. 검을 쥔 오른손을 들고, 외쳤다.

"나 발하노라, 빛의 칼날!"

순백색 광열파가 밀집된 나무로 만들어진 벽에 수평으로 꽂혔고, 커다란 불꽃을 뿌렸다. 폭발의 충격으로 나무들을 크게 도려냈지만.

그게 전부였다. 나무 몇 그루는 파괴했다. 하지만 그걸 메우려는 것처럼 지면에서 차례차례 새로운 나무들이 솟아 올라왔다. 완전히 산산조각이 난 아스팔트는 원래 모양을 찾아볼 수가 없다. 뭉개진 집의 파편과 표식을 밀치고, 거대한 줄기와 수많은 가지가 새롭게 증식했다.

"……발생하는 쪽이 더 빠른 건가?"

코르곤은 작은 소리로 중얼거렸다.

그 때——

"이노오오오옴!"

목소리가 들려온 쪽으로 고개를 들려보니, 아까 그 지인이 주먹을 치켜들고 소리를 지르고 있었다.

"어딜 감히 갑자기 나타난 녀석이 제멋대로 저질러놓고 저 혼자 포기하는 거냐?! 일단 이 몸만이라도 구하려고 노력하지 않으면 이 몸에게 죄송하지 않겠느냐!"

"포기할 생각은 없다만."

그는 중얼거리고, 검을 든 손을 축 늘어트렸다.

표정이 약간 풀어지고, 지인의 눈이 휘둥그레졌다.

"그, 그래. 그렇다면 됐다."

"하지만, 손 쓸 방법이 없다."

"그러면 안 되지?!"

시끄럽게 떠들어대는 지인 때문에 약간 짜증이 나서 눈살을 찌푸리고——짧은 한숨을 쉰 뒤에 일단 쉴 틈 없이 지면을 가르며 튀어나오는 나무와 덩굴을 피했다. 그러다가.

문득, 지인 쪽을 보다가 생각이 났다.

그 지인 뒤쪽에, 동생——이던가?——이 쓰러져 있다. 긴 궤에 기댄 모양으로. 그 긴 궤도 옆으로 넘어가 있고 뚜껑이 반쯤 열려 있다. 그리고 그 틈새로 뭔가 금색의 광택이 보였다.

"……?"

말없이 빠른 걸음으로, 코르곤은 지인의 옆을 지나서 그 긴 궤 옆으로 갔다. 낡은 나무 뚜껑을 걷어찼더니 쩔그렁 소리와 함께 수십 자루의 가늘고 긴 물건이 굴러 나왔다.

후다다다닥, 지인이 뛰어왔다.

"이봐! 네 이놈, 누구 허락을 받고 마스마튜리아의 투견인 이 몸의 사유재산을 걷어찬 것이냐?! 음. 그런가. 가난뱅이는 원래 돈에 모여드는 법이지. 좋다, 똥개야. 돈을 원한다면 거기에 줄을 서라."

"……."

헛소리는 무시하고, 그는 가만히 그것을 쳐다봤다──긴 궤 안에 잔뜩 들어 있던 수많은 무기. 검이 많지만, 무기라고 할 수도 없는 고물들도 몇 개 있었다. 하지만 단 한 가지 공통된 점은, 하나같이 마술 문자가 각인돼 있다는 것이다.

"천인의 무기다."

코르곤은 신음하듯 중얼거리고는 지인을 쳐다봤다. 움찔, 그 지인이 뒤로 물러났다.

"……어떻게 된 거지? 너희들, 이걸 어디서 가지고 왔나?"

"으, 으음. 아니, 그러니까 말이다. 오늘 아침에 네 녀석의 살인 현장 마루 밑에서 발굴했다. 그래서, 어쩌면 법적으로는 이 몸의 소유물로 삼아도 문제가 없는 것이 아닐까~ 싶은 생각이 들었고, 그래서 뭐."

"뭐, 됐고. 쓸 만한 게 있을지도 모르겠군."

"어이, 네놈 뭐 하는 거냐?!"

일단 검을 바닥에 내려놓고, 코르곤은 긴 궤에서 나온 무기들을 하나하나 집어봤다. 주위를 흘끗 보고──시간이 얼마 없다는 건 명백했지만──손에 집어보고는 바로 집어던졌다.

"아잇! 뭔가 난폭하게 집어던지지 않느냐, 그것도 함부로! 일단 다시 한 번 말해두지만, 그것들은 이 민족의 영웅 볼카노 볼칸 님이 앞으로 부자스런 생활을 하기 위한 중요한 자산이란 말이다, 듣고는 있는 거냐?!"

안 듣고 있었다.

검, 그냥 막대, 시계 같은 것, 검, 장신구, 상자, 검, 검, 책…….

궤 속에 있던 것들을 하나하나 옆에 던져버리면서, 일단은 마술문자 각인을 훑어봤다. 보통 이런 도구들을 사용하려면 새겨진 마술 문자의 의미와 기능을 이해해야만 한다. 하지만 문자를 해석하는 것은 말도 안 된다──천인종족의 마술 문자는 전문가라도 의미를 해독하는 데만 몇 개월 단위의 시간이 필요하다. 기능을 발휘하기 위한 액션을 해명하려면 더 많은 시간과 수고가 필요하고, 그러면서 위험까지 따라오는 경우가 많았다. 결국은 암호 해독과 유사하다. 열쇠를 알고 있는 자에게는 쉬운 일이지만, 모르는 자에게는 상당히 곤란한 것이다.

하지만 그래도 가끔씩, 마술문자의 의미를 몰라도 사용자의 의사에 반응해서 멋대로 움직이는 도구도 없는 것은 아니다. 특히 천인종족이 벼린 무기들은 대부분이 과거에 마술의 힘이 없는 인간에게 마술에 대항할 힘을 주기 위해서 만들어진 것이다. 대부분 위기 상황에서 사용자를 보호하는 기능을 지니고 있다.

완전히 불리한 도박은 아니다.

'이것도 아냐…… 이것도 아니고…… 아무 일도 일어나지 않아…….'

"아으으으으으으."

아무래도 이쪽이 던지는 것들을 모조리 받아내면서 우왕좌왕 하고 있는 것 같은 지인이 내는 목소리가 들려온다.

코르곤은 상관하지 않고 계속했다. 하지만 궤 안의 물건들은 점점 줄어들고 있는데 성과는 전혀 없다.

이마에 땀이 배는 것을 느끼고, 침을 삼켰다.

주위는 눈에 확연히 보일 정도로 어두워졌다. 발생하는 나무들이 결국 하늘까지 가리고 있다. 다시 한 번 나무들을 파괴해서 시간을 벌어야 할지도 모른다. 코르곤은 고개를 들었다. 손을 뻗으면 닿는 곳까지 나무들의 벽이 다가와 있다.

그리고 궤 안에 남아 있던 마지막 하나――주먹 크기의, 칠흑색의 달걀 모양 돌――을 움켜쥔, 그 순간이었다.

"……."

아무 일도 일어나지 않았다. 하지만.

"너희들…… 그걸 어디서 가지고 왔지……?"

목소리는 모든 방향에서 들려왔다――말하자면 주위를 둘러싼 나무 전부에서.

라이언의 목소리와 비슷하기도 했지만 알아듣기가 힘들다. 웅얼거리는 목소리가 목덜미를 잡아당긴 것처럼, 코르곤은 고개를 들었다. 궤를 뒤지는 데 전신이 팔려서 알아차리지 못했지만 숲의 움직임이 멈춰 있다. 상황을 지켜보는 것처럼, 가만히.

"……뭐라고 했나?"

그렇게 중얼거린 것은 그 지인이었다. 천인 종족의 유산을 품에 다 안지도 못할 만큼 들고 있는 채로, 나무에 감겨서 움직이지 못하고 있다. 코르곤은 살짝 고개를 저었다

"아니."

검은 달걀을 쥐고——일어섰다.

상대의 모습이 보이지 않는 상황에서 말하는 것은 생각보다 곤란했다. 그래도 막연하게, 약간 위쪽을 보면서 말했다.

"네가 있던 교회…… 라는 것 같다."

"얘가 훔치자고 했어요."

바로 그 지인이 기절한 동생을 가리키면서 말했지만, 뭐 그건 됐고.

나무들의 목소리——틀림없이 라이언의 목소리겠지——가 약간 떨렸다.

"그건…… 우리가 모은 것이다…… 잭에게 맡겨뒀던…… 어떻게 너희가, 그걸 가지고 있지?"

"……?"

목소리에서 왠지 위화감이 느껴진 코르곤이 얼굴을 찌푸렸다. 그리고 그대로 대답했다.

"이 지인들이, 원래 있던 곳에서 가지고 나왔다. 그게 전부다."

"너희는 누구냐?!"

"?"

"아니, 누구건 상관없다——그건, 우리가…… 10년이나 걸려서 모은 것이다. 돌려다오——"

"……이런 물건엔 딱히 관심 없지만."

대답하면서, 코르곤은 손에 쥔 돌을 천천히 들어 보였다.

"필요한 때는 쓰는 수밖에 없겠지."

돌은 유리처럼 투명해져 있었고, 그 내부에서 수많은 글자들이 빛나기 시작했다.

'도박에 성공한…… 건가?'

숲이 다시 움직이기 시작했다──하지만 그 전에, 문자가 더 강하게 빛나고 부풀어 오르기 시작했다. 눈동자가 타버리지 않게 눈을 감았다. 이렇게 되면 자신이 할 수 있는 건 아무것도 없다. 손에 있는 도구의 기능이 어떤 것인지도 전혀 모른다. 하지만 그것이 활동을 개시한 건 틀림없다. 이젠 그것이 자신을 지켜줄 거라고 믿는 수밖에 없다.

'솔직히.'

몇 초 지나서 눈을 떴다.

'내 인생에 패배란 없다. 그건 알고 있다…….'

그곳은 너무나 조용했다. 꿈틀거리는 덩굴이 부딪치는 소리도, 나무들이 땅을 가르는 굉음도 그곳에는 없다.

눈에 보인 것은 벽이었다. 낡은 건물의 내부인 것 같다. 그런 것 치고는 천장이 너무 낮은 것 같았는데, 금세, 자신이 어떤 받침대 위에서 있다는 것을 알았다. 발판은 너무나 불안정해서 중심이 조금만 어긋나면 휘청휘청 흔들렸다. 부츠 밑창을 통해서 느껴지는 감촉에 의하면 그 받침대는 아주 부드러웠다. 높이는 의자 정도려나.

내려다보니 눈에 익은 자들이 입을 떡 벌리고 자신을 올려다보고 있었다. 눈에 익었다는 것은 얼굴이 아니라──그 차림새였다. 빨간 줄이 들어간 검은색 옷. 대륙 마술사 동맹 직원의 제복. 그들과 엮여본 적은 한 번도 없지만, 본 적은 몇 번 있다. 아무래도 그들은 회의 중이었던 것 같다. 그들의 등 뒤에 있는 화이트보드에 붙어 있는 자료를 보니, 어번라마에 발생한 이번에 대해 도움도 안 되는 의논만 계속 하고 있었던 것 같은데…….

거기까지 둘러봤을 때, 자신이 밟고 있는 것의 정체를 발견했다. 회의하는 자들의 자리에서 조금 떨어진 의자에 다리를 꼬고 앉아 있던 레티샤 마크레디의, 무릎 위.

그는 그곳에, 칠흑의 달걀을 높이 들고 있는 자세로 서 있었다.

"으아아아아아——"

하늘로 날아가며.

어떻게든 균형을 잡기 위해서 눈을 크게 떴다. 최소한 상하 관계를 확인하지 않으면 낙법도 할 수 없다.

둘러보고.

일단 얻은 것은 두 가지.

하나는 최소한 시야에 지면이 보였다는 것——이건 행운이었다. 뒤통수부터 떨어졌다면 절망하는 수밖에 없었을 테니까. 일단 지면이 보였다면 대처할 수 있다.

또 하나는 같은 시야 속에 헬퍼트의 모습도 있다는 점이다. 또 의태일 수도 있지만.

불안정한 공중에서 곤란한 구성을 짜며, 표적을 향해 오른손을 뻗으면서 외쳤다.

"나 발하노라, 빛의 칼날!"

대기를 가르는 빛줄기가 외팔의 레드 드래곤을 향해 모여들었다. 하지만 순백색의 빛이 폭발을 일으키기 한 순간 직전에 헬퍼트의 몸이 변형하는 게 보였다. 왼팔을 밧줄처럼 뻗었고——그리고 어딘가에 걸었겠지. 공중에서 낙하하는 궤도가 크게 변했다.

허무하게도 엉뚱한 폭발을 일으킨 광열파의 폭풍을 맞으며, 오펜은 땅바닥에 떨어졌다. 기세는 폭발의 압력 때문에 어느 정도 약해졌다. 그 덕분에 약간 비틀거리기만 하고 몸을 일으킬 수가 있었지만.

바로, 고개를 돌렸다. 떨어진 곳은 건물 근처에 있는 큰길 한복판이었다. 나타난 딥 드래곤이 보이는 구역이다 보니 사람 기척은 없다. 산산이 부서져서 날아간 것 같았던 진료소도, 다시 보니 옥상 부분이 분해된 정도인 것 같다.

안도하고, 중얼거렸다.

"그렇다면…… 클리오는 무사하겠네."

"자네가 죽지 않으면."

"——?!"

반사적으로, 옆으로 뛰었다.

목소리는 흉기와도 같았다——아무튼 그런 생각이 들었다. 그 생각이 옳았겠지. 날카로운 채찍 같은 것이, 오펜이 있던 자리를 꿰뚫는 것이 보였다. 그것은 순식간에 제 주인의 손으로 돌아갔다.

'손…… 은 아닌가.'

다시 경계 태세를 취하며, 오펜은 쓸쓸하게 웃었다. 길게 뻗었던 왼팔을 표준적인 길이로 되돌린 헬퍼트가 이쪽을 빤히 보고 있다. 녹색 눈으로.

드래곤 종족은 아무렇지도 않다는 듯이 서 있다. 어딘가에 숨지도 않는다. 길 중앙에——자신과 마찬가지로——대치하고 있다.

그 헬퍼트가 입을 열었다.

"먼저 자네를 죽일까 한다. 일단 이유는 있다…… 자네의 동료를 먼저 죽이는 쪽이 편하기는 하지만, 동료가 죽은 자네를 상대하는 것은 곤란할 것으로 판단된다. 지난 경험에 의하면."

"……."

오펜은 대답 없이 상대가 움직이기를 기다렸다. 솔직히 말하자면 먼저 손을 쓸 도리가 없기도 했지만.

'……정면에서 날리는 열충격파 조차도 피하는 놈이야. 실제로 유효한 수단 따위는 있지도 않고.'

스멀, 관자놀이 언저리에 땀이 배는 감촉이 느껴졌다. 하지만.

'여기라면 쓸데없이 방해하는 사람은 없으니까. 로테샤는 몰라도 그 위노나인가 하는 녀석은 바보가 아냐. 재빨리 도망치겠지. 클리오도 데려가주면 고맙겠는데.'

주먹을 쥐고, 오펜은 신음하듯 말했다.

"이미 늦었어."

"응?"

그렇게 물은 헬퍼트에게 말했다.

"이제 와서 물어본다고 해도 의미는 없겠지만 말이야. 넌 이미 클리오와 매지크한테 손을 댔어. 어째서지?"

"……착각하고 있는 것 같은데."

헬퍼트의 뒤꿈치에서 딱, 소리가 났다──이동하려는 건가 싶어서 긴장했지만, 레드 드래곤은 움직이려고 한 게 아니었던 것 같다. 잠시 지켜보고, 그 전투생물이 오른팔을 잃어서 균형이 틀어졌다는 걸 깨달았다.

어쨌거나 헬퍼트는 계속해서 말했다.

"이번에 우리의 최우선 목표는 저 딥 드래곤을 회수하는 것이었다. 성역에 필요한 힘이다. 그건 이해할 수 있겠지."

"……."

오펜은 대답하지 않고 몇 센티미터 정도 후퇴했다. 말을 하면서도 가능한 거리를 벌려두고 싶었다.

상대는…… 쫓아오지 않았다. 그대로,

"그 일환으로서 라이언 킬마크가 딥 드래곤과 결전을 벌인다. 우리로서는 거의 유일한, 딥 드래곤에게 유효한 무기를 써서. 결과적으로 이 도시가 말려들게 될 수도 있지만……."

그리고는 막연하게 주위를 가리키며,

"이해해주기를 바란다."

"그딴 건 내가 알 바 아니고."

오펜은 내뱉었다.

"저게 진짜 레키란 말이야……? 딥 드래곤 종족은 하룻밤 만에 저렇게까지 자라는 거냐고."

옥상에서 밑으로 내려오니 보이지 않았지만——

방향을 생각해보면 헬퍼트의 뒤쪽 저편에 레키가 앉아 있는 공원이 있을 것이다. 헬퍼트는 뒤를 돌아보지도 않고 기척만으로 그쪽을 가리켰다.

"딥 드래곤, 펜릴에 대해서 너희는 아무것도 모른다. 그리고."

잠시 쉬었다가,

"그와 마찬가지로, 우리도 모르는 것이 많다. 딥 드래곤 종족은 대략 모든 생물적인 요소에서 해방된 종족이다. 전체도 개체도 없고, 식사도 가스 교환도 필요 없으며 생식도 하지 않는, 즉 수가 늘어나질 않는다. 하지만 줄어들지도 않지. 그 파멸적인 신들과의 해후를 거쳐 드래곤 종족이 됐고…… 그 종족에게 남은 것은 그저 압도적인 힘뿐이다. 뭐, 그에 어울리는 힘을 얻었다고 본다. 그 힘을 얻은 것이 월 드래곤 종족이었다면 며칠 만에 자멸했겠지.

"너희들이었다면?"

"마찬가지였겠지."

헬퍼트는 바로 인정했다.

"우리가 얻은 힘이라는 것의 무게를, 너희는 모른다…… 마술의 힘을 수족의 연장 정도로만 생각하는 너희들은 위험한 어린애에 불과하다."

그 얼굴이——지금까지 단 한 번도 큰 표정을 보여준 적이 없는 그 얼굴에, 한 순간 그늘이 진 것처럼 보였다. 아니, 본 적이 없는 건 아니다.

'……그 때의 눈이다.'

처음 봤을 때의, 그 얼굴.

하늘을 바라보던 절망에 찬 눈빛.

그가 보여준 것은 틀림없이 그 표정이었다.

하지만 지금은 하늘이 아니라 이쪽을 보고 있다. 그리고 의태한 연갈색 눈이 아니라 빛나는 녹색 눈동자로,

"라이언 킬마크는 그것을 이해하는 인간이다. 그래서 나는 녀석을 동지라고 생각한다."

오펜은 옆쪽으로 뛰었다. 오른팔을 내밀고, 외친다.

"나 발하노라, 빛의 칼날!"

주문을 외는 소리에 맞춰서――

헬퍼트도 순식간에 반응해서 몸 절반을 변형시키더니, 튕기는 것처럼 옆쪽으로 도약했다.

그리고 오펜은 그 모습을 보면서 완성 직전의 마술 구성을 풀어버렸다. 열충격파는 발생하지 않았고, 다른 구성을 조립했다.

"나 달리노라, 하늘의 은령!"

순발적인 중력 중화. 후방으로 크게 도약했다. 한 순간 전에 있던 곳을, 어느 쪽 사각에서 몰래 다가온 건지――헬퍼트의 신체 일부가 날카롭게 후려치는 모습을 보면서.

'거리를 벌리자…… 가능한 멀리.'

근처에 있는 민가 지붕에 착지해서, 오펜은 중얼거렸다.

'주위를 신경 쓸 필요가 없다면 정면으로 덤빌 필요도 없지.'

가장 먼 거리에서 최대의 힘으로 날린다.

만능 암살자인 레드 드래곤에 대항할 수 있는 유일한 방법이라고도 할 수 있다. 암살을 무효로 만드는 대규모 파괴.

"나 발하노라, 빛의 칼날!"

의식의 빗장이 날아갈 정도의 충격이 몸을 꿰뚫었다.

그것은 물리적인 것이 아니라――반작용이었다면 1초도 버티지 못하고 죽었을 것이다――자신의 힘을 맺어서 내뿜는, 그 의지의 격류였다. 마술사에게 있어 제어 없이 힘을 분출하는 것은 금기에 가깝다. 하지만 오펜은 개의치 않고 모든 힘을 내뿜었다. 눈에 보이는 모든 것들이 빛에 휩싸이고, 그 폭발 속에서 찌륵찌륵하는 벌레 울음소리 같은 작은 파괴의 소리가 들려왔다. 발생하는 열은 모든 것을 녹이고, 충격의 파도가 그 잔해를 밀어낸다. 소리를 내며, 뭔가가 터졌다. 두 손을

감싸고 있던 가죽 장갑이 녹아서 날아가 버렸다. 그 아픔과 열은 팔에서 어깨를 통해 온 몸에 퍼졌고, 그리고.

"──으아아아아아아아아아──!"

빛이 사라졌을 때, 오펜은 그제야 자신이 비명을 질렀다는 걸 알았다. 연기가 피어오르면서 이상한 냄새를 풍기는 가죽 재킷을 벗어서 내동댕이쳤다.

전방에는 거대한 구멍만이 남아 있었다.

구획 몇 개를 완전히 용해시킨, 마술에 의한 파괴 흔적에 불꽃의 소용돌이가 아직 남아 있다. 온 몸에 입은 것 같은 화상의 아픔에 몸을 뒤로 젖히고, 오펜은 그 자리에 무릎을 꿇었다. 그래도 이를 악물고 때를 기다렸다──구체적으로 뭘 기다리는 건지는 자신도 모르지만.

1분. 2분.

호흡 회수로 애매하게 시간을 재고, 오펜은 몸을 떨었다──업화가 태운 자리에 움직이는 것은 하나도 없었다.

헬퍼트는 죽었다. 틀림없다. 혼신의 마술로 태워버렸다.

"해치웠…… 나……?"

"오늘 아침에 그와 비슷한 기습을 당하지 않았다면 걸려들었겠지."

"──?!"

혀를 차고, 몸을 틀었다.

뭔가가 뺨을 그치고 지나갔다. 순식간에, 피 냄새가 콧구멍을 가득 채웠다.

간신히 몸을 다시 일으키고 자세를 잡자, 거기에 헬퍼트가 기다리고 있었다. 길게 뻗었던 손가락을 되돌리면서,

"에드라고 했던가…… 신기한 자였지만, 그 자와 자네는 비슷하다

고 본다. 경력도, 타입도, 접점은 없는 것 같지만——"

"비슷할 거야. 같은 선생님한테 배웠거든."

오펜은 쭉 찢어진 왼쪽 볼을 손으로 누르면서 중얼거렸고, 헬퍼트는 고개를 저었다.

"그런 접점이 있다면 네트워크로 알 수 있었을 것이다."

"그딴 건 엿이나 먹으라고 해. 같은 전투법. 같은 훈련. 같은 교육. 나랑 그 자식은 같은 걸 배웠어. 네트워크가 다 뭔데. 사실까지 왜곡할 수는 없을 것 아니냐고."

"흠……. 네트워크의 부족함은 인정한다."

하지만 헬퍼트의 말은 듣지도 않고, 오펜은 혼자서 계속 중얼거리고 있었다. 화상을 입은 피부의 불쾌한 느낌과 격통을 무시하고 말만을 터트렸다.

"다른 건 그 자식이 비밀리에, 나는 대놓고 선생님의 전투법을 익혔다는 거야. 결과적으로 난 선생님의 기술을 얻었지. 그 자식…… 코르곤은."

자기 피가 묻은 손을 얼굴에서 떼고, 신음했다.

"선생님의 강함을 손에 넣었다. 아자리가 그렇게 말했지 아마."

"네가 하는 말은 도무지 이해할 수가——"

"선생님의 강함이라는 게 뭐냐고? 네 오른팔을 날려버린 게 코르곤이라면, 똑같은 걸 해도 난 흠집하나 내지 못했어. 그런 뜻인가?!"

"……."

"하지만 선생님은 죽었고, 우리 학생들도 뿔뿔이 흩어졌어. 그딴 게 ——"

"……아픔 때문에 정신 착란을 일으킨 것으로 보인다. 더 이상 여력은 없을 텐데."

"그딴 게, 이제 와서 의미가 있냐고?"

"지금부터 숨통을 끊겠다, 저항하지 않을 것을 권한다."

"이건, 이제 내 힘이야. 내가 지키고 싶은 건 내 힘으로만 지킬 수 있어!"

외친 것과 동시에——

몸이 가벼워진 것을, 분명히 느꼈다.

'죽었나……?'

그렇게 생각할 정도의 해방감과 함께 육체가 움직였다.

헬퍼트도 움직이고 있었다. 왼손 다섯 손가락을 전부 펼치고, 폭발한 것처럼 그 손가락이 크게 뻗어왔다.

그 손가락 한 개가 왼쪽 허벅지를 꿰뚫었다. 다른 한 개가 반대쪽 옆구리를 깊게 갈랐다.

눈에는 보였지만 피할 방법이 없었다. 그것 때문에 자신이 빠르게 움직이는 게 아니라는 것을 깨달았다.

하지만 오펜은 신경 쓰지 않고 뛰쳐나가고 있었다. 헬퍼트를 향해, 똑바로.

세 번째 손가락——약지일까? 아무래도 좋지만——왼손 손바닥에서 천을 꿰매는 것처럼 또다시 팔꿈치를 꿰뚫고, 그리고는 어깨 쪽으로 빠져나갔다.

그래도 멈추지 않았다. 아픔이 느껴지지 않으니 멈출 생각을 하지 않았다.

네 번째. 등 쪽에서, 내장을 노리고 등줄기를 후벼 파려고 하는 것 같다. 하지만 계속 전진하는 이쪽의 움직임을 따라오지 못하고, 가죽을 얕게 깎아내는 데 그친 것 같다. 눈에 보이지 않는 등 뒤가 어떻게 보였는지는 모르겠다.

그리고 마지막 다섯 번 째.

그것은 정면에서 날아왔다. 미간으로. 두개골을 파괴하고 뇌를 후비기 위해.

인간이 대응할 수 있는 속도가 아니다. 하지만.

오펜은 그것을 오른손으로 가볍게 쳐냈다. 궤도가 틀어진 마지막 손가락이 얼굴을 스치고 뒤쪽으로 뻗어갔다——어쩌면 이걸로 오른쪽 귀가 뜯겨 나갔는지도 모른다. 귓구멍에 뭔가 액체가 찬 것 같았다. 피겠지.

어쨌거나 멈추지 않는다. 어느새 그의 몸은 헬퍼트에게 닿을 정도로 접근해 있었다.

레드 드래곤 종족이——

통각도 공포도 지니지 않은 타고난 살육자가, 입을 크게 벌리고 절규하는 모습이 보였다. 귀에 들린 게 아니라고 단언할 수 있지만, 그가 뭐라고 외쳤는지는 이해할 수 있었다.

"——어째서 멈추지 않는가——?!"

오펜은 오른손 손가락을 뻗어서 손날을 만들고, 그것을 헬퍼트의 입 속에 쑤셔 넣었다. 그 두개골 속에서 혀를 잡고, 움켜쥐었다. 그러자 갑자기——청각이 부활했다.

자신이 외치는 소리를 듣기 위해서인지도 모른다.

"나 발하노라, 빛의 칼날!"

작은 폭발이었다. 힘은, 조금 전의 전력 공격 때 거의 다 써버렸다. 남은 힘은 결코 크지 않았지만.

그래도 불꽃이 부풀어 올랐다. 적의 몸속에 있는 자신의 오른손과 함께 레드 드래곤 종족의 몸이 타올랐고——그리고 터져버렸다.

그 불꽃 속으로 고꾸라지는 것처럼, 오펜이 쓰러졌다. 온 몸에 감각이 돌아온다. 그것만으로도 죽을 수 있는 충격이 신경을 괴롭혔다. 육체의 몇몇 부분을 잃고, 그리고 거대한 횃불처럼 타오르는 레드 드래곤의 몸과 함께 쓰러져서, 자신도 불꽃에 휩싸이는 것을 어떻게 할 수가 없다. 힘을 다 써버려서가 아니다. 몸에 입은 대미지가 너무나 심각했기 때문이다.

'말도 안 돼——'

살이 타는 악취에 괴로워하며, 투덜댔다.

'이런 킬러 상대로 동귀어진해서 죽을 때가 아니라고. 해야 할 일이 산더미 같은데……'

그 때——

시원한 바람이 불었다.

"그렇다면 일어나라."

아니, 시원하게 느껴진 것은 목소리였다. 고개를 들었다. 팔짱을 끼고 이쪽을 내려다보는 사람.

세월에 의한 관록——이라는 말은 어울리지 않겠지. 남자는 아직 장년이고, 젊다고 할 수도 있다. 착실해 보이고 감동이 없어 보이는 눈빛은 왠지 눈에 익은 다른 사람을 생각나게 했다. 대륙 최강의 마술사이자 자신의 스승이었던 인간의 이름이 머릿속에 떠올랐다.

하지만 당연히, 그곳에 있는 것은 전혀 다른 사람이었다.

그의 말대로, 오펜은 일어서고 있었다. 문득 발밑을 보니 이미 숯덩이가 돼서 차갑게 식어버린 레드 드래곤의 시체가 굴러다니고 있다.

자신은 멀쩡했다──믿을 수가 없어서 몸 곳곳을 확인했다. 상처는 고사하고 마술의 후폭풍 때문에 생긴 화상도, 머리카락이 그을린 흔적조차도 없었다.

영문을 알 수가 없어서 남자 쪽을 보니, 그는 아무렇지도 않게 말했다.

"치유했다."

말도 안 되는 일 같았다.

마술로도 그만한 중상을──아니, 완전히 치명상을──아무런 후유증도 없이 치유하는 건 불가능에 가깝다. 적어도 인간 종족 마술사한테는 무리일 텐데.

하지만 그런 의문과 상관없이, 남자는 계속 말했다.

"나는 다미안 르우라고 한다. 시간이 없으니 자기소개는 여기까지만 하겠다."

"당신이…… 백마술사?"

위노나가 말했던 이름을 떠올리고, 오펜은 한숨을 쉬었다.

그 남자──다미안이 고개를 끄덕였다. 담백하게, 살짝. 쓰러져 있는 레드 드래곤의 시체를 보면서.

"솔직히, 놀랐다. 이 괴물은 유이스가 아니면 쓰러트릴 수 없다고 생각했다. 뭐 어느 정도…… 스마트하지 않은 결과이기는 했지만."

"빈정대려고 상처를 치료해 준거라면 고맙다는 말은 안 하겠어. 무슨 일이지? 위노나 말을 들어보면 사태를 제일 잘 파악하고 있는 건 그쪽 같던데."

상처는 나았어도 피로는 풀리지 않았다. 오펜은 비틀거리면서 물었다.

다미안은 천천히 걸어서 다가왔다──오펜은 반사적으로 경계했지만 상대는 아무렇지도 않게, 그저 시체를 확인하러 다가온 것 같다. 빤히 둘러본 뒤에,

"틀림없이 죽었군. 자네는 상대를 죽이지 않는 암살자라고 들었는데. 키리란셀로?"

"지금도 마찬가지야. 단지…… 다른 방법이 없었을 뿐이지."

"흠. 결단을 했다는 점은 높이 평가해야겠지. 뭐, 자신까지 죽어버리면 그것도 무의미하지만. 자신의 힘을 개인 이상의 큰 것을 위해 쓸 생각은 있나?"

"없어."

오펜은 침을 뱉었다. 목구멍 깊은 곳에 가래 덩어리 같은 불쾌한 응어리가 느껴지지만, 그것이 착각이라는 것도 알고 있다. 다미안한테서 한 걸음 떨어지고, 계속 말했다.

"하지만 거래 얘기라면 아까 위노나한테 동의했어. 위노나는 클리오의 회복을 조건으로 걸었는데."

"나로서는 그런 거래는 선호하지 않는다."

그는 걸음을 멈추고, 팔을 들었다──옥상 위에서 저 멀리에 보였던, 움직이지 않는 딥 드래곤 쪽으로.

"그 소녀를 회복시키기 위해서는 상당한 리스크를 짊어져야 한다고 해두겠다. 이것은 내 개인의 의견이지만 자네의 힘, 자네 누이의 힘까지 포함해서, 그 리스크를 부담할 만큼 우리에게 필요하다고 보지는 않는다."

"그럼 빨리 꺼지라고."

"허나, 영주님의 뜻이다 보니."

다미안은 어깨를 슬쩍 으쓱거린 것 같다. 그에게 등을 돌리려고 했지만 제지했고, 오펜은 짜증을 내면서 고개를 돌렸다──어깨 너머로, 노려보며.

"확실히 하라고. 짜증나니까."

하지만 상대는 이번에도 본론을 말하지 않았다.

"시간이 없다는 건 알고 있나보군. 좋다."

그렇게만 말하고, 뭔가를 집어 들었다. 헬퍼트의 시체가 아니다. 비슷한 것이긴 하지만. 불에 그슬려서 원래 모습을 찾아볼 수 없는 가죽 재킷이었다.

"하지만 리스크에 관해서는 거짓을 말한 것이 아니다. 자네의 의견을 듣고 싶군. 어느 정도라면 감수할 수 있나? 자네에게 있어 그 소녀는 무엇인가?"

"클리오는──"

대답하려다가 말문이 막혔고, 씁쓸하게 웃었다. 바보같은 질문이었다. 하지만 어리석은 질문이라고 대답하는 건 더 어리석은 짓이겠지.

살다보면 자연히 그런 어리석은 일들은 피하게 된다. 그것이 현명한 일이지만, 어리석은 일도 하나 못하는 답답한 현명함 속에서, 인간의 마음은 썩어간다. 썩는 냄새가 나는 것도 아니고 겉모습이 변하는 것도 아니지만, 그래도 썩어간다.

알고는 있었지만, 그렇다고 꼴사나운 일을 할 수 있는 것은 아니다──오펜은 작은 소리로 신음했다.

"정했거든."

"정했다고?"

"아까 정했어. 난 지키고 싶다고 생각하는 걸 지킨다. 전부. 그 녀석은 말이야, 오만데서 바보 짓을 하고 난리 법석을 피우고, 주위에 피해를 뿌려놓고 자기는 태연하게 굴면 돼. 그게 제일이라고. 그래서 나는, 그 상태로 되돌릴 거야."

떨리는 숨을 내쉬고──계속했다.

"바보였지. 더 조심했어야 했는데. 최근에 그 녀석이 변했어…… 이런 일이 일어나리라는 걸 알고 있었다는 것처럼."

"맞는 말인지도 모르겠군."

"……뭐라고?"

아무렇게나 내뱉은 말은 아니었지만──그래도 동의할 줄은 몰랐기 때문에, 상대에게 되물었다.

다미안은 녹아버린 가죽 재킷 속을 뒤져서 뭔가를 꺼냈다. 재킷 안쪽에 꿰매서 달아났던 단검 칼집. 그것을 제외한 재킷은 다시 떨어트리고, 그가 대답했다.

"정확히 말하자면, 딥 드래곤이 어느 정도 위기를 예측했을 것이다. 자신 이외의 도펠 익스와 접촉한 이상, 성역에서 자신에 대해 뭔가 조치를 취할 것은 틀림없을 테니까. 사실 딥 드래곤 종족에게는 개(個)라는 것이 없으니…… 이건 어디까지나 우리가 알기 쉬운 형태로, 사고를 번역한 것이 아닌가──"

"그딴 건 됐고. 구체적으로 어떻게 됐다는 거야?"

"딥 드래곤이 준비를 했을 것이다, 라는 뜻이라네. 하지만 자신의 안전에 대해서는 걱정할 필요가 없지. 딥 드래곤은 무적의 존재다. 그 무적의 존재가 의도치 않게 지니게 된 아킬레스건은"

"클리오라는 건가!"

번뜩 생각이 나서, 외쳤다.

하지만 다미안은 웃으면서도 고개를 좌우로 젓고,

"자네도 마찬가지다. 그리고 자네의 제자도. 로테샤 크립스터……
그녀도 마찬가지겠지. 잃으면 그 소녀가 마음에 상처를 입을 모든 것.
그 중에는 의외의 인물도 포함돼 있었군."

마치 무슨 명부라도 보고 온 것 같은 투로 말하며, 다미안은 단검 칼
집을 슬며시 만지작댔다. 그러면서, 살짝 노래하는 것처럼 뭔가를 중
얼거렸고――

"라이언이라고 했나? 그 녀석까지."

그 말과 동시에, 칼집 안에 은 단검이 나타났다. 조금 전 난리통에
잃어버린 것인데, 제대로 된 주문도 없이 그걸 회수한 것 같다. 마술은
분명한데, 그 구성은 파악도 할 수가 없었다.

최고도의 백마술사는 주문도 외우지 않고 마술을 쓸 수 있다고 들었
는데, 그걸 실제로 보는 건 처음이었다.

'아니…… 전에도 있었던가? 킴라크의 교주…….'

교주 라모니로크. 인간 종족의 시조 마술사를 자처했다. 그게 사실
이라면 인간 종족 중에서는 최강의 마술 사용자라는 뜻이 된다. 분명
히 말도 없이 정신 지배까지 했었다. 하지만 그것도 지금 이 다미안 르
우라는 남자의 솜씨를 보고 나니 너무나 거칠고 조잡했던 것처럼 여겨
졌다.

그 놀라움을 감추려고 그런 건 아니지만,

"라이언?"

실실 웃는 얼굴의 양배추색 옷을 입은 남자의 얼굴을 떠올리며 물
었다.

"그 녀석은 적이잖아?"

"그것은 입장 문제에 불과하겠지. 그 소녀는 민감하다. 아니, 잘못 말했군…… 그래. 영리하다네."

그렇게 말하면서 은 단검과 칼집을 이쪽으로 내미는 다미안을 보며, 오펜은 얼굴을 찌푸렸다.

"아무리 남의 일이라고 해도, 평론가 행세하는 말투는 기분이 나쁜데."

일단 단검을 받았다. 뽑아서 확인해보니 분명히 자신이 가지고 있던 단검이다. 칼집에 집어넣고, 정정했다.

"하긴, 클리오가 엄청나게 똑똑하긴 해. 그게 어쨌다는 거지?"

"자신에게 호의를 가진 사내를 적이라는 이유로 간단히 말살하고도 속편할 수 있을 만큼 둔하지는 않다. 그런 뜻이라네."

"……?"

대화를 하면서 반다나를 벗으려다가──그러던 중에 들은 말에 혼란스러워져서 손을 멈췄다.

"무슨 말인지 모르겠는데. 그게 무슨 뜻이야?"

"평론하는 것 같은 대화는 싫다고 하지 않았나?"

"빈정대지 않으면 말을 못 하나?"

오펜은 투덜대고는 반다나를 풀어서 벗었다. 그 반다나로 단검 칼집을 왼손에 묶었다. 잘 묶였는지 확인하고 고개를 들자, 다미안이 진지한 얼굴로 말했다.

"그녀는 자네를 만나고 싶다고 말한다. 그곳으로 오도록. 그 다음은 그녀에게 직접 듣도록 하게."

"? 무슨 소리──"

하지만 다미안은 마지막으로 어떤 지점을 가리키고는 그대로, 불꽃이 바람에 삼켜지는 것처럼 모습을 지워버렸다. 흔적도 없이 사라진 거의 모습을, 주위를 둘러보며 찾다가 갑자기, 다미안 르우가 처음부터 그곳에 존재하지 않았다는 것을 알았다.

'정신사(精神士)였나!'

백마술사의 궁극적인 형태. 그렇게 일컬어지고 있다. 물리와의 접촉을 끊고 육체를 전부 버린, 말하자면 유령인데.

물리적인 속박에서 해방됐다는 것은 그 은혜도 입을 수 없다는 뜻이다. 정신만의 존재가 돼서 그 이성을 유지하는 것은 극단적으로 어렵다. 보통은 그리 오래 버티지 못하고 소멸될 것이다. 하지만 만약, 자아를 잃지 않은 채 정신체로 있을 수 있다면, 사람들의 눈에는 만능의 존재로도 보인다. 실제로 그들은 그들 나름대로의 법칙에 따라서, 그들 나름대로의 속박 속에서 행동하고 있겠지만.

"오라고……?"

오펜은 그렇게 말하고, 다미안이 마지막에 가리킨 방향을 봤다. 생각할 필요도 없었지만…….

그것은 딥 드래곤이 자리 잡은 공원이었다.

제5장 앞으로 36분

아무도 없는 시가지를 걸어가다 보면 자신이 얼마나 지쳤는지를 자각하게 된다.

발을 질질 끌면서, 결코 짧지 않은 길을 걸어갔다. 얼마나 걸어왔는지도 애매해졌다. 피로가, 거리나 시간을 추정하기 힘들게 만들었다.

오펜은 천천히 호흡을 확인하면서, 쉬지 않고 전진하려고 했다. 쉬면 자신이 생각했던 것보다 많은 시간 동안 그 자리에서 움직이지 못하겠지.

확신이 있던 것은 아니지만, 한정된 시간이 상당한 기세로 깎여나가는 것 같은 초조한 감각이 틀림없이 존재했다. 쉬면 안 된다. 스스로에게 그렇게 말했다.

실제로——

'제한된 시간, 이란 말이지. 어디서부터 제한됐다는 건데?'

부풀어 오르는 의문을 힘으로 삼아, 계속 걸어갔다.

'생각해보면 내쉬워터에서 코르곤 자식을 봤던 때부터 전부 틀어졌어. 귀찮은 일들이 계속 일어나고.'

상대의 뻔뻔한 얼굴을 떠올리며 투덜댔다.

'라이언…… 헬퍼트…… 로테샤…… 그리고 위노나에 다미안? 그리고 영주님인가 하는 놈인가. 최접근령의 영주…….'

이름만 늘어놓고 보면 구도 자체는 단순했다. 영주라는 작자 밑에서 일하는 위노나와 다미안——그리고 코르곤. 그들은 성역과 대립하고 있다고 했다. 드래곤 종족의 성역에서 내린 명령에 따라 움직이는 게 라이언과 헬퍼트. 이 항쟁에 말려들었다는 얘기다.

　사실 레키의 존재를 생각해보면 자신도 전혀 관계가 없는 건 아니겠지만. 그렇다면 빠르건 늦건 헬퍼트 일행 쪽과 접촉하게 됐을 테고, 그렇게 되면 그를 마크하고 있었다는 다미안 일행과도 언젠가 마주쳤을 것이다. 말려들었다기 보다는 언젠가 조우할 재난에 제 발로 뛰어들었다고 해야 할까.

　'아냐……'

　그 때 문득 생각이 나서 얼굴을 찌푸렸다. 미간을 손가락으로 긁고, 생각을 고쳤다.

　'로테샤는…… 뭐지?'

　그녀의 존재만이 동떨어져 있다.

　라이언과 헬퍼트가 어떤 이유 때문인지 노렸던, 그 마검의 주인이었다.

　그리고 코르곤과 결혼했다.

　동떨어졌다고 하기에는 관계가 너무 깊은 것도 같다. 기묘한 언밸런스를 느끼며, 오펜은 혼잣말을 했다.

　'단순히 검의 주인이었다면 그걸로 끝인데…… 뭐지, 이건.'

　어제까지 있었던 남쪽과 분위기가 전혀 다른 어번라마 북쪽은, 거리 자체도 질서정연하고 도로 폭도 넓었다. 지나가는 사람이 하나도 없어서 더 넓게 느껴진다. 누군가가 피난하면서 쓰러트린 건지, 쓰레기통 하나가 옆으로 넘어져 있다. 안에 아무것도 없었던 건지, 종잇조각 한두 개가 떨어져 있었을 뿐이지만.

　그것을 곁눈질로 보고 지나가다가, 오펜은 갑자기 깨달았다.

　'그래. 로테샤가 아냐——코르곤 자식이 이상했어.'

그의 행동은 전부 모순돼 있다.

내쉬워터에서는 로테샤의 마검을 손에 넣으려고 했던 것 같다. 갖고 싶다면 2년 전에 헤어지기 전에 빼앗았으면 그만이었다. 그러지 못했을 리가 없으니까. 실제로 2년이나 지난 뒤에 로테샤를 죽여서까지 손에 넣으려고 했으니까.

반대로 생각해서 위노나가 말했던 것처럼 마검을 손에 넣기 위해서 움직였던 라이언, 헬퍼트와 접촉하기 위한 짓이었다면, 로테샤를 죽일 필요는 없었다.

'하지만.'

오펜은 미심쩍다는 듯이 덧붙였다.

'위노나. 그 자식이 하는 말은 하나도 믿을 수가 없다니까. 거짓말을 하는 건 분명한데…… 어디서부터 어디까지가 거짓말인지 도무지 모르겠어. 그 자식이 거짓말을 잘 하는 게 아니라, 이쪽이 가진 정보가 너무 적어.'

코르곤을 만날 필요가 있다.

"슬슬 때가 됐지."

오펜은 소리 내서 말했다.

"그 자식, 어디 있는지는 모르겠지만 살금살금 도망이나 다니고——분명히 날 피하고 있어. 솔직히 그 자식한테 물어보면 다 알 수 있는 일들이잖아."

문제는 그와 접촉할 방법인데.

로테샤의 일을 생각해보면 신중하게 생각할 필요가 있다. 적어도 로테샤보다 먼저 만나고 싶다.

'일단 한 방 먹여줘야겠어.'

왠지 마음이 무거워졌다.

'내가 그러면 로테샤를 말릴 사람이 없어지는데.'

아무리 생각해봐도 그다지 유쾌한 일이 될 것 같지는 않았다.

어쨌거나 지금 생각할 일은 아니다.

그렇게 마음을 고치고, 탄식했다.

"일단…… 클리오다. 젠장, 그 정신사, 기왕이면 날 레키 있는 데까지 전이시켜줘도 되잖아. 못 하는 것도 아닐 텐데."

앞길은 아직 멀다. 일단 멈춰 서서 허리를 펴려다——

"——끄악?!"

짧은 비명을 지르고, 넘어졌다. 뒤쪽에서, 뭔가 묵직한 것으로 때린 것 같다. 뒤통수에 느껴진 묵직한 아픔 때문에 의식이 멀어진다. 땅바닥에 엎어진 채, 상황을 파악하기 위해서 귀를 기울였다.

'뭐지——? 적이 남아 있었나?!'

솔직히 또 헬퍼트 같은 상대와 싸울 힘은 없다. 모르는 동네에서 도망칠 길을 찾아내는 건 곤란한 일이지만, 어떻게든 도망칠 루트를 모색했다. 일단은 무거운 몸을 어떻게든 일으키려다가 또 넘어지고——

무거운 게 당연했다. 뭔가가 올라타고 있다. 등에.

"그렇군."

짧게, 목소리가 들려왔다

"한마디로 이것은 위기에 닥쳤을 때 제일 가까운 곳에 있는 친한 인간의 위치로 전이시키는 긴급 피난 장치인가…… 사용자를 더 위험한 곳으로 내던지는 수행 기구인가 싶었는데."

"……."

귀에 익은 목소리였다. 갑자기 피로가 밀려온다.

고개를 들고, 오펜은 외쳤다.

"코르곤!"

"여. 오랜만이군."

속 편하게 말했다.

자신을 내려다보는 차가운 얼굴──아니, 단순히 아무것도 느끼지 않는 얼굴이라고 할까──을 보며, 오펜은 손톱으로 땅바닥을 긁었다. 화가 나는 것보다 힘이 빠진다. 코르곤의 표정은 우연히 오랜만에 만난 사람 같은 표정이었다. 그뿐이었다. 한마디로 상황 그 자체. 지금까지 일어났던 온갖 일들이 전부 허구라고 말하는 것 같은.

5년 전부터 현재. 그 사이에 일어난 모든 일들을 부정한다. 여러 이름. 살인. 드래곤 조족. 성역. 위노나. 백마술사. 권총. 기사. 영주…… 최접근령의.

그리고 로테샤. 그것들이 전부 거짓말이었다는 것처럼, 거기에 있는 것은 마지막으로 봤을 때에서 하나도 변하지 않은 코르곤이었다.

모든 것이, 머릿속에서 빙글빙글 맴돈다──그리고 외쳤다.

"너무 가볍잖아!"

하지만 코르곤은 역시 아무렇지도 않다는 투로 말했다.

"상당히 중무장을 했는데."

"그래, 분명히 무겁다! 빨리 비켜!"

소리를 질러서, 오펜은 등 위에 올라타고 있는 코르곤을 쫓아냈다. 겨우 짐이 없어져서 일어났다.

코르곤은 아무렇지도 않다는 태도로 가만히 오펜이 일어나기를 기다렸다──괜히 짜증이 나는 것을 느끼며 중얼거렸다.

"정말이지, 뜬금없이 튀어나오기는……."

"그게 아니다, 키리란셀로."

진지한 얼굴로, 코르곤은──망토 속에서 오른손만 내밀면서 말했다. 그 손에는 달걀 모양의 검은색 돌 같은 것을 쥐고 있다.

"사정이 있다. 들어라."

"……말해봐."

"조금 전에도 말했지만, 아무래도 이건 가지고 있는 인간이 위험을 느끼면 그 인간을 가장 가까운 곳에 있는 아는 사람에게 전이시키는 장치인 것 같다. '아는 사람'의 개념이 좀 애매한 것 같기는 하지만."

코르곤이 말한 '이것'이란 손에 쥐고 있는 돌을 말하는 것 같다. 지금은 아무런 반응도 없지만, 설명을 듣고 보니 정말 천인 종족의 도구답게 흠집 하나 없이 부자연스런 광택을 내뿜고 있는 것 같았다.

코르곤은 그대로 계속 말했다.

"라이언 스푼의 말살을 수행하려고 했는데, 도저히 손쓸 수가 없는 사태가 벌어졌거든. 위험한 상황에서 이 장치의 도움을 받았다."

"……그래서?"

도끼눈을 뜨고 재촉했다. 코르곤은 탄식했다──자세히 관찰해보니 입술에 처음 보는 상처가 있다. 최근 5년 사이에 생긴 걸까. 그밖에는 마지막으로 얘기를 나눴던 5년 전과 큰 차이가 없어 보였다. 길게 자란 머리카락도, 음침한 눈빛도, 담담한 말투도 화가 날 정도로 변함이 없다. 대륙 흑마술의 최고봉인 《송곳니 탑》에서 생활했던 5년 전과.

코르곤은 천천히 고개를 저었다. 고개를 약간 숙이고,

"하지만…… 전이된 곳에 문제가 있었지. 하마터면 죽을 뻔 했지만, 또 이 장치가 작동했다."

"잘 모르겠는데."

"옷에 발자국을 찍은 게 문제였다."

"더 모르겠거든."

"여긴 어디지?"

갑자기, 주위를 둘러보며 잡담이라도 하듯 코르곤이 물었다.

"……이 거리는 아무래도 특징이 없어서 말이야. 갑자기 내던져지면 위치를 알 수가 없다."

"네 고향이잖아."

"난 남쪽 출신이다."

"그러셔."

"그래서 북쪽의 호상 출신인 포르테하고는 잘 안 맞았다. 잊었나?"

"잊겠어. 하지만 지금은 남의 프로필을 읽는 소리처럼 들려."

가시 돋은 말투로——그건 스스로도 알고 있지만——오펜이 투덜대자, 코르곤은 깜짝 놀란 것 같았다. 오른손을 망토 속으로 집어넣고 검은 오브제처럼 가만히 서 있다. 망토의 실루엣을 보면 그 속에 각종 무장을 숨기고 있는 게 분명했다.

코르곤이 아무 말도 안 해서, 오펜이 계속해서 말했다.

"나중에 정한 가공의 인생사라도 주절거리는 것 같은 말투라는 뜻이야. 안 그래? 에드. 아니면 유이스인가?"

"이름이 복수라는 점에 대해서는 너도 할 말이 없을 텐데."

코르곤은 낯빛 하나 바꾸지 않았다——적어도, 눈에 보인 한에서는. 그대로 계속 말했다.

"어떤 게 본명인지 물으면 곤란하군. 난, 너한테는 코르곤이라는 흑마술사다. 다미안 르우한테는 유이스라는 이름이 가장 오래 됐으니까 본명이라고 할 수 있겠지."

"아니라는 거야?"

"난 너한테 유이스라고 불린 적이 없다. 그렇다면 나와 너 사이에서는 그것이 내 이름이 아니다."

궤변이다——

라고 말하려다가 그만뒀다. 자신도 마음에 걸리는 게 있으니까. 그가 하는 말은 이해할 수 있었다.

그래서 입에서 나온 것은 다른 말이었다.

"영주라는 작자는 널 뭐라고 부르는데?"

"옛 친구라고 부른다. 농담으로 하는 말이 아니라…… 정말 그렇게 부른다. 적어도 내 앞에서는 그가 내 이름을 부른 적이 없는 것 같다."

코르곤은 그렇게 말하고는 웃어보였다. 왠지 허무하게, 그리고 그립다는 것처럼.

"그가 가장 옳겠지. 나에게 이름 따위는 없다. 나도 그를 영주라고 부를 뿐이다."

"그 제일 옳은 놈 밑에 붙어서 킬러 짓을 하고 있는 거야?"

날카로운 말투로 말했다. 코르곤은 그 말을 피하려는 것처럼 몸을 약간 옆으로 돌렸다. 아무도 없는 거리에 부는 바람이 그 시선에 이끌려서 천천히 흘러갔다. 길에 떨어져 있는 종잇조각도 움직이지 않을 정도의 바람.

코르곤은 그대로 천천히 말했다.

"네가 어떻게 생각하건…… 나는 내가 할 수 있는 일을 하는 수밖에 없다."

그리고는 오펜 쪽을 보고, 말했다. 약간 빠르게,

"아무튼 너희가 죽게 하지는 않는다. 영주의 부탁 때문에 너희가 말려들게 했지만, 사실은 귀찮게 하고 싶지 않았다."

작은 소리로, 덧붙였다.

"내 가족이다."

그 말은, 원래는 대답해서는 안 되는 말이었는지도 모르지만——

오펜은 입술을 깨물었다. 투명한 빛을 머금은 옅은 눈동자가 떠올랐다. 때로는 무표정하게, 때로는 분노의 불길을 태우면서 자신을 바라보던 적이 있던 눈동자.

"그렇다면…… 어째서지?"

그녀의 눈빛을 떠올렸을 때, 멋대로 말이 튀어나왔다.

"로테샤를 죽인 건 어째서지? 결혼했었잖아?"

"목적을 위해서다."

간단하게, 코르곤이 대답했다.

"……?"

의미를 알 수가 없어서, 오펜은 다시 물었다.

"목적을 위해——로테샤를 죽인 게? 아니면 결혼한 게?"

"둘 다."

어디까지나 차분한 목소리로 대답하자 짜증이 났다. 코르곤의 얼굴을 본다고 뭔가를 이해할 수 없다는 건 알고 있다——옛날부터, 이 남자의 눈을 보고 생각하는 걸 추측했던 적이 없다. 길고 검은 머리카락. 온 몸을 뒤덮은 검은 망토. 감정을 감춘 검은 눈동자.

그 속에서는 조금 전에 기억 속에 떠오른 겁먹은 아내의 눈동자가 보이지 않았다.

오펜은 그 이미지를 떨쳐버리려고 고개를 저었다. 손을 벌리고, 중얼거렸다.

"왜 거짓말을 하는 거지."

"……무슨 의미인가?"

"로테샤에 관한 걸 생각해보면, 네가 하는 짓들은 지리멸렬이야. 내 쉬워터에서 헬퍼트는 네가 그 놈을 경계해서 반년이나 검에 손도 못 댔다고 했는데――내가 보기엔 엄청난 착각이야. 넌 아무것도 두려워 하지 않아. 그런데 뭐? 별 관계도 없는 연습생들이나 두들겨 패고 다 녔다면서? 클리오도 위험했다고 하고. 분명히 말하는데, 용서할 생각 은 없어."

벌렸던 손을 꽉 쥐고, 그것을 상대의 가슴을 향해 내질렀다. 코르곤 은 꿈쩍도 안 했지만.

오펜도 상관하지 않고 계속 말했다.

"그래놓고, 막상 움직이기 시작한 뒤에는, 네가 로테샤를 벤 때부터 클리오가 그걸 발견할 때까지 몇 분이나 걸렸지? 치명상을 입혀놓고 그대로 방치하는 건 너 답지 않았어. 왜 숨통을 끊지 않았는데."

"……."

코르곤은 아무 말이 없었다. 시간만이 손가락 사이로 흘러내리는 침묵.

공허한 거리의 정숙 속에서, 오펜은 신음했다. 신음한 뒤에 그 내용 을, 즉 자신이 계속 생각해왔으면서도 답을 찾지 못했던 것들을, 문득 이해했다――

"망설였던 거야? ……대체, 뭘?"

"……."

침묵은 길었다.

하지만 그 동안 그의 표정은 변하지 않았다. 상처 자국이 있는 입술을 천천히 벌렸고, 그리고.

"뭘까? ——아무거나 물어보지 마라. 난 차일드맨이 아니니까."

그것뿐이었다. 다른 말은 없었다.

말은 없었다. 그저 상대의 눈 속에, 더 이상의 추궁을 거절하는 빛이 얼핏 보였을 뿐이다.

탄식했다.

"그래. 그럼 난 더 이상 물어볼 게 없어."

주먹을 빼고, 오펜은 중얼거렸다. 코르곤이 작은 소리로 말했다.

"미안하군."

이것도 아주 깔끔한 대답이었다. 아주 깔끔한 감사.

주먹을 끌어안는 것처럼 팔짱을 끼고, 오펜은 다시 한 번 그의 얼굴을 봤다.

"이제 어쩔 거야?"

물었다. 그러자 코르곤은 망토 속에서 어깨를 으쓱거렸다.

"이제 내가 할 수 있는 일은 없다. 이곳을 떠난다. 최접근령으로 가겠다면 또 볼 수도 있겠지…… 영주는 나쁜 상대가 아니다. 협력해줬으면 싶다."

"그건 내가 알아서 정할 거야. 그런데, 아까 그 장치라는 것 좀 보여줄 수 있겠어?"

"음?"

의아해하면서도 얌전히, 코르곤은 망토 속에 있던 손을 내밀었다——그 검은 달걀을 쥐고 있다. 그것을 자신이 보기 쉬운 위치까지 들어올릴 때까지 기다렸다가, 오펜은 오른손을 내밀었다.

고한다.

"나 발하노라, 빛의 칼날."

빛이 부풀어 오르고, 코르곤의 발밑에서 폭발이 일어났다. 그 한 순간 전에, 장치가 맑은 빛과 마술 문자의 흔적을 남기고 그의 모습을 전이시켰다. 또 혼자만 남은 길 한복판에서, 오펜은 혼잣말을 했다.

"아무 말도 못 하겠다면 남한테 떠넘기지도 말라고. 자기가 저지른 일은 알아서 끝내고."

그리고 자신이 가던 방향을 바라봤다. 혼란에 빠지려는 뇌를 진정시키려는 건 아니었지만——오펜은 소리 없이 확인했다.

'일단은…… 클리오다.'

"……일단은 안전해. 뭐, 그 녀석이 실수로 이쪽을 향해서 바보 같은 광선을 쏘지만 않았다면 말이지."

자신을 향해서 중얼거린 그 말은 듣지 않았다. 그녀는 그저 아픈 몸을 어떻게든 일으키려고 고심하고 있었다. 잠시 의식을 잃었던 건 분명하다——한 순간인지, 몇 초인지. 어쩌면 몇 분일지도. 묵직한 아픔을 떨쳐내려고 고개를 젓고, 숨을 들이쉬었다. 부풀어 오르려 하지 않는 폐에 공기를 집어넣고 어떻게든 의식을 유지하려고 했다.

언제 검을 끌어안았는지는 기억나지 않았다. 그저 그 검이 자신의 품 안에 있었다. 아마도 그 녹색 눈의 괴물이 이것을 버린 때였을까——그 외에는 주울 기회가 없었으니까——왜 그랬는지도 생각이 나지 않는다.

익숙한 자루의 감촉이 어느새 달라져버린 것 같았다. 아버지가 돌아가신 날부터 수도 없이 잡았던 검인데, 몇 주 만에 다시 자시 손으로 돌아오자 이젠 내 것이 아니게 된 것처럼 거부감이 든다. 차갑지도 않고 따뜻하지도 않은 진홍색 금속으로 만든 검. 그 괴물이 가지고 갔을 때는 검이 칼집에서 빠져 있었다. 이 검이 칼집에서 빠지는 것 자체를 처음 봤는데. 주웠을 때도 분명이 칼집에서 빠져 있었던 것 같다──그런데.

눈을 떠보니, 어째선지 칼집에 들어가 있었다.

로테샤는 탄식했다. 실망일까 안도일까. 자기 자신도 잘 모르겠지만. 어느 쪽인지 망설일 정도는 이해하고 있다.

프릭 다이아몬드. 전설적인 검사 비두 크립스터의 마검. 아버지의 유품.

그것이 자기 손으로 돌아왔다는 사실이 비현실적으로 여겨졌다.

정신을 잃기 직전까지 있던 장소는 지금은 이미 멀리 떨어져 있다──그래봤자 백 미터도 안 될 것 같지만. 옥상에서 떨어지고 파편 속에서 신음하는 사이에, 정신을 차려보니 위노나가 눈 앞에 서 있었다. 진료소 안에서 데리고 나온 것으로 보이는 클리오를 어깨에 메고, 한 손에는 검을 들고. 슬레이크 서스트라는 이름이었던가? 작지만 묵직한 검을 식칼처럼 가볍게, 한 손으로 들고 있다.

그렇다. 그 때 자신이 프릭 다이아몬드를 끌어안고 있다는 것을 알았다. 그 뒤에는 영문도 모르는 채로 고함소리를 듣고 뛰쳐나갔다. 뒤쪽에서 엄청나게 큰 폭발이 일어났던 것 같다. 뛸 수 있었던 건 순수한 공포 때문이겠지. 의식을 잃을 정도로 급하게, 여기까지 도망쳐왔다. 그리고 완전히 기절했다.

털썩, 소리를 내며 위노나가 클리오의 몸을 내려놨다. 승합 마차 정거장. 그 벤치 위에. 축 늘어진 클리오의 팔을 살며시 거둬서 배 위에 올려놓고, 위노나는 검을 칼집에 집어넣고 같은 벤치에 앉았다.

그리고, 갑자기 물었다.

"누가 이길 것 같아?"

"뭐?"

무슨 소린지 몰라서 되물었다. 그러자 위노나는 씁쓸하게 웃은 것 같았다. 굵은 손가락을 들어서 가리켰다――도망쳐온 방향. 지금 도 조금 전의 대폭발 때문에 커다란 불꽃이 타오르고 있다. 순백색으로 흔들리는 열파. 바람에 미지근한 기운이 섞였다.

그것을 바라보며――갑자기, 자신이 엄청나게 얼빠진 표정일 거라는 것을 알고, 로테샤는 입을 다물었다. 피곤해서 그래도 상관없다고 생각했지만.

어쨌거나 위노나는 그대로 계속 말했다. 계속 뛰어온 탓에 어쩔 수 없이 숨을 헐떡이고 있다.

"저 드래곤…… 헬퍼트라고 하거든. 그 놈은 최근 10년 동안에 49명의 마술사를 죽였어. 우리가 파악한 것만 해도. 하나같이 저 괴물을 없애라는 밀명을 받은 강한 마술 기능자들이었지. 최고 기록은 하루에 여덟 명. 그런데."

거기까지 단숨에 말하고, 어깨를 으쓱거렸다.

"저 시커먼 형씨는, 이길 수 있을까?"

"……글쎄……."

애매하게 중얼거리고, 로테샤는 오펜의 모습을 머릿속에 떠올렸다. 믿음직하냐고 묻는다면 아니라고 대답할 수밖에 없겠지――솔직히 그다지 좋은 인상은 아니다. 왠지 자신을 피하는 것 같다 싶더니, 쓸데없는 잔소리만 떠들어냈다. 자기가 뭐라도 된 것 마냥 거만하게……

거기까지 생각했을 때, 위노나가 입을 열었다. 큰 몸을 구부리고, 이미 호흡은 안정됐다.

"저 녀석이 지면, 우리도 끝장이야——레드 드래곤 종족은 한 번 마주친 사냥감을 놓치지 않거든. 어디까지건 쫓아온단 말이지."

순간, 이번에도 이유는 알 수 없지만…….

반발하고 싶은 기분 같은 것이 등을 떠밀어서, 로테샤가 신음하듯 말했다.

"이길 거예요."

"응? 우리 힘만 가지고? 아직 잠이 덜 깼어?"

"아뇨. 아마도…… 저 사람이, 이깁니다."

슈우우웅…… 바람 소리가, 불꽃 소리가, 아직 사라지지 않은 하얀 열파가 큰 소리를 울렸다.

그것을 바라보며, 로테샤는 계속 말했다.

"저 사람은 아마도, 그 누구한테도 지지 않을 사람입니다."

"근거는 있어?"

"냄새가…… 같습니다."

확신은 없는 채, 로테샤는 할 말을 찾았다——찾으려고 해도 찾는 것이 무엇인지도 모르는 상태에서는 아무리 해봤자 못 찾을 것 같지만. 찾지도 못한 채, 말이 튀어나왔다.

막연하게 드는 생각은 지난 밤, 단 한 순간의 교착상태. 그를 몰아붙였다고 생각했다. 하지만 결국 쓰러진 건 자신이었다.

똑같았다——똑똑히 기억하고 있는 것과. 너무나 익숙한 것과.

아버지의 유품인 검을 꼭 쥐고, 로테샤는 위노나의 얼굴을 노려봤다.

"그는, 에드와 똑같은 냄새가 납니다. 뭘 해도…… 마지막엔 이깁니다. 에드는…….“

말해봤자 이해하지 못할 거라고 생각했다. 실제로 위노나는 그저 씁쓸하게 웃을 뿐이니까. 흥, 하고 콧방귀를 뀌고서 말했다.

"자기를 버린 남자인데, 꽤 높이 평가하나봐?"

"아니에요!"

반사적으로 외쳤다.

"저는——"

"유이스를 죽이고 싶을 정도로 미워한다고?"

"저는…….“

위노나는 차분한 눈으로 마주봤고, 로테샤는 할 말을 잃었다. 사고까지 정지된 게 아닌가 싶었다——상실의 현기증 때문에 주위 풍경이 흐릿해졌다. 쓰러지면 안 된다. 갑자기 그런 생각이 들어서 간신히 버텼다. 실제로 졸도하기 직전이었겠지. 자기도 모르는 사이에 기울어져 있던 몸을 간신히 바로잡았다.

프릭 다이아몬드는 발밑에 떨어져 있었다. 떨어지는 소리도 못 들은 걸 보면, 또 몇 초 정도 의식을 잃었을 것이다. 아침부터 몇 번이나 머리를 부딪친 것도 있어서, 몸이 한계를 호소하고 있었다.

"또 같은 결과가 될지도 모르는데.“

한 번 들었던 말을 또 들었다. 다른 사람의 입을 통해서.

로테샤는 큰 소리를 질렀다.

"다음엔 지지 않아요! 저는——"

"아니야.“

하지만 위노나는 차갑게 단정할 뿐이었다. 사실——

"아니라고……?"

뭔가 다른 것을 느끼고, 로테샤는 눈살을 찌푸렸다. 뱃속에 차가운 뭔가가 퍼진다.

벤치에 앉은 채, 그래도 상당히 높은 곳에 있는 눈으로 쳐다보며, 위노나가 계속해서 말했다.

"아니지만…… 같은 결과가 될지도 몰라. 그런 건 말이지."

"……?"

"그 녀석은 착각하고 있는 것 같지만 말이야."

위노나는 또 한 번 하얀 불꽃을 슬쩍 본 것 같았다.

"댁은 죽지 않았어…… 살아있다고. 똑같은 일이 되풀이 된다는 건, 어쩌면——"

"무슨 소리인지……."

"아무것도 아냐. 신경 꺼도 돼."

손을 가볍게 흔들면서 그렇게 말하더니, 위노나는 입을 크게 벌리고 하품을 했다. 바로 회복된 것처럼 보였지만 역시 피곤한 것 같다. 아니면 그냥 따분한 것뿐일 수도 있고.

보고 있는 자신도 잠이 왔다. 그 때, 그 허를 찌르는 것처럼,

"유이스랑 만나게 해줘도 되려나."

로테샤는 고개를 번쩍 들었다.

"아까는! 안 된다고."

"음~ 마음이 바뀌었다고나 할까."

"그게…… 무슨 말도 안 되는."

"남의 일이니까. 그런 법이지."

"하지만, 그건."

말문이 막혔다. 잠이 쏟아지던 몸도, 심장 고동이 빨라지면서 서늘한 기분까지 들었다. 속 편하게 말하는 위노나를 보니 괜히 화가 났지만——그 제안에 뭐라고 대답해야 좋을지 판단할 수가 없었다. 받아들여야 할까 거절해야 할까. 울어야 좋을까 화를 내야 할까. 모르겠다.

"뭐야."

위노나는 앉은 채, 얼굴을 찌푸렸다.

"보고 싶은 거야? 아닌 거야?"

"그건——"

로테샤는 할 맞을 찾을 생각으로 주위를 둘러봤다. 보일 리가 없지만. 조금 전 폭발을 마지막으로, 주위는 조용해져 있었다. 오른쪽을 봐도 왼쪽을 봐도, 눈에 들어오는 건 시커먼 망토 차림의 음침한 남자 하나뿐이었다.

"어?"

큰 소리를 내고 굳어져버렸다.

자세히 보니 거기에 에드가 있었다. 오른손에 뭔가 까만 달걀 같은 것을 쥐고 가만히 서 있다.

로테샤는 당황해서 위노나를 봤다——하지만 그쪽도 손을 열심히 흔들어서 자기 책임이 아니라는 신호를 보냈다. 뭐가 뭔지 영문을 모르는 사이에, 에드가 중얼거리는 소리가 들려왔다.

"그래…… 그런 건가. 그 자식……."

뭔가 얄밉다는 듯이 신음한 뒤에, 들고 있던 달걀을 힘껏 땅바닥에 내던졌다. 달걀은 깨지지 않고 길 위로 굴러갔다.

"……."

머릿속이 새하얘졌다. 발밑에 떨어져 있는 프릭 다이아몬드를 주우려고 손을 뻗——

파앙!

그런 소리였다. 고막을 압박하는 것 같은 파열음. 동시에 마검이 튀었다. 몇 센티미터 정도 튀어 올랐다가 다시 바닥에 떨어졌다.

손을 멈추고——고개를 들어보니 에드가 오른손에 든 뭔가를 겨누고 있었다. 빛나는 검은 색의, 각진 모양의 기묘한 물체. 구멍이 있고, 그것이 똑바로, 프릭 다이아몬드를 노리고 있다.

움직일 수 없다. 무리한 자세로 경직된 채로 몇 초가 지났는지, 손끝이 눈에 보일 정도로 떨리기 시작했을 무렵, 위노나가 중얼거리는 소리가 들려왔다.

"'템페스트'의 탄약은 귀중하잖아? 함부로 쏘지 말라고."

에드는 천천히 그 무기——템페스트라고 부르는 것 같다——를 망토 속으로 집어넣었다.

"저격의 개념을 개발한 것은 《탑》이다."

"……그리고 그걸 유출한 건 그쪽이고. 그래서 마음대로 쓰겠다는 거야? 그쪽한테 지급된 장비는 전부 영주님 재산이라고."

"……."

에드는 더 이상 아무 말도 하지 않았다. 거기까지가 한계였다. 로테샤는 그 자리에 무릎을 꿇었다. 자세가 낮아져 손이 마검에 닿았다.

칼집에 들어 있는, 아무런 도움도 안 되는 프릭 다이아몬드를 집고, 로테샤는 고개를 들었다.

"그만둬."

에드가 차가운 목소리로 말했다.

"시간이 아깝다. 이제 곧 그 숲이 여기까지 온다. 도망치지 않으면 다 죽는다."

"숲?"

로테샤가 물었지만 아무도 대답해주지 않았다. 자신을 제외한 두 사람은 이미 알고 일인 것 같다.

"지금 그 총알을."

입을 연 것은 위노나였다. 말하면서 클리오의 몸을 어깨에 멨다.

"미간에 맞췄으면 시간을 아꼈을 텐데? 총알이 아깝지 않다면 한 방 더 쏴봐, 몇 초 걸리지도 않을 테니까. 실제로 지금 상황은 아주 이상적이잖아? 사람이 얼마나 죽건, 이 난리 탓으로 넘길 수 있으니까."

'……무슨 소릴 하는 거야……?'

로테샤는 위노나의 말을 들으면서 검 자루를 꽉 쥐었다.

에드가 담담하게 대답했다.

"내가 어떻게 움직일지는——"

"스스로 정한다. 그런 거였지. 뭐 됐고."

어깨를 살짝 으쓱거리고, 위노나가 일어섰다. 어디로 도망쳐야 할지 알고 있는지, 망설이지도 않고 걸어가기 시작했다.

이쪽을 보며 에드도 움직였다. 바로 옆을 지나 그대로 걸었다——

"……아……."

목 속에서 작게 흘러나온 소리가, 순간, 폭발적으로 커졌다.

"아아아아아아아악!"

소리를 지르면서 마검을 치켜들고 일어섰다——에드는 등을 돌리고 있다. 망토를 입고 있는 탓인지 그 속에 방어구를 입고 있는 탓인지, 실제 크기보다 더 커 보인다. 그 등을 향해 똑바로, 칼집에 들어 있는 검을 온 힘을 다해 내리치려고 했다.

하지만.

그것 또한 순간적인 일이었다. 그 망토가 크게 펄럭거렸다. 검은 천이 시야를 뒤덮었다 싶었을 때, 그것이 검을 휘감아서 튕겨냈다. 검에 잡아끌린 모양으로, 몸이 그 자리에 넘어졌다.

그래도 검을 놓지 않았다는 걸, 스스로도 믿을 수가 없다. 이번이 마지막이라고 믿고, 다시 일어나려고 발버둥 쳤다. 틀림없이 일어나기 전에 죽겠지. 그런 확신도 있었지만, 그딴 건 아무래도 상관없었다.

'처음부터 이래야 했어……..'

어느 시점이 '처음'인지도 모르는 채, 로테샤는 소리를 질렀다.

'생각하지 말고, 이래야 했어!'

그랬으면——

적어도 이런 기분은 겪지 않았을 테니까.

일어났을 때, 에드는 이쪽을 보고 있었다. 온 몸을 망토로 감싸고. 무기는 들지 않았다. 겨누지도 않았다.

'얕보는 거야……?!'

발끈해서 검을 치켜들었다. 찰나.

싸아아아아아! ——하는, 대량의 벌레가 흩어져서 도망치는 것 같은, 귀에 거슬리는 소리가 울렸다. 들고 있는 검에서 난 소리다. 검을 봤더니 칼집에서 빠져 있었다. 하얀 칼날이 빛나고 있다.

"빠졌어……?"

"그런 거다. 사용자가 손에 쥔 순간 자동적으로 그 검은 발동한다."

에드가 조용히 말했다.

"하지만 그 검이 발동한 모습을 아무도 몰랐기 때문에 조작도 할 수 없었다. 단지 그것뿐이었다."

"이거라면……!"

칼집에서 빠진 검을 들고, 로테샤는 그 칼끝을 에드에게 겨눴다.

하지만 에드는 꼼짝도 하지 않았다.

"그 검이 실제로 어떤 기능을 지녔는지, 넌 모르겠지. 그만둬라."

"……"

말도 없이, 거친 숨만 내쉬며, 로테샤는 상대를 노려봤다. 대치하고 있던 그 남자는 이 난리에도 신경 쓰지 않고 앞장서서 걸어가는 위노나를 쫓아가려는 것처럼 걸음을 옮겼다. 얼굴 절반만 이쪽으로 돌리고, 담담하게 말했다.

"사람은 누구나 죽을 예정이 정해져 있다…… 하지만, 과연 그럴까. 예를 들어서 네가 나와 만나서 죽는다면, 그건 예정된 죽음일지도 모른다. 적어도 나는 언제든 예정표에 네 죽음을 적어둘 수 있다."

뿌득, 이를 갈고 나서, 로테샤가 외쳤다.

"난 아직 죽지 않았어……!"

"……이 일이 끝나면, 다시는 내 앞에 나타나지 마라."

에드는 마지막으로 그렇게 말하고, 완전히 등을 돌렸다.

"충고는 한 번 뿐이다…… 다음엔, 또 죽인다."

그대로 걸어갔다.

기만히 선 채, 로테샤는 그저 자기 검의 날 끝만 보고 있었다. 꽃처럼 조용한, 하얀, 완만한 라인. 그 칼날이 살짝 떨리고 있다. 그것이 검의 기능이 아니라 들고 있는 인간이 떨고 있기 때문이라는 걸 알아차리는 데는 몇 초의 시간이 걸렸다.

다시 고개를 들어보니 에드와 위노나는 몇 걸음 앞에서 걸어가고 있었다. 그쪽을 향해 큰 소리로 말했다.

"잘난 척 해봤자, 당신도 평범한 남자라는건 내가 잘 알아."

욕이라도 하는 것처럼, 로테샤가 말했다.

"다음에 죽는 건 당신이야. 날 화나게 한 대가는, 반드시 치르게 할 거야. 당신을 죽일 방법을, 반드시 찾아내겠어."

에드는 고개도 돌리지 않았다.

등을 흔들며, 걸어갔다.

로테샤는 자기 얼굴을 만졌다——이 때 처음으로, 자신이 울고 있다는 걸 알았다.

"나 같은 건 무섭지도 않다는 거야?!"

그 목소리조차도 전해지지 않았다.

한숨을 한 번 쉬자, 검은 또다시 조금 전과 같은 소리를 내고 칼집으로 들어갔다.

천천히, 칼을 내렸다. 틀렸다. 그걸 깨닫고, 로테샤는 고개를 저었다.

'지금은…… 안 돼. 통하지 않아…….'

로테샤는 두 사람을 따라가기 위해서 발을 뗐다. 그 때.

"음?"

기묘한 사실을 알아차렸다. 위노나가 슬쩍, 이쪽을 보고 있다. 그 자체는 기묘한 일이 아니지만.

이상한 건 위노나의 표정이었다. 관심이 있는 것 같은, 차가운 것 같은, 재미있어 하는 것 같은, 얄미워하는 것 같은——

지금까지 본 적 없는 그런 눈빛으로 몇 초 동안 이쪽을 본 뒤에, 위노나는 고개를 돌렸다.

제6장 그리고, 심판의 때

녹보석의 갑옷은 무진장이라고도 할 수 있는 증식을 거듭하면서 그 촉수를 펼쳐나갔다. 결국 단순한 전법이었다──한 순간에 없앨 수 없는 만큼의 큰 질량을 표적에게 날린다. 촉수가 증식하는 데는 시간이 걸리지만, 방해가 될 것 같은 놈들은 헬퍼트가 개별적으로 암살해 줄 것이다. 딱 한 번, 그 검은 망토의 마술사가 방해했지만 큰 문제는 아니었다. 사실 개인 단위의 마술이 큰 위협이 될 리도 없고.

자신은 딥 드래곤을 죽이는 것만 생각하면 된다.

딥 드래곤을. 그것이 임무였다. 그 이외의 우선 사항은 없다.

'없을…… 텐데.'

라이언은 갑옷 속 깊고 깊은 곳에서 중얼거렸다.

'잘 모르겠다…… 기억이 없나? 또인가. 이번엔 뭘 잊어버렸지……?'

갑옷 속, 어둠 속에서, 몸을 웅크리고서 떨었다.

지금은 생각할 일이 아니다.

나중에 파트너에게 물어보면 된다. 이번엔 뭘 잊었는지.

딥 드래곤은 아름다운 짐승이라고, 그렇게 생각한다──가까이에서 올려다보며, 오펜은 그렇게 중얼거렸다. 인기척이 없는 조용한 거리 한복판에서, 가을 하늘을 배경으로 차분하게 고개를 들고 있다.

만나면 확실하게 죽는, 그 짐승. 망설임도 없이 자신의 목숨을 빼앗을, 그 짐승. 결국 그것은 단순하고 소박한 결정사항일 뿐이다. 자신이 이 짐승에게 죽었을 때, 그 이유를 생각해봤자 의미 없는 일이겠지.

하지만 지금 딥 드래곤, 펜릴은 그저 가만히 있을 뿐이다. 커다란 몸으로 공원 광장을 점유한 채 꼼짝도 하지 않고, 그저 뭔가를 기다리고 있다. 오펜은 느릿한 걸음걸이로 공원 입구에 있는 울타리를 빠져나갔다.

"뭐랄까……."

말이 새나왔다.

"이렇게 조용하니까, 되레 무섭네."

만난 시점에서 죽는 것이 당연한 존재다——딥 드래곤은.

그것을 빤히 쳐다본다. 기묘한 감각이었다.

"다미안!"

오펜은 큰 소리로 부르고 주위를 둘러봤다. 백마술사는 보이지 않았다.

"내가 왔다! 여기서 사정을 다 말해준다고 했었지!"

"말한 적 없다."

모습은 보이지 않는 채, 목소리만이 대답했다. 딱히 놀랍지도 않았지만.

목소리는 틀림없이 다미안이었다. 그것이 조용한 목소리로 계속해서 말했다.

"그녀에게 물으라고 했다."

"……?"

그녀, 라는 게 누구인지 의미를 모르겠다. 그런데——

문득. 변화가 발생했다. 지금까지 허공의 한 점을 바라보며 가만히 있었던 딥 드래곤이 약간 움직였다. 분명히, 이쪽을 보고 있었다.

"뭐…… 야?"

빛나는 것 같은 녹색 눈동자 앞에서, 오펜은 뒷걸음질을 쳤다. 드래곤이 엎드렸기 때문에 머리 높이는 그다지 높지 않았다──서 있을 때의 절반 정도려나. 그래도 자신의 키보다는 한참 높았다.

딥 드래곤을 신이라 숭상하는 자도 있다. 정확히는 드래곤 종족 전체지만. 드래곤 신자들이 자신들의 신앙 대상을 말할 때 가장 많은 것은 당연히 인간 종족을 이끌었다는 천인 종족, 월드 드래곤이다. 그들의 말에 의하면 월드 드래곤은 여신이자 인간이 나아가야 할 길의 모범이며, 흠 잡을 곳이라고는 없는 존재였다. 딱히 이상할 것도 없다. 인간 종족에게 모든 것들 가르친 것이 그녀들이니까. 윤리관도, 도덕도, 살아가는 것의 의미도, 전부 그녀들의 가르침이 기준이 됐다.

그리고 그들 드래곤 신자들이 딥 드래곤 종족을 말할 때 그것은 절대적인 죽음을 가져오는, 말 그대로 사신으로 표현한다. 그들의 벌은 거역할 여지가 없고, 의문을 가질 수도 없다. 신자(또는 희생자)들의 나약한 말을 일절 받아들이지 않는, 용서 없는 죽음. 그것을 해탈에 이르기 위한 가장 쉬운 길이라고 하는 경우도 있다.

그것은 우스운 소리에 불과하지만──

드래곤 종족과 상대하면 납득하지 않아도 이해는 알 수 있다. 실제로 드래곤 종족과 몇 번인가 조우한 결과, 오펜은 그렇게 생각하고 있다.

그래서.

그 딥 드래곤, 펜릴이 갑자기 소리도 없이 일어나서 눈을 감고, 고개를 저으면서 이쪽으로 돌진해오는 모습을 본 순간에는 할 말을 잃었다.

거대한 몸이 전속력으로 달려오는 파워는 상당하겠지만, 딥 드래곤은 발소리를 내지 않아서 그 광경조차도 현실감이 없는 그림처럼 보인다. 그래도 간신히, 반사 신경은 작용했다——거대한 검은 늑대한테 짓밟히기 전에, 몸이 옆으로 뛰었다.

《오펜!》

머릿속에 울리는, 목소리. 육성이 아니라는 건 바로 알수 있다. 하지만 거기에 대답할 틈도 없이.

드래곤은 여전히 소리도 내지 않고, 옆으로 지나갔다——울타리를 밟아 부수고, 공원 밖까지.

길을 가로질러서 맞은편에 있는 하천으로 뛰어들었고, 잠시 모습을 감췄다.

"……뭐야……?"

이젠 완전한 말도 나오지 않는다. 의식이 새하얘져서 드래곤이 지나간 자리를 가만히 보고 있는데——

불쑥, 늑대의 검은 머리가 하천 위로 뛰어나왔다. 길까지 느릿느릿 기어 나와서는 커다란 몸을 흔들어서 물을 털어냈다.

크고 얇은 물웅덩이다 생긴 길 위에 배를 깔고 엎드려서, 펜릴 숲의 왕인 검은 늑대는 뭔가를 찾는 것처럼 귀를 쫑긋거렸다. 마침내 드래곤이 귀를 바짝 세우고는 지면을 퍽퍽(실제로 소리는 안 났지만) 때리는 모습을 보고, 오펜은 그제야 겨우 깨달았다. 어떻게 화가 난 걸 표현해야 할지 찾고 있는 것이다. 이 신의 짐승은.

《왜 도망치는데!》

"아야!"

또다시 머릿속을 휘젓는 것 같은 목소리가 울려서, 오펜은 얼굴을 찌푸렸다. 목소리가 커서 그런 게 아니다. 여기까지 오니까 왠지 모르게, 무슨 일이 일어났는지 상상할 수 있었다.

"설마…… 클리오인가?!"

비명을 질렀다. 그러자,

"그런 것이다."

맑게, 동의하는 목소리가 들려왔다. 이건 클리오의 목소리가 아니다. 고개를 돌려보니 바로 옆에, 다미안 르우의 뻔뻔한 얼굴이 있었다.

"……그 딥 드래곤 아이는 이 소녀에게 자신의 신체와 마술의 힘을 빌려준 것이다. 이상하다는 생각은 했다. 내가 이 드래곤의 의식 속으로 들어갔을 때, 그냥 둘 이유가 없었으니까. 하지만, 간단한 일이다. 자신의 의식 속으로 들어온 적과 싸울 수 있는 섬세한 술 구성을 이 소녀가 모르기 때문이지. 알고 보니 간단한 일이었다."

"하지만…… 이게……!"

"그리 대단한 일도 아닐 텐데? 그녀와도 이야기를 해봤는데, 그 딥 드래곤 아이는 번번이 그녀의 부탁을 듣고 마술을 쓰지 않았던가? 거기서 아주 조금 더 앞으로 나아갔을 뿐이다. 아주 조금. 딥 드래곤 종족에게는 겨우 그 정도일 뿐이라네."

다미안은 조용히 팔짱을 끼고 담담하게 말했다. 하마터면 가만히 받아들일 뻔 했다가, 오펜은 씁쓸하게 웃었──정신이 나갔다. 정신을 차리려고 팔을 휘두르고, 소리쳤다.

"아주 조금이라고?! 웃기지 마!"

휘두른 팔로 딥 드래곤 쪽을 가리켰다. 검은 늑대는 무슨 일인지 고

개를 갸웃거리고 있다.

"애당초 말도 안 된다고! 그럴 필요가 어디에 있냐고?!"

"그건, 내 알 바가 아니지."

"이봐……!"

《내가, 부탁했어.》

클리오의 목소리에, 오펜은 드래곤 쪽으로 고개를 돌렸다. 거기에 있는 것은 드래곤 종족의 거대한 모습이지, 잘 알고 있는 소녀의 모습이 아니다.

그 사실이 묘하게 서글펐다.

하지만 오펜은 일단 감정을 억누르고 물었다.

"부탁했다고……? 누구한테."

《레키한테.》

왠지 기시감이 느껴졌다. 예전에 펜릴의 숲에서 딥 드래곤과 마주쳤을 때도, 이런 형태로 사념의 대화를 나눈 적이 있다. 게다가 겉모습이 완전히 똑같은, 거대한 검은 늑대와.

하지만 지금 눈앞에 있는 드래곤 종족이 그 당시의 대화를 기억하고 있느냐고 묻는다면, 아니다──이건 틀림없이 클리오다. 목소리가 머릿속에 울릴 때마다 클리오의 모습이 눈앞에 떠오를 정도로. 실제로 이렇게 클리오의 목소리를 들으면서, 어째서 눈앞에 정신없이 몸을 움직여대는 소녀의 모습이 떠오르는지 의문이 생길 지경이다.

'정말이지…….'

머리를 긁으면서 탄식하고, 오펜은 신음했다.

"무슨 부탁을 했는데."

《그러니까…… 어디서부터 말해야 하려나.》

그리고는 흘낏, 다미안 쪽을 본 것 같다. 백마술사는 괜찮다는 듯이 어깨를 으쓱거렸다.

오펜이 재촉했다.

"처음부터 다 말하면 돼. 난 하나도 모르겠으니까."

《내가 해야 하는 일이야, 이건.》

오펜의 충고를 무시하고, 클리오의 이야기는──당연한 일이라고 할까──어중간한 곳에서 시작됐다.

"시간이 얼마 없다…… 짧게 하는 게 좋을 거야."

다미안 르우가 작은 소리로 말했다. 거기에 대답하는 목소리는 없다. 아니, 떠오르지 않았다. 주위를 둘러봐도 시계는 보이지 않았고, 애당초 그 마술사가 무슨 시간을 말하는 건지도 짐작할 수가 없었다.

하지만 정오가 얼마 남지 않았다는 건 왠지 알 수 있었다. 빛이 줄어든 가을 햇살을 가늘게 뜬 눈으로 올려다보며, 신음했다.

"그건 이 자식한테 말하라고."

그리고는 시선을 거대한 짐승 쪽으로 옮겼다. 드래곤은──또는 클리오는──공원 안으로 돌아갔고, 다시 원래대로 배를 깔고 엎드려 있었다. 무슨 신호라도 보내는 건지 가끔씩 꼬리를 파닥파닥 흔드는 것 때문에 미묘하게 위엄이 없어 보이긴 했지만.

《그치만, 아무리 해도 길어지는데.》

"뭐…… 목소리는 비슷한 것 같네."

《무슨 소리야?》

"신경 쓰지 마."

말하고, 얼굴을 찌푸렸다.

"솔직히 너, 너무 침착한 거 아냐?"

《아니거든. 진짜 힘들었다니까. 이렇게 말하는 것도, 다미안이 방법을 가르쳐줘서 겨우 할 수 있게 된 거야.》

"그럴 수 있다는 것을 자각하기만 하면 어지간한 일들은 할 수 있게 된다. 드래곤 종족의 힘은 무한하니까."

첨언하는 다미안을 보며, 오펜은 씁쓸하게 웃었다.

"그랬군. 그럼 클리오는 지금껏 인류가 가져본 적이 없는 최강의 힘을 손에 넣었다는 건가. 그래서, 어쩔 거야? 헬퍼트 자식은 딥 드래곤 종족 이외의 존재가 그 힘을 손에 넣으면 자멸하는 수밖에 없다고 단언했는데."

그러자 다미안이 눈썹을 치켜 올렸다. 어떤 기준 때문인지는 모르겠지만 관심을 끈 것 같다.

백마술사는 팔짱을 낀 채로 대답했다.

"그녀가 감정에 변조를 보이지 않은 것에 관해서는 나도 놀라고 있다."

솔직히 그런 것까지 생각했을 것 같지는 않지만, 오펜은 그대로 계속 말했다.

"어떤 부작용이 있을 수 있는 거지? 이런 일에는 전례도 없을 텐데."

"예를 들자면, 이렇게 평범하게 이야기하는 것만으로도——그녀는 우리의 마음속까지 들여다보고 있다.

"뭐……?"

아무래도 깜짝 놀라서 말문이 막혔다. 하지만 다미안은 아무렇지도 않게 계속 해설했다. 입에 손가에 손을 대고, 담담하게.

"바라건 바라지 않건, 내 사고도 자네의 사고도 다 들여다보고 있을 것이다. 보통은 타인의 마음을 접하게 되면 정신 착란이라도 일으킬 텐데——"

《그런가? 다른 사람 마음속까지 알게 되면 걱정거리가 줄어서 마음이 놓일 것 같은데.》

"……그렇다는군."

입에 대고 있던 손을 살랑살랑 흔들고 건성으로 말했다. 상상은 했었지만——클리오와 다미안은 지금과 같은 대화를 몇 번이나 되풀이했겠지. 무슨 말을 해도 놀라지 않을 각오는 돼 있는 것 같다.

오펜은 아직 거기까지는 달관하지 못했다.

"그렇다면 말이야, 너 내가 생각하는 걸 다 알 수 있다는 거야?"

《알아.》

"정말로?"

《……의외로, 이상한 생각이나 깜짝 놀랄 만한 생각은 안 하네, 오펜은.》

"미안하다. 라고 말하는 게 나한테 어울리는지 아닌지는 모르겠지만."

다미안을 따라하는 모양으로 팔짱을 꼈다. 생각해보면 레키는 항상 클리오의 생각을 읽고 행동했었다——그들에게는 아주 당연한 일인지도 모른다.

반사적으로 정신지배에 대항하기 위한 정신 제어를 떠올렸지만, 상대가 딥 드래곤씩이나 되면 저항해봤자 소용없겠지. 힘없이 깨닫고, 자신에게 말했다.

'포기하자. 클리오가 저렇게 침착한 걸 보면, 별 일 아니라는 뜻이

겠지.'

그렇게.

《라이언 마음을 봤을 때는, 조금 놀랐지만⋯⋯.》

조용히, 클리오가 덧붙였다.

오펜은 고개를 들었다.

"그래서 처음부터 말해달라고. 전혀 모르겠어."

《그래서 어제, 오펜이랑 헤어진 뒤에, 라이언이 여관에서 기다리고 있었어. 매지크는 바로 도망쳤고. 그러고 보니까, 로테는 찾았어?》

로테샤 얘기인 것 같다. 오펜은 작은 소리로 말했다.

"마음을 읽을 수 있잖아?"

《읽을 수는 있지만, 정보가 한 번에 너무 많이 들어와서 잘 모르겠어⋯⋯ 저기, 혹시 오펜, 어제 그 다음에 나한테 말 못한 일을 했던 거 아냐? 로테 관련으로.》

"나머지는 본인한테 물어봐. 일단은 무사⋯⋯ 한 것 같아. 그보다 빨리 얘기하는 게 어때? 시간이 없다니까."

《아, 맞아. 시간 없어.》

딥 드래곤은 고개를 크게 끄덕였다. 앞발로 코를 긁고, 계속 말했다──저렇게 해야 말이 계속 나오는 것 같다.

《뭐라고 해야 하나. 레키가 힘들어 보이는 걸, 알고 있었거든.》

"응?"

클리오의 이야기는 너무나 알아듣기 힘들었다. 클리오 자신이 요점을 몰라서 그런 건 아니겠지만, 그걸 전하려고 하면 왜자기 감성이 둔해지는 건지 말을 제대로 못하게 된다. 오펜이 묻자, 클리오는 또 한참 동안 생각한 뒤에 다시 말했다.

《내쉬워터에서 말이야, 라이언이랑…… 만난 뒤에. 레키가, 힘들어 보였어. 왠지 라이언이랑 레키는 같은 편이고, 싸우는 게 싫은 것 같아.》

"성역 외 성역 전령. 그들은 스스로를 도펠 익스라 말한다. 간단히 말하자면, 성역 밖에서 성역을 위해 움직이는 자들은 전부 도펠 익스라는 듯이 되지. 그 딥 드래곤은 성역의 동료와 그 소녀 사이에 낀 모양이 된 것이다."

이 때 만큼은 옆에서 끼어든 다미안이 너무나 고마웠다.

하지만. 납득할 수 없어서, 또다시 물었다.

"이해는 하겠는데…… 이걸로 레키 자식은 완전히 성역과 대립하게 된 거잖아? 그렇게까지 클리오가 걱정됐다는 거야? 자기 종족을 버릴 정도로?"

"미묘하게 다르군. 어느 쪽도 버릴 수 없기 때문에 사이에 끼었다고 봐야겠지."

《한동안은, 레키가…… 라이언이랑 싸웠거든. 레키가 슬퍼 보여서…… 이제 됐으니까, 나머진 내가 하겠다고 했더니…… 뭔지 잘 모르는 일이 일어나서…….》

우물거리는 클리오 대신, 또다시 다미안이 입을 열었다.

"여기서부터는 내 가설일 뿐이다. 하지만 거의 맞을 거라 생각한다. 딥 드래곤 종족이게는 개체라는 것이 없다. 자기 주위에 있는 개체를 단 두 가지로 구분할 뿐이다――적인가, 아군인가."

가만히 듣고 있으니, 다미안은 익숙한 설명하는 어조로 계속해서 말했다. 표본이라도 보여주는 것처럼, 실물 드래곤 쪽을 손으로 가리키면서,

"한마디로 그들에게 있어 동료라는 것은 자신과 동일한 것이겠지. 동료라면 그것과 동화하는 데 거부감이 없다. 애당초 개체라는 개념이 없기 때문에. 라이언과 싸우는 중에, 그녀가 나머지는 자신이 하겠다고 했다. 단, 객관적으로 아무리 생각해봐도 그녀의 제안은 자살행위다. 그래서는 앞뒤가 맞지 않는다. 그래서 그녀에게 자신의 힘과 몸을 주고, 자신은 무력한 그녀의 몸으로 들어갔다. 현재 그녀의 몸속에 있는 것은 드래곤의 정신체다."

그의 말투는 끝까지 강의하는 투였지만, 그렇게 재미있는 내용은 아니었다. 게다가 중요한 부분은 쏙 빠져 있다.

"원래대로 돌아갈 수 있는 거야?"

묻자, 다미안은 간단하게 고개를 끄덕였다.

"아마도. 큰 문제는 없다."

"……아까는 엄청난 위험부담이 있다고 하지 않았나?"

"방편이다. 자네의 마음가짐을 알고 싶었기 때문이다. 말했던 것처럼 그녀는 지금 마음을 읽을 수가 있다. 어설픈 생각을 하고 있다면 만나지 않는 쪽이 낫겠지."

《정말 기뻤단 말이야.》

어째선지 앞발로 얼굴을 가리고 우는 것 같은 동작을 하는 딥 드래곤과 그 옆에서 팔짱을 끼고 고개를 끄덕이는 남자를 보고, 오펜은 도끼눈을 뜨고는 중얼거렸다.

"니들 둘, 이렇게 공을 들여서 나한테 다 떠넘기려는 건 아니겠지?"

《농담이라도 그런 짓을 할 리가 없잖아.》

"네 농담을 납득한 적이 없거든."

《아무튼, 그렇게 돼서, 라이언 얼굴을 봤더니…… 그 사람이 생각하는 게 전부 나한테 날아들어왔어. 그 이상한 옷의 기능이라든지, 전부 다. 그랬더니 이렇게 하는 수밖에 없다는 걸 알았어.》

　우는 척은 그만두고, 이번엔 힘줘서 말하는 딥 드래곤──이제 와서 자신이 엄청나게 보기 힘든 걸 보고 있다는 것을 자각했지만, 그런 감개도 멀리서 들려오는 지진에 땅이 울리는 것 같은 소리 때문에 멈춰버렸다. 고개를 돌린다.

　소리는 지금까지 계속, 딥 드래곤이 보고 있던 방향에서 울리고 있었다.

　"이건……?"

　"타임아웃이다."

　다미안이 중얼거리는 소리가 들려왔지만, 땅 울리는 소리가 더 커지면서 반쯤은 묻혀버렸다.

　"뭐가? 뭘 하는 건데?"

　일단 물었다. 그리고, 대답한 건 클리오였다.

　《뻔하잖아. 내가 해야 하는 일이야. 저딴 놈한테 질 생각은 없으니까.》

　클리오의 목소리는 확신에 가득 차 있는 것 같았다.

　막연한 불안을 느끼며, 오펜이 물었다.

　"뭐라고? 저 라이언이랑 싸우겠다는 거야?"

　하지만 클리오는 딱 잘라서 말했다.

　《라이언을 구할 거야!》

　"뭐라고──?"

　신음하듯이 말했지만, 땅 울리는 소리 때문에 들리지도 않았겠지.

　아니, 그것은 더 이상 땅 울리는 소리가 아니었다.

순식간에 공원 부지를, 대지의 균열이 갈라났다——그리고 그 갈라진 땅 속에서 그야말로 무수한 거목들이 나타났다. 둘러보니 주위는 이미 원시림처럼 같은 것들에 포위당하고 있었다. 소리 지를 틈도 없다.

그리고 또, 그게 전부가 아니다.

어째선지 그 나뭇가지 하나에 걸린, 기절해서 눈이 빙빙 돌고 있는 것 같은 볼칸과 도틴의 모습을 보고, 자신의 뇌가 사태의 파악을 거부하고 있다는 것을 알았다.

'분명히——'

사고가 정지된 채, 오펜은 자신의 목소리가 가슴 속에 울리는 것을 남의 일처럼 듣고 있었다.

'이런 영문 모를 일을 수습할 수 있는 건 클리오밖에 없어!'

그리고 다음 순간, 그는 노리고 집어던진 것처럼 이쪽을 향해 떨어진 지인들 밑에 깔렸다.

드디어 표적을 발견하고, 라이언 스푼은 온 몸의 피가 끓어오르는 것을 느꼈다——평소에 없었던 감각이지만 딱히 이상한 일이라고 생각하진 않는다. 적은 대륙에서 최강의 존재, 무적의 마술사인 딥 드래곤, 펜릴. 자신이 가진 모든 것을 부딪쳐도 부족할 사신.

정면으로 대치하는 건 말도 안 된다. 이 녹보석의 갑옷이 지닌 어드밴티지를 최대한 살려야 승산이 있다. 자기 자신도 본체는 결코 적의 시선이 닿지 않는 곳에 둬야 한다. 적에게 보이지 않는 장소에 파고 들어서, 촉수의 감각만으로 싸운다.

지금의 자신은 그저 어둠 속에 있는 한 쌍의 눈. 그것도 그녀한테서는 보이지 않을. 스스로 생각해도 겁쟁이 같지만, 그녀의 머리 위에서 뒷발로 서 있는 수호자를 생각하면 아무리 신중해도 부족할 지경이다.

'……뭐라고?'

자신의 뇌리에 떠오른 이미지를 의심했다. 자신이 지금부터 적대하는 것은 최강의 딥 드래곤이다. 하찮은 소녀가 아니다.

'아니면…… 또 일어난 건가? 같은 일이.'

그럴 지도 모른다. 아닐 지도 모른다.

피는 식었다. 하지만. 그렇다고 뭔가가 달라지는 것도 아니다.

"절망은 지금부터 시작이라고……!"

라이언은 외쳤다. 어둠 속에서.

라이언 스푼의 인생은 20년 전에 시작됐다.

최소한 햇수로만 보면 20년 전이 된다——그의 주관적인 시점에서는 또 다른 세월이었지만.

그가 자란 곳은 너무나 아름다운 곳이었다. 모든 것이 질서정연하고, 정숙하고, 맑고, 두려워할 어둠도 없고, 소란도 없는, 그저 하얀 벽과 천장과 부드러운 시트, 푹신한 베게, 물이 없는 꽃병, 사각형 거울, 먹을 수도 있는 치약…… 그런 생활만이 막연하게 이어졌다. 자신이 언제 태어났는지, 그리고 나이를 먹는 속도도 잊어버릴 것 같은 조용하고 태평한 시간.

개구리를 기른 적이 있었다. 작은 수조에 엄지손톱만한 개구리를 두 마리. 그것을 보며, 어머니에게 물어본 적이 있다.

"이 개구리들은 왜 자라지 않는 거야? 계속 이렇게 작은 거야? 개구리들은 영원히 변하지 않는 거야?"

어머니는 이상하다는 듯이 살짝 씁쓸한 미소를 흘리고, 대답해줬다.

그 개구리들은 이미 다 변화한 것이다. 어른이 됐으니 더 이상 달라지지 않는다. 봄에는 또 알을 낳을 테니까, 그 때면 지금 한 말을 이해할 수 있을 것이다.

그리 깊이 생각하고 한 대답은 아닐 것이다. 어쨌거나 겨울을 나기 전에 라이언은 개구리에 대해 잊어버렸고, 개구리들은 어느새 작은 수조와 함께 사라져버렸다.

누가 치운 건지는 모른다. 어머니일 수도 있고 아닐 수도 있다.

"개구리는 말이야."

몇 년 전, 갑자기 개구리가 생각나서 중얼거렸던 말이 있다.

"자기가 유충이었던 시절 따위는 신경도 안 쓰겠지."

그 말을 들은 어머니가 개구리는 벌레가 아니라고, 그 부분만 정정해줬다.

일어선 클리오는 날카로운 감각에 전율했다——눈으로 응시할 필요도 없이, 필요한 것들은 전부 머릿속으로 들어왔다. 밀려온 나무의 촉수는 무수히 많다. 하지만 그것 하나하나의 움직임, 나타나는 위치, 그리고 몇 초 뒤에 도달할 미래까지 전부 알 수 있다. 아마도 딥 드래곤 종족이 타고난 감각일 텐데, 그 부하는 자신의 한계를 순식간에 뛰어넘어버릴 것이다. 그 사실을 본능적으로 깨달았다.

'그리 오래 버틸 순 없어…… 역시.'

바로 앞에서 오펜이, 어째선지 촉수에 걸려서 나타난 지인 두 명한 테 깔려서 비명을 지르고 있다. 그 세 사람을, 해일처럼 밀려온 숲이 짓밟아버리려고 한 순간.

'사라져!'

명령했다.

노려본 순간, 숲이 증발했다. 열기는 없다――그저 수많은 나무들이 먼지로 변한 것처럼 사라져버렸다. 사라진 것은 흘끗 쳐다본 눈앞의 숲만이 아니었다. 그것들을 꿰뚫어가면서 안쪽으로, 연속으로 침식해갔다. 막 나타난 숲이 송두리째 날아갔다.

'됐다…… 할 수 있어.'

클리오는 중얼거렸다.

하지만.

《나한테 암시를 걸어서…… 말하지 못하게 했군.》

마음에 직접 말을 걸어온 목소리에 등줄기가 오싹했다. 거대한 짐승의 강인한 신체라고 해도 인간의 감각은 남아 있다.

고개를 돌려보니 다미안이 공중에 떠서 차가운 눈으로 바라보고 있었다. 그 너머에서 숲의 촉수 제 2파가 벌써 나타나고 있었지만――

그는 신경도 쓰지 않고 계속해서 말했다.

《위험 부담에 대해 설명하지 않았군.》

대화는 필요 없다. 어차피 생각만 해도 상대한테 전해지니까.

'말하면…… 오펜은 당연히 말릴 테니까.'

《말리게 하려고 데려온 것이다. 그는 내 부하와 대등 이상의 기능자다. 아마도 그는 이 나무들의 바다 속에서 라이언을 찾아내서 암살할

수 있다. 그대가 위험을 무릅쓸 필요는 없다.》

'마음을 읽을 수 있단 말이야! 당신도 레키를 손에 넣고 싶은 것뿐이잖아?!'

《그대가 이 딥 드래곤의 힘을 완전히 제어할 수 있게 된다면…… 그것은 매력적인 힘이다. 숨길 생각도 없다.》

'날려버릴 거야!'

소리친 뒤에──

오싹, 정신이 돌아왔다. 내가 지금 무슨 소리를 한 거야?

《이미 힘에 취하기 시작했다. 그대가 자아를 유지할 수 있는 시간은 얼마 남자 않았다. 딥 드래곤 종족의 전체 의사에 녹아든 뒤에는 그 누구도 손댈 수 없다. 그대는 완전한 딥 드래곤이 돼버린다.》

'레키의 몸이 날 녹일 리가 없잖아!'

《어번라마에 진짜 딥 드래곤을 출현시킬 리가 없어! 이 도시가 사라져버린다고!》

말 그대로, 마음은 완전히 읽었다. 아니, 읽지 않아도 그의 표정을 보고 눈치 채지 못했다면 상당한 바보다──뭔가, 욕지거리를 하고 싶은 심정으로, 클리오는 이해했다. 다미안으로부터 틀림없는 살기가 전해진다.

혼돈의 어둠에서 날카로운 칼이 날아오는 것처럼, 이쪽의 의식을 후벼 판다. 그것이 살의였다. 살의만이라면 실질적인 해는 없다──그렇게 생각하고 싶었다──하지만, 잘은 모르겠지만 다미안이라는 남자는 백마술사인가 하는 것이고, 지금의 자신도 비슷한 힘을 가지고 있다. 빠각, 메마른 소리를 듣고, 얼굴에 극심한 아픔이 느껴졌다.

예측도 예지도 할 수 없다. 하지만, 무슨 일이 일어났는지는 알 수 있다. 미간 언저리의 가죽이 크게 찢어져 있다. 원래의 레키라면 간단히 막아낼 공격이겠지만…….

'이 힘, 내 능력으로는 제대로 다룰 수 없어……!'

선혈이, 시야를 뒤덮고 있었다. 자신의 얼굴에 흐르는 피를 피할 수는 없지만, 일단 뒤로 크게 뛰었다. 일단 시야가 완전히 막히지는 않았지만, 출혈이 계속되면 어떻게 될지 모른다.

전방을 본다. 다미안의 모습은 이미 없다. 그리고, 이야기하는 사이에 더 거대해진 나무들의 촉수가 또다시 밀려오려 하고 있다.

"라이언. 너는 이 세계 밖으로 가야 한단다."

그 목소리는 영하의 바람에 울리는 방울 소리처럼 아름다웠다.

선고는, 갑작스레 내려졌다. 어째서 그 때여야만 했는지, 이유도 있었다는 것 같지만 어머니는 설명해주지 않았다.

그저, 이런 말을 해주셨다.

"과거의 망령이 나타났습니다. 이스타시바의 '아이'——이것은 예측했던 일이기도 합니다. 결계의 수명을 누구보다 잘 알고 있던 것이 그녀였으니까."

물어봐도 소용없다는 건 알 수 있었다.

"그리고 이것은 세계에 남겨진 시간이 얼마 안 된다는 증명이기도 합니다. 당신에게도 이제 말해야 할 것 같습니다. 그리고 우리의 전사가 되세요. 이 성역 밖으로 나가는."

아니, 무언가가 묻는 것을 거부했다. 방위본능인지도 모른다. 아닌지도 모른다. 알게 되면 얼마나 많은 것들이 망가지게 될지, 어머니의 눈을 보면 알 수 있다.

"놀랐으려나——? 그래, '밖'이라고 했단다. 그곳엔 우리의 힘이 미치지 않는단다…… 그러니까, 이걸 네게."

어머니가 주신 것은 녹보석의 갑옷이었다. 이것이 그녀가 해줄 수 있는 최대한의 일이라는 것은 나중에 알게 됐다——어머니는 그들의 세계, 즉 성역에 있는 수많은 무기들 중에서 최강의 것을 골라줬다. 원래의 성역이라면 단순한 장난감에 불과했을, 최강 병기.

다미안의 모습은 보이지 않아도 그가 가까이에 있다는 건 알 수 있다. 일단은 주위를 빙 둘러보고 다가오는 나무들을 쓸어버렸다——단 한 순간의 일이었지만, 그것만으로도 온 몸의 감각이 소실됐다. 아니, 몸은 움직일 수 있다. 하지만 무엇을 위해 움직이는지, 어디로 가고 싶은지, 뭘 하고 싶은지, 모든 것이 급속도로 희박해져갔다.

'이게…… 녹아든다는 건가?'

감각의 상실은 그리 오래 가지 않았다. 그래도 정신을 놓으면 또다시 더 오랫동안 잠들어버리게 될 것 같았지만.

'……서둘러야겠다…….'

클리오는 고개를 들었다. 이마의 상처가 심하게 쑤셨다. 숲은 지금의 일격으로 분명히 후퇴했지만, 큰 변화는 없다. 몇 번이나 반복하면서 증식한다.

'서둘러야해!'

이러고 있는 동안에도 딥 드래곤의 힘이 제멋대로 라이언의 의식과 기억을 수신하고 있다. 따끔따끔 찔러대는 것처럼 자신의 집중력을 갉아먹는 그 정보들은, 짜증이 나는 것은 물론이고 치명적이기도 했다. 전체적으로는 막연한 인상일 뿐이었지만, 자잘한 단어들이 축적되고 있다. 성역. 어머니. 녹보석의 갑옷. 개구리. 바깥. 바깥. 바깥!

다시 한 번, 클리오는 시선을 해방시켰다. 나무들이 접근하기 전에, 지금까지 계속 시가지를 뭉개면서 밀려온 저 멀리까지, 촉수를 날려버렸다. 보이는 범위를 전부 쓸어버렸지만, 전부 쓸어버리려면 한참 멀었다.

『라이언. 너는 이 세계 밖으로 가야 한단다.』

목소리가 들려온다. 라이언의 기억 속에 있는 어머니의 목소리.

라이언은 아무 말도 못 했던 것 같다. 물을 수도 없었던 것 같다.

'그랬으니까⋯⋯!'

이유도 없이, 화가 부글부글 끓어올랐다.

그리고——

그걸 식히려는 것처럼, 눈꺼풀 밑으로 스민 피가 왼쪽 눈의 시야를 가려버렸다. 씻어내고 싶지만 몸이 마음대로 움직여주지 않는다.

'⋯⋯움직이지 않아? ⋯⋯그렇다면——'

오싹했다.

적을 이해하는 것보다, 단순히 반사적인 직감으로. 다미안의 모습이 보이지 않는 이유를 알았다.

오늘 아침과 마찬가지로——이쪽의 의식에 녹아들어서는 안쪽에서 파괴하려 하고 있다.

'그러면⋯⋯ 어쩔 도리가 없잖아!'

클리오는 비명을 지르려고 했다. 딥 드래곤의 목에서는 목소리가 나오지 않았지만.

앞발에서 힘이 빠지고 몸이 땅바닥으로 낙하한다. 그런 때조차, 이 몸에서는 소리가 나지 않았다.

'어떻게 해야 하지……?'

몸을 움직이지도 못하는 채로, 신음했다.

어떻게 해야 좋을지를 알면 주저하지 않고 할 수 있다. 몰라도 주저하지 않은 적도 있지만. 하지만 뭔가를 하기 전에, 아무것도 할 수가 없다. 이 상태에서는.

'아무것도 못 하는 거야……? 난…….'

화를 내도, 초조해해도, 일어날 수도 없다.

출혈이, 시야를 완전히 막아버렸다.

"으으으음…… 도틴. 알겠냐. 부자란 말이다. 어떤 상황에서도 냉정침착하게 말이다, 음, 그런 느낌이다…… 부산을 떨어도 되는 건, 그거다. 인플레이션이다. 그리고 주식. 떨어지면 안 된다는 것 같으니까 주의해둬라……."

"응, 응…… 형님…… 아마 어떤 부자라도, 이상한 나뭇가지에 걸린 채로 몇 킬로미터로 끌려 다니는 것보다는 인플레이션 쪽이 낫다고 할 것 같은데……."

잠꼬대를 중얼거리는 두 사람을 밀치고, 오펜은 어떻게든 파편 속에서 몸을 빼내려고 했다——기적인지 뭔지는 모르겠지만 다친 덴 없다.

"그래. 한마디로 그런 건가."

투덜댔다.

"오늘 하루만 대체 몇 번이나 죽은 거냐고? 결국 삶이라는 건, 죽고 싶다고 생각한 때부터가 더 긴 거야——"

주위를 둘러보니 맨땅으로 변해 있었다. 일단 숲이 건물들을 대부분 부숴버린 상태에서 그 숲이 사라져버렸으니, 이렇게 되는 수밖에 없겠지.

　자신을 뭉개버리려고 했던, 민가 같은 건물의 지붕 일부. 그것을 들어 올려서 간신히 탈출했다. 겨우 일어나서, 한숨을 쉬었다. 아직 피로가 풀리지 않은 몸이 휴식을 취하라고 현기증을 일으켰다. 하지만 유혹에 굴복할 수는 없다.

　오펜은 다시 주위를 둘러봤다. 숲은 저 멀리까지 후퇴했다──텅 빈 땅이 돼버린 시가지 저 멀리에서 메뚜기 떼처럼 그림자를 부풀리면서 이쪽을 향해 진군해 오는 것이 보였지만. 어느 정도 속도인지는 모르겠지만 여기까지 도달하려면 한참 걸리겠지. 대항할 수단이 없다면 도망쳐야 한다.

　"⋯⋯클리오!"

　이제 와서 생각이 난 건 아니지만, 오펜은 갑자기 소리를 질렀다. 조금 떨어진 곳에 딥 드래곤의 커다란 몸이 누워 있다. 이미 원래 모습을 찾아볼 수도 없는 공원에서 반쯤 튀어나와서, 가끔씩 경련하는 것처럼 꿈틀거리기만 할 뿐이고, 대답은 없다. 가까이 가 보니, 부상을 입었다──딥 드래곤이.

　"말도 안 돼?"

　자신이 이것과 똑같은 크기의 딥 드래곤과 상대했을 때의 일을 떠올리며 신음했다.

　"무슨 수를 써도 흠집 하나 못 냈는데⋯⋯ 저 산사태 같은 숲이 그렇게 대단한 건가?"

　뛰어갔다. 한아름은 되는 거대한 머리를 만져서 상처를 확인해보니,

그리 깊은 상처는 아닌 것 같았다.

"클리오!"

《오펜…….》

일단 대답은 해서 안심했다. 딥 드래곤은 무거워 보이는 머리를 천천히 들었다. 1미터도 못 들어 올렸지만.

《움직일 수가 없어…… 잘 보이지도 않고…….》

"상처는 별 것 아냐. 금세 낫게 할 수 있고. 움직일 수 없다는 건 무슨 소리야?

《그 사람…… 다미안이…….》

상처를 치료하기 위해서, 손을 뻗으려다가――

클리오가 한 말을 듣고 움직임을 멈췄다. 그러고 보니 백마술사가 보이지 않는다.

"……정신 공격…… 인가?"

다미안 르우라는 남자가 아무리 뛰어난 백마술사라고 해도 제대로 된 딥 드래곤한테는 통할 리가 없겠지만, 그 안에 있는 게 클리오라면 얘기가 달라진다는 건가.

"잠깐, 왜 그 남자가 널 공격하는 건데. 말이 안 되잖아."

《내가…….》

거기까지였다. 드래곤의 머리가 힘없이 바닥에 떨어졌다.

"어라…… 이봐, 클리오?!"

당황해서 코를 들어 올렸지만 대답이 없다.

애당초 살기 위해 호흡할 필요도 없는 딥 드래곤이다. 그것이 어느 정도 위험한 상태인지는 전혀 모르겠지만――도저히 건강한 상태는 아닌 것 같다. 꼼짝도 하지 않는 드래곤의 머리를 끌어안고, 오펜은 큰 소리를 질렀다. 심장 고동이 빨라지는 것이 느껴진다.

"클리오――내 말 잘 들어! 백마술이란 건 정신을 관장하는 거야. 한마디로 중간 경과를 부조리하게 뛰어넘어서 결과를 직결――아니, 그러니까――알기 쉽게 말하자면 부조리 덩어리라고! 그러니까 뭐든 할 수 있어. 사람 마음에 직접 뛰어들거나 자기 인격을 정신체로 만들어서 뇌와 관계없는 곳에 보존한다든지!"

제발 알아차려라――

그렇게 빌면서, 끌어안고 있는 머리를 흔들었다. 클리오가 제어할 수 없다고 해도, 딥 드래곤의 힘이 다미안보다 압도적으로 뛰어나다는 건 틀림없다.

'그렇다면…… 그 힘의 일부라도 제어할 실마리를 찾으면, 클리오도 다미안한테 대항할 수 있어.'

그걸 믿는 수밖에 없다. 오펜은 계속해서 외쳤다.

"하지만 반대로 생각하면 부조리는 부조리일뿐이야. 프로세스가 없는 탓에 결과가 보장되지 않아. 열충격파를 맞으면 누가 뭐라고 하건 몸이 날아가지만, 정신지배라는 건 끝까지 그 마술의 완료를 부정할 수 있어! 알겠어? 포기하지 말라고!"

《……》

대답이 있다――고 생각했지만.

기분 탓인지도 모른다. 오펜은 머리를 끌어안은 팔에 힘을 주고, 천천히 어깨를 내렸다. 살짝, 드래곤의 머리를 눕혔다.

이젠 클리오가 이길 거라고 믿는 수밖에 없다.

팔에 묶어둔 단검을 칼집에서 뽑았다. 오펜은 일어나서 뒤를 돌아봤다.

아직 그렇게까지 가까워진 건 아니지만 숲이 많이 접근했다. 잘은 모르겠지만, 클리오의 말을 들어보면 이 숲은 라이언 짓이겠지.

'이렇게까지 요란한 짓은…… 천인의 유산일까? 그 녀석의 옷에서 나무가 자라나서 공격하는데 쓰네 어쩌네 하는 말은 들었지만. 이렇게까지 증식한다면 어떻게 손을 댈 수 있는 상대가 아니잖아. 그 코르곤이 도망칠 만도 했네.'

흘끗, 드래곤 쪽을 봤다. 클리오는 여전히 쓰러져 있다. 그리고 꽤 떨어진 곳에 있는 지인들도.

'일단, 할 수 있는 일은——'

"나의 왼손에 명부의 형상!"

손끝에서 뻗어나간 검은 탄이 나무들의 벽에 정면으로 꽂혔고—— 그리고 큰 폭발을 일으켰다.

숲을 날려버리지는 못했지만 기세를 상당히 줄일 수는 있었다. 다음 마술의 구설을 짜기 위해서 다시 정신을 집중하며, 투덜댔다.

"정말이지, 이놈이고 저놈이고——"

날아간 부분을 다시 채우려고 꿈틀거리는 숲을 노려보며, 외쳤다.

"내 주위에 있는 걸 전부 부숴버려야 직성이 풀리는 거냐고?!"

하얀 빛이 신음소리를 내며, 막 부활한 나무들의 벽을 꿰뚫었다.

시간을 벌려는 것 같다. 표적 앞을 막아선 마술사는.

쓸데없는 짓, 이라고 생각했다——웃지는 않았지만. 라이언은 촉수가 가져다주는 불완전한 시야로 그 남자의 모습을 포착하고, 관찰했다. 본 적은 없다.

거리를 뭉개버릴 정도로 거대해진 갑옷의 촉수는 딥 드래곤의 공격으로 상당한 양이 깎여나갔지만, 그래도 아직 건재했다. 순식간에 전부 날아갈 지도 모른다고 각오했지만, 무슨 문제라도 생긴 건지 드래곤은 활동을 정지했다. 자신과 그 표적을 사이를 가로막고 있는 것은 단 한 사람의 흑마술사. 별 것 아니다.

성역을 위해, 목숨을 아낄 필요는 없다. 녹보석의 갑옷이 완전히 지켜주고 있는 이상 목숨을 잃을 일도 없지만. 갑옷에는 다소의 부작용도 있다. 하지만 대단한 것은 아니다.

절망. 그것 이외에는 두렵지 않다. 두려워할 필요도 없다. 아무것도 필요 없다.

라이언은 웃었다. 당연한 일이다. 자신에게는 절망이 있다. 자신은 절망을 알고 있다.

그 외에 필요한 것은 아무것도 없다.

"일단, 필요 없는 일이라고 생각한다. 나는 어젯밤부터 자네들을 감시했으니까. 자네와, 이 딥 드래곤이 뒤바뀐 자체는 녀석에게 잡힌 뒤에 이뤄진 긴급 피난이라고 생각할 수도 있다. 하지만, 그렇다고 해서 자네가 위험을 무릅쓰면서까지 놈과 결전을 치를 이유는 없을 텐데?"

"이유 따윈 필요 없어."

클리오는 의식 어디선가 들려오는 목소리에게 반박했다. 눈을 뜨지도 못하고, 일어나지도 못하고, 그런데도 타인과 말할 여력이 어디에 있었던 건지, 자기도 잘 모르겠지만.

"레키한테, 괴로운 일은 시킬 수 없으니까. 그리고 라이언의 마음을 읽어버렸고……."

"자기만족이라는 진부한 말을 할 생각은 없다. 나도 이런 몸이다. 어느 정도, 타인의 마음을 들여다볼 순 잇지. 사실 마술 따위가 없어도 어느 정도의 지혜만 있으면 충분한 일이니까."

"라이언은 불쌍한 사람이야."

"그럴까? 그는 몇 년 동안이나 공작원으로서 활동해왔을 텐데——하지만, 우리는 최근까지 그것을 파악하지 못했다. 상당한 실력자라고 봐야겠지. 분명히 말해두는데, 도펠 익스라는 자들은 그다지 윤리적이라고 할 수 없다네."

"도펠 익스네 성역이네 하는 건 잘 모르겠지만."

클리오는 겨우 상대의 모습을 찾아내고 입을 비죽 내밀었다. 다미안 르우는 시커먼 공간 한복판에서 조용히 서 있다.

클리오는 계속해서 말했다. 자신이 어디에 있는지는 아직까지도 잘 모르겠지만.

"라이언의 옷에 대해서는 말 했었지?"

"녹보석의 갑옷, 이었나?"

다미안이 콧방귀를 뀌었다.

"그것이 동정하는 이유라면 역시 진부하다고 말하겠네. 그것은 강력한 무기다. 실제로 현재 진행형으로 도시를 광범위하게 섬멸할 수 있는 병기라는 사실을 증명하고 있다. 그리고 그에 걸맞은 결함도 있다. 단지 그것 뿐일 텐데."

"라이언의 존재 자체를 전부 부정 당하는데?"

"기억을 잃을 뿐이다──놈의 마음을 들여다보고 알았을 텐데?"

"기억이란 결국 그 사람 그 자체잖아?"

"하지만 놈은 현재 제대로 활동하고 있다."

"라이언을 구해야만 해."

"자네의 계획은 아무리 좋게 생각해봤자 무모하다고, 나는 그리 판단하고 있다."

"어째서?"

"성공 확률, 실패 확률에 대해 말할 생각은 없다. 어느 한 쪽이 100%가 아니라면 무의미하다. 하지만 성공한다고 어찌 되겠나? 그리고 실패하면 자네는 완전한 딥 드래곤이 돼서 활동을 개시하겠지. 즉, 자네가 지각할 수 있는 범위에 있는 인간을 전부 죽인다. 아마도 도시가 괴멸되겠지. 도박 치고는 공평성이 상당히 부족하다고 생각한다만?"

"……."

"왜 그러나? 실패하지 않을 테니까 괜찮다고 말하고 싶었던 게 아닌가?"

"……."

"말할 수 없겠지. 이미 딥 드래곤의 힘을 접했으니."

"……."

"그래서 나는 여기서 자네를 제거한다. 넘기도록 하게. 라이언 스푼은…… 뭐, 내가 돕는다면 자네의 일행이 이기게 할 수는 있겠지."

"나."

클리오는 단언했다.

"당신처럼 짜증나는 놈은 본 적이 없어."

지구력을 신경 쓸 필요는 없다——

처음부터 제 컨디션이 아닌데다 대마술을 연속으로 날리고 있다. 신경 써봤자 그리 오래 버티지도 못할 테니까. 이쪽의 공격에 몇 번이나 밀리면서도, 대국적으로는 서서히 포위를 좁혀오고 있는 나무 벽을 향해, 오펜이 소리쳤다.

"나 노래하노라, 파괴의 성음!"

자괴(自壞)의 연쇄. 지금까지 활발하게 꿈틀거리던 나무들이 순간적으로 움직임을 멈추더니 스스로 부서지고, 뭉개지고, 흩어졌다.

구성의 내용이 달라져도 결국 큰 차이는 없다. 밀려오는 숲을 어느 정도 지우기는 하지만, 근절하기에는 힘이 결정적으로 부족하다.

하지만.

큰 상관은 없다. 도망치려고 해도 뒤쪽에 쓰러져 있는 딥 드래곤의 몸을 어떻게 할 수가 없고, 클리오가 무사히 부활을 하건 안 하건, 그리 오래 걸리지는 않을 테니까.

'클리오 녀석이 이길지 질지——그 때까지 시간을 벌면 돼. 뭐, 처음부터 그 방법밖에 없지만.'

그저 단조롭게, 숲을 향해서 마술을 날려댄다.

그 때. 갑자기, 정말 아무런 조짐도 없이.

숲이 움직임을 멈췄다.

"……?"

의아했지만, 기회를 놓칠 수는 없다. 오펜은 순식간에 온 힘을 다한 구성을 짰다.

"나 부수노라, 원시의——"

정면에 있는 나무 벽 표면에 변화가 발생했다. 가지가 몇 개 뻗어서, 시각으로 포착할 수 없을 정도로 재빨리 복잡한 궤적을 그렸다. 그리고 그 자체가 복잡한 모양이 된 가지가 불타서 사라졌다. 그 불꽃의 모양이 본 적이 있는 기호로 바뀌었다.

"마술 문자?!"

깜짝 놀라서, 스스로를 제어하려 했다. 하지만 이미 늦었다.

"원시의 정숙!"

해방된 구상이 구현되고, 큰 폭발을 일으켰다. 공간을 왜곡시켜서 발생하는 진동이 격렬하게 울렸다. 하지만 그것을 뒤덮는 것처럼, 마술 문자가 퍼지고——

억지로, 그 폭발을 억눌렀다. 파편으로 변한 시가지를 살짝 흔들기만 하고, 마술의 효과가 사라졌다.

'……막아낸 건가?!'

지금까지 아무런 저항도 없이 전진만 했기 때문에 방심했었다. 상대는 천인 종족의 유산——이쪽의 마술을 막는 기능이 있어도 이상할 게 없다.

치명적이었다. 지금까지는 한 번 날릴 때마다 상대를 어느 정도 후퇴시켜서 시간을 벌었는데, 완전히 실패했다. 나무들의 진행 속도를 생각해보면 다음 마술을 준비할 시간은 없다. 오펜은 입술을 깨물고 단검을 쥐었다. 자포자기하는 심정이기는 했지만, 다시 전진을 시작하려는 거대한 나무들의 무리와 싸울 무기라고는 이것밖에 없다.

'클리오……!'

어깨 너머로 뒤쪽을 봤다. 딥 드래곤은 아무런 변화가 없다.

숲이 움직였다. 낮게 울리는 지진 같은 소리를 듣고 고개를 돌렸다. 오펜은 숨을 한 번 크게 들이쉬고, 그리고 멈췄다.

발밑의 파편이 터지고 그 틈새로 하나, 또 하나 덩굴 같은 것이 튀어 나왔다. 그 중에 하나——자신을 향해 뻗어온 것을, 오펜은 단검을 휘둘러서 쳐냈다. 그러는 사이에도 숲 덩어리는 눈앞으로 밀려왔다.

'라이언…… 본체가 있는 곳만 알면!'

그것만 알면 손 쓸 방법은 얼마든지 있겠지만——이 정도 질량을 가진 숲 전체가 그의 옷에서 나온 것이라면, 이런 적의 정면에 본체를 둘 리가 없다.

보통 나뭇가지보다 굵은, 그런 가지가 어디서 몰래 다가왔는지 갑자기 왼팔에 감겼다. 몸이 자유롭게 움직이지 못하는 사이에 또 다른 가지가, 덩굴이 몸에 감겨왔다.

"……너는 그런 말을 해서는 안 됐어."

갑자기 귓가에서 들려온 목소리에 체온이 내려갔다.

자신의 주위에는 나무와 덩굴밖에 없다. 완전히 밀집된 숲 속에 갇혀 있다. 손가락 하나 까딱할 틈도 없는 그 상황에서, 그 목소리는 계속해서 말했다.

"아니, 네가 한 말은 틀리지 않았다. 그것이 백마술에 대한 대항법으로 생각해낸 수단이라면 꽤나 재미있는 발상이라고 생각했지. 하지만 그런 정신 제어에는 숙련이 필요해…… 그녀 같은 아마추어한테 가르쳐줘봤자, 오히려 프로세스를 제공하는 꼴이 될 뿐이야."

"이 자식……."

신음했다.

하지만 목소리는 들을 생각이 없는지, 바로 자기 할 말을 했다.

"알겠나? 그녀는 나에게 대항하고 패배해서 지배당했다는 프로세스 속에 빠져버렸다. 물론 프로세스를 얻어서 대항으로 삼는 것이 네 마인드 세트일 테니까, 이건 불가피한 결점이지. 이런, 숨을 못 쉬겠나? 네가 죽으면 곤란하지……."

그렇게 중얼거린 것과 동시에——

갑자기, 몸이 자유로워졌다. 몸을 묶고 있던 수많은 가지들이 순식간에 사라져버린 것 같다. 등부터 땅바닥에 자빠지는 꼴이 됐고, 내쉬려던 숨을 한계 이상으로 토해냈지만, 괴로워하고 있을 틈은 없었다. 벌떡 일어나서 주위 상황을 둘러봤다.

그곳은 이미 숲의 돔 속, 같은 상황이었다. 상하좌우가 전부 나무로 막힌 작은 공간 안에 있다. 자신을 완전히 삼켜버린 수목과 가지의 일부만이 사라졌으니 당연하다면 당연한 일이지만. 등 뒤에 다미안이 서 있다. 역시 팔짱을 끼고, 태연하게.

나무가 하늘까지 완전히 뒤덮은 탓에 주위가 거의 보이지 않을 정도로 어두웠다. 그런 와중에 어째서 다미안의 모습만이 보이는지, 이유는 모른다. 정신체란 그런 건지도 모른다. 어쨌거나 나무들은 움직임을 완전히 멈췄다. 조금 전에 순간적으로 멈췄던 것과 다른 감촉이다. 다시는 움직이지 않을——그런 예감이 들었다. 척추가 얼어붙을 것 같은 오한과 함께.

'……'

아무것도 생각나지 않는다.

지금까지 들리던 땅 울리는 소리도, 굉음도, 전부 거짓말이었던 것처럼 모노톤의 정숙으로 변해 있었다. 심장만이 빠르게 뛰고 있다. 땅

바닥에 두 손을 짚은 채, 오펜은 자신이 뭘 하고 있었는지 떠올리려고
했다.

'난…… 숲에 삼켜졌어.'

기억을 잃은 건 아니다. 그건 알고 있다. 하지만 어째선지 떠올리는
걸 거부하는 부분이 있다.

'뭘 위해서, 이 숲을 막으려고 했지?'

그리고.

'그리고 실패했다는 건…….'

떠올리기도 전에, 외치고 있었다.

"나 낳노라, 작은 정령!"

둥실, 순백색 도깨비불이 나타났다. 새하얀 빛이 어둠을 밀어냈다.

숲이, 움직임을 멈춘 건 당연했다──이젠 움직이지 않겠지. 그럴
필요도 없고. 라이언은, 목적을 달성했으니까.

자신을 집어삼키고, 그리고 더 후방으로 눈사태처럼 밀려간 나무들
은 쓰러져 있던 딥 드래곤을 뒤덮고 있다. 그 나무들 중에 몇 개가 거
대한 검은 짐승의 몸에 꽂혀 있다. 검붉은 액체가 까만 털에 기묘한 광
택을 주고 있었다. 그밖에, 딥 드래곤에게서 조금 전과 다른 점은 찾아
볼 수가 없었다. 꼼짝도 하지 않고, 쓰러져 있다.

오펜은 절규했다. 떨어져 있던 파편 중에 하나를 자기도 모르게 움
켜쥐고 있었다. 어떤 벽의 일부였던 것 같은 그 파편은 손아귀 힘으로
간단히 부숴버릴 수 있었다. 다미안의 목소리가 들린다──

"자. 라이언이 있는 곳을 찾아보자…… 마무리는 자네에게 부탁하
고 싶군. 나는 생물을 살상할 수 있는 직접적인 수단은 그리 능숙하지
못하니까."

"이 자식!"

뛰쳐나갔다. 피로도 뭣도 느껴지지 않는다. 손에 쥔 단검을, 그저 똑바로 표적의 몸통에 박아 넣을 뿐.

다미안은 피하지도 않았다. 은색 단검이 백마술사의 왼쪽 허파를 올려 찌르는 것처럼 그 몸을 도려냈다.

의외로 찌르는 느낌은 있었다. 하지만 출혈도 없고 백마술사의 입에서 괴로워하는 목소리가 흘러나오지도 않았다. 다미안은 그저 태연할 뿐이었다. 팔짱을 풀고, 몸에 꽂힌 단검을 쥐고 있는 손을 살며시 만졌다.

"헛된 일이다."

그리고 다미안이 손에 힘을 주자, 단검은 그대로 몸에서 빠졌다. 칼날에 피도 묻지 않았다. 오펜은 천천히 뒷걸음질 쳤다——

백마술사는 담담하게 말했다.

"입장 차이일 뿐이다. 대단한 것도 아니지. 자, 어차피 라이언은 죽여야만 하지 않겠나……."

"클리오는, 그 자식을 구한다고 했어."

"그 또한 입장 차이일 뿐이다."

그 때——

움직이지 않을 거라고 생각했던 숲이 다시 움직이기 시작했다. 하지만 이번엔 지금까지처럼 빠르지 않았다. 오히려 천천히, 게다가 후퇴했다. 드래곤을 꿰뚫었던 나무들도 그 액체를 묻힌 채, 슬렁거리면서 물러났다. 나무에 덮여 있던 하늘도 바로 뚫렸다. 정오의 태양이 너무 밝을 정도의 빛을 내려줬다. 그리고. 마침내.

지금까지 거대한 뱀처럼 증식하고 시가지를 집어삼키며 돌진했던 나무들이, 이번에는 본래의 형태라고 할까——탑처럼, 아니, 한 그루의 너무나 거대한 나무처럼 기둥 모양을 만들며 하늘을 향해 모여들었다. 굵기도 높이도, 지표에서 올려다봐서는 쉽게 가늠할 수가 없다. 중간에 움직임이 가속되면서 변형해갔다.

아무 말 없이 그 변화를 가만히 지켜보고 있는 다미안을 무시하고, 오펜은 움직이지 않는 딥 드래곤 쪽으로 걸어갔다. 가까이 가기 전에 철벅, 뭔가를 밟았다——지면에 배 있던 짐승의 체액. 악물고 있던 어금니에서 소리가 났다.

드래곤은 죽어 있었다. 키에살히마 사상 최초의 일인지도 모른다. 이 최강의 전사인 생물이 죽은 것은. 몸통 중앙에 뻥 뚫려 있는 상처는 그 깊이를 확인할 필요도 없이 치명상이었다. 흘러나온 내장까지도 전부 시커멓다. 게다가,

"……응?"

자신이 본 것을, 의심했다.

하지만 대답을 찾아내기도 전에 목소리가 들려와서 고개를 돌렸다. 다미안이, 역시나 아무런 감동도 없이 중얼거렸다.

"……재미없군. 투항할 셈인가?"

백마술사가 말한 상대는——말도 안 되게 거대한 나무 속에서 천천히 걸어 나온 사람이었다. 날씬하고 젊은 남자. 그가 입고 있는 녹색 타이츠 같은 옷에서 뻗어 나온 나뭇가지와 덩굴로 거목과 연결돼 있다.

"라이언 스푼. 듣고 있나?"

다미안이 물었다. 라이언은 딱히 관심도 없다는 듯이 비틀비틀 걸어왔다. 그 모습은 분명히 무방비하게 보이기도 했지만.

"더 이상 두려워할 필요가 없으니까 나왔을 뿐이야…… 투항해야 하는 건 그쪽이 아닌가? 딱히 추천하진 않지만."

라이언은 어깨를 으쓱거려보였다.

"당신들한테는 날 죽일 수단이 없어. 이 녹보석의 갑옷은 날 완전히 막아주지. 인간 정도의 마술로는 이 방어를 뚫을 수 없어."

자세히 보니 가느다란 가지 몇 개가 그의 주위를 감사는 것처럼 꿈틀거리고 있었다. 순식간에 마술 문자를 그릴 수 있는 가지. 그리고 그는 뒤쪽에 있는 큰 나무──큰 나무라고 해야 할지 의문일 정도로──를 올려다보고 쓸쓸하게 웃는 것 같았다.

"딥 드래곤에 대항하기 위해, 촉수를 한계까지 펼쳤지. 솔직히 그런 것 치고는 손맛이 부족했지만."

"이건, 클리오다──"

이쪽도, 뒤에 있는 딥 드래곤의 시체를 가리키며 신음하듯이 말했다. 하지만 고개를 저은 것은 다미안이었다.

"그에게는 기억이 없을 것이다."

"……뭐라고?"

고개를 돌려보니 라이언은 깜짝 놀란 표정을 짓고 있다. 다미안이 그대로 계속해서 말했다.

"갑옷의 효과지. 녹보석의 갑옷…… 강력하게 사용자를 지켜주고, 그래도 사용자가 다치거나 사망하면 소생 마술문자까지 써서 사용자를 회복시킨다. 거의 만능이고 빈틈도 없지."

"웃기지마."

오펜은 반사적으로 외쳤다.

"그런 강력한 무기가 있을 리가 없잖아──있다면 천인 종족은 죽지도 않을 게 아니냐고."

"부작용이 있다."

이번엔 라이언이 중얼거렸다. 입가가 일그러진 게 보인다. 라이언은 잠시 생각하고, 혼자서 납득한 것처럼 계속해서 말했다.

"……그렇군. 오늘 아침에 소생하기 전에, 당신을 만난 적이 있다는 건가. 미안하지만 기억이 없어. 소생하면 기억이 거의 날아가 버리거든. 뇌가 파괴되면, 특히 더."

해설하는 걸 방해해서 짜증이 났다──는 아니겠지만, 다미안이 바로 끼어들었다.

"기억만이 아닐 텐데. 자네의 마음을 들여다봤다는 소녀가 여러모로 설명해줬다. 그녀의 설명은 알기 힘들었지만 정확하기는 했지."

"맞아. 기억만이 아니지. 난, 잘…… 모르지만. 인격도 달라졌을지도 모르지. 조금씩 망가져가는 거야. 몸도. 아마도. 내장도 거의 암세포가 돼 있을 거야…….."

"살아 있을 리가 없잖아."

또 반사적으로, 오펜이 중얼거렸다. 라이언은 뭔가가 우스운지── 실실 웃어보였다.

"죽는 일만은, 없어. 이 갑옷이…… 살게 해주니까. 그러니까, 뭐라고 할까…… 역시 내장이 문제겠지. 뭘 먹어도 바로 토하게 된 건, 좀 곤란하지만…… 익숙해졌어."

그 때. 다미안이 차갑게 중얼거리는 소리가 들려왔다.

"동정이라도 사려는 건가?"

"그래서 어쩔 건데? 내 운명이 달라지는 것도 아니잖아……."

라이언은 그렇게만 말하고 가느다란 두 팔을 벌려보였다. 얇은 입술이 옆으로 벌어져서 보기에 따라서는 웃는 얼굴처럼 보였다. 본인은 평범하게 웃은 건지도 모르지만.

"심판이다."

"뭐?"

"음…… 생각이 안 나네. 누군가가 그렇게 말했어. 심판이라고 말이야. 운명을 확인하는 거라고……."

그 눈에는 메마른 희열이 스며 있었다. 낡은 기쁨이라고 해야 할지도 모른다. 어쨌거나 라이언이 만족했다는 건 틀림없었다.

"아무리 해도 딥 드래곤한테는 이길 수 없다고 생각했는데…… 하지만 이겼으니 어쩔 수 없지, 당분간 더 살아야겠어……."

'어쩌면──'

오펜은 깨닫고, 혼잣말을 했다.

'이 녀석, 이게 죽을 수 있는 마지막 기회가 아니었을까……?'

대륙 최강의 힘. 딥 드래곤과 싸워서 살아남고 말았다.

가슴 속에서 중얼거린 말이 전해진 건 아니겠지만, 라이언이 고개를 저었다──어쩌면 그쪽도 같은 생각을 한 건지도 모른다.

"잠깐. 내가 죽고 싶어 안달이 났다고 생각하진 말라고. 사명이 있어서 말이야…… 성역을 위한. 난 그것을 위해 살아야만 해…… 죽어가는 당신들한테는, 최소한 절망이라는 걸 가르쳐주지……."

그 말이 신호였다. 라이언 뒤에 있는 나무들의 촉수──가느다란 가지들이 일제히 꿈틀대기 시작했다. 그 중에 몇 개가 마술 문자를 그리면 이쪽의 마술이 통하지 않는다는 건 이미 알고 있다. 그런 것들이,

'……몇 만 개? ……몇 천만인지도 모르겠는데.'

라이언이 한 말을 생각하면, 그 단어를 떠올리는 자체도 짜증이 나

지만——

　오펜은 가슴 속에서 중얼거렸다. 절망적.

　거대한 나무로 변한 숲. 이 도시를 짓뭉개버릴 정도의 질량을 상대하는 건 바보 같은 일이다. 노리려면 라이언 본인을 어떻게든 하는 수밖에 없다. 그게 가능하다면.

　일단 다미안 쪽을 관찰했다. 백마술사는 예상대로 변함없는 태도였다. 아마도 그는 이 자리에서 바로 도망칠 수도 있다. 여유가 있는 것도 당연한 일이다.

　'한마디로 나 혼자서 어떻게든 해야 한다는 건가.'

　천인 종족의 갑옷으로 죽음조차도 방어하는 상대를 어떻게 해야 하는 걸까.

　《이렇게 하면 돼.》

　그 클리오의 목소리도 신호였다.

　다미안이 깜짝 놀란 표정으로 이쪽을 봤고——

　라이언이 몸을 움찔했고——

　그리고 순식간에, 녹보석의 갑옷이 자아낸 거대한 나무의 촉수가 소멸하기 위한.

　딥 드래곤의 암흑마술. 생물, 비생물을 가리지 않고 정신을 지배하는 강력한 암시는, 갑옷의 촉수를 극적으로 소실되게 만들었다. 거대한 나무 중심에 구멍이 뚫리고, 그 틈새가 폭발하는 것처럼 벌어졌다. 파괴는 철저했다. 부스러기조차 남기지 않고, 숲이 사라졌다. 마지막으로 라이언의 몸을 지키고 있던 촉수가 소멸했고, 그리고 그가 온 몸에 입고 있던 녹색 타이츠가 후두둑 떨어졌다. 알몸이 된 라이언이, 아무 말도 없이 그 자리에 쓰러졌다.

"……."

경악해서 굳어져버린 다미안 르우의 얼굴을 볼 수 있는 건 통쾌했다 ──하지만 언제까지 그걸 보고 있을 수는 없다. 오펜은 천천히 고개를 돌렸다. 예상하지 못했던 일은 아니다. 긴장이 풀리고, 몸에서 힘이 빠져나갔다.

딥 드래곤의 시체는 그대로였다. 하지만 그 커다란 상처에서 빼꼼, 머리를 내민 것이 있다.

그것은 답답하다는 듯이 고개를 흔들고──어떻게든 몸을 비틀어서 그 틈에서 빠져나오려고 했다. 액체가 묻어서 질척질척하기는 했지만 원래 크기의 레키, 즉 딥 드래곤 종족의 새끼다. 녹색의 두 눈을 번쩍이며, 몇 초의 시간을 들여서, 그것은 자신의 시체에서 빠져나왔다.

"이럴…… 수가."

다미안이 떨리는 목소리로 신음했고, 오펜은 씩 웃었다.

"……클리오 쪽이 너보다 한 수 위였다는 얘기지."

아직까지 이해하지 못한 것 같은 다미안에게 삿대질을 하며 말했다.

"넌 정신지배의 프로세스에 실패했어. 클리오가 이긴 거야──그렇지 않으면 저 녀석의 자아가 남아 있을 리가 없지. 하지만 겨우 네 녀석을 쫓아냈을 때는 몸이 붕괴되고 말았어. 그래서 그 상처에서, 아직 간신히 살아 있던 장기 일부에 암시를 걸어서 자기 복제를 만든 거지. 그리고 그쪽으로 정신체를 옮겼고."

《……어떻게 알았어?》

신기하다는 듯이, 클리오가 물었다. 오펜은 머리를 긁고 신음하듯이 말했다.

"아까 시체를 봤을 때, 상처 사이로 꼬리가 보였거든."

《엉덩이 쪽이 밖으로 나와서, 빠져나오느라 고생했어.》

넋이 나간 다미안은 이제 신경도 안 쓰는 건지, 새끼 드래곤은 역시나 발소리도 내지 않고 지면으로 뛰어내렸다. 몸을 부르르 떨었지만 액체는 떨어지지 않았다. 그대로 뛰어서, 라이언에게 다가갔다.

《그 이상한 옷을 어떻게든 하려면, 그 나무를 더 이상 만들 수 없는 상태가 됐을 때 한 번에 없애버려야 했어. 그래도, 생각대로 돼서 다행이야…… 라이언!》

움직이지 않는 라이언의 머리에 앞발을 톡 올려놓고, 새끼 드래곤의 목소리——라고 해야 할까——가 말했다.

《뭐가 절망이야! 내가 이겼다고! 이런 건 별 것도 아니잖아. 정말이지, 밑도 끝도 없이 여기저기 민폐나 끼치고. 전부 다 사과해! 뭐야, 삐쳐 있지 말고 뭐라고 말 좀——》

라이언은 대답하지 않았다. 움직이지도 않았고.

오펜은 신경이 쓰여서 가까이 다가갔다. 라이언은 엎드린 채 꼼짝도 하지 않았다.

《…….》

새끼 드래곤이 한 발짝 물러났다.

파괴된 시가지에, 거기에 어울리는 가을바람이 불었다. 지금까지 신경 쓰지 않았던 한기가 갑자기 몸에 스몄다. 오펜은 라이언의 어깨를 붙잡고, 얼굴을 보기 위해서 몸을 뒤집었다.

《아…….》

똑바로 누운 라이언을 보고, 클리오는 할 말을 잃었다.

뼈 위에 가죽을 씌워놓은 것 같은 라이언의 몸도, 시커먼 사반(死斑)이 나타난 가슴과 배도——그의 얼굴에 비하면 크게 충격적이지 않았다. 눈은 흰자위를 드러냈고, 버석버석 마른 입술은 힘없이 벌어져 있다. 조금 전에 넘어지면서 빠진 건지 치아도 몇 개가 빠져 있었다. 목이 이상할 정도로 부풀어 있다. 숨이라도 막힌 것처럼. 실제로 호흡도 거의 하지 않는다.

맥을 짚어볼 필요도 없었다. 누가 봐도 한 눈에 알 수 있을 정도로, 라이언은 급속히 죽어가고 있었다.

《어째서……?》

클리오의 목소리가 떨렸다.

《그 갑옷인가 하는 걸 없애버리면——》

"녹보석의 갑옷이 없어지면, 남는 건 건강을 치명적으로 망친 반송장이 남을 뿐이다."

다시 냉정해진 다미안이 말했다. 바로 노려본 새끼 드래곤에게, 이 말을 덧붙였다.

"……더 이상, 손 쓸 도리가 없다."

《말도 안 돼…….》

백마술사의 말이 옳았다. 죽음이 여기까지 진행됐으면, 딥 드래곤의 힘으로도 치유할 수 없을 것이다. 그보다,

"……오히려, 이미 오래 전에 죽은 존재가 이상한 방법으로 살아 있었을 뿐이야."

오펜은 조용히 말했다. 쉬이익……. 뭔가 소리가 났다.

귀를 기울여 보니 그것은 라이언의 목에서 나는 소리였다. 뭔가 말을 하고 싶은 것 같다. 거의 알아들을 수도 없지만——

"너한테…… 가르쳐주고 싶었어. 내 마음을 전하고 싶었다……."

억지로 들어보니 알아들을 수가 있다.

"내가 느끼는 절망을!"

《라이언!》

클리오가 그의 이름을 외쳤다.

《기억이…… 돌아온 거야?》

하지만 라이언은——죽어가는 남자는 힘없이 고개를 저었다.

"아니야. 기억이 남아 있다든지…… 그런 게 아니야. 그런 기적을 바라면…… 안 돼……."

힘없이, 손을 들었다. 뭔가를 만지려고 했던 것 같기도 하지만, 그 손은 그리 길지 않은 시간동안 허공을 헤매다가 자기 가슴 위로 떨어졌다.

숨소리도 말도 아닌 소리가, 계속됐다.

"몇 번이나 있었지. 이런 일은…… 지금까지. 그래서, 이번에도 그랬을 거라고…… 생각했을 뿐이야."

그 다음은, 거의 잠꼬대였다. 눈에 빛도 없다. 눈동자에 그림자도 비치지 않는다.

"절망인가. 나쁘지 않아. 절망이 뭔지, 알아?"

클리오는 듣고 있는지 아닌지, 눈을 감고 고개를 좌우로 젓고 있다——격렬하게. 듣고 싶지 않은 것 같지만 말은 계속 이어졌다.

"죽음이란, 뭐 같아?"

그 물음에 아무도 대답하지 않았지만 라이언은 계속 말했다.

"심장이 정지하고, 소생 불능의 상태가 되는 걸까? 흥, 의사라면, 그렇게 말할지도 모르지. 하지만 그런 건 그저 요인일 뿐이야. 죽음이란, 좀 더…… 그 너머에 있는 결과야."

그리고, 시라도 읊조리는 것처럼,

"죽음이란, 그 모든 것을 영원히 잃는 것이야. 손가락 사이로 흘러 떨어지는 일부가 아니라 전부. 언젠가 다시 수습할 수도 없는 영원. 결정적인 쐐기. 그걸 믿지 못하는 자의 어리석은 응석 따위, 비웃을 필요도 없이 단지 거절할 뿐인 절대적인 결과. 어둠 속에서도 더욱 깊고 어두운 한 줌의 무언가. 들여다보라고. 아무것도 안 보일 테니까. 하지만 그걸 이해할 만한 상상력이 있다면, 보일 거야."

멈춰가던 호흡이 거칠어졌다. 하지만 그것은 회복을 휘한 호흡이 아니라 촛불이 꺼지기 직전에 밝게 빛나는, 그런 것처럼 보였다.

조금만 더 힘이 남아 있었다면 라이언은 또 한 번 손을 들었을 지도 모른다. 어차피 그가 쥘 수 있는 것이 아무것도 없다고 해도.

"신이 없는 이 세상에서, 기적 따위는 일어나지 않아. 하지만 기적이 일어나지 않는 것 따위는 절망이 아니지. 기적이 없다는 걸, 누구나 알고 있는데, 그래도 살아가야만 해. 그게 절망이다."

《라이언! 난——》

"……날 구하러 오지 않는 걸 보면, 파트너 양반도 죽은 건가…… 뭐 됐고. 아아, 정말로, 다 아무래도 좋다는 기분이…… 야…….."

그가, 죽어서 그런 건 아니다.

하지만 오펜은 자기도 모르게 하늘을 올려다보고 있었다.

태양은 가장 높은 곳에 있었다.

에필로그

거리에 시민들이 돌아오는 데는 사흘도 안 걸렸다. 어차피 어디로 피난해봤자 돌아오는 수밖에 없다──사람이란.

유이스 엘스 이트 에굼 에드 코르곤, 그는 어번라마 북쪽의 길을 혼자서 걷고 있다. 항구를 향해.

가야 할 곳이 있는 것도 아니다. 일단 동부로 돌아갈 생각이다. 이번 일로 당분간은 영주가 뭔가를 부탁할 일도 없을 것이다. 영주에게 있어 당면의 큰 적이었던 도펠 익스를 없애는 데 성공했다. 뭔가 볼일이 있으면 또 등 뒤에 다미안 르우가 나타나겠지만.

『……없애지 못했군.』

그 다미안이 헤어지면서 했던 말이 왠지 생각났다──전부 끝나고, 합류했을 때.

코르곤은 묻지 않았지만, 백마술사는 혼잣말처럼 계속 말했다.

『그 레드 드래곤은 자신들이 딥 드래곤과 전력을 다 해서 결전을 벌이면 이 도시가 사라져버릴 거라고 했다는 것 같다. 하지만 분명 파괴된 면적이 넓기는 하지만, 어번라마가 자력으로 부흥하지 못할 정도는 아니다.』

크게 관심은 없지만, 다미안의 말이 맞겠지. 그는 마지막으로 이렇게 말했다.

『이제, 드래곤 종족은 자신이 생각하는 것보다…… 인간 종족을 제어하지 못하게 된 것인지도 모른다. 그들이 성역에 틀어박힌 뒤로, 2백 년 동안에.』

'그런 것도 모르고 있었나?'

그렇게 생각하기는 했지만 입 밖으로 내지는 않았다.

모든 장비를 벗으니 몸이 가벼웠다——옷과 망토는 변함이 없지만. '템페스트'를 포함한 무기는 전부 다미안에게 맡겼다. 모든 장비는 영주의 부탁을 들어줄 때만 빌리기로 약속한 것이었다.

언제부터인가…… 실제로 그 약속을 지키게 된 게 언제부터였는지 잊어가고 있다. 이 생활이 길었던 것 같기도 하고, 생각보다 짧았었는지도 모른다. 하지만 적어도 따분하지는 않았다. 당분간은 계속 해도 좋을 것 같다.

그 때.

갑자기, 다미안의 목소리가 들린 것 같은 기분이 들어서 발을 멈췄다. 하지만 그것은 자신을 불러 세운 실제 목소리와 다른 것이었다——사실, 엄밀하게 따지면 다미안이라는 인간은 실제로 존재하지 않아서 귀찮지만.

『그게……. 위노나가 기묘한 말을 해서 말이야.』

그것은 그냥 환청이었다.

『네가 표적을 죽이지 못했다고.』

코르곤은 무시하고 다시 걸음을 옮겼다.

"가~끔씩 말이야, 아직도 이상한 기분이 들어. 뭐랄까, 둥실, 하고 조각조각 나는 것 같다고 할까. 역시 내 팔다리가 제일 좋다는 뜻이겠지, 아마도."

나란히 걷고 있는 소녀의 말에, 오펜은 말없이 고개를 끄덕였다——
——사실 상대가 하는 말을 그렇게 열심히 듣고 있던 것도 아니지만. 몸에 위화감이 남은 건 자신도 마찬가지였다. 대미지 때문에 몸이 어떻게 된 건 아니겠지만, 한 번 완전히 죽을 정도의 일을 겪으면 어딘가의 감각이 달라질지도 모른다.

"정말 엄청난 난리였다니까. 뭐, 시내 여기저기가 부서진 것 같지만 말이야. 이제 어떻게 되려나. 우리 때문이라는 게 들키면 혼날까?"

"……괜찮겠지."

애매하게, 대답했다. 결국 아무 상관없는 사람들에게는 이번 난리도 의미 불명인 채로 끝난 일이 될 테고, 그것을 자신들과 연결할 방법도 없다.

'뭐, 굳이 있다면——'

오펜은 곁눈질로 소녀의 머리 위에 앉아 있는 검은 강아지를 봤다.

'있다면, 이 녀석이려나. 계속 이 동네에 있으면 안 되겠지.'

탄식했다. 원래 그렇게 오래 있을 생각도 아니겠지만.

정작 어번라마는 벌써 부흥 분위기에 휩싸여 있었다. 파괴된 지구 근처도 지나왔는데, 곳곳에서 파편 철거와 측량이 시작됐다. 남쪽에서는 희생자가 얼마나 나왔는지도 불명이라는 것 같지만, 북쪽에서는 주민들이 제 때 피난한 덕분에 인명 피해는 경미했다. 북쪽과 남쪽의 격차가 또 벌어졌고, 그리고 그대로 묻어버리고는 그 위에 미래의 지도를 그려간다. 그것이 결국, 이 도시겠지.

이 도시만 그런 게 아닌지도 모르지만.

하지만 적어도 겉으로는 평화를 되찾았다——그것은 감사해야 할 일일까.

'……내 힘만 가지고는, 아무리 발버둥 쳐도 이 사태를 헤쳐 나올 수 없었어.'

가슴이 뜨끔거리는 걸 느끼면서, 그런 생각을 했다. 조력자가 있어서 겨우 살아남을 수가 있었다.

'최접근령의 영주. 어떤 녀석일까.'

다미안 같은 백마술사, 위노나 같은 기사, 그리고 코르곤 같은 암살자를 거느린 인물. 상상도 할 수 없다.

머리를 긁으려고——

팔을 들려고 했는데, 갑자기 옆에서 누가 팔을 붙잡았다. 고개를 돌려보니 클리오가 다가와서 그 팔을 끌어안고 있었다.

"……아직도 걷기 힘들어?"

"응."

클리오가 고개를 끄덕였기 때문에, 오펜은 포기하고 한숨을 쉬었다. 팔에 매달리는 모양으로 오른팔에 체중을 맡기고 있는 클리오는, 자신의 의식을 잃었던 때만큼 가볍지는 않았다——중량에 변화는 없을 텐데.

하지만 왠지 기분이 나쁘지는 않았다.

"저기 말이야."

클리오가 말했다.

"꽤, 무서웠거든."

"응?"

"내가 레키가 됐을 때. 뭐랄까——"

"그야 뭐, 잘도 제정신으로 있었다는 생각이 들기는 해."

솔직히 반쯤 질렸다는 생각도 들었다.

하지만 클리오는 고개를 저은 것 같았다. 본 게 아니라 팔에 매달려 있는 클리오의 머리가 흔들리는 걸 느꼈을 뿐이지만.

"그게 아니라. 갑자기 몸이 바뀌고, 눈앞에 라이언이 나타나고——그 때는 분명히 혼란스러웠지만——, 살짝 반격하려고 했더니, 그게…… 순식간에 엉망진창이 돼버려서."

당황해서 신음하는 소리가 들린다. 클리오는 숨을 돌리고 계속해서 말했다.

"그래서, 나도 도망쳤지만…… 뭐랄까. 원하는 때면 언제든 그렇게 할 수 있다는 것도, 꽤 무섭더라고."

"……마술사의 우울, 이라고 하거든. 《탑》에서는."

오펜은 탄식했다. 마음대로 움직이는 왼쪽 어깨만 으쓱거리고,

"대부분의 마술사들은 한 번쯤 그게 온다고. 마술이라는 게, 아무리 생각해도 맨몸의 인간이 다룰 수 있는 게 아니니까. 제어할 자신이 없어서, 필요할 때도 재빨리 마술을 쓰지 못하고 주저하는 거지. 한 번쯤 큰 사고를 쳤던 마술사들이 특히——"

"오펜은?"

"내가 마술을 쓸 수 있게 된 건 꽤 어릴 때 일이었으니까. 공포심도 강했지."

"흐음."

클리오가 오펜을 쳐다봤다.

"어떻게 고쳤어?"

그 질문에 잠시 허공을 보고, 대답을 생각했다——

자기도 고개를 갸웃거리며, 오펜은 대답했다.

"자신이 있건 없건 안 쓰면 죽는다, 그런 상황이었으니까. 저절로

익숙해졌지."

"훈련이 힘들었구나."

"아니…… 일상생활이…… 그랬던 것 같아."

"?"

클리오는 이해하기 힘든 건지 깜짝 놀란 표정을 지었다. 하지만, 바로 웃고,

"왠지 알 것 같기도 하네."

"뭐가."

"아, 오펜은 역시 나랑 다르구나~ 하고. 계속 알고는 있었지만, 잘은 몰랐다고나 할까. 알고 있던 부분이 절반이고 모르던 부분이 나머지 절반이라고 하면, 지금은 몰랐던 부분 중에서 절반을 지금까지 알고 있던 부분에 더했다고 해야겠지."

"……이번엔 내가 모르겠다."

빠르게 말하는 클리오의 말을 자르고, 신음처럼 말했다. 하지만 클리오는 딱히 신경 쓰지 않은 것 같다.

"괜찮아, 괜찮아. 나도 좀 더 많이 공부해야겠다고 생각했을 뿐이야."

"? 그래."

말하는 사이에 목적지에 다가왔다.

"아, 여긴가."

중얼거리고, 오펜은 걸음을 멈췄다. 클리오도 조금 뒤에 멈춰 섰다. 고개를 들어보니 약간 큰 시민 병원이었다. 난리가 났던 지구와 많이 떨어진 곳에 있는.

클리오가 고개를 들고 물었다.

"여기 매지크가 있는 거야?"

"그럴 거야. 위노나가 그렇게 말했으니까."

"얘 데리고 들어가도 괜찮을까."

머리 위에 있는 레키를 가리키면서 말하는 클리오를 보며, 오펜은 씁쓸하게 웃었다.

"안 되겠지. 저기 벤치에서 쉬고 있어. 내가 데리고 올 테니까."

"알았어. 저기, 오펜——"

"응?"

팔에서 떨어진 클리오가 불렀고, 오펜은 고개를 돌렸다. 클리오는 손을 뒤로 깍지끼고——묘하게 진지한 눈으로 이쪽을 보고 있다. 웅얼거리는 것처럼 입술이, 한 번 움직였다. 그 뒤에, 클리오가 입을 열었다.

"나, 아마, 내 멋대로 굴어서 라이언을 죽게 만든 거지."

"……."

가만히 보고 있으니 클리오는 피식 웃었다. 떨면서.

"어떻게 해야 좋을까?"

그 미소가 예전과 변함없다고 생각하면——그렇게도 보였다. 그래서.

"……지금까지 했던 것처럼, 똑같이 하면 돼. 그렇게 노력하는 수밖에…… 없겠지."

오펜은 손을 흔들고 병원으로 들어갔다. 변하지 않는 게 없다는 건 알고 있지만, 그건 어쩔 수 없는 일이다.

'라이언……. 잘은 모르겠지만.'

아마도 라이언은 소원을 이뤘겠지. 클리오한테 절망을 줄 수가 있었으니까.

하지만.

'그 뒤에 어떻게 될지는, 본인한테 달렸지.'

중얼거리면서 슬쩍, 클리오 쪽을 봤다.

클리오는 레키를 안고 하늘을 올려다보고 있었다.

코르곤은 자기도 모르게 빠른 걸음으로 걷고 있다는 것을 알고 속도를 늦췄다. 숨이 차오르려고 해서 심호흡을 했다. 바람은 선선하지만 체온은 바로 내려가지 않았다──그러면서도 땀이 식으면서 오싹한 기분이 들었고.

'왜 초조해하는 거지……?'

항구가 가까워지면서 길이 붐비기 시작했다. 그 속에서, 씁쓸하게 웃었다.

'마치 도망치는 것 같잖아…….'

어떤 것에게서 도망치는 걸까. 아무것도 없는, 이름조차 없는 자신이.

손등으로 이마의 땀을 닦았다. 진정되지 않는 심장 고동 소리를 들으며, 문득 눈앞에 검은 사람 그림자가 있다는 걸 알아차렸다.

"……?"

땅딸막한, 둥근 어깨. 사람들 사이에서 튀어나온 것일 수도 있지만, 숨 한 번 쉬기 전에는 분명히 없었다고 단언할 수 있다. 뭔가의 정형(定形)같은 검은 옷. 둥그스름한 윤곽의 검은 모자. 주먹.

'주먹……?!'

생각한 순간, 남자가 지근거리에서 날린 주먹이 명치에 꽂혀 있었다. 소리도 내지 못하고 온 몸에서 힘이 빠져나갔다. 대책 없이 무거운 그 주먹에 실린 충격에 다리가 풀린 것 같았다. 힘이 빠져서 그 자리에 쓰러졌다──그 직전에, 남자가 부축했다.

"……큭……?!"

숨소리만 흘렸다. 시야 한쪽에서, 남자가 뭔가 가늘고 긴 물건을 꺼내는 게 보였다. 주사기.

지나가는 사람들은 아무것도 알아차리지 못했는지, 여전히 시끄러운 소리만을 남기고 지나갔다. 시커먼 벽처럼.

바늘이 목에 닿았다. 따끔한 아픔. 뭔가가 침입하는 차가운 감촉.

시야가 흐릿해진다. 산산이 부서져서 사라져가는 의식 속에서, 망막에 비친 마지막 그림을 어떻게든 기억하려고 했다.

그것은 헛된 노력이었지만, 귓가에 속삭인 목소리만은 똑똑히 알아들을 수 있었다.

"……죽은 이와의 약속 따위는 지키지 않아도 되겠지만…… 그래도 널 이대로 놓칠 수는 없다. 라이언의…… 후임으로서."

목소리는 들어본 기억이 없다. 하지만, 상상은 할 수 있다.

"나와 함께 가줘야겠다……."

'성복(聖服) 입은──남자──'

잭 프리스비. 감시를 따돌린 채, 방치했던.

코르곤의 의식은 거기서 끊어졌다.

후기

『그랬구나! 그런 거구나 카와이 군! 네가 댐에 독을 풀고 오카자키 선생님을 모살한데 그런 깊은 이유가 있었다니. 그리고 돌도끼를 휘두르면서 통근 시간대 역 구내를 호라보한다든지, 방송국을 점거해서 독전파를 흘려서 대략 8백 명 정도 숙청하고. 그 핵미사일도 너구나…… 그런데 잘 생각해보니까, 이건 이유가 있어도 안 될 것 같은데.』

『그게 아냐, 좀 들어봐. 이유가 있다든지 없다든지, 어른들의 사정 때문에 우리가 상처를 입는 거야. 아버지는 날 사랑하지 않는 거야?!』

『나 아버지 아니거든. 그리고 이유가 있고 없고가 어른의 사정인가. 카와이 군이 하는 말은 항상 너무 어려워. 2백배야~』

『무슨 2백배?』

『글쎄. 그리고 카와이 군, 너도 이제 58세라고 하지 않았나?』

『그건 비밀이라고 했잖아! 너무해 로드리게스.』

『그건 또 누구야.』

『너잖아.』

『응, 나 로드리게스. 여덟 번째 아버지랑 열네 번째 어머니한테서 태어났어.』

『우와. 그거 의미는 모르겠지만 뭔가 중요해 보이는 정보네.』

『바보 같은 소리 하지 마!』

『끄악! 다른 건 뭐든 해도 되지만, 그 벌레 펀치만은 하지 마.』

『그래~ 사마귀를 손에 쥐고 널 때리는 내가 너무 싫다.』

『한참 전 단계에서 알았어야지.』

"······지금까지 코라쿠시마쵸 리베랄 홀에서 전해드렸습니다. 『그래, 그랬구나 카와이 군(이이지마 씨)』 각본, 연출은 대략적으로 분류하면 프랑스 사람인 것 같은 악마 아저씨. 출연은, 딱히 아무도. 예? 무대에 사람이 있었다고? 이상하네. 신경 쓰지 마세요."

"뭘 말이야아아아!"

"히어윽?!"

"제정신인지 의심하기 전에 그만두라고. 작가인 댁이 의심 받으면 우리까지 전부 의심 받으니까."

"으음. 지금 그 기술······ 태산요권 사교대······?!"

"아니야."

"그럼 차랑권."

"약해 보인다~. 아니, 그게 아니라. 됐으니까 제대로 마무리 하라고. 작가 후기니까."

"음. 후기일지도 모르겠네. 자, 오늘도 또 이렇게 15권 후기입니다. 잠깐, 처음에 15권 후기라고 썼던 것도 같지만, 그냥 너그럽게 넘어가 주세요."

"그러니까 알기 쉽게 하라고."

"그나저나 이렇게 보니까, 말이 좋아 15권이지 상당히 많네. 텍스트 데이터 용량이 추정 5MB 정도. 이 컴퓨터 하드디스크 용량이 7.85GB 니까, 이 데이터가 얼마나 방대한지 잘 알 수 있습니다."

"또 되도 않는 소리 한다."

"최근에 일 때문인지 하드디스크 용량이 모자라서."

"일단 그 브리타니아 대륙으로 접속하는 수단(주 : 울티마 온라인)부터 지우고 얘기해."

"응? 무슨 소릴 하는 거야?"

"PK 당했다고 질질 짰으면서."

"에~ 뭐, 힘들고 괴로운 일들을 이래저래 뛰어넘어서 열심히 했지만 결국 PS2는 못 샀습니다. 하지만 결말까지 유난히 길었던 도펠 익스 편도 겨우 일단 막을 내렸습니다. 이 시리즈의 또 하나의 축인 무모 편은 어떻게 연재가 끝났습니다만, 이쪽은 또 길어질 것 같네요. 끝까지 함께 해주시면 감사하겠습니다(꾸벅)."

"잘 했어."

"뭐, 대충 이런 느낌으로. 그럼 다음 권 후기에서 뵙겠습니다. 안녕~"

"안녕~ ♪ ……그런데, 난 누구지?"

2000년 3월——

아키타 요시노부

SORCEROUS STABBER
ORPHEN

마술사 **오펜** 뜻밖의여행

중력을 거스른 자세 그대로
완전히 정지한채—
그녀는 어째선지
거기에 있었다……

「내 마술이 더 많이
쓰러트렸어.」
거만하게 턱을 들고,
이르기트가 말했다.
그것이
대파괴의 신호였다──

「이 포로를 고문해서 적의 정보를..」
「뭐라고?!」
매지크는 자기도 모르게 소리를 질렀다.

CONTENTS

나의 전장을 누비라, 방문자

애장판 8

나의 전장을 누비라, 방문자

秋田禎信
Yoshinobu Akita

일러스트 쿠사카 유야   **번역** 김정규   **디자인** 백진화
편집 김일철   **마케팅** 김정훈   **주간** 박관형

나의 전장을 누비라, 방문자

프롤로그

"공주님! 전황을 보고하겠습니다!"

차려 자세로 큰 소리로 외치는 부하를 내려다보며, 공주는 무적을 자랑하던 자신의 군대가 어떤 상황에 처해 있는지——보고를 들을 필요도 없이——깨달았다. 나쁘다. 전황은 한없이 나쁘다. 극악이라고까지 할 수 있다.

'역시 너무 서두르지 말아야 했나……'

턱 위로 땀이 흐르는 게 느껴진다. 밖은 선선하지만 지휘 텐트 안은 찜통처럼 덥다. 몸을 빈틈없이 감싼 갑옷의 고정구가 쓸리는 소리를 들으며 그 더위가 중갑옷 때문인지도 모른다고 생각을 고쳤지만, 그렇다고 이걸 벗을 수도 없다. 이곳은 전장이고 갑옷을 입지 않은 자는 전장에 있을 수 없다. 그것이 전쟁이고 이 대륙에서 오랫동안 이어져온 작법이며, 그리고 미래로 이어질 위엄일 것이다.

조립식 테이블 위에 펼쳐진 지도, 그리고 그 위에 놓인 자신의 투구. 투구에는 강인한 군마를 본딴 갈기가 달려 있다. 훌륭한 의장 덕분에 전장에서는 멀리서도 적병에게 그녀의 존재를 알릴 수 있을 것이다. 적은 기뻐하며 자신의 목을——전장의 살아있는 전설이자 불패의 장군인 자신의 목을, 그 투구와 함께 몸통에서 떼어내기 위해 돌진해 올까? 그렇다면 적군은 그 거친 자들을 몇 명, 수십 명, 자동적으로 잃게 될 것이다. 그녀는 손등 갑옷 속에 있는 손으로 주먹을 쥐고 그 광경을 떠올렸다. 뭐, 실제로 그런 일이 있었던 건 아니지만——아마도 그렇게 될 것이다. 틀림없이 그렇게 될 것이다. 당연히 그럴 것이다.

"말하라."

그녀는 짧고 조용하게, 그렇게 말했다. 모든 부하들은 자신보다 키가 많이 작다——그래서 내려다보는 자세가 자연스럽게 익숙해졌다. 텐트 천장에 닿을 것 같은, 그 부하의 장대한 창끝이 신경 쓰였지만, 그녀의 시선은 어디까지나 부하의 눈을 보고 있었다. 그 부하가 제정신인지 아닌지, 그 보고가 정확한지 아닌지 파악하는 것은 중요한 일이다. 설령 자기도 모르는 사이에 텐트 지붕에 구멍이 뚫리고 빗물이 새게 되더라도. 우선 순위로 따지자면 세 번째나 네 번째 정도다.

어쨌거나 부하는 먼저 자신의 투구를 고쳐 쓰고 빠르게 보고했다.

"좌익 대대는 거의 괴멸 상태입니다!"

그 목소리는 눈물까지 머금고 있는 것 같았다. 물론 강인한 병사가 그런 것을 겉으로 드러낼 리는 없겠지만.

"다행이 복병은 아직 간파당하지 않았을 것입니다. 하지만 시간문제입니다! 빨리 투입하지 않으면——"

"분수를 지켜라."

그녀는 약간 차갑게 말했다.

"우리 군의 장은 공주님이다."

"옛! 실례했습니다!"

다시 차려 자세로 고개를 숙이고, 부하는 계속해서 말했다.

"적군의 목적은 아군의 섬멸…… 민족의 박멸이라는 점이 분명합니다! 무자비한 공격을 거듭하고 있습니다! 저희는 말할 필요도 없이 온 힘을 다해 반격하고 있습니다만, 적군의 화력은 사상 유래를 찾아볼 수 없을 정도로 치열——"

"보고에 추측은 필요 없다. 사실만을 말하라."

"예……! 그, 그러니까…… 즉…… 좌익 대대는 괴멸입니다."

"알았다."

그녀는 고개를 끄덕이고는 지도 위에 올려놓았던 말 하나를 옆으로 치우고, 그리고 쓰러트려뒀던 말을 일으켰다.

"숨겨뒀던 유격중대를 투입하라. 신속히. 주저할 필요 없다. 이것으로 적군 측면을 격멸한다."

"예…… 예! 그리 전하겠습니다!"

큰 소리로 대답하고, 부하가 텐트 밖으로 뛰쳐나갔다. 그녀는 그 모습을 지켜보고——사령부에 자기 혼자만 있다는 것을 확인하고는 한숨을 쉬었다. 하늘색으로 빛나는 금발 머리를 고개를 흔들어서 젖히고, 그리고 신음했다.

"특무소대도…… 보고가 없나…… 움직이지는 않았을 텐데."

분한 마음에 이를 갈고,

"안 되는 것인가……? 이 싸움, 이미 공주의 손을 벗어나, 그 파편이 공주의 심장을 노리고 있는 것인가?!"

"보고!"

또 다른 부하가 텐트 안으로 뛰어 들어왔다.

"공주님, 저, 적군에 복병이……!"

"뭐라고?!"

그 보고에는 어쩔 수 없이 깜짝 놀라서, 그녀는 낭패한 목소리를 내고 말았다——이것이 실수라는 것을 모르는 것은 아니지만. 장수가 초조해하면 부하도 초조해한다. 백해무익이다.

스스로에게 진정하라고 명하고, 그리고 부하를 바라봤다. 그 보고는 진실일까 과오일까? 하지만 상처 입은 부하의 눈빛에서 비장한 각오는 보여도, 어설픈 혼란 따위는 보이지 않았다.

"너무나 홀연히…… 그 포진을 봐서는 전혀 생각할 수도 없었습니다. 하지만 복병이 나타났습니다! 그, 그것도 무시무시한 숫자가……!"

"뭣이……."

이 무슨 일인가.

어깨에서 힘이 빠지는 걸 자각한 것은, 갑옷 장갑에서 요란한 소리가 났기 때문이었다. 이것은 부하에게도 들렸겠지——그녀는 오히려 그것이 마음에 걸렸다. 갑옷은 오래 된 중갑주인데, 그녀의 체격에는 너무 컸다. 그래서 안쪽은 거의 텅 비어 있었다. 설마 그녀의 군단 속에 그것을 허세라고 빈정대는 무례한 자는 없겠지만, 찜찜한 죄악감이 가슴을 죄는 것은 부정할 수 없다.

'아니다.'

그녀는 고개를 저었다., 아니다. 근육 양은 상관없다. 힘 따위에 의지하지 않아도 나는 유능한 전사니까. 부대가 괴멸되고 혼자 남더라도 적을 섬멸할 가능성은 반드시 남아 있다. 그녀는 최강의 병사이기에 그럴 수 있다. 할 수 있을 것이다.

마지막에는 자신에게 말하고, 고개를 들었다. 턱으로 하늘을 가리켰다. 그럴 생각으로 자세를 바로잡았다.

그리고, 호령했다.

"지금부터 최종 결전에 임한다!"

투구를 들고, 신에게 기도했다. 신을 잃은 천박한 적 따위에게 질리가 없다.

제1장 의문만이 그곳에 있다

카라빈카라는 이름이 무슨 의미인지 모른다는 것은 그다지 대단한 일이 아니지만, 그것을 알아볼 생각도 하지 않았다는 건 그를 아는 사람이 보기엔 상당히 놀라운 일이었을 것이다——무지가 창피하다는 것은, 그것을 모르는 자체가 아니라 자기가 모른다는 자체를 개의치 않는다는 뜻이니까. 그를 무지하다고 하는 자는 없지만, 전능하지 않다고 탓하는 이도 없다. 포르테 퍼킹검이 그 단어에 대해 알아볼 생각을 하지 않았던 것은, 그 말의 의미 따위보다 그 말 자체가 실물을 가리키는 것이라면 그만이라고 생각했기 때문이다. 한마디로 카라빈카가 타프렘의 번화가에 있는 시민 극장이라는 것만 알면, 누가 무슨 의도로 그런 이름을 지었는지는 상관없는 일이었다.

아니, 오히려 그 단어의 의미 때문에 극장의 존재 자체가 변질되는 것은 아닐까——그런 생각을 안 했던 것도 아니다. 스물다섯 살. 노련한 척 하는 데는 익숙해졌지만, 나이만 생각하면 애송이라고 해야 하지 않을까. 마음속에서 그런 생각을 하며 얄궂다는 듯이 웃었다. 단, 겉으로는 드러내지 않고.

혼자서 극장에 온 것은 오랜만이다. 대부분 누군가와 함께 왔다. 애당초 혼자서 외출하는 것을 좋아하지 않는다. 너무나 쓸데없는 짓을 하는 것 같은, 그런 협박과도 같은 켕기는 기분 때문에, 굳이 도망치지 않고 있을 수 있다면 타협하는 쪽이 좋다. 상대는 아무나 상관없었다. 레티샤 마크레디라도 상관없다. 그녀가 가극을 죽도록 증오하는 이유는 모르지만, 그래도 기분이 좋을 때는 같이 어울려줬다. 특히 공연 시간이 쓸데없이 긴 뮤지컬 같은 것은 안 되고——팸플릿에 상연 시간이 4시간 반이나 된다고 당당히 써놓는 극단의 정신을 이해할수가 없지만——짧으면 짧을수록. 소극장의 꽁트나 연극 같은 것들이그녀의 취향에 맞겠지. 몇 번인가 데리고 갔는데 거의 호평이었다.

그녀의 학생들은 더 성가셨다. 타프렘를 비운 그녀 대신에 그가 그악마들을 맡고 있는데, 그 남매가 오락에 굶주려 있다는 것을 알아도어디로 데리고 갈 생각이 들지 않았다. 애들이 싫은 것은 아니다. 거북한 것도 아니다. 그 둘이 극단적으로 다루기 힘든 아이들이라서 그런 것도 아니다. 포르테는 강하게 자조하면서 조용히 인정했다. 그저피하고 싶을 뿐이다. 필요 이상으로 거리를 좁히고 싶지 않다. 그 두사람은 사이좋은 남매다——오빠 쪽은 다소 향상심이 있는 것 같지만. 아마도 동생이 바라는 한은 지금 있는 곳에 머물겠지. 과연 어떠려나? 동생은 평생동안 오빠가 가족으로 있기를 바랄까. 아니면 사춘기쯤에서 간단히 오빠의 그늘을 벗어나고, 그 뒤로 10년쯤 지나서 화해하게 될까. 양쪽 모두 평범하고 있을법한 일이라고 생각된다. 어느쪽이건 상관없겠지. 그 둘은 영원히 남매다.

'우리 같은 일시적인 가족과는 다르지.'

이번에는 겉으로 드러내서 한숨을 쉬었다. 어두운 극장 안의, 굳이따지자면 출구와 가까운 자리에서, 긴장을 약간 푸는 것까지 금지할정도로 자신에게 엄격할 생각은 털끝만큼도 없었다. 자신은 선생이아니다.

아니, 대륙 최강의 마술사——차일드맨 파우더필드 교사는 사실만의 망상의 산물이 아닐까. 그가 《탑》의 실권을 쥔 것은 지금의 자신과 같은 나이 때의 일이다. 그 전설의 남자는 그 때 이미 노련 그 자체였다…….

'그렇게 생각하는 자체가 망상의 근원일지도 모르지.'

일단은 마술사답게 냉정하게, 그렇게 생각하는 구석도 있다.

'호평은 과대하지는 법이지. 다른 사람을 통해서 선생님의 이야기를 들었다면 나도 그렇게 믿지 않았을까. 그런 경이로운 존재가 실제로 있었다고.'

하지만.

자신은 실제로 수 년 동안 그에게 배웠다.

그 자신도 궁극의 재능을 지녔다고 추켜세워졌고, 자신을 안아주는 팔이 데려다준 곳이 그 교사의 반이었다. 차일드맨 교실.

무대에서는 덩치 큰 여배우가——팸플릿에 의하면 절대 음감이라는 핸디캡을 극복하고 얻었다는 소프라노를 객석 천장의 광대한 공간을 향해서 방사하고 있다. 물론 그런 것은 눈에 보이지 않지만, 그래도 뭔가 칼날처럼 날카로운 그물을 연상하지 않을 수가 없었고, 그는 몇 초 동안 공상에 잠겼다. 그 그물 속에서 빠져나오려 하는 작은 새…… 그물눈은 너무나 촘촘하고…… 그리고.

상상의 세계는 거기서 끝났다. 사실 이미지만 가지고 한없이 부풀리는 것은 자신에게 어울리지 않는다. 하지만, 그래도 그 작은 새의 운명을 알고 싶다는 기분도 들었다. 누군가가 그것을 보여주고 싶지 않다는 이유로 자기 눈앞에서 치워버린다면, 그것은 과연 누구일까. 자기 자신? 그 작은 새? 주의가 산만한 손님을 발견한 여배우의 저주?

바보 같다. 너무나 바보 같다, 하지만——

거기서 잠이 들어버린 것 같다. 커튼이 열리는 소리에 눈이 떠졌다. 어두운 객석에 저녁노을이 비치고 있다. 공연이 다 끝난 것 같다. 인내심 있는 손님이 아직도 박수를 치고 있고, 성질 급한 손님은 벌써 자리에서 일어나 출구에 모여들고 있다. 나쁜 무대는 아니었겠지. 일단 그것만은 기억했다. 5년 후에 다시 오자. 그 때까지 이 공연이 계속되고 있다면. 다음에는 알게 될지도 모른다.

그도 자리에서 일어나려다,

"……?"

눈살을 찌푸리고 다시 자리에 앉았다. 옆자리에 앉아 있던 남자——속 편하게 무대 쪽을 보며, 손가락을 부드럽게 놀리며 완만한 박수를 치고 있는——를 다시 한 번 봤다.

뭔가를 말하는 것보다, 그 남자가 박수를 멈추고 분명하게 이쪽을 보는 것이 한 박자 빨랐다.

"예의가 없군, 포르테 퍼킹검."

놀리는 것처럼 턱을 쓰다듬고——수염은 고사하고 체모조차 없는 게 아닌가 싶을 정도로 무기질적인 살갗에서 손을 떼고, 계속해서 말했다.

"잠드는 건 좋지 않아. 좋은 무대였어. 특히, 그거. 그러니까…… 미안하군. 감동을 말로 전하려고 하면 진부해져 버리거든. 그래, 좋았어. 대체적으로 좋았어. 왕이 절망해서 왕비의 목을 졸랐지만, 저주에 걸린 공주가 그걸 구하고 말았지. 그 사실이 자신의 죽음을 의미한다는 걸 알면서도. 자, 자네가 의아해하는 이유는 알고 있네. 여기는 자네가 예약한 자리였지?"

"같이 온 사람은 없지만."

"너무 그렇게 무뚝뚝하게 굴지 말라고. 적개심이 없다는 건 보면 알 테니까."

"그런 게 보고서 알 수 있는 건가."

포르테는 쌀쌀맞게 대답하고 자리에서 일어났다.

사적인 일이다보니 항상 입는 《탑》의 로브는 입지 않았다――당연한 일이지만 무장도 안 했고.

그것은 상대도 마찬가지였다. 얌전한 베이지색 정장에 파란 넥타이. 반사적으로 거절하기는 했지만, 솔직히 말하자면 그에게 적개심이 없다는 것은 보면 알 수 있었다. 근거는 있을 리가 없지만.

얼굴은 기억에 없다. 하지만 상대는 이쪽을 알고 있다. 손님들이 본격적으로 나가기 시작하고, 조용한 소란에 감싸인 객석 안에서 아직까지도 조용히 앉아 있다. 박수를 그만둔 손을 깍지 끼고 엄지손가락으로 코를 긁고 있는 그 남자를, 포르테는 다시 한 번 관찰했다. 적개심은 느껴지지 않는다. 적인지 아닌지는 모르겠지만.

삐딱한 것 같으면서도 기탄없는 그 웃음 때문인지 모른다. 코 밑에 깔끔하게 정돈한 짧은 수염 때문인지도 모른다. 이런 따분한 무대를 잠들지도 않고 볼 수 있었기 때문인지도 모른다.

거기까지 보고, 포르테는 신음하듯 말했다.

"나한테 무슨 볼일이라도?"

"없을지도 모르지. 없을 이유도 없고. 당연히 있겠지."

세 계단, 일부러 손까지 흔들면서 말한 뒤에, 그 남자는 혼자서 웃었다.

"자기소개를 하지. 나는 크라베 라실."

"가명인가?"

"다들 그렇게 말하지. 시간을 낭비하고 싶다면 조사해도 좋고. 사실 자네라면 이 이름을 듣고 짚이는 데가 있어도 좋을 것 같은데——
——"

"있지. 그래서 가명이냐고 물었고."

짜증이 난다는 듯이, 포르테가 계속해서 말했다.

"하지만 그렇게까지 말한다면 거짓은 아니겠지. 내가 알고 있는 그 이름은 궁정마술사 제5위에 해당하는데."

"《13사도》 넘버즈 중에 한 명, 크라베 라실. 이래 뵈도 자네 선배야. 타프렘에는 오랜만에 왔다고."

"……."

소란은 잦아들고 있었다. 자리를 떠나면서 제일 뒷줄 자리에서——
——그다지 온화하다고 할 수 없는 얼굴로——서로 노려보고 있는 자신들을 무슨 일인가 흘끗흘끗 보고 있는 손님들이 적잖이 있다는 걸 의식한 포르테가 헛기침을 했지.

"무슨 일이지?"

물었다. 최대한 적대적으로 보이지 않도록 주의하며.

실제로 잘 해냈는지는 모르겠지만, 최소한 의도는 전해졌겠지——그걸 모를 정도로 어리석은 상대는 아닐 테니까. 어쨌거나 그 크라베라는 남자는 잠시 멍한 표정으로 허공을 본 뒤에 다시 이쪽을 봤다. 나이는, 서른 정도려나? 자신보다 많은 것은 확실한데, 차이가 많이 나는 건 아니다.

궁정 마술사는 그리 상태가 좋지 않은 극장 좌석에 다시 앉아서 편안한 자세로 말했다.

"차일드맨 파우더필드를 만나고 싶다. 한시라도 빨리."

그 목소리는 그 말을 하는 사람의 모습에 전혀 어울리지 않는, 궁지에 몰린 감정이 내포돼 있는 것처럼 들렸다.

"나 발하노라, 빛의 칼날!"

약간 긴장한 듯한 목소리에 이어서 울린 폭발 소리에 묻혔다.

십여 미터 떨어진, 지면에서 튀어나온 삼각형 바위가 빛에 휩싸이고, 폭발했다. 빛의 소용돌이는 표적을 파괴한 그 공간에서 잠시 불타고는 그대로 사라졌다. 오펜은 그것을 지켜보고――그리고 시선을 천천히, 수평으로 이동했다.

마술을 사용한 것은 오펜이 아니었다. 약간 떨어진 곳에서 두 손을 들고, 땀을 흠뻑 흘린 채 굳어져 있는 제자를 보며 큰 소리로 말했다.

"합격이다. 위를 따지자면 끝이 없지만, 제어에 여유가 있을 정도로 완벽한 구성이야."

"……."

"매지크?"

"예? 아, 예. 그런가요……."

놀란 것처럼 팔을 내리고, 금발 소년이 신음하는 소리가 들렸다. 빛나는 파란색 눈동자를 껌벅거리면서 자신이 한 일을 누군가 제3자가 한 짓이라도 되는 양, 뭔가 현실감이 없는 표정으로 자기 손바닥과 파괴된 바위를 번갈아서 보고 있다.

오펜은 뒤통수를 긁으면서――그 다음을 말했다.

"일단 요령을 알면 간단하지. 중요한 건 자신이 다룰 수 없는 한계의 한 걸음 직전에서 자제하는 거야. 그 다음은 그걸 반복, 그 정도를

잊지 않게 연습하면 돼. 어떤 상황에서 어느 정도 힘이 필요한지. 나중엔 당연하게 할 수 있게 될 거야."

"예에."

매지크가 멍하니, 건성으로 대답했다.

시가지를 벗어나 가도를 벗어나면 일단 다른 사람과 만날 일은 없다. 대륙의 주류 교통은 해상 운송이고, 도시간 도로가 정비돼 있기는 해도 육로에는 위험이 어느 정도 있었다. 게다가 그 가도에서도 벗어나면 아무도 관리하지 않는 지역이 의외로 많다. 대륙의 총 인구는 천천히 증가하는 중이고 농촌의 개척 수요가 있기는 하지만, 개척업자가 눈독을 들일만한 토지는 아직도 도시 근교에만 존재했다.

어번라마에서 나온 것은 일주일 전의 일이다.

황야에 부는 바람을 맞으며, 오펜이 말했다.

"마술이라는 건 폭발하기 쉬운 반면, 언제 어느 때라도 제어할 수 있는 힘이야. 전체의 위험이 10이라면, 술자는 그 때 필요한 힘이 그 중에 1인지 9인지를 파악해야만 하지. 때로는 힘의 한계 이상을 요구하는 경우가 없는 것도 아니지만…… 추천하진 않아. 제어할 수 없는 마술을 쓰는 것과 그게 아니면 대처할 수 없는 사태에 마술 없이 맞서는 것 중에 어느 쪽이 더 좋은지, 그건 솔직히 말해서 나도 몰라."

"예에."

"옛날부터 마술사가 전투 훈련을 해온 건 마술사 사냥이라는 역사가 있었기 때문인데, 지금에 와서는 그렇게 현실적인 것도 아니고……."

대륙은 평화로워지고, 마술사들도 인권을 가졌고, 자위를 위한 조직도 있다.

사람들도 의식도 바뀌고──한마디로 생활이 향상되면서 박해해 마땅한 공격 대상을 만들지 않아도 정신의 균형을 유지할 수 있게 됐다고도 할 수 있다. 반대로 말하자면 균형이 무너지게 되면 바로 공격자가 될 수도 있다.

"뭐, 요즘 세상에 교과서에 나오는 대로 역사 속에서 마술사가 일방적인 피해자였다고 믿는 사람은 아무도 없지만."

오펜은 어깨를 으쓱거리고는, 어깨를 돌려서 관절을 풀며 이야기하던 학생과 몇 미터 떨어져서 대치했다. 멍하니 이쪽을 보고 있는 매지크에게 말했다.

"그럼, 시험해볼까."

팔을 들고──손끝을 매지크에게 향한 뒤에, 다시 몸을 90도 선회해서 방향을 바꿨다.

구성은 한 순간이면 충분했다. 익숙한 이미지를 구현하는 프로세스는 굳이 의식할 필요도 없다.

"나 발하노라, 빛의 칼날."

주문을 중얼거리자 조금 전에 학생이 보여준 것과 똑같은 하얀 빛이 소용돌이치며 뿜어져 나왔다. 팔이 가리킨 지점을 크게 도려내고, 폭발을 일으켰다.

폭발 소리가 아직 사라지지도 않은 타이밍에, 오펜은 다시 매지크 쪽을 보고 말했다.

"호흡은 알겠어? 지금부터 내가 너한테 마술을 쓸 거야. 그걸 막아."

"……."

"매지크?"

들은 건지 아닌 건지, 눈을 크게 뜨고 멍하니 폭발 지점을 보는 매지크를 불렀다. 번쩍, 거창하게 놀라면서 금발 소년이 오펜 쪽을 봤다.

"예? ——아, 예."

"들었냐?"

"들었어요…… 그게, 그러니까, 무슨 얘기였죠."

"너 말이야."

도끼눈을 뜨고 신음소리를 낼 뻔 했지만——멈추고, 다시 말했다.

"내가 지금부터 너한테 마술을 쓸 테니까 그걸 막으라고 했어."

"예?!"

매지크가 얼빠진 소리를 질렀다.

갑자기 두 손을 버둥버둥 휘두르면서 한 걸음 물러났다.

"제, 제가, 스승님 마술을 어떻게 막겠어요?"

"내가 언제 온 힘을 다한다고 했어."

질렸다는 듯이 말했다. 오펜은 계속 들고 있던 팔을 내렸다.

"기습을 하는 것도 아냐. 하나 둘 셋, 타이밍을 맞춰서——"

"그래도, 제가 방어 구성에 실패하면 죽는 거잖아요."

"아까도 말했잖아. 네 구성엔 아무 문제도 없어."

"그래도——"

오펜은 횡설수설하는 매지크를 보며 탄식했다.

그 뒤로는 더 이상 뭐라고 말하고 싶은 기분도 들지 않았고, 매지크는 한참동안 변명을 늘어놨다.

말리지 않으면 계속 늘어놓을지도 모른다.

오펜은 마음속으로 중얼거렸다——아무한테도 들리지 않는 작은 소리로. 가도에서 벗어난 황야에 듣는 사람이 있을 리도 없고, 굳이 숨길만한 일도 아니지만.

'마술사의 우울…… 인가.'

'생각해보면 내가 킴라크에서 걸렸던 것도, 어떤 의미에서는 같은 증상인가…… 그 정도는 아니지만, 매지크도 꽤나 중증이네.'

학생한테 자습하라는 말을 하고, 그 자리를 뒤로 하고 혼자서 걸어가며 생각에 잠겼다.

마술사들——그것도 미숙한 술자들이 한 번쯤은 꼭 걸린다고 하는 유명한 증상이었다. 갑자기 자신의 마술이 무섭게 느껴지고, 사용하는 걸 주저하게 된다. 오히려 맨몸으로 다루기엔 너무나 위험한 마술이라는 힘에 대한 건전한 위기감이라고도 할 수 있지만, 자각 증상이 없는 경우에는 실제로 그 마술이 필요한——예를 들어 머리 위에 화분이 떨어지거나 계단에서 굴러 떨어지고, 처녀를 제물로 바쳐서 고대의 마왕이 부활하는——그런 상황에서 주저하는 것은 오히려 심각한 사태를 불러오게 된다. 자각이 있는 경우에는 더 귀찮아진다. 마술사가 마술사를 그만둘 수는 없다. 자신의 몸에 유전자 레벨에서 새겨진 마술이라는 십자가를 두려워하면서 살아가는 수밖에 없다.

특효약은, 없다. 공포에 익숙해지는 것 외에는 해결책이 없고, 그것은 시간이 해결해주기를 바라는 수밖에 없다.

'오히려 우울을 경험하지 않은 술자가 더 위험하지. 마술이 얼마나 위험한지 모른다는 뜻이니까. 그렇다면, 뭐 그냥 놔두면 되겠지."

하지만…….

"보통 상황이라면 그렇게 하겠지만 말이야."

"지금이 보통이 아니라는 뜻이야."

갑자기.

눈앞에 불쑥 나타난 덩치 큰 여자가, 계속 이야기라도 나눴던 것처럼 가볍게 물었다.

골격과 근육. 균형 좋게 단련한 체구는 자연스러웠고, 그녀가 짓고 있는 씩 웃는 표정과도 잘 어울렸다.

그 여자——위노나는 낡은 운동복 가슴 앞에 팔짱을 끼고 자신의 대답을 기다리고 있다. 오펜은 자신의 입이 빈정대는 표정을 짓고 있다는 걸 똑똑히 느끼고 있었다.

"드래곤 종족과 항쟁하고 있다는 속 편한 놈들의 부하한테 비합법적 인원의 안내를 받으면서, 그 속 편한 놈의 영지인지 뭔지로 끌려가는 중이잖아. 이게 보통 일이겠어."

"하다보면 일상이 되는 거야. 우리만 그런 게 아니라 대륙 전체가."

"아까 그걸 생략할게. 속 편한이랑 비합법적 인원, 그걸 빼도 의미는 통할 것 같아."

"난 비합법이 아냐. 어엿한 파견 경찰관이라고 했잖아? 비공식일 수는 있지만."

그런 부분을 따질 생각이 없는 오펜은 대충 손을 흔들어서 끝냈다. 보기에 따라서는 긍정일 수도 부정일 수도 있겠지만, 위노나는 항복이라고 받아들인 것 같다.

"영주님이 그쪽을 필요로 하는 건 말이야, 딱히 그쪽이 얌전하게 따르길 기대하는 게 아냐. 하지만 그런 그쪽이 잘 따르게 만드는 것도 내 역할 중에 하나라고 생각하거든."

"열심히 해 보시든지."

그 말을 대충 흘려 넘기고, 오펜은 위노나를 피해서 걸어가려고 했다. 하지만 그 앞을, 위노나가 발을 내밀어서 막았다.

"왜 그렇게까지 드래곤 종족을 무서워하는데? 그쪽은 강력한 마술사라고. 아마도 대륙에 둘도 없을."

"《13사도》 쪽을 알아보라고. 그쪽엔 나보다 강력한 술자들이 넘쳐나니까."

"흥. 그딴 것들은 제일 먼저 꽁지 빼고 도망쳐서 왕도에서 벌벌 떨기나 할 놈들이야."

"나도 그 후보였는데. 게다가 시험에서 떨어졌고."

"이 대륙에 있는 마술사 중에서 대체 누가 레드 드래곤 종족 최악의 암살자를 없앨 수 있겠어…… 그쪽 말고."

"한 번 더 붙으면 내가 죽어. 아니, 그 전에 다미안이 도와주지 않았으면 난 죽었어."

질력이 난다고 한숨을 쉬고――오펜은 위노나의 어깨를 밀었다. 저항했으면 밀리지도 않았겠지만, 위노나는 얌전히 뒤로 물러났다. 왠지 차가운, 그러면서도 뜨거운 눈으로 오펜을 보며.

"다미안 르우는 도와줄 가치가 있는 상대만 도와줘. 영주님한테 가치가 있는 상대를 말이지."

"이제 와서 날 추켜세워가지고 뭘 어쩌자는 건데?"

오펜은 얼굴을 찌푸리고 말했다.

"그 영주가 있는 데까지 간다고 했잖아. 그래서 불만 없이 댁을 따라가는 중이고."

"영주님께 누나의 소식을 듣기 위해서 아니던가?"

"아, 그런 약속도 했었지."

"가능하다면 영주님을 위해서 영주님을 만나줬으면 싶은데."

위노나가 거기서 대화를 끊고, 엇갈리는 모양으로 지나갔다.

오펜은 뒤를 돌아보지 않고 기척만 느꼈다. 위노나도 이쪽을 보지 않고 그대로 걸어갔다. 매지크가 아직 연습하고 있는 쪽으로 가고 있는 것도 같았다. 전혀 상관 없이, 그저 적당히 떨어져주는 건지도 모르겠지만.

오펜은 멈춰 섰고, 몇 분 동안 그 자리에 있었다.

'대체 뭐지……?'

의문이 떠오른다.

'최접근령의 영주…… 라.'

위노나는 사심 없이 그 영주라는 자를 섬기고 있는 것 같다.

드래곤 종족과 싸운다는 게 얼마나 무모한 짓인지 모를 정도로 어리석은 건 아닐 텐데.

'그 코르곤조차도 영주의 부탁을 받고 움직인다고 했었지.'

대륙 최강의 술자. 그 말을 들으면 바로 떠오르는 건, 오히려 자신의 사형제에 해당하는 그 남자였다. 《13사도》조차도 비교가 안 된다.

'그리고 백마술사 다미안…….'

최근 십여 일 동안 알게 된 것만 해도 이 세 명.

'그런 놈들을 진심으로 따르게 만드는 인간이 존재할 수 있는 걸까?'

왠지 속는 것 같은 기분이 들었다.

떨떠름한 기분을 품은 채, 당사자를 만나는 수밖에 없을 것 같았다.

'뭐, 이해할 수 없는 인간관계는 흔히 찾아볼 수 있지만 말이야.'

"필살, 제비반전 여섯 토막 내기이이이이!"

요란한 고함소리를 지르면서, 높이 치켜든 목검을 예상도 못한 수준으로——그렇게밖에 표현할 수 없는——휘두르며 덤벼드는 소녀와 달리, 같은 목검을 들고 기다리고 있는 상대는 너무나 침착했다. 상대가 옆으로 휘두른 검을 가볍게, 칼끝으로 쳐내고는 그 한 점에서 더 가속해서 표적에게 칼날을 때려 넣었다.

아무리 호구를 입고 있다고는 해도, 소녀의 몸에는 목검의 일격을 견딜 정도의 체력이 없었다. 그래도 금색 머리카락이 흐트러진 소녀가 두 세 걸음 뒤로 물러나서 엉덩방아를 찧는 정도로 끝난 것은, 많이 힘을 뺀 일격이었기 때문이리라. 넘어진 상대를 보며, 검은 머리카락의 소녀가 검을 내렸다.

"괜찮아?"

"으…… 응. 뭐랄까, 익숙해졌으니까."

복잡한 표정으로, 금발 소녀가——클리오가 신음했다.

두 사람 모두 아직 자신을 알아차리지 못한 것 같았다. 몇 미터 떨어진 곳에서, 바닥의 모래밭에서 데굴거리며 놀고 있는 강아지 위를 넘어가며, 오펜은 두 사람을 번갈아가며 관찰했다.

두 사람은 같은 호구를 입고, 같은 목검을 들었다. 그 낡은 호구 등등은 또 한 사람의 소녀, 로테샤의 도장에서 가지고 온 것이었다. 하루에 한 시간은 질리지도 않고 이렇게 특훈인지 뭔지를 하고 있는데, 실력 차이는 확실했다. 그래도 몸을 움직이면 기분이 좋은 건지, 로테샤도 딱히 싫어하지 않고 클리오의 응석을 받아주고 있다.

'이해할 수 없는 인간관계.'

오펜은 마음속에서 중얼거렸다.

'정말이지.'

그 때, 로테샤 쪽이 먼저 이쪽을 알아차렸다.

"아."

어딘가 얼빠진 것 같은 눈으로 이쪽을 보더니,

"……봤나요?"

그것이 무슨 규칙이라도 어긴 짓이라는 양 입을 삐죽 내밀면서 말했다. 뭐라고 대답해야 할지 고민하고 있는데, 클리오가 힘차게 일어났다. 긴 금발이 하늘로 뻗치는 게 아닌가 싶을 정도를 화를 내며, 목검을 든 채 이쪽으로 다가왔다.

"오펜!"

클리오는 오펜의 눈앞에서 멈춰서더니, 발뒤꿈치를 들고 큰 소리를 질렀다.

"어제 오펜이 말한 거, 하나도 소용없잖아!"

"내가 말한 거?"

고개를 갸웃거리자 후다닥, 그 시선 앞으로 뛰어들려는 것처럼 따라왔다.

"필살기 말이야, 필살기! 이것만 있으면 괜찮다고, 확실히 보장했었잖아!"

"아~ 그거. 어떤 걸 썼는데?"

하품을 하면서 물었다. 그러자 클리오는 일단 몸을 뒤로 빼고, 손가락을 꼽으면서 숫자를 셌다.

"그러니까, 지금 쓴 게 제비반전 여섯 토막 내기였고, 아까 구불구불 산 시므논 베기도 소용없었고, 무릎베개 육각 때리기는 쓰기도 전에 막혔고, 은하 유성 핸섬 죽이기는 아직 안 써봤고."

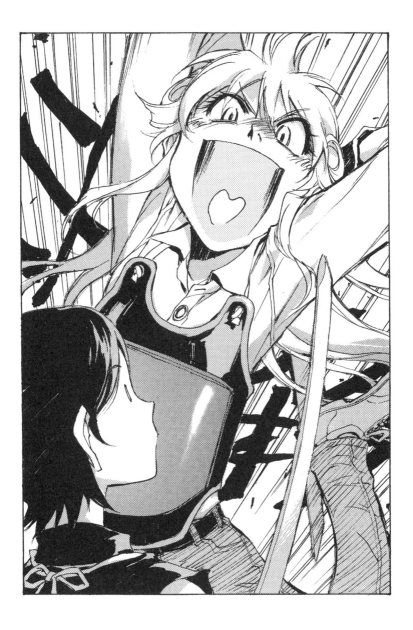

"그럼 그걸 써봐."

"아, 진짜? 그거면 되는 거야?"

"아마도."

오펜이 기쁜 표정인 클리오의 머리를 두드리면서 고개를 끄덕이자, 계속 이야기를 듣고 있던 로테샤가 의아해하는 표정으로 물었다.

"저기…… 아까부터 무슨 얘기죠? 그 기술."

"아, 클리오가 말이야. 그쪽한테 꼭 이기고 싶은데, 뭔가 방법이 없냐고 물어봤거든."

"맞아~."

설명하는 중에, 옆에 있던 클리오가 자랑스레 가슴을 활짝 펴고서 말했다.

"다음엔 로테도 방심하지 않는 게 좋을 거야. 자, 준비 하고."

"으, 응."

찜찜하게 대답하면서, 로테샤가 다시 검을 들고 자세를 잡았다. 그리고——

"은하 유성!"

클리오가 그 검을, 오른쪽 어깨 위로 크게 치켜들고 큰 소리를 질렀다.

"풍뎅이 죽이기이이이!"

그대로 돌진했지만.

검을 휘두를 틈도 없이 몸을 낮추고 한 걸음 전진한 로테샤에게 몸으로 부딪쳐서 움직임이 막혔다. 살짝 튕겨나서, 그대로 쓰러졌다.

"……?"

로테샤가 영문을 모르겠다는 얼굴로 클리오를 보고 있는 사이에,

클리오는 바로 벌떡 일어났다. 넘어지면서 놓친 목검을 찾으면서,

"이상하네…… 왜 안 통하는 거지."

"그러게 말이야."

자기 쪽으로 날아온 목검을 오른손으로 받아낸 자세 그대로, 오펜은 같이 의문을 제기했다.

"역시 타이밍이 문제겠지."

"그러려나."

"저기."

쭈뼛쭈뼛 손을 뻗고, 로테샤가 물었다.

"대체 뭐죠? 이거."

"아."

오펜은 고개를 끄덕이고,

"일단 큰 소리로 기술 이름을 외치면서 휘두르면 깜짝 놀라서 넘어가지 않을까 싶었는데, 안 통했나보네."

"마지막은 은근슬쩍 기술 이름을 틀리는 고급 테크닉인데 말이야."

"뭐가 고급인데?!"

소리치는 로테샤를 보며, 오펜은 어깨를 으쓱거렸다.

"어쩔 수 없잖아. 이길 방법이 없는 상대를 어떻게든 하고 싶으면 기습 정도는 생각해야지."

"……저와 클리오의 기술은, 그렇게 큰 차이가 없습니다."

전직 검술 도장 주인인 소녀가 목검을 끌어안고 설득력 없는 말을 했다. 오펜은 입가에 손을 대어 쓸쓸한 웃음을 감추며 말했다.

"종이 한 장 차이의 승리를 100퍼센트 차지할 수 있다면, 이제 와서 겸손해할 필요는 없잖아. 너는 내가 알고 있는 한에서는 톱클래스

의 검술 경기자 같은데."

"……."

"응?"

갑자기 입을 다문 로테샤에게, 오펜이 물었다. 그녀가 무슨 말을 하려고 했는지는 모르겠지만, 하고 싶은 말은 어느 정도 이해할 수 있었다. 로테샤는 검을 칼집에 집어넣는 것처럼 목검을 거꾸로 잡고, 다시 클리오 쪽을 봤다. 운동복과 호구를 벗고 모래 먼지를 털어내는 클리오에게 감정 없는 목소리로 말했다.

"오늘은 이만 하죠, 클리오. 기습은 그렇다 치고, 움직임은 확실히 좋아진 것 같습니다. 검이 면과 면의 면적 싸움 이라는 것만 알면, 제 자세 어디에 빈틈이 있는지가 보일 겁니다."

"응."

아는 건지 모르는 건지, 클리오가 속 편하게 대답했다. 허공을 보며,

"그런데, 자꾸만 스피드에서 진다니까."

그 말을 듣고, 로테샤는 곤란하다는 듯이 볼을 긁었다.

"검의 속도는 크게 다르지 않아. 근력 차이가 많이 나지 않으니까."

"그런가?"

"다른 것처럼 여겨지는 건, 제가 먼저 움직이기 때문에. 나중에 움직여도 선(先)을 취하고, 그리고 상대의 기선을 제압하는 거야——뭐, 이런 것까지는 아직 생각할 필요 없지만."

"흠, 흠."

그리고.

열심히 듣고 있는 클리오를 보며, 로테샤의 표정이 바뀌었다.

왠지 불안하다는 듯이 눈이 가늘어졌고, 목이 한 번 울린 것도 보였다. 날씬한 몸을 불편한 듯이 꾸물거리고, 작은 소리로 말했다.

"……왜 이걸 하는 거야? 클리오는."

"응?"

눈을 껌벅거리는 클리오. 오펜은 참견하지 않고, 지금까지 그랬던 것처럼 팔짱을 낀 채로 두 사람을 가만히 지켜봤다. 그 시선을 눈치챈 건지 아니면 다른 이유 때문인지, 로테샤가 슬쩍, 오펜 쪽을 봤다.

아주 잠깐이었고, 그것도 바로 사라졌다. 로테샤는 웬일로 붙임성 있는 미소를 슬쩍 보여주고는, 도장 식으로 가볍게 인사를 했다.

"아니, 아무것도 아니야. 그럼, 난 조금 걷다가 옷 갈아입으러 올게."

그리고는 손을 흔들고 걸어갔다.

그 모습을 지켜보고——

'이해할 수 없는 인간관계.'

문득 생각에 잠겼다.

'어째서 코르곤은 로테샤와 결혼 따위를 했던 걸까……?'

이유 따위는 생각해봤자 의미가 없는 일이겠지만. 이유가 있었다고 해도 그 이유를 이해할 수가 없을 것 같다. 그런 기분이 든다.

정신을 차려보니 클리오는 이미 호구를 벗고, 어느 샌가 발밑으로 기어온 까만 강아지——가 아니라 드래곤 종족의 새끼인 레키를 안으려 하고 있었다. 꼼꼼하게 개켜서 바닥에 내려놓은 호구를 보고 생각보다 오랫동안 생각에 잠겨 있었다는 것을 깨달은 오펜은, 천천히 고개를 저었다.

최근 들어 생각에 잠기는 시간이 많아졌다는 걸 자각하고 있었다.

그 대부분이 같은 의문들이고, 답이 나오지도 않는데 계속 반복하고 있다. 의미가 없고 이익도 없다.

하지만…….

'조금만 더 하면…… 답이 툭 튀어나올 것 같은데 말이야.'

머리 위쪽의 제자리에 레키를 올려놓은 클리오를 보며, 오펜은 멍하니 그런 생각을 했다.

안 좋은 예감은 들었었다. 예감도 없이 안 좋은 일이 일어났던 적은 없었던 것 같다──하지만, 그것은 단지 24시간동안 쉴 틈 없이 안 좋은 예감이 들었기 때문인 것 같다. 불안은 익숙한 친구 같기도 하고 반려 같기도 했으며, 피를 나눈 형제 같은 것이었다. 마지막 것은 말 그대로인지도 모르겠지만.

"──그래서."

그 여자가 거의 호의적이라고 할 수 없는 차가운 말투로 조용히 중얼거리는 소리를 들으면, 그런 생각을 할 수밖에 없다.

"정말로 당신들이 키리란셀로를 찾아낼 단서가 된다는 거지."

"하~핫핫! 물론이다! 이 마스마튜리아의 투견만 따라오면 아무 문제없다! 무엇보다!"

유난히 당당하게 팔짱을 끼고 모피 망토를 펄럭이며 큰 소리로 웃는 형──볼칸을 보는 여자의 표정이 풀어진 것 같지는 않지만, 저 형이 이제 와서 그런 걸 신경 쓸 리가 없다. 자세를 잡고, 딱 잘라서 말했다.

"이 몸이 그 썩어빠진 마술사가 혈안이 돼서 추구하고 있는 궁극의 강적이라는 것은 의심할 여지가 없다! 가만히 있어도 그 놈이 알아서 찾아올 것이다!"

"하지만 최근에는 완전히 잊어버린 것 같기도 한데⋯⋯."

"그럴 리가 없다. 쓸데없는 소리는 하지 마라, 도틴."

볼칸은 자신만만하게 고개를 끄덕이고는, 무의미하게 큰 동작으로 다시 그 여자 쪽으로 고개를 돌렸다.

"그러니까! 목적을 달성하고 싶다면 그에 상응하는 넘쳐날 정도로 큼직한 보수를 잊지 말도록!"

"알았어, 알았다고."

뒤에서 불어온 가을 황야의 노란 바람에, 그녀의 머리카락이 펼쳐졌다. 어번라마를 출발해 상당히 빨리 걸어왔는데도 불구하고 그녀의 검은 머리카락이 전혀 흐트러지지 않은 데서 일말의 부조리를 느끼며, 도틴은 또 한 가지 이해할 수 없는 점을 떠올렸다.

조용히, 물었다.

"그런데 어째서 그쪽이 여기 있죠? 재촉해서 따라오기는 했지만."

그 여자는 전에도 만나본 적이 있었다. 이 동부 땅이 아니라 서부, 흑마술사들의 도시에서.

그녀는 그 질문 때문에 놀란 것 같았다. 분명히 이제 와서 제기할 의문이 아니기는 했지만.

레티샤 마크레디──그 흑마술사의 누나라는 그 여자는 난처하다는 표정으로 대답했다.

"뭐 어때. 그 덕분에 내가 그 파편더미 속에서 당신들을 끄집어내 줬으니까."

"뭐, 그건 그렇지만……."

아무리 생각해도 대답하지 않고 넘어가려는 것 같았지만, 도틴은 더 이상 묻지 않고 입을 다물었다.

그 때, 형이 또다시 큰 소리로 웃었다.

"뭐, 신경 쓰지 마라 도틴!"

"왜 형이 보장하는 건데."

"일단 이쪽으로 갔다는 정보 말인데…… 그것조차도 정확한지 아닌지. 그 사람도 쓸데없는 일로 실수하는 경우가 많으니까."

"그 사람?"

"아~ 아냐, 신경 쓰지 마."

거창하게 손을 흔드는 여자. 손에 여행가방 하나만 들고, 벌써 몇 시간이나 계속 걸어왔는데 전혀 지친 기색이 없다. 겉보기엔 평범해도 상당히 단련했다는 뜻이겠지. 차림새는 아주 간결했다. 검은 셔츠에 슬랙스 차림이 여행하는 데 적합한지 아닌지는 미묘했지만. 손목에는 작은 금색 시계를 차고 있다. 날씬한 외모에 어울리지 않게 커다란 신발은, 평범한 워커보다 훨씬 튼튼해 보이는 가죽 신발이었다.

"어쨌거나 말이야. 키리란셀로의 행선지는 알고 있으니까 언젠가는 만나겠지만, 가능하다면 빨리 찾아내고 싶어. 정말이지, 날이 갈수록 일을 더 귀찮게 만든다니까……."

후반은 혼잣말 같기도 하고 투덜대는 것 같기도 한, 우울하게 중얼거리는 소리였지만, 그래도 알아들을 수는 있었다.

"최대한 서두르고는 있는데요."

도틴은 주위를 둘러봤다. 가도를 벗어난 황야. 앞길을 가로막는 숲이나 강이 있는 것도 아니고, 가을바람에 생기를 빼앗긴 메마른 대지만이 펼쳐져 있다. 울퉁불퉁한 언덕이 서 있고, 바위가 줄지어 있는, 한없이 살기 힘든 땅이었다. 누가 황폐하게 만든 것이 아닌, 자연 그 대로의 황량한 토지.

자연은 태어나기만 하는 생명이 아니다. 죽음도 자연의 섭리로서 존재한다. 아니, 죽음 쪽이 훨씬 더 큰 것이 아닐까. 넓은 방에 방치된 꺼져가는 촛불도, 날벌레한테는 거대한 불길일 수도 있지만…….

"그래."

갑자기 동의해 놀랐다. 물론 여자가 이쪽의 마음을 읽은게 아니고, 그 직전에 중얼거린 말에 대해 늦게나마 맞장구를 친 것 같았다.

"너무 단조로운 탓에 많이 왔다는 기분이 안 들었지만, 꽤 많이 걸어오긴 했어. 뭔가 작은 소동이라도 있으면 환영하고 싶네──"

뜬금없이 소원을 이뤄주는 신은, 존재한다.

"나 발하노라, 빛의 칼날!"

귀에 익은 목소리와 함께 부풀어 오른 빛이 레티샤 마크레디를 옆쪽에서 때리려는 모양으로 날아오는 것을, 도틴은 멍하니 바라봤다.

전장의 광경은 크게 변해 있었다.

그것은 파괴의 황홀을 식혀버릴 정도로 처참한 결과이기도 했다. 악몽은 간단히 구현된다──그렇기에 누구나가 괴로워한다. 그 파괴를 자아낸 자신의 손끝을 내려다보며, 그는 고개를 저었다.

"전장은……."

바람이, 폭풍에 의해 뜨거워진 공기의 급류가 휘몰아치는 속에서, 중얼거렸다.

"전쟁은 환경을, 사회를, 자원을, 마음을, 순식간에 소비해버린다. 불꽃놀이와도 같이. 우리는 그것을 올려다보고 눈물을 흘리며, 다음 축제는 언제인지 기대한다. 안 그런가 스위트 하트? 우리는 마인이다. 모두가 마인이다. 자극을 원하고 있다."

뺨에 한 줄기 흐르는 눈물도 닦지 않고, 눈을 감은 채, 말을 건 쪽으로 고개를 돌렸다. 그 쪽에는 팔짱을 낀 채 한숨을 쉬고 있는, 질렸다는 표정의 여자가 서 있었다.

"초등학생 반성문도 아니고."

옷에 묻은 먼지를 털어내며, 그 손을——가슴의 펜던트, 검에 얽힌 드래곤 문장에서 멈췄다.

"아무래도 좋으니까, 다음부터는 이렇게 가까운 데서 폭발시키지 말라고. 댁들 '스쿨' 인간들은 왜 이렇게 엉터리인지."

"알고 있다. 알고 있다고 스위트 하트. 당신은 너무나 가혹한 전쟁 때문에 마음을 닫아버렸다. 이 세상에 사랑이 존재한다는 것을 잊어 버렸다. 하지만 나는, 당신이 얄미운 소리를 하면서도 마음속으로는 기도하고 있다는 걸 알고 있지."

"아으~"

여자——스위트하트라고 불릴 때마다 얼굴을 찌푸리고 이를 갈면서 괴롭게 신음하고 있었지만, 마침내 그녀는 소리를 내서 공기를 두드리는 몸짓을 했다. 눈물을 흘리고 있는 남자에게 얼굴을 들이대로 송곳니를 드러내고는,

"작작 좀 하라고, 카크라코——카메레코——아, 젠장 카키키케쿠

케카카…… 카!"

꼬인 혀를 바로잡기 위해서 자기 볼을 잡아당기고, 정정했다.

"카콜키스트 이스트한!"

"내 이름을 조금이라도 길게 입에 담고 싶어 하다니…… 당신은 정말 못된 사람이군."

"부르기 힘들단 말이야! 개명하라고!"

"사랑하는 어머니께 받은 이름을 바꿀 수는 없지."

"아~ 진짜~!"

발을 동동 구르고, 그녀는 다시 다른 방향으로 고개를 돌렸다. 거기에는 보기 드문 평평한 바위 위에 앉아서는 차분하게 폭발한 자리를 보고 있는 또 다른 남자가 있었다.

젊어 보이는 건 삭발한 머리 때문일까. 아니면 얼굴 때문인지도 모른다. 낙낙한 망토를 여러 겹으로 겹친 차림새로 앉아 있으면 무슨 장식물처럼도 보였다. 엄격하다고 할 정도의 외모도 아니고, 냉철한 것도 아니고, 관용한 것도 아니다. 그저 필요한 것에 대해 필요한 만큼의 시선을 보내고, 가만히 기다리고 있다.

여자는 그쪽을 향해서 큰 소리로 말했다.

"뭐라고 말 좀 해봐, 시크! 당신, 이 인간 선생이잖아!"

"……."

그는 몇 초 동안 침묵한 채, 얼굴조차 움직이지 않았다.

천천히, 카콜키스트 쪽을 보고——입을 열었다.

"이건 전쟁이 아니다."

그리고 다시, 원래 보던 폭발한 자리 쪽으로 시선을 돌렸다.

"대륙에서 마지막으로 전쟁이 행해진 것은 40년 전의 일이다."

"아니, 그 얘기가 아니라……."

여자가 피곤하다는 듯이 말했지만, 결국 힘이 빠져서 기어들어 갔다.

"하지만, 스승님!"

옆에서 카콜키스트가 답답할 정도로 뜨거운 소리를 질렀다.

"인간과 인간이 싸우면 그것이 전쟁입니다!"

"아니야. 적을 인간이라고 생각하는 동안에는 전쟁이 아니다."

"당신들……."

여자는 도끼눈을 뜨고 신음할 뿐이었다.

"이런 상황에서 잘도 진지한 얘기를 하네."

슬슬 폭발한 자리의 기류가 흩어지려 하고 있다. 휘몰아치던 모래도, 연기도 사라지고 황무지를 도려낸 발톱 자국 같은 흔적이 보이기 시작했다.

폭발한 자리는, 단지 그것뿐이었다. 거기엔 아무것도 남지 않았다.

"……시체도 다 타버렸다고, 생각해?"

여자가 두 사람 중에 딱히 누구에게랄 것도 없이 물었다.

고개를 저은 것은 카콜키스트였다.

"아니, 저 열량 가지고는 뼈까지 타버리진 않았을 걸요."

"폭발 때문에 흔적도 없이 날아갔으려나."

"그 정도 폭발력이 있었다면 우리도 무사하지 못했겠지."

이번엔 삭발한 남자――바위에서 뛰어내려, 빈틈없이 주위를 둘러봤다.

"우리 마술은 이 적에게 통하지 않았나…… 그렇게 생각하는 것이 좋다. 이만큼 오랫동안 싸웠는데도 시체가 하나도 안 남았다니."

"유령이랑 싸우기라고 했다는 거야?"

"전쟁은──"

"시끄러."

여자는 주먹으로 카콜키스트의 입을 다물게 하고, 제대로 말할 상대는 이쪽뿐이라고 판단한 건지 삭발 남자 쪽으로 몸을 완전히 돌렸다.

"이렇게 되면 마술을 쓰지 않고 맨 손으로 붙잡는 수밖에."

"무기까지 들고 대군으로 밀려오는 상대를? 당신들 《송곳니 탑》 출신들은 왜 그렇게 자신감이 과도한지, 전부터 궁금했는데 말이야."

"역사가 증명하니까. 당신들하고 달라요."

"흠. 뭐, 그런 의논을 해봤자 소용없는 일이고…….'"

그리고 남자는 가슴 앞에서 한 번 손을 쥐고는, 손가락을 몇 번 복잡하게 흔들어서 액막이 같은 동작을 했다.

"그 영주는 기묘한 존재다. 사령을 불러내고 그것들에게 영지를 수호하게 하고 있다고 해도, 난 그다지 놀라지 않을 거야."

"……난 놀랄 건데."

"그렇다면 당신은 자신이 싸우려 하는 상대에 대한 인식이 부족하다는 뜻이군."

간단히 말하고, 그는 망토 속에서 검을 꺼냈다──가느다란 군도.

그것을 보고, 반박하려던 말을 다시 삼켜버린 여자가 말했다.

"이제 어쩔 셈이죠?"

"놈들의 배치에는 일관성이 있다. 누군가가 지휘하고 있다. 그것을 없앤다."

"아, 전쟁은 끝내기 위해, 항상 비극적인 작전이 필요──"

또 떠들기 시작한 카콜키스트를 한 대 때려서 입을 다물게 만들고, 여자가 신음했다.

"내 자신감이 과도한 건지 아닌지, 잘 봐두세요."

"허세는…… 의미 없는 것이다."

그렇게만 말하고, 삭발한 남자는 검을 칼집에서 뽑았다.

가을바람에서 폭풍이 사라지면서 온도가 조금 내려가 있었다.

제2장 소동은 여기에 있다

디디는 어린 시절에 키웠던 개의 이름이었다.

그 디디——권총을 분해 정비하면서, 별 의미 없이 생각했다. 총은 대륙 전체에서 비교할 대상을 찾아보기 힘든 강력한 무기 중에 하나였다. 하지만 최강은 아니다. 편리한 물건도 아닐 수 있다. 몇 발을 쏠 때마다 폭발할 위험이 커지고, 첫발부터 터질 위험이 없는 것도 아니다. 망가지는 경우도 많다. 그래도 이 무기는 기사들의 긍지로서 존재해왔다. 대륙의 치안을 지키는 자들만이 사용할 수 있는 성스러운 무기.

'……인지 아닌지는 모르겠지만.'

정비라고 해봤자 대단한 일을 할 수 있는 것도 아니다. 기껏해야 분해해서 때를 닦고 윤활유를 바르는 정도. 화약이 폭발하면서 발생하는 부품의 변형이나 금속 피로 같은 것들은 눈에 보이지 않아도 계속 축적된다. 총의 구조는 상당히 단순했다. 방아쇠를 당기면 해머가 움직이고, 탄피를 때려서 화약을 폭발시킨다. 그 힘으로 탄두가 사출되고, 운이 좋으면 적의 내장에 박힌다. 자기 발을 쏘는 경우가 없다고는 할 수 없다. 옛날부터 그 심플한 구조는 변함이 없었다.

바위 위에 손수건을 펼쳐놓고 그 위에 늘어놓은 금속 부품을 보며, 그녀는 하나도 빠진 부품이 없다는 데 만족했다. 십여 년을 함께 해온 무기. 단 한 번도 자기 곁에서 떨어진 적이 없었다.

구태의연한 이 무기를 새로운 것으로 바꾸는 게 어떨까?——그렇게 말하는 이도 있다.

이미 죽은 동료나 코르곤 같은, 절대 죽지 않을 것 같은 자들도.

왜 그럴 생각이 들지 않았는지는 스스로도 모르겠다. 딱히 이유가 있는 것도 아니다. 뭔가 본능적으로 피한 것도 아니다.

'뭐, 그런 건 흔히 있는 일이니까.'

위노나는 간단히 생각하는 걸 포기하고, 재빨리 총을 조립했다. 완전한 형태가 된 무기를 왼손으로 들고, 신중하게 탄창에 탄약을 삽입한 뒤에 안전장치를 걸고 홀스터에 집어넣었다. 그 홀스터를 등에 메고 한 숨 돌렸을 때, 눈앞에 소년이 뛰어갔다.

"······?"

깜짝 놀라서 눈을 깜박거렸다.

이쪽은 보지도 않고——그 전에 알아차리지 못했는지, 필사적인 얼굴로 뛰어가고 있는 사람은 매지크였다. 그 흑마술사의 제자인가 했던 소년. 그런 것 치고는 딱히 뛰어난 점이라고는 찾아볼 수 없는 제자라는 생각이 들었다.

그리고.

그 바로 뒤를 또 한 사람, 긴 머리의 여자가 이쪽은 쳐다보지도 않고 쫓아갔다. 어째선지 조금 그을렸고, 한 순간 옆얼굴이 보였을 뿐인데도 미친 듯이 화가 나 있다는 걸 금세 알 수 있었다.

"······."

멍하니 지켜보고 있었더니, 조금 뒤에 키가 작은 지인 두 사람이 뛰어왔다. 이 두 사람은 아무래도 이쪽을 알아차리기는 한 것 같지만, 한 번 흘끗 쳐다보기만 하고 두 사람을 따라서 뛰어갔다. 모피 망토를 걸친 뒷모습을 잠시 지켜본 뒤에.

위노나는 중얼거렸다.

"……뭐야 저거."

"그런데 말이야, 결국 우린 어디로 가는 거야?"

그녀의 의문은 당연한 것이었다. 하지만 거기에 대답해줄 수 있는지 아닌지는 전혀 다른 문제다.

짐을 모아둔 캠프——라고는 해도 바위 틈새에서 찾아낸 적당한 바위굴일 뿐이지만——로 돌아와서, 클리오가 별 생각 없이 한 질문이었다. 클리오는 호구와 목검을 적당히 짐 속에 쑤셔 넣은 뒤에,

"난 왕도로 가는 줄만 알았는데."

"음~."

오펜은 신음하고, 어깨를 으쓱거렸다.

"나도 그럴 생각이었는데 말이야. 볼일이 좀 생겼거든."

"어떤?"

"……."

입을 열려다가, 자신이 무슨 말을 하려는 건지를 깨닫고, 씁쓸하게 웃었다.

클리오가 눈을 껌벅거렸다.

"왜 그래?"

"뭐, 이제 와서 얼버무려봤자 의미도 없겠지. 위노나네, 뭐랄까, 고용주 같은 사람 같은데, 그쪽을 만나러 가게 됐거든."

"헤에."

알아 들은 건지 아닌지 모를 애매한 대답을 하면서 동굴 입구에 걸

어둔 모포를 젖히고 안으로 들어갔다. 옷을 갈아입으려는 것이겠지. 모포 위치를 조절해서 완전히 가른 뒤에,

"뭐랄까, 위노나는 좀 특이해."

"그런가?"

마음속으로 '네가 할 말이냐'라고 하면서 고개를 갸웃거렸다.

클리오는 바로 대답했다.

"로테샤를 꽤나 신경 쓰는 것 같아. 뭔가 이것저것 물어봤거든."

"어떤 걸?"

"음~ 그 에드라는 사람한테 공격당했잖아. 그 때 일이라든지. 뭐, 난 그 때 거기 없었지만."

'에드…… 말이지.'

에드──코르곤.

'그 녀석도 어느새 모습을 감췄네.'

오펜은 잠시 생각에 잠겼다. 그리고 굴 속에서 옷을 갈아입은 클리오가 밖으로 나왔다. 차림새가 크게 달라진 건 아니고, 더러워진 셔츠만 갈아입은 것 같다. 그리고,

"오펜은 말이야, 로테샤가 신경 쓰이지 않아?"

당돌하다면 당돌한 질문을 했다.

오펜은 한 방 먹은 것 같은 심정으로 되물었다.

"뭐가."

"왜, 로테샤가 예전에는 뭔가 절박해 보였는데, 요즘은 꼭 그렇지도 않잖아 무슨 일이 있었나 싶어서."

"글쎄."

짐작 가는 게 없는 건 아니지만, 어디까지나 상상의 범주다. 그래

도 상관없을지도 모르지만, 왠지 입에 담기가 꺼려졌다.

"떨쳐낸 게 아닐까? 뭐, 언제까지 마음속에 담아두고서 끙끙대는 쪽이 더 이상하잖아."

"좋은 일이긴 한데 말이야."

클리오는 그렇게 말하고, 밖에 내놨던 클리오를 다시 안았다. 새끼 드래곤은 지금까지 열심히 구경하고 있던 개미 행렬이 멀어진 것도 모르고, 아직도 땅바닥을 향해 앞발을 흔들고 있다.

그 앞발을 붙잡아서 멈추게 하는 클리오를 보며, 오펜이 중얼거렸다.

"난 굳이 말하자면 네가 더 걱정되는데 말이야."

"그래?"

자각도 없이 되묻는 클리오에게 말했다.

"힘들 때는 풀이 죽는 쪽이 좋다고. 그런 일도 있었으니까."

"나름대로 풀이 죽었는데 말이야."

레키의 등에 얼굴을 묻고──설마 표정을 감추려는 건 아니겠지만, 감기 직전의 눈동자에는 뭔가가 비친 것 같았다. 클리오의 목소리는 약간 웅얼거렸지만, 그래도 똑똑하게 들렸다.

"하지만, 라이언이 한 말이 뭔지 알 것도 같거든. 그래서 더, 난 그걸 받아들일 수가 없고."

"……그렇구나."

"오펜도 있고 매지크도 있잖아. 좋은 일도 나쁜 일도 즐기면 되니까, 어라?"

클리오가 고개를 든 건, 기묘한 소리를 들었기 때문이겠지──오펜도 무슨 소린가 싶어서 고개를 들었다. 가늘고 긴, 비명 같은 소리가 멀리서부터 들려왔다.

"으아아아아으으아아아아아으으아으아아아아아ㅡㅡ"

높아졌다 낮아지고, 낮아졌다 높아지고.

시간에 떠밀려서 사라져가던, 그 목소리는ㅡㅡ

"으아아아아 스승니이이이임!"

갑자기 뛰어들어온 매지크가 속도도 줄이지 않고 그대로 지나갔고ㅡㅡ

"살려주세요오오오오오오ㅡㅡ!"

그대로 멀어져갔다.

"......?"

클리오와 둘이서 얼굴을 마주보며 멍하니 있다가.

그 발소리가 아무리 기다려도 사라지지 않는다는 걸 알아차렸다. 아니, 굳이 따지자면 새로운 발소리가 또 들려왔다고 해야겠지.

그쪽을 본 순간.

발소리가 사라졌다.

딱ㅡㅡ뛰어가던 자세 그대로 멈춰선 것은, 키가 큰 여성이었다.

눈이 마주쳤다.

중력을 거스르는 자세 그대로 완전히 정지해 있는 건, 그녀에게 자연의 힘이 작용하지 않기 때문일까. 그런 생각이 들 정도였다. 초절(超絶)한 자. 그것이 그녀였다. 모든 이로부터, 모든 힘으로부터.

하지만,

'대체, 왜ㅡㅡ?'

오펜의 마음속에 떠오른 말은 그게 전부였다. 그리고.

"살려줘ㅡㅡㅡㅡ"

"왜 너까지 도망치는데."

재빨리 몸을 돌려서 있는 힘껏 도망치려고 했지만, 허무하게 뒷덜미를 붙잡혔다.

숨이 막히고, 생명을 위협하는 감촉이 목구멍에 파고든 오펜은 발을 멈췄다. 그녀가 원래 있던 곳을 쓱 보니, 거기엔 아무도 없었다. 분명히 조금 전에는 거기에 있었는데, 의식으로 포착하지도 못할 만큼 빠른 속도로 달려와서 자신의 뒷덜미를 잡은 걸까——아니면 그녀를 본 순간 자신의 의식이 경직돼서 다가오는 걸 알아차리지도 못한 걸까. 어느 쪽인지는 모르겠지만, 앞쪽일 가능성도 부정할 수가 없다.

"텻시!"

소리를 낸 건 클리오였다.

"예에."

속 편하게, 그녀——레티샤가 대답하는 소리가 들렸다. 오펜은 부들부들 경직된 몸을 간신히 움직여서 고개를 돌렸다. 분명히 그곳에 레티샤가, 그의 누나가 있다.

"어, 어, 어째서 이런 데——"

"상관없잖아, 어디에 있건."

그렇게 말하고, 그녀는 겨우 목덜미를 놓아줬다. 황급히 도망쳐서 그녀에게서 몇 걸음 떨어진 곳에 가서야 겨우 그녀 쪽으로 몸을 돌렸다. 레티샤는 질렸다는 표정을 짓고 있다.

"아까부터 뭘 그렇게 무서워하는 거야. 뭔가 켕기는 구석이라도 있어?"

"아니 뭐, 있을 수도 있고 없을 수도 있고…….."

슬금슬금 후퇴하면서, 오펜은 신음했다. 말도 안 돼——이건 장난이 아니다.

지금 위노나를 따라서 그 영주인가 하는 자가 있는 곳으로 가는 이유는 행방불명된 또 한 사람의 누나, 아자리에 대해 알기 위해서다.

'아자리에 대해서 알게 되면 어떻게 될까? 아무래도 텃시한테는 자극이 너무 세겠지——'

일단 이런 말이 튀어나왔다.

"어디에 있는지 왜 상관이 없어. 갑자기 뭐냐고."

"너한테 볼일이 있어서 쫓아온 거야. 당연한 일 아니겠어."

"보, 볼일?"

그 때.

사라진 줄 알았던 발소리가 다시 달려왔다. 매지크가 아니다——매지크가 뛰어간 쪽과 정 반대. 나타난 것은,

"하~ 핫핫핫! 역시 있었구나 사악한 검은색 백퍼센트 흑마술사! 역시 내 인생의 앞길을 가로막는 것은 네놈이라고, 네놈 따위를 조금이나마 라이벌이라고 인정해줄까 하는 이 온정."

"저기, 죄송해요. 지금 되게 오랜만이니까, 날려버리는 건 나중에 하고 다른 선택지를 찾아봐 주실래요?"

"아……."

흘끗 보고 지인 세 명이 그곳에 있다는 걸 확인한 뒤에, 오펜은 신음소리를 냈다.

"또 귀찮은 것들이——."

그 때.

갑자기 하던 말을 끊고, 외쳤다.

"세 며엉?!"

"적 확인!"

항상 보던 지인 둘——볼칸과 도틴 사이로 망원경 같은 것을 내민, 수염을 기르고 녹색 모자를 쓴 지인이 큰 소리로 말했다.

"정찰부대, 철수우우우우!"

그리고는 몸을 빙글 돌리고, 뛰어가 버렸다.

"……?"

하얀 깃털이 꽂힌 모자를 한 손으로 누르며 맹렬하게 달려가는 뒷모습을 멍하니 지켜봤다.

"……뭐야?"

더 이상 할 말도 없이, 다 같이 그저 멍하니 서 있었다.

바람이 불었다. 새하얘진 마음속에는 아무것도 떠오르지 않았고, 그저 그 바람만이 지나갔다.

그 공백의 시간 속에서 도틴이 떨리는 목소리로 중얼거리는 소리가 들렸다.

"혀, 형님…… 저거."

"으으음."

볼칸까지 안색이 창백해져서 몸이 전율하고 있다——아니, 단순히 떨고 있는 건가?

"틀림없다. 여긴 전쟁터다!'

"으아아아아?! 공주다아아아?!"

둘이서만 법석을 떠는 형제를 보며, 오펜은 일단 여러 단어들은 가슴 속에 늘어놓고 있었다. 영주. 마술사의 우울. 레티샤. 지인. 세 명. 전쟁터. 공주. 안 그래도 걱정거리가 산더미같은데.

'왜 자꾸 또 늘어날 것 같은 기분이 드는 거지?'

운명인지도 모른다.

떠오른 답을, 오펜은 묵살해버렸다.

제대로 되는 게 하나도 없네──

거의 울고 싶은 심정으로 투덜댔다.

조금이라도 빨리 달리려고 크게 휘두른 팔이 찢어질 듯이 아프다.

'그냥 마술 연습을 했을 뿐인데.'

갑자기 지나가던 어떤 사람한테 맞은 것 같다.

어떻게 된 일인지는 모른다. 아무리 약하게 조절했다고는 해도 열 충격파를 맞고서 아무렇지도 않은 얼굴로 일어난 그 여자──어디서 본 것 같기도 했지만 생각이 나지 않았나──는, 다음 순간에 씩 웃으면서 한 손을 들었다. 그 여자가 곧바로 허공에 그린 마술 구성은, 해독하고 싶어도 그 실마리조차 이해할 수가 없었다. 단 한 가지 말할 수 있는 것은, 그렇다. 그것이 엄청나게 위험하다는 것만은 바로 알 수 있었다. 아니, 이건 구성을 해독했기 때문이 아니라 그녀의 웃는 얼굴을 봤기 때문인지도 모르지만.

지금 생각해보면 그 여자가 매지크의 마술을 맞고도 멀쩡했던 것은, 재빨리 방어 구성을 짰기 때문일 것이다. 갑자기 날아온 광열파를 완전히 막아내는 것도 어지간한 실력으로 할 수 있는 일이 아니지만.

주위를 초토화시키는 대폭발에, 매지크는 무작정 도망쳤다. 그 다음은 공포가 시키는 대로 무작정 뛰었다. 그리고──

"……어라?"

문득 정신을 차리고 주위를 둘러보니 쫓아오는 사람이 없었다. 얼마나 뛰어온 건지, 풍경이 바뀌지 않아서 알 수 없지만, 캠프를 차린 장소에서 상당히 멀리 떨어졌다. 자신의 심장 고동과 살갗을 사정없이 적시는 땀, 균형을 잃은 근육의 경련을 보면, 적어도 태어나서 지금까지 겪어본 적이 없을 정도로 먼 거리를 뛰었다는 건 상상할 수 있었다.

"큰일 났네……."

당연한 얘기지만 온 만큼 다시 돌아가야만 한다. 게다가 그 자기를 쫓아오던 여자와 마주치지는 않을지 경계하면서.

암담한 생각에 고개를 저었다. 정말이지, 제대로 되는 게 하나도 없다.

"뭐지. 대체 뭐가 잘못된 거지. 역시 그냥 집에 돌아가는 게 좋을 것 같아. 솔직히 아무리 그래도 동부까지 올 생각은 없었잖아……."

주위를 둘러봤다. 이곳이 동부를 상징하는 땅은 아니지만, 그래도 될 것 같다는 생각은 들었다.

"스승님이 말한 것처럼 제대로 제어해서 마술을 쓸 수 있으니까, 나도 이제 마술사라고 봐야겠지. 그러니까 굳이 더 이상 배울 필요도 없잖아."

거기까지 중얼거리고 멈춰 서서, 오른손을 들었다. 일단 주위를 둘러보고 아무도 없다는 걸 확인한 뒤에,

"나 발하노라——"

그 때였다.

"적, 발겨어어어어언!"

"?!"

"돌겨어어어어억!"

고개를 돌릴 틈도 없이.

하지만 분명히, 돌리기는 했을 것이다——고함을 지르며 뛰쳐 나온 자들은, 분명히 봤으니까. 처음에 보인 것은 뾰족한 것이었다. 햇빛을 받아서 반짝거리는 은색 창. 잡초처럼 잔뜩, 흔들리고 있다.

한 둘이 아니었다. 무장한 어린애들이 잔뜩, 바위 뒤에서 줄줄이 뛰쳐나왔다.

'뭐야——'

뇌가 정지했다는 걸 알 수 있다. 그리고 손 하나 까딱할 수가 없다. 생각이 난 것은 마술이었다. 조금 전에 짜던 구성은 더 이상 쓸 수 없다. 자신의 제어를 벗어나서 사라져버렸다. 그걸 다시 파악하느니 새로 짜는 쪽이 낫다.

하지만, 어느 쪽이건——시간이 없다.

하늘이 보였다. 날아간 것 같다.

그 하늘이 갑자기 막혔다. 적들이 차례로 시야를 뒤덮었다. 순식간에 자기 몸 위에 올라탄 물체의 무게가 늘어났다. 하나, 또 하나씩 겹겹이 쌓이고 있는 것 같다. 그러는 동안 계속 들려온 것은, 그것들 모두가 지르는 환호성이었다.

그리고, 아마도 마지막 한 사람이 올라탔을 때, 유난히 큰 환호성이 터져 나왔다.

"승리이이이이이이!"

"우와아아아아!"

영문을 모르는 채 어떻게든 몸을 비틀고, 땅바닥을 기어서 사람들 틈새 밖으로 고개를 내밀었다. 그리고.

머리만 자유로워진 순간, 코앞에 검이 나타나더니.

딱, 멈췄다.

"저기~."

신음소리처럼 말했더니 너무나 차가운 아침 서리 같은, 귀가 아플 정도로 늠름한 목소리가 들려왔다.

"홋…… 부대가 접근하는 줄도 모르다니, 어리석구나."

젊은 여자──소녀의 목소리였다.

간신히 시선만 움직여서 올려다보니, 거기에는 투구를 시작으로 완전한 중갑옷을 착용한 것 외에는 상상했던 그대로, 한 소녀가 있었다. 길고 투명한 은발이 흘러내리는 물처럼 판금갑옷 위로 흐르고 있다. 하얀 피부에 녹아들 것만 같은 하늘색 눈동자. 통통한 핑크색 입술이 살짝 움직이면서 소리를 냈다.

"이것이 우리 군을 괴멸로 몰아넣은 거인이라는 말인가? 공주는 무능한 장수라는 뜻인가?!"

"당치도 않사옵니다!"

몸 위에 산더미처럼 올라타고 있던 무리에서 한 명이 뛰어내려서 그 소녀──공주?──옆에 서서 외쳤다.

"이 또한 공주님이 직접 지휘하신 덕분입니다! 저희 군의 승리, 참으로 훌륭했습니다!"

'지인……?'

뛰어내린 사람은 지인이었다. 아니, 지인이겠지. 아마도. 키는 130cm 정도이며, 체구가 작은 '공주'의 가슴팍 높이밖에 안 되는 몸을 더 작게 움츠리고 있다. 모피 목도리에 간단한 갑옷 같은 것을 입고, 머리에는 깃털 장식이 달린 모자. 지금까지 본 지인과는 조금 다르기는 하지만, 자세히 보니 전부 똑같은 차림새를 하고 있었다. 서로 쌓여 있기가 힘든지 여기저기서 "아이고~"나 "으~", "힘들지, 시종들아." "시종이 뭔데?" 같은 소리가 들려왔다.

그 때, 공주인가 하는 사람이 조용히 한숨을 쉰 것 같았다.

"그래…… 잘 알고 있다. 공주는 포기하지 않았다."

검을 거두고, 그것을 허리에 찬 칼집에 집어넣고는,

"이렇게 된 이상 이 포로를 고문해서 적의 정보를."

"뭐라고?!"

깜짝 놀라서 소리쳤다. 그 때, 공주 옆에 있던 지인이 앞으로 튀어나와서 그 발바닥으로 얼굴을 걷어찼다.

저항도 못하고 맞는 수밖에 없었다. 눈앞이 새카매졌다가 다시 하얗게 물들었지만, 입에 고인 피의 맛 때문에 바로 정신이 돌아왔다.

지인이 뭔가 필사적으로 소리를 질러대기 시작했다.

"무례한 놈! 네 이놈, 공주님의 위대하신 생각에 불만이 있다는 것이냐?!"

"아, 아니 그런 말을 해도 말이야——"

"어떤 고문이 좋을까."

"예. 이 어리석은 자가 생각하기에, The 박치기 지옥이 어떨까 싶사옵니다."

"으아! 왠지 무지무지 아플 것 같아!"

매지크는 간신히 팔을 꺼내서 버둥댔다.

"그리고 고문이라니! 그래서 내가 무슨 정보를 말하면 되는 건데! 물어보면 다 말 할 게! 뭐든지!"

"으음. 어찌 생각하는가?"

공주는 그다지 관심도 없다는 듯이 지인에게 물었다. 지인이 고개를 끄덕이고, 대답했다.

"예. 신빙성은 4이옵니다."

"무슨 수치인데?! 그나저나 몇 점이 만점이야?!"

"고문이라……."

"그렇사옵니다."

"으아아아아아?!"

그 때──

"공주니이이이임!"

또 다른 지인이 나타난 것 같았다. 차림새는 똑같고, 미끄러지듯이 공주 앞에 멈춰 서더니 그대로 고개를 숙이고,

"적의 새로운 원군을 발견했사옵니다! 아니, 규모를 생각해보면 그쪽이 본대가 아닌가 싶사옵니다!"

"뭐라고?!"

공주는 비장하게 소리치고──

"이 무슨 일인가. 적의 전력은 끝이 없는 것인가?!"

"강대한 적이라는 것은 틀림없사옵니다, 공주님!"

공주 옆에 있던 지인이 얼굴의 상당히 위험할 것 같은 부위에 핏대를 몇 개 세우고, 큰 소리를 질렀다.

"허나, 그 어떤 싸움이라도 무한한 적이란 없사옵니다. 자신을 잃어서는 안 됩니다!"

"알고 있다! 네놈, 무엄하구나!"

"요, 용서해주시옵──"

"처형이다. 데려가서 묻어라."

"으아, 겨우 그걸로?!"

매지크가 소리를 지르는 사이에, 다른 지인이 후다닥 뛰어내려서는 그 지인을 붙잡아서 바위 뒤쪽으로 끌고 갔다. 그 바위 뒤쪽이 어떻게 돼 있는지는 확인할 수가 없었다. 바로 공주가 다시 칼을 뽑아서 들이 댔기 때문에, 그럴 상황이 아니었다.

"대답하라. 네놈, 이 공주의 전쟁터에 얼마나 많은 군을 파견한 것 이냐?"

"뭐……?"

영문을 모르겠다. 군이라는 말을 들으면 생각나는 건 왕도의 기사 단 정도인데——애당초 이 대륙에 '군'이라고 부를만한 것이 얼마나 있을지, 도저히 상상도 할 수가 없었다. 어변라마는 독자적인 군대를 가지고 있지만, 그 규모는 굳이 따지자면 자경단에 가까운 것이었다. 킴라크의 유명한 군대는 먼 옛날에 귀족 연맹이 해체했다. 실제로 자 신이 킴라크에서 그 난리를 쳤을 때도 군대 같은 것은 구경도 못 했으 니, 그게 사실이겠지. 타프렘의 흑마술사들이 군대와 비슷하다면 비 슷하지만, 마지막 또는 처음 단계에서 군대가 아니며 그들은 군인이 아니기 때문에 타인이나 국가를 위해서 목숨을 걸지 않는다. 토토칸 타시에도 군대는 없다. 왕립 치안 구상에 포함된 도시는 독자적인 군 대를 가질 필요가 없다는 명분이 있다. 애당초 무엇과 싸우기 위해 군 대가 필요한 걸까? 누가 쳐들어온다는 건데? 바보 같은 소리도 정도 가 있지.

그런 상황인데.

이 공주라는 사람은, 군을 이끌고 있다고 한다.

'……지인들 군대?'

그렇게 생각할 수밖에 없었다. 이 공주 외는 전부 지인들뿐이니까.

"저기⋯⋯."

매지크는 어떻게든 목소리를 짜냈다. 신중하게, 대답했다.

"저는, 그러니까⋯⋯ 민간인이거든요. 여기는 그냥 우연히 지나가던 참이었고요."

"민간인이라고?"

공주는 당황하지도 않았다. 검이 한 단계 더 가까이 다가왔다.

"기밀을 누설할 수는 없다. 초 법규적 처치로 말살하자."

"군인이에요! 포로의 취급에 관한 조약인지 뭔지가, 그러니까 잘은 모르지만, 인권을 보장해주면 좋을 것 같은 기분이 들거든요!"

"으음. 조약인가. 조약은 지켜야만 하지."

그냥 생각나는 대로 떠들었는데 먹힌 것 같다. 생각을 바꾼 것인지, 최소한 목에 닿기 직전이었던 칼날은 조금 멀리 떨어졌다.

"자, 그렇다면 대답하라. 이 땅으로 보낸 네놈들 군의 규모와 목적, 그리고⋯⋯ 그리고⋯⋯."

"사령부의 위치가 아닌지요?"

그 때, 말문이 막혀 있던 공주 뒤쪽에서, 조금 전에 뒤쪽에서 다가온 지인이 슬쩍 가까이 다가가서 귀엣말을 했다.

공주는 바로 명령했다.

"무엄하구나, 처형하라."

"히이이이익!"

또 지인 두 명이 뛰어내려서 그 지인을 바위 뒤로 끌고 갔다.

"자⋯⋯."

다시 이쪽을 보며, 공주가 조용히 말했다. 가늘게 뜬 아름다운 눈동자에 차가운 기색이 감돌고 있다. 그다지 보기 싫은 광경은 아니었지만, 검이나 무장 때문에 아무래도 불협화음이 느껴진다.

"포로, 대답하라. 대답하면 조약에 따라 유골은 네 나라로 돌려보내주겠다."

"으아, 관대해라."

"대답하라! 우리 군은 상승무패, 패배란 없다!"

"아으으."

그냥 미친개한테 물렸다 치고 처형당하는 수밖에 없으려나…….

영문 모를 각오까지 들려고 한다.

무슨 대답을 해야 좋을지도 모르겠지만, 대답을 하면 하는 대로 볼일 다 봤다고 처형해버릴 것 같다는 생각이 들었다.

어쩔 도리가 없는 이 상황에서 머릿속에 떠오른 것은.

매지크는 천천히 고개를 들었다.

"저기 말이죠."

될 대로 되라는 심정으로, 말했다.

"망명하고 싶으니까…… 보호해…… 주시면, 고맙겠는데 말이죠, 하하."

"……."

침묵은 길었다.

말 그대로 길었다.

돌이 된 느낌으로 굳어서, 1분 정도는 움직이지 않았던 것 같았다.

갑자기, 공주가 말했다.

"집합."

공주는 지인들을 전부 모이게 하고는 소곤소곤──하지만 다 들렸다──상담을 시작했다.

"……어떻게 생각하나……?"

"이건 뭐라고 할까, 도저히 군의 재량으로 어찌 할 수 있는 일이……."

"……하지만 본국과 연락을 하려고 해도……."

"국가의 위신이 걸린 일이옵니다."

"처형하는 게 편하지 않을까요……."

"귀찮은 일은 귀찮습니다. 왜냐하면 상당히 귀찮으니까."

"포로로 수용한 뒤에 죽지 않을 정도로 고문하고 그 뒤에 망명을 인정하면 모두 만족, 전부 깔끔하게 수습되지 않겠습니까."

"무엄하구나. 처형하라."

"……."

어쨌거나, 그 말을 들으며.

자유의 몸이 된 매지크는 조용히, 그곳에서 도망쳤다.

"서로 어우러질 수 없는 사람들이 말이야."

총구를 표적의 미간에 들이대고, 위노나가 조용히 말했다.

"같은 자리에 있으면 싸울 수밖에 없거든. 원한이나 괴로움하고는 조금 다른 거야. 당신이 죽는 건 예전부터 정해져 있었던 일이고, 단지 내 역할이 아니었을 뿐이지. 그래도 말이야…… 해야만 한다는 거지."

아무도 없는 황야에서 상대와 단 둘이. 겁먹은 눈으로 이쪽을 보고 있는 표적에게 연민을 느끼지 않았다고 하면 거짓말일 것이다. 하지만 연민이 그 생명을 존중해야 할 이유가 된다는 말은, 역사가 만들어낸 거대한 거짓말일 뿐이다.

"영문을 모르겠지? 그 녀석이 아무 말도 안 했나봐? 그렇겠지. 내 의심에 대한 증거는 찾았다고 보거든. 어차피 그 녀석은 아군 미만의 존재였어. 나 하나뿐이야. 나만이 영주님을 위해서 일하고 있어."

죽음은 가장 안정적인 해결 방법이다. 하지만 인간은 그것을 피해서 불완전한 방법을 모색한다. 그렇게 중요한 것이라면 어째서 타인을 매도할 수 있는 걸까. 그 답례가 날카로운 금속이 갈비뼈 사이로 파고드는 감촉일지도 모른다고, 어째서 상상하지 못하는 걸까? 쉽게 상처를 줄 수 있는 자들이 자신이 상처 받으리라는 것은 상상도 못 하고 서로에게 상처를 주고 있다. 그것이 인간 세상이라는 것이고, 표면적으로는 그것을 잘 숨기고 있다.

그야말로 인간의 지혜!

사회는 커다란 솜일 것이다. 모든 것을 감싸고 있는 솜.

인간은 사회라는 것에서 빠져나와 상대와 단 둘이 될 때까지는 폭력의 존재를 잊고 있다.

"이 총에는 말이야, 디디라는 이름을 붙였어. 디디는 내가 어릴 적에 길렀던 개 이름이지."

그녀는 왼손의 권총을 고쳐 쥐었다. 탄력 있는 그립이 손바닥 안으로 파고드는 감촉. 너무나 기분이 좋다.

그 감촉 속에서, 사회라는 솜 속에서, 폭력은 계속 살아 있다.

적어도 자신은 그것을 생업으로 삼고 있다.

"내 파트너야. 둘이 같이 바보 같은 짓들을 해왔지. 내가 시키면 디디는 누구한테나 덤벼들었어. 살을 수십 그램 정도 물어뜯어서 그 녀석을 울렸어. 피 냄새에 흥분해서 두 번, 세 번 물어뜯는 경우도 있었지. 모든 사람들이 디디를 무서워했고, 울면서 용서해달라고 빌었고. 기분 좋더라고. 무적이었으니까."

허무한 심정으로, 말했다.

추억을 말할 때는 누구나 같은 기분일가.

"어떤 경찰한테──항상 그랬던 것처럼──덤볐을 때였어. 그 녀석이 진압봉을 휘둘러서 디디의 머리통을 깨버렸지. 이번엔 내가 울었어. 길바닥에 피를 철철 흘리는 디디를 안고서, 제발 부탁이니까 의사한테 데려다달라고 애원했지. 아무도 안 들어줬지만 말이야. 개랑 같이 뭇매를 맞았지. 디디는 죽어버렸어. 내가 기절하기도 전에 죽었겠지. 딱딱하고, 차가워졌어. 나한테 죽음을 가르쳐준 건 디디였어."

그렇게 말하면서 상대의 표정을 보니, 여전히 두려워하고 있었다. 바보 같은 일이다. 상당히 바보 같은 일이다.

두려워할 일이 아니라고, 항상 그렇게 생각했다. 가끔씩 표적을 달래는 경우도 있다.

어쩔 수 없는 일이니까. 자신에게는 가학적인 취미는 없다. 가능하다면 빨리 일을 끝내고 싶다. 그것은 배려다. 앞으로 살아가면서, 얼마나 배려를 받을 수 있을까? 그렇게 스스로를 달랬다.

어지간한 표적들은 납득하지 않지만, 그래도 자신만은 절반 정도 납득할 수 있다.

그걸로 충분했다.

"한참 지나서 몸이 움직이게 된 뒤에 말이야. 뭐, 후유증이 없었던 건 기적 같은 일이지만. 내 운에 감사했어. 그래서 말이지, 경찰한테

보복하기로 결심했어."

총을 쥔 왼손 이외의 부분이 약간 떨리는 것이 느껴졌다.

"그 무렵이었나. 영주님을 만났어. 절차도 뭣도 없이. 그저 길바닥에서 우연히. 영주님은 뭔가 용무가 있어서 왕도에 오셨을 거야. 그 사람은 내가 아무 말도 안 했는데도 이렇게 말했어. 한 마디도 빠짐없이 전부 기억해——『날 따라오면 네 가장 소중한 것을 되살려주마. 하지만 경찰을 죽였다면 그것을 다시 살려줄 수 없다』."

위노나는 피식 웃었다.

물론 무슨 소리인지 이해하지 못했어——그래도 깜짝 놀랐어. 마음이라도 읽은 줄 알았지. 뭐, 실제로 읽었겠지. 무시할 생각이었지만, 어째선지 난 영주를 따라가 버린 것 같아. 영주님의 저택에 도착한 뒤에, 그대로 이름도 생각 안 나는 귀신같은 교관한테 던져버렸고."

아무튼——

그런 일은 상관없는 게 아닐까? 어쨌거나 사람을 죽일 때의 자기만족일 뿐이다.

"그 다음은 생략할게. 말 안 해도 알겠지. 난 영주님을 위해서라면 뭐든지 해. 죽기도 하고 죽이기도 하고. 그리고 누구도 그런 나를 비웃을 수 없어."

표적이 애원할 것 같은 동작으로 입을 열었다.

위노나는 그녀의——로테샤의 그 표정을 보면서 한숨을 쉬었다.

별것 아닌 일이다.

"뭐, 그 때도……."

얄궂다는 듯이 얼굴을 찌푸리고, 신음했다.

"이 정도로 스마트하게 풀리면 좋을 텐데 말이야."

그리고 방아쇠를 당겼다.

총소리가 황야에 울렸다.

제3장 발단은 어디에 있나?

"마리아 폰은 우리 쪽 인간이다. 그건 알고 있겠지? 포르테 퍼킹검…… 아니, 포르테 교사라고 불러도 되려나?"

"하지 마십시오."

바로 대답했다.

"교사보라고, 분명히 말했을 텐데요?"

장소를 《탑》으로 옮긴 것은, 그것이 타당하다고 생각한 것도 있지만 그 이상으로 자신의 입장을 명시하고 싶었기 때문이기도 했다——이동하는데 한 시간 정도 걸렸지만, 그 동안 계속 잡담을 주고받을 수 있는 상대에게는 그에 걸맞은 태도로 임해야 한다.

'어떤 의미에서는…….'

포르테는 마음속으로 중얼거렸다.

'동포일 테니까.'

서부와 동부. 겨우 그 정도 차이다. 민족이나 종족이 다른 것도 아니고 철학이 다른 것도 아니며, 윤리관도 다를 것 없다. 말하자면 조직이 다를 뿐이다. 속해있는 장소가.

'《13사도》…… 궁정 마술사. 우리 《탑》이 대륙 흑마술의 최고봉이라면, 그들은 그 정점의 종착점인가.'

《송곳니 탑》은 수많은 궁정마술사를 배출했다. 이 크라베 라실처럼. 그 남자는 교사 대기실에 들어오자마자 보란 듯한 동작으로 주머니에서 펜던트를 꺼냈다——그것을 목에 걸지도 않고 앉아 있는 자리 근처에 있는 테이블 위에 조용히 내려놨다. 그것을 반납하기 위해서 왔다고 한다면 납득했을지도 모른다. 《송곳니 탑》의 문장 펜던트. 궁정 마술사라는 신분을 지닌 자라면 틀림없이 가치가 없는 것이겠지만…….

그 정도로 빈정대는 뜻이 있었다고 해도 그것을 겉으로 드러내지 않고, 크라베라는 마술사는 붙임성 좋게 웃어보였다. 어떤 때건 빈말을 하는 여유를 잃지 않는, 그런 부류의 인간일까.

그 빈말을 했다.

"시간문제겠지. 자네 정도의 마술사는 대륙에 몇 명 없으니까."

포르테는 씁쓸하게 웃었다. 자신의 이 삐딱한 사고방식은 언젠가 고쳐야할 것 같지만——예를 들자면 연인에게 구혼하게 될 때라든지 ——지금은 도움이 되고 있다. 이 상대에게는 마음을 놓아선 안 된다. 그런 위기감을 얌전히 받아들이고, 입을 열었다.

"실력 위주의 사고방식은 얼핏 보면 합리적인 것 같지만, 과도하면 해가 된다고 생각합니다. 어쨌거나 내정조차 받지 못한 일을, 상대를 놀릴 생각으로 말하는 것은 어른답지 못한 일이겠죠."

"흠. 우린 어린애인데. 사회는 그만큼 진보하지 않았어."

"애들 싸움이 하고 싶다면 마음대로 하시죠."

포르테는 어깨를 으쓱거리고는 애용하는 의자에 앉았다.

"흐음."

그것은 동의일까. 도저히 이해할 수 없는 대답이었지만——

그는 바로 화제를 원래대로 되돌렸다.

"간단히 말하자면 우리는 마리아 폰으로부터 차일드맨 네트워크의 존재에 대해 들었다. 그녀도 많은 것을 알고 있지는 않았지만, 그래도 우리의 다양한 활동을 통해, 이 대륙에…… 뭐라고 할까."

뭐라고 말할지 고민하는 건 아닐 것이다. 이것도 일종의 빈말이겠지──자신의 이해가 깊지 못한 척 하니.

"상당히 이해하기 힘든 무형의 정보망이 존재한다는 사실을 의심할 여지가 없어졌다. 아무리 생각해도 있을 수 없는 일이라고 여겨지지만."

"선생님은 그것을 딱히 숨기려고 하는 것이 아닙니다."

포르테는 진지한 얼굴로 거짓말을 했다.

"마리아 폰 따위가 그것을 알고 있었다는 것이 그 증거입니다. 선생님은 가끔씩 학생이 떨어진 지갑이 어디에 있는지 찾아낼 때도 네트워크를 활용했으니까요."

"그렇다면 우리를 위해서도 활용해줄 수 있다는 건가?"

"원하신다면."

그렇게 대답하고 몸에서 힘을 뺐다. 의자가 삐걱거리면서 온 몸의 뼈를 잡아주는 감촉을 잠시 시험하고, 포르테는 상대가 말하기를 기다렸다.

상대도 뭔가를 기다리고 있는 건지도 모른다. 크라베는 턱을 쓰다듬고 눈을 가늘게 떴다.

"……원리는 가르쳐줄 수 없나?"

"차일드맨 선생님도 잘 모르는 게 아닌가 싶습니다. 의외인가요? 유용하니까 쓰고 있을 뿐인 게 아닌가 싶습니다."

이것도 거짓말이었다──노골적인 거짓말은 아니지만. 차일드맨 파우더필드 교사는 원리를 알고 있다고도 모른다고도 말하지 않았다.

크라베의 눈빛이 슬쩍 바뀌었다.

"지금 그 발언…… 그것이 천인종족의 유산이라는 뜻이라면 중대한 규약 의반이 되는데……?"

드래곤 종족이 지상에서 모습을 감추고, 천인종족의 유산은 전부 귀족 연맹이 상속했다. 그것은 역사의 중대한 약속이었다──그것에 의해 현재와 같은 대륙의 모습이 갖춰졌다고 해도 과언이 아니니까. 천인종족의 유산은 예외 없이 귀족 연맹이 소유권을 지니고, 그것을 쓸 때는 대여 또는 양도라는 형태의 절차를 거쳐야만 한다. 게다가 귀족연맹이 파악하지 못한 유산을 숨기는 것은 왕권 반역죄에 해당된다.

하지만.

포르테는 고개를 저었다.

"유산이라는 의미에서 보자면, 저희의 힘 자체가 천인종족으로부터 물려받은 것입니다. 네트워크도 그런 부류라고 생각합니다."

"근거는?"

"실체가 없기 때문입니다. 천인종족의 마술은 마술문자를 매체로 삼아야만 존재하는데도 불구하고 그 실체가 없고, 또한 네트워크가 존재하는 이상, 이는 천인종족이 아닌 누군가의 힘이라는 뜻이 됩니다."

"마술문자 자체를 은폐하는 건 가능한데."

냉정하게, 크라베가 지적했다.

'그걸 노리는 건가……?'

포르테는 얼굴을 찌푸렸다. 차일드맨 파우더필드 교사에게 왕권 반역죄를 묻는 건가?

거기에 의미가 있는지 없는지, 대략적으로 계산했다. 답은 No였다 ──《탑》의 권위를 실추하는 것이 반드시 《13사도》의 이익으로 이어지는 것은 아니다. 그들 대부분이 《탑》 출신이라는 것을 생각하면 더욱 더.

'그렇다면 단순한 가격 흥정 같은 것인가…….

고개를 젓고, 가격을 내려뒀다. 최종적으로 이쪽에 무엇을 요구할지. 그 카드는 아직 꺼내지 않았다.

그렇다면 쓸데없이 이쪽의 정보를 공개하는 것보다, 물러나는 쪽이 좋을 것이다. 그렇게 판단하고, 그는 입을 열었다.

"차일드맨 교사가 그렇게 하지 않았다는 증거는 제시할 수 없습니다. 무엇보다 하지 않았다는 것을 증명할 방법이 없으니까요."

"그 자신의 증언 외에는 말이지."

그리고 크라베는 보란 듯이 방 안을 둘러봤다 ──

"나는 차일드맨과의 면회를 신청했는데?"

"선생님은 《탑》 밖에 계십니다. 언제 돌아올지도 모르고. 제가 그분의 대리를 맡고 있죠 ──그래서 교사보입니다."

"《탑》 밖이라. 자네들은 항상 그렇지. 《탑》 안과 밖. 세상을 오로지 그런 기준으로만 구분한단 말이야."

"그럴 지도 모르겠군요."

"나는 말이야, 포르테 퍼킹검 교사보…… 자네가 대리라고 한다면, 교사보가 아니라 교사라고 하는 게 좋을 것 같거든."

"《탑》의 인사에 관한 조언은 듣고 싶지 ──"

"않겠지. 하지만 내 신념 문제가 아니야. 아주 상식적인 지적일 뿐이거든 ──죽은 사람은 보좌할 수 없어. 정말로 그를 대리하겠다면,

그 사람 자체가 돼야 하잖아."

"……."

입에서 나오려던 말을 삼켰다.

갑자기 제시한 카드는 생각도 못한 방향에서 치명타를 날렸다. 숨을 멈추고——멋대로 튀어나오려는 목소리를 간신히 억누르며 잠시만 그 자리에 있어 달라고, 그 기척에 못을 박았다. 책상 밑에서 주먹을 쥐고, 포르테는 다시 크라베 쪽을 쳐다봤다. 그는 아주 냉정한 태도로, 여전히 그 자리에 있다.

삼켜버린 말이 사라지는 데 몇 초가 걸렸다. 포르테는 천천히, 입을 벌렸다. 혀가 떨린다.

"……무슨 뜻입니까?"

"날 얕보면 곤란해. 뭐…… 여기 온 다음에나 확신했지만."

그는 화를 내며 자리를 박차고 일어나는 타입은 아니겠지만, 그럴 필요가 있다면 주저하지 않고 그렇게 할 것이다.

일단 상대가 선수를 쳤다. 이 크라베라는 적이 더 큰 카드를 감추고 있을 것 같지는 않지만, 같은 카드를 여러 장 가지고 있을 수도 있다.

게임이라면 서로 간에 룰을 정해야만 한다. 무엇을 원해서 참가했는지. 일단 그것부터.

"원하는 것을 말씀하시죠."

포르테는 조용히 물었다.

"조금 전에 말씀하신 것은 차일드맨 교사와 면회하는 것이었습니다만 그건 무리입니다. 그는 현재 《탑》에 없으니까."

"내가 필요로 하는 건 차일드맨이 아니야. 네트워크지."

"제가 답하겠습니다."

"그렇다면 그것도 좋지. 아주 핍박한 사태거든. 일부 인원이 돌이킬 수 없는 범죄를 저지르려 하고 있다. 일단 이해해달라고, 포르테퍼킹검. 지금의 생활이 소중하다면, 우리는 동료야."

"무슨 말씀이신지?"

이해할 수 없어서 물었다. 가만히, 그 남자의 표정을 관찰하면서.

크라베의 얼굴에 얕게 새겨진 주름위에 경련이 일었다.

그 목이 꺼림칙한 단어를 통과시키느라 괴로워하는 것처럼 일그러지고, 떨리고……

그가 전한 말은, 명료했다.

"이 대륙에, 전쟁이 일어난다."

"공주다아아아! 공주다아아아아!"

"으아아아아아아아! 한가라우바스테라치, 콘토라콘토라벤타라!"

그 자리에서 빙글빙글 돌면서 외치는 지인. 또 한 사람의 지인은 몸을 웅크리고 땅바닥에 얼굴을 대고는 의미를 알 수 없는 말을 떠들어댔다.

팔짱을 끼고 그 모습을 지켜보며, 오펜이 신음했다.

"대체 뭐야. 정신이 나갔나? ——뭐, 전부터 알고 있었지만."

"이제 와서 놀랄 일도 아니지."

"대체 무슨 일이야?"

옆에서 속 편하게 고개를 끄덕이는 클리오에게 끼어드는 모양으로, 레티샤가 물었다. 일단은 갑자기 일어난 이변 쪽으로 관심이 옮겨간 것 같다──마음속으로 안도의 한숨을 쉬며, 오펜은 고개를 저었다. 지인의 생각 따위를 이해할 리가 없다. 할 수 있는 말은 그것뿐이었다.

"뭐, 어떤 의미에서 보자면 제 모습을 찾았다고 할 수도 있겠지."

"멋대로 떠들지 말아주세요!"

벌떡 일어나서 소리치는 도틴. 어째선지 울면서,

"당신들은 몰라요! 이건 엄청난 일이라고요!"

소심한 동생 지인이 이렇게나 강경하게 비난하는 모습은, 오펜의 기억 속에도 거의 없었지만──

어쨌거나 영문을 모르는 건 마찬가지다.

"그런 소리 해봤자, 한가라우파스테라치로 상황을 파악하는 건 정말 어려운 일이거든."

"제 나름대로 수호령님께 기도하려고──"

"그건 좀 더 따져보고 싶은 생각도 드는데."

"아무튼, 그 의상은 누구나 알고 있는 악몽의 상징!"

주먹을 꽉 지고, 안경이 무의미하게 햇빛을 반사했다. 동생 지인은 그대로 계속 외쳤다.

"역사에서 말살된, 전쟁의 기억입니다."

"전쟁?"

어째선지 두근두근 눈동자가 반짝반짝 빛나며──클리오가 앞으로 나서려고 했다. 하지만 표정을 감추는 지인의 안경이 그 쪽을 쳐다보자 걸음을 멈췄다. 지금은 햇빛을 반사하고 있는 렌즈 너머에, 지금껏 본 적 없는 엄숙한 눈빛이 있다는 건 쉽게 상상할 수 있었다.

"전쟁이에요…… 당신들 인간 종족이 상상도 할 수 없는, 가혹한 전쟁이라고요."

"응?"

갑자기 신경이 쓰인 오펜이 물었다.

"그거, 어느 시대 전쟁 얘기야?"

대륙에서는 최근 수십 년 동안 전쟁이라고 불리는 것이 발생하지 않았다. 가장 최근에 있었던 것이라고 해야 40년 전에 교회 총본산과 대륙 마술사 동맹 사이에서 일어난 이상한 전투 상태, 모래의 전쟁이다. 그 이전에는 그것과 비슷한 전투가 종종 있었다는 것 같지만. 넓이에 한계가 있는 대륙 위에서 그런 일을 상습적으로 벌이면 파멸이 기다린다는 걸 쉽게 깨달을 수 있는데, 그 기간은 길다고도 할 수 있고 짧다고도 할 수 있었다.

"지인이 전쟁을 했다는 얘기는 들어본 적이 없는데."

"저희가 지인령에서 살기 전의 일이에요…… 그 기억이 너무나 무시무시해서, 저희는 더 이상 무슨 일이 있어도 전쟁을 안 해요. 조상님들이 그렇게 맹세했거든요."

"흠."

신음소리를 냈다.

여러 평가가 있겠지만, 적어도 문화 수준을 봤을 때 지인종족이 인간종족보다 훨씬 높은 수준을 지녔다고 단언하는 민족학자도 있다. 마스마튜리아로 밀려난 그들에게 물질적인, 또는 물량적인 은혜는 아무것도 없지만, 그들은 그 환경 속에서 고상하게 살아가고 있다고.

문득 생각이 나서, 오펜이 조용히 물었다.

"그만뒀다면, 아까 그건 뭐지? 적이 어쩌고 했는데."

"전설이 있어요."

"혹시 은월공주 얘기인가?"

레티샤가 자신 없는 목소리로 중얼거리는 소리가 들렸다. 오펜은 곁눈질로 레티샤 쪽을 봤다. 누나는 이쪽의 시선을 눈치 채지 못한 것 같았고, 약간 눈살을 찌푸린 평소와 똑같은 표정으로 갑자기 입에서 튀어나온 그 단어를 되풀이하고 있었다.

"그게 뭔데."

묻자, 레티샤는 애매하게 손을 흔들었다.

"특정 지역에서 유명하다면 유명한 얘기 같은데."

"유명해요. 모든 지인 종족들이 지금도 무서워하고, 계속 전해져 내려오고 있어요……."

얼굴에 짙은 그늘을 드리운 도틴이 신음했다. 계속 난리를 치던 볼칸은 이젠 소리 지르는 것도 그만두고 근처에 있는 바위에 매달려서 바들바들 떨고 있다.

오펜은 고개를 끄덕거렸다.

"마이너 메이저라는 건가."

"그거, 마이너라는 뜻이지."

간단하게 중얼거린 클리오에게, 도틴이 항의했다.

"말 자르지 마세요. 정말 큰일이라고요. 빨리 도망치지 않으면……."

"그건 그냥 전설이잖아?"

레티샤가 말하자, 지인은 안경이 떨어지는 게 아닐까 싶을 정도로 세게 고개를 저었다.

"말도 안 돼요! 역사적 사실이라고요! 먼 옛날에 종족들에게 내려진 저주라고 하는 사람도 있고, 어떤 음모에 의해서 설치된 함정이라고 하는 사람도 있어요. 하지만 틀림없이, 수백 년 동안 저희 종족은 많은 희생자를──"

"저기."

클리오가 소매를 잡아당겨서, 오펜은 그쪽을 봤다. 소녀는 안고 있는 레키의 머리를 턱으로 쓰다듬으며 말했다.

"얘기, 길어지려나. 위험할 것 같으면 로테샤를 찾아올까 하는데. 얘기는 나중에 들어도 되잖아."

"으~음."

반사적으로 안 된다고 하려다가 생각을 고쳤다. 오히려 그 쪽이 좋을지도 모른다. 실제로 위험이 있는지 아닌지는 모르지만, 불러와서 나쁠 건 없겠지.

"그나저나 위험할 것 같으면 너 혼자 가서 되겠어. 내가 같이 갈 테니까──"

그렇게 말하는데.

돌을 밟는 소리가 귀에 들어와서 하던 말을 중단했다.

클리오가 그 기척이 느껴진 쪽으로 고개를 돌렸다.

"로테?"

──가 아니었다. 날렵한 얼굴의 덩치 큰 여자가 바위를 피하면서 나타나고 있었다. 총이 들어간 홀스터를 어깨에 메고, 아무것도 모른다는 듯이 의아해하는 눈빛으로 보며,

"아니, 나야."

보면 뻔히 아는 것을 말했다. 그리고 곤란하다는 듯이 볼을 긁었다.

"로테샤, 없나? 그 도련님도? 댁들은 왜 그렇게 매번 흩어져서 움직이는 건데."

"매번은 아니거든."

항변했지만, 위노나는 듣는 척도 안 했다. 레티샤 쪽을 보고, 아무렇지도 않게 물었다.

"이 사람은? 여기는 여행자가 올 데가 아닌데."

"여행자가 아냐."

"목적이 있어서 여기 있는 거라면…… 나도 괜한 사람을 데리고 갈 수는 없는데 말이야."

빤히 쳐다보는 위노나에게, 지금까지 가만히 있던 레티샤가 입을 열려고 했다. 슬슬 무례한 태도에 화가 난 건지, 노려보는 것처럼 눈꼬리를 치켜 올렸다.

"난——"

"이 사람은 관계없는 사람이 아냐."

"뭐야, 그런 거였어."

위노나는 그렇게 말하고 재미있다는 듯이 씩 웃더니,

"뭐 됐고. 목소리가 너무 커서 얘기를 좀 들었어. 로테샤를 찾으러 갈 거지? 혼자 가는 게 위험하다면 내가 같이 가줄까?"

"뭐?"

눈을 껌벅거리며, 클리오가 신음했다. 어째선지 오펜 쪽을 보며 뭔가 말하고 싶은 것처럼 입을 움직이는 클리오를 보고, 오펜은 문득 클리오가 자신의 대답을 기다리고 있다는 걸 알아차렸다. 뭣 때문에 그러는지는 모르겠지만——오펜은 고개를 끄덕였다.

"그럼 그렇게 해줘. 가는 김에 매지크 녀석도 찾아주고."

그렇게 말했다. 굳이 말하자면 레티샤와 이야기할 때 다른 사람이 없는 쪽이 편하다는 속내 때문이었지만.

오펜이 말하자 그 때까지 주저하던 건 간단히 내던지고, 클리오는 속 편하게 손을 번쩍 들었다.

"응. 그럼 갔다 올게."

"그래."

"로테가 어디로 갔으려나."

"글쎄. 일단 나도 이 근처에 대해 그렇게 잘 아는 건 아니거든……."

"……."

멀어져가는 두 사람을 지켜보고 그 기척이 완전히 사라질 때까지 기다렸다가, 오펜은 어깨를 으쓱거렸다. 각 사람들의 얼굴을 둘러봤다——바위에 매달려 있는 볼칸, 새파랗게 질려서 굳어진 도틴, 그리고 심기가 불편한 표정의 레티샤.

'자.'

소리는 내지 않고 마음속으로만 생각했다.

'뭐가 어떻게 된 건지…….'

전혀 모르겠지만, 간단해 보이는 쪽부터 처리하는 수밖에 없을 것 같다. 재촉하기 위해서 말을 꺼냈다.

"그래서, 그 전설이라는 게 결국 뭔데?"

"그러니까, 공주라고요."

비통한 얼굴로, 도틴이 중얼거렸다——

"저희는 공주한테 절대로 거역할 수가 없어요. 죽으라고 하면 죽고, 살라고 하면 무슨 수를 써서라도 살아남아요., 그리고 전설의 은월공주는 자기 백성들에게, 조국을 지키기 위해서 죽을 때까지 싸우라고."

"? ……무슨 소리야?"

"그러니까!"

큰 소리를 질렀다.

"은월공주는 평생에 걸려서, 드래곤 종족에게 빼앗긴 이 대륙의 패권을 되찾겠다고 맹세했는데——"

결국 그것도 이해한 건 아니었지만, 갑자기 울려 퍼진 목소리 때문에, 그 말은 중간에 잘리고 말았다.

"으아아아아아 스승니이이이이임!"

소리가 난 쪽을 보니, 매지크의 모습이 보이나 싶더니 바로 앞으로 지나가버렸다. 그리고는 그대로 멀리 뛰어갔다. 아까하고 반대방향으로.

"?"

멍하니 보고 있지나, 뒤이어서 함성 소리가 들려왔다. 방대한 목소리가 일제히 부풀어 올랐다. 동시에 철컥철컥하는 요란한 발소리——한 두 사람이 아니다. 많은 숫자라고 하는 걸로도 모자란. 대집단.

"히이이이익?!"

소동에 비통한 목소리가 섞였다. 바위에서 굴러 떨어진 볼칸의 비명이었다. 공포 때문에 일그러진 얼굴로 보고 있는 쪽에서——

일제히 모습을 드러낸 것은 녹색 옷을 입은 지인 집단이었다. 모피 망토를 짧게 만든 것 같은 목도리를 두른 차림으로, 손에는 창이나 도끼 같은 바보같이 큰 무기들을 들고 있다.

"돌격부대! 적 본체를 발견, 돌격부대니까 돌격!"

전원이 완전히 호흡을 맞춰서 함성을 질렀다. 바위 뒤에서, 길 저편에서 수십 명의 지인이 뛰쳐나오는 것은 입이 떡 벌어질 수밖에 없는 장절한 광경이었다. 재빨리 뒤로 물러났다. 아직 상대의 무기가 닿을 거리는 아니지만, 이 집단이 말 그대로 '돌격'을 한다면 뼈도 못 추릴 것이다.

순식간에 구성을 짜고, 그것을──날리기 전에, 공기를 울리는 차가운 목소리가 들려왔다. 오른손을 들고, 바람에 머리카락을 휘날리며, 누나가 중얼거리고 있다.

"빛이여."

레티샤가 조립한 마술 구성은 빠른 것은 물론이고, 한정된 힘의 총량을 좁은 공간 안에 쥐어짜서 방출하는 치밀한 것이었다. 혀를 내두를 수밖에 없는, 그야말로 대륙 최강의 힘을 가진 누나의 마술. 격렬한 진동이 단 한 순간, 한 점을 때린다. 폭발하는 광열파가 몰려오는 지인 무리의 발밑에 작렬하고 폭발을 일으켰다.

그 파괴의 여운이 가신 뒤에는…….

"……어?"

누나가 복잡한 신음소리를 냈다. 그곳에는 지면을 도려낸 흔적 외에는 아무것도 남아 있지 않았다.

"날아가 버렸어? 마…… 말도 안 돼? 사람이 죽을 정도 위력은 내지 않았는데──"

충격을 받고 당황하는 그녀를 몰아붙이려는 것처럼, 지인 군대가 끊임없이 나타났다. 동료가 날아갔는데도 상관하지 않고, 무기를 들고 큰 소리를 질렀다.

"겁먹지 마라! 돌격부대니까 돌격이니까 멈추지 말고──"

"나 부르노라, 파열의 자매!"

오펜은 일단 중단했던 마술을 이어서 날렸다. 충격파가 지인의 제2차를 때렸고——

그리고, 사라져버렸다.

'이건……?'

이번에도 누나와 마찬가지로 위력을 줄여서 날렸다. 원래 이 정도로 많은 숫자를 시체도 남기지 않고 날려버릴 정도의 마술은 간단히 쓸 수 있는 게 아니다.

'아냐. 이 지인들은 실체가 없어.'

즉.

짚이는 것이 있었다. 가슴에 욱신, 기습 공격 같은 아픔이 느껴졌다. 그 때…….

"겁들지 마라! 지금 그건 겁먹지 마라의 상위형이라고 독자적으로 단정! 돌격부대니까 돌격이니까 멈추지 않고——"

또 넘쳐 나온 지인들을 보고, 사고를 중단했다. 도망치는 수밖에 없다. 레티샤 쪽으로 몸을 돌리려다가,

"돌격~!"

그 목소리가 너무 가까운 곳에서 들려와서, 오펜은 전율했다. 감이 이끄는 대로 몸을 돌렸다. 그러자 돌아간 어깨를 스치는 것처럼, 눈에 익은 이 빠진 검이 허공을 가르는 것이 보였다. 그 검을 쥔 자는 볼칸이었다. 분명히 평소와 다른 목소리로 외치고 있다.

"즉석 돌격부대니까, 즉석으로 돌격——"

"돌격!"

따라서 외친 것은 도틴이었다. 빈손이기는 했지만 발밑의 돌을 주

워들고, 이쪽을 향해 흉포한 눈빛을 보이고 있다.

"뭐……!"

목소리가 나오지 않았고, 오펜은 신음했다.

그리고——인파 저 너머에, 새로운 존재가 나타났다는 걸 알아차렸다. 전부 똑같은 차림새의 지인 군대. 그 너머. 은색 중갑옷을 입은 은발 소녀가 오싹할 만큼 아름다운 목소리로 소리쳤다.

"가라! 우리 조국을 지키는 검의 무리! 어리석은 침략자들에게 자신들의 더러운 고향을 떠올리게 해줘라! 놈은 틀림없이 돌아갈 것이다, 그 피로 물든 영혼만이라도——"

"저게…… 은월공주?"

누가 굳이 가르쳐주지 않아도 그 이름을 떠올릴 수 있을 것 같다는 생각이 들었다. 도틴이, 뭐라고 했었지? ——한 손에 돌을 들고 열광적으로 함성을 지르는 안경 쓴 지인을 보고, 오펜은 기억을 더듬었다 ——지인의 공주? 공주한테는 거역할 수 없다…….

"키리란셀로!"

레티샤가 자신을 불렀다. 그쪽은 완전히 당황해서, 두 손을 내려다보며 어깨를 부들부들 떨고 있다.

"뭐야! 어떻게 된 거야? 난, 죽일 생각은——"

'……어쩌지?'

의식 속에서 시간을 멈추고, 오펜은 상황을 분석하려고 했다. 지인들의 숫자는 끝이 없는 것 같았다——아니, 틀림없이 끝이 없다. 추측이 맞다면.

경이(驚異)는 눈앞에 있다. 시간이 없다. 누나에게 자신들이 처한 상황을 설명하고 진정시키는 건 불가능에 가깝다. 그렇다면 완전히 혼란에 빠진 레티샤를 지켜주면서 자기 혼자 찾아야만 한다.

'적의…… 핵심을.'

그것만 찾아내면 전부 끝날 것이다.

'혼자서는 무리야.'

서포트가 필요하다. 그 생각이 금물이라는 건 알고 있다. 경솔한 일을 생각하면 소환이 벌어질 가능성이 있다. 자신을 도울 존재가 소환될 가능성도 있다. 하지만, 그러지 않을 가능성이 있고.

'젠장——!'

생각 속에선 시간이 멈췄지만, 실제로는 움직이고 있었다. 볼칸이 휘두른 검이 또다시 자신의 몸을 쫓아왔다. 그것을 피하고, 오펜은 머릿속으로 그 생각을 정리하려고 했다. 과거에 관여했던 모든 인간의 얼굴과 이름을 기억 속에서 지울 수가 없지만. 의식을 제어해서 그렇게 해야만 한다.

그런데. 도틴이 던진 돌을 피할 때, 사람의 얼굴이 떠올랐다. 약간 날카로운 눈빛에 금색 머리카락의 여성. 어째서 그녀의 얼굴이 떠올랐는지는 상상도 할 수 없었고, 생각할 여유도 없었다. 그녀에 대한 것은 몇 년 동안 생각하지도 않았는데. 가끔씩 그 여성의 눈빛이 부드러워지는 때가 있었다. 다른 사람에게 먹을 것을 주는 걸 좋아했던 것 같다. 자신도 종종 받았다. 기가 센 구석은 《탑》 마술사의 일반적인 특징이라고 할 수도 있지만, 그의 누나——그 아자리와 스스로 나서서 경쟁하려고 하는 자는 거의 없었다.

다른 누구라도 좋았을 것이다.

틀림없이, 그렇게 생각했다. 그녀를 떠올릴 이유는 없다.

기억은 바로 실체화됐다. 시야 한쪽에 그 여자의 모습이 나타났다.

어디서 나타난 건지, 그건 자각할 수 없다. 어디선가 나타나서 어느 샌가 있다. 그런 것이겠지. 그건 한마디로 유령 같은 것이니까.

"푸른, 충격!"

그 여자가 큰 소리로 외쳤다. 날아간 전격이 그물처럼 퍼져서 지인들을 대부분 지워버렸다. 동시에——

"……?!"

처음 보는 남자가 불쑥 눈앞에 나타났다. 머리를 밀고 망토를 여러 겹 겹쳐 입은 기묘한 차림새의 남자였다. 손에는 검을 들었다. 여자의 마술 범위 밖에 있던 지인 중에 하나를, 그 칼로 가볍게 꿰뚫었다. 역시 지인은 바로 소멸됐다.

그리고 또, 모르는 남자——

"스위트하트, 너무하잖아!"

소리치면서 튀어나왔다. 먼저 나온 여자한테 말한 것 같다.

"내가 그대를 지키고 싶어 하는 건 잘 알잖아——"

"그래주면 고맙겠네, 난 널 지키고 싶지 않으니까."

"너무해."

그 대화를 들으며, 문득 깨달았다.

'……실물?'

자신의 기억이 만들어낸 환영 따위가 아니다.

'실물——'

소리친 건 레티샤였다.

"이르기트? 어째서 이런 데."

그 목소리에——여자가, 그제야 알았는지 깜짝 놀라서 고개를 돌렸다. 가느다란 눈썹을 좁히는 것처럼 눈살을 찌푸리고 레티샤를 보

더니,

"레티샤 마크레디?"

두 마술사가 서루 마주보고, 경직됐다. 그 때였다.

"철수!"

은월공주가 큰 소리로 외쳤다. 아무리 시끄러운 곳에서도 가장 멀리까지 들릴 것 같은, 격하고 강한 목소리.

"적군의 합류를 막지 못했다! 작전을 바꾼다! 철수!"

"철수! 철수니까 철수!"

지인들의 행동은 민첩했다. 전원이 곧바로 몸을 돌리더니, 나타났을 때와 마찬가지로 차례차례 바위 뒤로 도망쳤다.

"……."

얼이 빠졌다가 정신을 차렸을 때는.

지인들은 하나도 보이지 않았다. 몇 개의 파괴 흔적이 남아 있을 뿐이고 그밖에는 아무것도 없다. 볼칸과 도틴조차 보이지 않는다.

"……."

"……."

그 자리에 남은 다섯 명이 제각기 순서대로 눈을 맞췄다. 그러자고 얘기를 한 것도 아닌데, 누가 먼저랄 것도 없이.

"아……."

오펜은 근처에 있든 바위에 기대서 중얼거렸다. 이마에 손을 짚고 하늘을 올려다봤다.

"왜 남의 집에 초대 받아서 가는 중에도 이런 일이 일어나는 거냐고?"

추적자가 없다는 건 알고 있었지만 그래도 발을 멈출 수가 없어서 더 이상 못 뛰게 될 때까지 달린 결과——즉, 힘이 빠져서 쓰러지게 됐다. 그래도 그대로 땅바닥에 넘어지는 것만은 피하고 적당한 나무에 기대서 앉았다. 말라비틀어진, 썩어서 쓰러지는 일만 남은 마른 나무였지만, 그래도 이 한 몸의 피로 정도는 받아 줬다.

뒤쪽을 봤다. 영문 모를 지인 군대가 없다는 걸 확인하고, 매지크는 그제야 안도의 한숨을 쉬었다.

그래도 왠지 심할 수가 없어서 나무 뒤에 숨는 것처럼 몸을 눕히고, 조용히 중얼거렸다.

"뭐냐고…… 진짜."

땀을 닦고, 그 땀에 젖은 손을 흔들어서 털었다.

"이상하게 무서운 마술사가 쫓아온다 싶더니, 이번엔 포로네 고문이네. 왜 이렇게 뛰어다녀야 하는 거냐고. 이제 다시는 안 뛸 거야, 젠장. 무슨 일이 있어도 여기서 그냥 쉴 거라고."

혼잣말로 투덜대면서 일단 바닥에 앉으니, 경련을 일으키던 근육에서 피로가 빠져나가는 것을 실감할 수 있었다. 일시적인 일이라는 건 알고 있지만 그래도 휴식은 필요했다.

편하게 쉬면서 하늘을 올려다봤다.

그 때.

뒤쪽에서 탕, 하는 큰 소리가 울렸다. 막대로 이불을 때리는 것 같은, 선명한 소리. 의식을 쉬게 하려던 때 들려온 소음에 놀란 매지크는 불쾌한 기분에 얼굴을 찌푸렸다. 뒤쪽. 어깨 너머로 돌아봤지만,

마침 덤불에 가려져서 잘 보이지 않았다. 그 너머에서 들려온 건 틀림없었다. 손을 뻗어서, 덤불을 약간 헤치자——

보인 것은, 발이었다. 기절한 것처럼 펄쩍 뛰고——뒤로 넘어가고 있었다. 발 외에는 바위에 가려서 보이지 않았다.

신발은 눈에 익은 것이었다. 밑창이 약간 닳은, 작은 운동화. 클리오의 신발이다. 그것이 쓰러지고, 바위 사이로 사라진다.

'어……?'

쓰러지는 클리오를 위노나가 내려다보고 있는 모습이 보였다. 덩치가 큰 그 여자는 무표정한 얼굴로, 쓰러진 소녀를 일으키기는커녕 가까이 다가가지도 않았다. 그럴 만도 했다. 위노나의 왼손에는 금속적인 광택이 나는 작은 장난감처럼 보이기도 하는——권총이 있었다. 총구에서 날린 초연이 황야의 바람에 흐릿한 안개를 만들고 있다.

"……?!"

말없이 소리를 지르며——

매지크는 있는 힘껏 그 자리에서 도망쳤다.

제4장 해결은 저쪽일지도

"오랜만이네 레티샤 마크레디? 2년만인가?"

어딘가 화가 난 것 같은 차가운 목소리로——

그런 말을 듣고, 경계하는 것처럼 몸을 약간 옆으로 돌린 레티샤가 말했다.

"그렇게 되나, 이르기트."

"이르기트 스위트하트야. 지금은 나도 너처럼 성이 있는 몸이라고. 딱히 자산이 있는 건 아니지만. 얕보지 말라고."

거만하게 턱을 들고 말하는 그녀의 눈에, 레티샤가 뒤로 더 물러나는 모습이 보였다. 물러나면서,

"얕보다니…… 그래, 궁정으로 갔구나. 마리아 교사도 같이 갔던가? 그 사람도 여전하려나."

"내가 선생한테 묻어서 왕도에 갔다고 매도하려는 거야?"

"아니…… 그건 아닌데."

질렸다는 목소리로, 레티샤.

그 때——

"눈치는 챘겠지만."

머리카락을 밀어버린 남자가 끼어들었다. 아직 집어넣지 않은 군도를 지면 쪽으로 축 늘어트렸고, 목소리도 같은 방향을 향하고 있는지 알아듣기가 힘들다.

"우리는 《13사도》로부터 받은 임무가 있어서 이 땅에 파견됐다. 아무래도 이르기트가 소개해줄 것 같지는 않으니 내가 직접 묻겠는데,

당신이 레티샤 마크레디인가? 바로 그."

그리고 또 그 말을 자르려는 것처럼, 이르기트가 큰 소리를 질렀다. 심기가 불편하다는 건 옆에서 보기만 해도 알 수 있었다.

"지금부터 소개할 생각이었어 시크—— 아니, 시크 선생."

"지금 우리는 급한 상황일 텐데."

"알고 있어요."

이르기트는 어물쩍 넘어가려는 것처럼 거창한 몸짓으로 그 남자와 또 한 명, 젊은 남자——자신보다 어린 것 같다고, 오펜은 그렇게 생각했다——를 가리키며,

"레티샤. 이쪽이 일단 현시점에서 임시 팀 리더인 시크 선생이야. 시크 마리스크 선생. 왕도 스쿨에 대해서는 설명할 필요 없겠지? 거기 교관이야. 저쪽의 헐렁한 녀석은 카콜키스트 이스트한. 이쪽 학생."

"헐렁하다는 건, 머리가 헐렁하고 가볍다는 건가? 스위트하트."

"그걸 확인하는 데 의미가 있어?"

차갑게 말하고, 그 팔을 레티샤 쪽으로 돌렸다.

"시크, 카콜키스트. 이쪽이 레티샤 마크레디. 《송곳니 탑》의."

그렇게 설명하면 충분하다는 것처럼, 이르기트는 거기서 말을 마쳤다. 사실 그걸로 통했겠지. 시크라는 남자도 카콜키스트인가 하는 족도, 그 이상은 묻지 않았다.

그리고——

"……."

침묵. 몇 초 정도였을까. 오펜은 조용히 기다렸지만, 이르기트는 더 이상 딱히 아무것도 하지 않고, 자신도 입을 다물고 있었다. 레티

샤가 크게 뜬 눈을 깜박거렸다. 침묵이 길어질수록 《13사도》들도 점점 떨떠름한 표정으로 서로 얼굴을 마주봤다.

"레티샤."

결국 이르기트가 씁쓸하게 웃으면서 말했다.

"이쪽 소개는 끝났거든. 괜찮다면 그쪽 사람에 대해서도 가르쳐주겠어?"

그녀가 시선으로 가리킨 사람은──오펜이었다.

"뭐?"

자기도 모르게 신음했다.

레티샤가 깊은 한숨을 내쉬는 소리가 들렸다.

"왠지…… 그럴 것 같긴 했는데."

피곤하다는 듯이 눈두덩에 손을 대고 고개를 저었다.

영문을 모르는 상태로 혼자 놓인 것 같은 모양으로, 이르기트의 눈에 불평의 기색이 나타났다.

"무슨 뜻이야?"

그 질문에, 레티샤는 힘없는 손가락으로 이쪽을 가리켰다.

"모를 만도 하지…… 엄청나게 변하긴 했지만, 키리란셀로야."

"그거 왠지 헐렁하다는 말보다 더 심한 표현처럼 들리는데, 텃시."

도끼눈을 뜨고 중얼거렸다.

아까보다 더 긴 침묵이 찾아왔다. 묘한 소리가 들리고──망가진 피리 소리 같은──오펜은 겨우 이르기트가 그 침묵 동안 계속 숨을 들이쉬고 있었다는 걸 알았다.

그리고, 그 소리가 멈춘. 순간.

"거짓말!"

이르기트가 소리쳤고, 마치 순간이동이라도 한 것처럼 단걸음에 거리를 좁혔다. 바로 앞으로 날아와서 재빨리 이쪽의 손을 붙잡고 얼굴을 빤히 들여다본 뒤에,

"우와~. 듣고 보니 정말 그런 것 같네. 오랜만이야 키리란셸로 군. 잘 지냈어? 내가 왕도에 간 게 네가 타프렘을 떠나고 한참 지난 다음이었으니까 몰랐겠지."

"……왠지 나한테 말 한 '오랜만'이랑 뉘앙스가 많이 다른 것 같은데 말이야."

"신경 쓰지 마라 레티샤. 신경 쓸 일이 아니야. 우리가 험악한 분위기가 되면 키리란셸로 군이 불편하지 않겠어."

"난 그런 소리 안 했는데——"

"그런데, 그것 좀 생각해줬으면 좋겠군!"

큰 소리를 낸 사람은 시크였다. 어깨를 움찔한 이르기트 쪽으로 진지한 시선을 날리며,

"……우린 지금 급하다."

"아…… 그러니까, 시크 선생. 이쪽이 키리란셸로입니다. 《송곳니탑》의."

"……호오?"

목소리 톤이 약간 달라져서, 시크가 신음했다. 그 옆에서 헐렁한——그 표현이 정말 잘 어울리는——소년이 고개를 갸웃거렸다.

"스승님, 고명한 분인가요?"

"행방불명이라고 들었다. 오랜만이군 키리란셸로 군…… 이라고 해두지. 자네는 기억하지 못하겠지만 딱 한 번 본 적이 있다. 자네가 심문만 받았다면 내 부하가 됐을 텐데."

그리고 시크는 자기 학생 쪽을 보며,

"5년 전, 그는 《13사도》의 심문을 받을 예정이었다. 아쉽게도 심문은 행해지지 않았지만. 즉, 그런 인물이다."

"그렇군요."

카콜키스트는 쾌활하게 웃으며 고개를 끄덕였다. 이쪽을 향해 오른손을 내밀었다.

"잘 알았어. 《13사도》의 심문은 분명히 엄하니까, 힘이 부족했다고 해서 창피하게 여길 필요는 없어. 또 언젠가 기회가 있을 거야, 키리란셸로 군."

"……전혀 모르는 것 같기는 하지만, 뭐 너무 신경 쓰지 말게나 키리란셸로 군."

"아, 예……."

카콜키스트의 마른 손을 가볍게 쥐며 건성으로 대답했다. 그러다가 생각을 바꾸고 말했다.

"지금은 오펜이라는 이름을 쓰고 있습니다. 《탑》에도 재적하지 않았고."

"그들의 경솔한 행동은 그리 놀라운 일도 아니지."

그들, 이란 《탑》 집행부겠지. 시크는 말하는 동안에도 안색이 전혀 달라지지 않았다──게다가 눈빛조차 변하지 않았다.

"자네는 《탑》에서 나온 뒤에 왕도의 스쿨로 와야 했다. 젊은 재능을 어둠 속에 묻어버리다니."

"아니…… 뭐, 해야 할 일이 있어서."

레티샤의 시선을──따끔따끔한──느끼며 말했다. 그러더니 바로 도끼눈을 뜨고, 오펜이 물었다.

"그런데, 본 적이 있다면서 바로 알아보지 못한 이유는 대체 뭘까요."

"우리는 지금 급한 상황인데——"

거기엔 대답하지 않고 저 멀리를 보며, 시크가 말했다.

"자네들도 설마 이런 곳에서 유람 여행을 하던 건 아니겠지. 괜찮다면 목적을 알려줬으면 싶군. 아무래도 공통된 귀찮은 일에 휘말린 것 같기도 하니."

"귀찮다고 할 정도는 아니에요. 아까 그 지인들이라면 아마 금방 해결될 거예요."

"……뭐?"

어느새 얼굴을 가까이 대고 눈싸움을 벌이고 있었던 것 같은 레티샤와 이르기트 등이 깜짝 놀라서 이쪽을 봤다——

"무슨 소리야? 키리란셀로, 뭔가 알고 있는 거야?"

그렇게 묻는 레티샤에게, 오펜은 뒤통수를 긁으면서 잠시 할 말을 생각했다——아마도, 이건 원래 이르기트나 《13사도》의 마술사에게 들려줄 만한 얘기가 아니겠지만, 숨긴다고 뭐가 달라지는 것도 아니다.

'어쩔 수 없지.'

마음속으로 포르테에게 사과하면서.

오펜은 어깨를 으쓱거렸다.

"한마디로 말하자면."

땅바닥에 남은 파괴의 흔적을 가리키며——

"그건 전부 유령이니까요."

"자네가 이미 손을 썼다는 건 알고 있다. 레티샤 마크레디를 동부로 보냈지?"

"게임에 끼어 들 생각은 없습니다."

추워서 그런 건 아니지만, 포르테는 무릎 위에 있는 손을 비비면서 부정했다. 오히려 살갗에는 땀이 배 있다.

'애당초 이런 건 나한테 안 맞는다니까……'

자기 자신을 비평하는 것은 기분 좋은 일이 아니고, 그다지 의미도 없는 일이지만.

모든 이가 뒤에서는 같은 생각을 하고 있는 것도 모르는 일은 아니다. 자신은 약한 인간이라고 말하면 어지간한 사람들은 웃으면서 믿어주지 않았지만, 마음속으로는 생각할 것이다——정말 그럴지도 모른다고.

그래도 남들만큼 겉모습을 꾸미는 데는 익숙해졌다. 조용히, 낮게, 목소리를 억누르면서 말했다.

"적어도 당신들의 게임에 참가할 생각은 없습니다. 저는 좀 더…… 편안한 놀이를 좋아하니까."

크라베가 그것을 간파했는지 아닌지는 포르테도 알 수가 없었다. 하지만 그 《13사도》는 극히 일반적인 반응으로 씁쓸하게 웃어보였다.

"우리도 불장난은 좋아하지 않아. 쓸데없는 게임을 현실로 끌고 나오려는 건 어느 한…… 뭐랄까, 강력한 남자지."

"기묘한 표현이군요. 당신들의 일원인가요?"

물었다.

눈앞의 남자가 고개를 좌우로 저는 걸 보며, 포르테가 상상한 것은 마인 플루토라는 이름이었다. 왕도의 마인. 《13사도》의 넘버 1이자 최강의 흑마술사. 물론 코르곤이나 레티샤 같은 자들과는 질이 다른 강함이기는 하지만──예전에 딱 한 번 본적이 있는데 그렇게 무섭지는 않았다. 어디까지나 '스쿨' 출신다운 마술사라고 생각했을 뿐이다.

그런데 그렇지 않았던 것 같다. 사실 문제의 주인공이 플루토라면 크라베가 문제를 《송곳니 탑》으로 가지고 오지도 않았을 테니까, 그쪽을 상상한 자체가 잘못이라고 할 수 있다.

크라베는 진부하게 연출을 생각하면서──그렇게밖에 생각할 수 없었지만──신중하게, 말을 이어갔다.

"그 남자──남자다──는, 마술사가 아니야. 아니, 어쨌거나 우리는 그의 정체를 모르지. 그저 귀족들의 비장의 카드 같은 입장에 있는 게 아닌가 하고, 막연하고 추측한 적이 있지. 거기서 조사를 마친 게 큰 재앙이었고."

"어째서 끝냈죠?"

"할 수가 없었으니까. 최접근령이라는 말을 들을 때마다 희생자가 발생했다. 마왕에게 산제물을 제공하는 것 같은 꼴이었지. 이번에도 그럴 지도 모르고."

눈꺼풀 가장자리의 노회한 곡선을 소리도 없이 일그러트렸다──

그는 유난히 시간을 들여서 그 이름을 입에 담았다.

"최접근령의 영주. 우리는 그 이름밖에 모른다. 왕도에 모습을 나타낸 적도 있다. 하지만 추적은 할 수 없고. 그는 강력한 수호자를 거느리고 있다──자네도 모른다고 할 수는 없을 거야. 유이스 코르곤이라는 이름은 짚이는 데가 있겠지."

"절반만."

어깨를 으쓱거렸다.

그러자 크라베가 바로 이어서 말했다.

"거짓말 하지 말고. 차일드맨은 알고 있었을 거야. 그 영주의 첩자라는 걸 알면서, 그는 자기 교실에 그 소년을 받아들였지. 아니, 지금은 이미 소년이 아니지만……."

"코르곤을 적으로 삼으면 귀찮겠죠. 그와 부딪쳐서 이길 가능성이 있는 마술사라면, 제가 아는 한에서는 한 명뿐입니다."

"키리란셀로인가. 석세서 오브 레이저 에지. 애당초 그를 킴라크로 보낸 것도 자네가 지도한 게 아니었나?"

그 생각에, 이번에는 이쪽이 씁쓸하게 웃을 차례였다. 씁쓸하게 웃으면서, 말했다.

"그는 자신의 의지로 갔습니다. 저는 말렸고…… 분명히, 강하게 말리지는 않았지만."

크라베가 그 말을 믿은 것처럼 보이지는 않았지만. 그래도 그는 일단 무시하고 계속해서 말했다.

"영주의, 또 한 사람의 수호자——어떤 의미에서는 이쪽이 더 귀찮지. 이쪽도 전모를 파악한 건 아니지만 이름만은 알고 있다. 다미안 르우. 바깥 세상에 나오는 일은 없지만 대륙 최고의 마술사다. 분명히 말하지. 자네 따위는 비교도 안 될 정도로 네트워크를 구사하는 자다."

흥분했는지 말이 빨라졌다.

"백마술사. 그것도 정신체가 돼서 수십 년이나 소실되지 않은 엄청난 정신사다. 아마 이밖에도 영주의 부하가 돼서 움직이는 자들이 있겠지. 특히 최근 몇 년 동안 그 활동이 점점 더 커지고 있다."

"구체적으로 어떤 것이죠?"

"그들은 드래곤 종족을 자극하고 있다!"

결국 크라베가 큰 소리를 냈다──분하다는 듯이 주먹을 꽉 쥐고는, 그것을 들어 올리며,

"이게 얼마나 위험한 일인지는 설명하지 않아도 알겠지. 괜한 짓을 해서 대륙 전체를 위험하게 만드는 짓이다."

한바탕 내뱉고, 그는 주먹을 풀었다. 거기에 맞추려는 건 아니겠지만 말투도 약해졌기 때문에, 포르테는 몸을 약간 앞으로 내밀어야 겨우 그 목소리를 알아들을 수 있었다.

"실제로……, 드래곤 종족은 그들에게 대응하기 위해서 강력한 에이전트를 몇 명이나 보냈다. 뭐, 누가 선수를 쳤는지는 모르겠지만, 소문은 들었나? 2주 전에 있었던 어번라마의 괴멸에, 갑자기 나타난 딥 드래곤 종족이 관여했다고."

"흐음."

맞장구만 치고, 포르테는 상대가 말하기를 기다렸다. 흘끗, 창밖을 본다. 그렇게 오랫동안 이야기를 나눈 것도 아닌데 밖은 이미 어두워졌다.

'극장에 같이 간 사람이 있었다면 식사라도 하고 있을 시간인가.'

문득 그런 생각이 들고, 그러면서 공복이 의식되기도 했지만, 크라베는 그런 것까지 신경 쓸 상황이 아닌 것 같다.

그는 힘이 넘치는 탓에 목소리가 약간 떨리기까지──했다.

"결론을 말하지. 우리와 손을 잡자. 《탑》과 《13사도》…… 대륙 마술사 동맹이 힘을 합쳐서 최접근령의 폭주를 막는다."

포르테는 살짝 한숨을 쉬었다.

"스승니이이이임!"

옆에서 날아온 매지크를, 오펜은 땅바닥에 앉은 채 곁눈질로 쳐다봤다——숨을 헐떡거리고, 땀과 먼지로 범벅이 된 학생이 반쯤 우는 소리를 냈다.

"크, 크크, 큰일났어요! 지금, 저쪽에서——"

부산 떠는 소년을.

오펜은 앉은 상태에서 때렸다. 매지크가 허무하게 뒤로 넘어지고 조용해졌다.

"흐음. 그러니까——"

쓰러진 매지크를 시간을 들여서 관찰한 뒤에,

"이건 진짜란 얘기네."

"뭐가요오오오오?!"

또 소리 지르면서 벌떡 일어나는 매지크를 말리려는 듯이 손을 흔들고, 오펜이 말했다.

"그래~ 그래~. 화 내지 말고. 어쩔 수 없는 일이니까."

"사람을 갑자기 때려놓고 어쩔 수 없다는 게 무슨——"

그 때,

깜짝, 매지크가 말을 멈췄다. 이상하다는 듯이, 그 자리에 있는 사람들의 얼굴을 둘러보고,

"……누구시죠?"

대부분 모르는 사람이라는 걸 알아차렸겠지. 영문을 모르겠다는 듯이 얼굴을 찌푸리고 있다.

"아…….""

오펜도 똑같이 주위를 둘러보고, 어떻게 설명해야 할지 생각했다. 간단히 말하려고 하면 간단히 할 수도 있다──전부 그냥 지나가던 사람들이라고. 아니, 누나만 빼고…….

레티샤 마크레디.

이르기트 스위트하트.

시크 마리스크.

카콜키스트 이스트한.

전부 틀림없이 자신과 동등하거나 그 이상의 술자들이라는 점만 신경 쓰지 않으면, 그걸로 전부 설명이 된다.

일단 오펜은 누나를 가리켰다.

"팃시야. 내 누나…… 같은 사람이지. 이쪽은 기억하지? 타프렘에서 신세를 졌으니까."

"예?"

기억하고 자시고, 누나와 만나고 잊어버릴 인간은 거의 존재하지 않는다──지금까지 하나도 없었다고 할 수 있다. 오펜은 복잡한 심정으로 그렇게 중얼거렸다.

이제 와서 알아차렸는지, 매지크가 큰 소리를 질렀다.

"아, 레티샤 씨?"

"아까 봤었지."

누나가 뭔가 의미가 있는 것 같은 목소리로 말했다. 매지크가 몇 걸음 뒤로 물러나는 게 보였지만, 일단은 그걸로 끝났다.

그 모습을 보며, 나머지 세 사람을 가리켰다.

"이쪽 세 사람은 궁정 마술사, 소위 말하는 《13사도》. 뭔가 일이 있어서 우연히 지나가던 참이었다는 것 같아. 그리고 이 녀석은 매지크. 내 제자고——"

"아니, 지금 그게 중요한 게 아니라고요 스승님!"

매지크는 자기를 소개하는 말을 가로막고, 쓸데없이 날뛰면서 다가왔다. 정신이 나갔던 게 생각났는지, 또 두 팔을 버둥거리면서,

"클리오, 클리오는 어디 갔죠?"

"아까 위노나랑 같이 로테샤를 찾으러 갔는데."

"으아아아, 역시나아아?!"

팔을 더 거세게 움직이는——매지크.

오펜은 짜증을 내며, 소년의 얼굴을 밀쳤다.

"아까부터 대체 뭐냐고. 이쪽은 이쪽대로 복잡한 일이——"

"이쪽은 전혀 안 복잡해요."

코를 한 번 훌쩍거리고——울고 있는 것 같다——매지크가 고개를 저었다. 절망적으로, 절박한 목소리다.

"이미, 끝났다고요. 총으로, 한방에, 쓰러져서, 젠장."

"제대로 말해봐. 전혀 모르겠잖아."

"그러니까, 저쪽에서, 위노나가 클리오를 총으로 쐈어요!'

그 분노를 어째선지 이쪽을 향해서, 큰 소리로, 매지크가 외쳤다.

"그래서, 클리오가 쓰러졌고——제가 봤을 때는 그렇게 됐고, 그래서 거기서부터 뛰어와서."

"3점."

"……예?"

"10점 만점에 3점. 총을 맞았다, 쓰러졌다, 그게 꼭 죽었다는 얘기는 아냐. 만약 그런 일이 일어났다면 그 자리에서 위노나를 붙잡고 클리오의 상태를 확인하고, 가능하다면 소생시킨다. 그게 9점. 10점을 받고 싶으면 가볍게 한 방, 기적이라도 일으켜서 히로인을 구해준다. 알았어?"

담담하게 말하는 오펜의 얼굴을——

"……."

넋이 나간 것처럼 쳐다보며. 멍하니 있던 매지크의 눈동자에, 갑자기 분노의 불꽃이 일었다.

"뭘 차분하게 얘기하고 있냐고요, 스승님!"

"너, 네가 마술사라는 걸 잊어버린 건 아니겠지. 범죄를 저지른 위노나에 대해 절대적으로 유리한 입장에 있던 건 바로 너라고. 도망쳐서 어쩌자는 건데? 네가 여기까지 뛰어오고, 그리고 다시 돌아가는 데 드는 시간 동안에 뭘 할 수 있었을까?"

"그건……!"

매지크는 거기서 말을 멈추고, 다시 뛰어서 돌아가려고 했다.

멍하니 그 모습을 보고 있는데——

"혼자 보내도 괜찮겠어?"

레티샤가 말했다. 오펜은 어깨를 으쓱거리고 레티샤를 보며 말했다.

"괜찮겠지. 저 녀석 고스트가 나와도 무섭지 않으니까."

"그리고, 저 아이가 한 말…… 클리오가 죽었을지도 모른다고 했잖아."

"클리오는 안 죽었어. 아마 긁힌 상처 하나도 없을 거야."

말하면서 자기 머릿속을 정리했다.

"아마 지금 상황에서 누구보다 안전한게 클리오야. 다른 사람 마음을 읽고 살의를 느낀 순간에 상대를 이 세상에서 지워버릴 수 있는 딥 드래곤이 지키고 있으니까. 아마 누가 뭘 어떻게 해봤자 그 녀석한테 해를 끼칠 수는 없어. 그리고 그걸 누구보다 잘 알고 있는 게 위노나일 테고. 아까 그 여자. 설마 클리오한테 손대는 멍청한 짓은 안 할 거야."

멍청하지 않아서 귀찮지만──마음속에서 덧붙이고, 계속해서 말했다.

"그런 것들을 전부 고려했을 때, 진짜 클리오가 죽었을 가능성은 한없이 0에 가깝다고 생각해."

"하지만──"

"그래, 알아."

계속 불안해하는 레티샤를 결국 당해내지 못하고, 오펜은 같은 말을 되풀이했다.

"알아. 안다고. 만에 하나라는 건, 뭐가 되건 있을 수 있어. 그래서 매지크 녀석을 보낸 거야. 다른 방법이 없잖아? 진짜 클리오를 구분할 수 있는 건 나랑 매지크뿐이고, 이 상황을 다른 사람들한테 설명할 수 있는 건 나뿐이니까. 그리고."

깊은 한숨을 쉬었다.

"조금 전에도 말했지만 위노나는 바보가 아냐. 그 녀석이 클리오한테 손을 댈 이유는, 최소한 표면적으로는 전혀 없어. 그리고 클리오한테 무슨 일이 생기면 레키가 어떻게 하기 전에 내가 용서 안 해. 그건 잘 알고 있어."

그 때.

옆에 있던 이르기트가 끼어들었다.

"키리란셀로 군, 난 그 클리오라는 사람에 대해서 아무것도 모르거든. 여성 이름, 맞지?"

그래, 라고 말하며――고개를 끄덕였다.

"은인이 맡긴 아이야."

"정말 그게 다야?"

"그게 다냐고 묻는다면 그게 다인데…… 반년 정도 같이 여행했으니까. 뭐, 그러니까. 같이 얘기 하면 심심하지는 않은 상대야. 원하면 나중에 소개해줄게."

"그래."

그리고는 뭐라고 중얼거리는 이르기트. 의외로 많다니까…… 라는 말이 들린 것도 같은데.

오펜은 천천히, 자세를 바꿨다.

"자, 다시 설명할게. 아까도 설명했지만, 필요한 건――"

"아니, 잠깐만."

시크 마리스크였다. 칼집에 넣은 군도를 안은 자세로, 땅바닥에 양반다리를 하고 앉아 있다.

"사실, 조금 전에 했던 설명은 거의 이해하지 못했다. 자네는 그 지인 무리를 뭐라고 설명했었지?"

"유령이요."

"제정신인가?"

"소위 말하는 영혼이네 하는 것들이 아니라는 건 분명해요. 가장 쉽게 납득할 수 있는 방법은, 저것이 일종의 마술에 의한 것이라고 생

각할 수 있다고 봅니다."

설명했다. 하지만 납득하지 못한 표정으로, 시크가 말했다.

"하지만 마술이 아니라는 뜻이지? 그 말투를 보면."

"술자가 없어요. 마술이라고 할 수는 없겠죠."

"그렇군."

일단은 납득한 것처럼, 시크가 고개를 끄덕였다.

"아무도 제어하지 않는 것은 마술이라고 할 수 없다. 그 논리는 이해한다. 하지만 모순이 있다. 술자가 없다면 애당초 그 마술은 존재할수 없지 않은가."

"있어요. 상당히 특이한 마술이라고 생각합니다. 우리는——"

그러면서 레티샤를 가리켰다. 그쪽은 아직 무슨 얘기인지 이해하지못한 것 같지만.

오펜은 그대로 계속 말했다.

"우리는 그걸 차일드맨 네트워크라고 불러요."

"……키리란셀로?"

깜짝 놀라면서——레티샤. 오펜은 눈짓으로 레티샤가 무슨 말을하려는지 알고 있다는 뜻을 전했다. 이것이 입에 담아선 안 될 말이라는 건 알고 있다. 하지만 모든 사람들이 이 현상을 이해하지 않으면,상황을 타개할 수 없다.

"차일드맨 네트워크라는 건 우리가 멋대로 붙인 이름이고, 원래는그냥 네트워크라고 부른다는 것 같아요. 그게 구체적으로 어떻게 돌아가는지는 저도 모르지만——"

왠지 모르게 수업시간에 발표라도 하는 것 같은 기분으로 시크에게설명했다. 다른 마술사들도 듣고는 있지만, 일단 시크에게 말하는 게 가장 좋을 것 같았다.

"아무튼, 네트워크 사용자는 과거의 정보를 현재의 것으로 불러낼 수 있다는 것 같습니다. 한마디로 모든 정보의 거리를 없앨 수 있다나 뭐라나. 그걸 통해서 사용자는 정보를 얻거나 타인과 연락을 취하는, 그런 것들이 가능해집니다. 그렇다고 만능은 아니고, 상당히 한정적인 효과로만 작용한다는 것 같지만요."

"차일드맨이 그 사용자였다고?"

"맞아. 선생님은 그게 고고도의 백마술이라고 했는데, 어떻게 그걸 쓸 수 있는지에 대해서는 설명해주지 않았어요."

"흐음……."

그야말로 학생의 발표에 점수를 매기는 교사 같은 얼굴로, 시크가 신음했다.

"그래, 좋아. 아무리 생각해도 뜬금없는 얘기지만. 그런데 그것하고 조금 전에 그 지인 군대와 무슨 관계가 있다는 거지?"

"제어되지 않은 마술이기 때문에, 네트워크에는 어긋남이 발생해요. 그것도, 항상."

"위험한 건가?"

"경우에 따라서는. 특히 그 어긋남을 고치려고 하는 경우, 반드시 위험이 수반해요."

"자세히 설명해주게."

"이 현상을 선생님은 '고스트'라고 했어요. 네트워크의 국지적인 폭주죠──뭐, 제어되지 않는 것이니 폭주도 뭣도 없지만. 아무튼 이 현상 속에서는 과거의 정보가 일방적으로 구현됩니다."

"과거의 정보?"

라며 이르기트에게 대답하는 것처럼, 이번에는 레티샤가 물었다.

"그러니까…… 아까 그 지인들이 부활한 정보라는 거야? 어떻게 키리란셀로 네가 그런 걸 알고 있는 거야."

"전에 그 고스트 현상을 소멸시키는 임무를 받은 적이 있거든. 원래는 하티아가 할 일이었지만."

절반 이상은 거짓말이었지만 진실을 말해봤자 의미가 없고, 그걸 말했다가 레티샤한테 몇 분 동안 잔소리를 듣는 일은 피하고 싶었다. 지금은 서두르고 싶으니까.

"……아!"

이르기트가 깜짝 놀라서 소리를 냈다. 생각이 난 것 같다.

"오래 전 일이지만 선생님이——그러니까, 마리아 폰 교사가 그것 때문에 난리를 쳤던 것 같은데……."

"아, 맞아. 어째선지 마리아 교사가 날 지원하러 와줬었지."

아직까지도 왜 그랬는지 이유는 모르겠지만.

"고스트 현상에는 반드시 하나의 핵심이 있고, 핵심을 중심으로 발생합니다. 간단하게 핵심이 소멸되면 현상이 전부 소멸되죠. 그 전까지는 핵심 근처 지역이나 현상 내부에 있는 사람 등에 의해, 고스트가 무한하게 발생합니다. 어느 정도의 충격을 주면 부서져서 사라지지만, 가장 좋은 건 발생시키지 않는 겁니다. 최대한, 과거의 일을 의식하지 않도록 하며 신속하게 핵심에 접근합니다. 핵심은 고스트의 중심에 있어요."

"그것이 위험한 일이라는 뜻이지?"

확인하는 시크에게 고개를 끄덕여 보이고 계속 말했다.

"맞아요. 고스트는 구체성을 지닙니다. 환상이나 착각이 아니라 실체와 같아요. 한마디로 아까 그 군대는 실제로 사람을 죽일 수 있는 영향력을 지녔습니다."

"내 생각에 말이야——"

지금까지 땅바닥에 그림을 그리던 카콜키스트가, 자기가 마무리를 하겠다는 생각인지 자리에서 일어나 자세까지 잡으면서 말했다.

"마술사들이 이만큼이나 모여 있잖아. 그 군대가 문제라면, 전부 날려버리는 쪽을 제안하고 싶은데."

"그건 무리야. 그 속에 살아있는 지인이 두 사람 섞이고 말았어."

볼칸과 도틴을 생각하면서 고개를 갸웃거렸다.

"그러고 보니…… 어떻게 된 거야? 그 녀석들도 제정신이 아니었던 것 같은데."

"은월공주야."

조용히, 레티샤가 말했다. 바닥에 앉아있기가 힘든지 천천히 일어나서 가까이에 있는 바위에 걸터앉았다.

"아, 그러고 보니 뭐라고 떠들었지."

그렇게 중얼거리자, 레티샤가 고개를 끄덕였다.

"지역의 영향을 받는다고 했었지. 그게 정답이라고 생각해. 은월공주는 천 년 전의 인물이라는 것 같으니까……."

"천 년."

뜬금없는 숫자에 카콜키스트가 하늘을 올려다봤다.

"그런 건——그거야. 내가 살아 있었을 리가 없겠네."

"아마도."

차갑게, 이르시트가 말했지만 카콜키스트는 전혀 주눅도 들지 않고,

"그래도 스위트하트. 영원한 사랑은 인류가 존재하기 전부터 존재했다고, 난 그렇게 믿고 있어."

"……이 자식 입은 내가 막을 테니까 계속 설명해, 레티샤."

"고마워."

천천히, 카콜키스트에게 관절기를 걸기 시작한 이르기트에게 레티샤가 고맙다고 말했다.

"나도 그렇게 많이 아는 건 아냐. 분명히 아주 오래전, 드래곤 종족이 이 대륙에 왔을 때, 대륙의 선주 종적이었던 지인들이 둘로 갈라졌다는 것 같아. 새로운 거주자를 맞이하자는 쪽과 그들을 쫓아내려는 쪽으로. 은월공주는 쫓아내려는 쪽의 필두였고, 죽을 때까지 드래곤 종족과 계속 싸웠던 장군의 이름이라고 생각해. 그 최종결전의 땅이, 아마도 여기쯤이었고."

가느다란 어깨를——그 강한 어깨가 어떻게 저 크기 안에 들어가는지, 그 누구도 이해할 수 없는 그 어깨를——움츠리고, 레티샤는 이렇게 덧붙였다.

"아무래도 시대가 시대니까, 어디까지가 진실이고 어디까지가 진실인지는 모르겠지만."

"드래곤 종족의 힘이라면 지인종족이 아무리 단결해봤자 순식간에 사라져 버렸을 텐데."

시크의 의문은 지당한 것이었지만, 비현실적인 것이기도 했다. 사실 비현실적인 일이 아무렇지도 않게 일어나는 것이 현실일 수도 있지만. 그런 생각을 하며, 오펜은 입을 열었다.

"……그들이 뭔가를 없앨 생각이었다면 분명히 순식간에 끝났겠지만, 그런 일이 일어나지 않았다는 건 그러고 싶지 않았다는 뜻이겠지."

레티샤가 고개를 끄덕였다.

"맞아. 드래곤 종족 입장에서도 미안한 게 있으니까, 지인 종족을 없애서 해결하지 않았던 게 아닐까. 그들의 윤리관에 대해서는 잘 모르지만, 그렇게 생각할 수밖에 없는 부분이 있으니까. 은월공주는 수십 년이나 계속 싸웠다는 것 같아. 물론 지인종족의 무기로 드래곤 종족을 죽일 수도 없고, 드래곤 종족에게도 그들을 없앨 의도가 없었던 것 같으니, 계속 싸우는 수밖에 없었던 것 같아. 최종적으로 은월공주는 자신이 영원히 싸울 수 있다는 망상에 빠졌고, 불사의 존재가 돼서 자신의 군세와 함께 무한히 최종 결전을 계속한다는, 그런 결론이 됐다고 생각해."

"결론?"

"아무리 봐도 옛날이야기 같잖아. 하지만 그들 종족은 그걸 진짜라고 믿는 것 같아."

"그것의 고스트인가."

힘없이 신음하고, 오펜은 팔짱을 꼈다.

"그나저나 그 너구리 놈들이 돌변한 이유는 대체 뭐야?"

"지인 종족을, 드래곤 종족이 만들어낸 전투 생물이라고 하는 사람들도 있는데——뭐, 그렇게 보면 역사적 사실과 모순이 발생하지만. 그렇게 말하는데는 이유가 있어. 엄청나게 강인한 생명력까지 포함해서 뭐라고 할까, 전투생물로서의 특성이라고밖에 볼 수 없는 것들을 너무나 많이 지녔거든."

"어떤?"

"그들은, 공주에게 거역할 수 없어."

"응?"

"여왕벌 같은 거야. 종족의 여성 중에 가끔씩 특별한 공주가 태어 난다는 것 같아. 그 명령에는 절대 복종, 완전한 지휘계통이지. 죽으 라고 하면 죽고, 바위가 되라고 하면 정말로 바위처럼 된다는 것 같 아. 몸을 웅크린 채, 굶어 죽을 때까지 움직이지 않는다나."

"그거야말로 헛소문 같은데."

미심쩍다는 듯이 중얼거렸다. 하지만 아까 봤던 볼칸의 모습을 떠 올리니 납득할 수밖에 없다는 생각도 들었다.

"하필이면…… 그 녀석들이 그렇게 복종했으니까. 부정할 수는 없 겠네."

"나도 실제로 볼 때까지는 믿지 않았어."

그 때——

"느긋하게 토론하고 있을 때가 아닌 것 같은데."

"으아아. 엄청 아파, 스위트하트."

뭔가 복잡한 관절기를 걸며 딱 잘라 말하는 이르기트와 아무리 봐 도 인간의 골격으로는 불가능한 모양이 된 카콜키스트가 너무나 감동 적이지 않은 소리를 냈다.

그 자세 그대로 카콜키스트를 적당히 집어던진 이르기트는, 이런 때만은 유능하게 보일 것도 같은 사무적인 말투로 입을 열었다.

"어지간한 정보는 다 나왔나보네. 이제 어떻게 하면 되는 거야?"

"시크 선생님, 당신이 전체의 지시를 내려주세요."

오펜은 가장 연장자인 마술사에게 말했다.

"상대가 너무 많습니다. 이 정도로 규모가 큰 고스트 현상은 저도 들은 적이 없거든요. 무슨 수를 써도 개인의 힘으로는 막아낼 수가 없으니까, 우리도 부대로서 행동할 필요가 있다고 봅니다."

"그렇겠지."

머리카락을 밀어버린 고개를 일단 숙였다가 다시 드는 반동을 이용해 자리에서 일어나며, 시크가 말했다. 약간 그늘진 목소리로.

"그렇군. 일단 상대가 군대라면 전쟁이라는 얘긴가."

"비극이 또 시작되는 건가요."

주먹을 쥐고 일어나는 카콜키스트에게, 시크가 말했다.

"이야기를 들어보면 죽은 이는 없는 것 같다."

"아, 그럼 게임인가요. 이얏호! 칠면조 사냥이다!"

무시하고, 시크는 계속해서 말했다.

"문제는 그 핵심이라는 것이 어디에 있는지인데. 일단 수상한 것은 그 은월공주인가 하는 적의 사령관이군."

"……."

짚이는 게 있었지만 말 해봤자 별 수 없는 일이겠지. 어쨌거나 은월공주가 유력한 후보다. 오펜이 생각에 잠긴 사이에 시크가 일을 진행했다.

"팀을 나누자."

"분산하자고?"

그렇게 말한 사람은 이르기트였다. 시크는 별다른 감동도 없이, 이르기트 쪽을 보지도 않고 대답했다.

"부대는 집단과 다르다. 각자의 역할을 분담하면 개인 또한 부대다."

"아, 그럼, 난 키리란셀로 군이랑——"

"나쁘지 않군. 《송곳니 탑》 출신 팀과 스쿨 출신 팀으로 나누게 되는 건가."

그 때, 활짝 밝아졌던 이르기트의 표정이 갑자기 어두워졌다. 노골적으로 싫다는 소리를 냈다.

"그렇다면…… 레티샤도 이쪽 팀이라는 건가요?"

"불만이라도 있나?"

"아니요~"

도끼눈을 뜨고 말하는 레티샤에게, 이르기트가 설득력 없는 찌푸린 얼굴로 대답했다.

시크가 몰래 탄식했다는 걸 알아차린 것은, 자신도 똑같은 타이밍에 한숨을 쉬었기 때문이었다──왠지 모르게 이 남자에게 공감하며, 오펜은 시크에게 물었다.

"이 편성에 무슨 의미라도?"

"팀워크."

솔직히 전혀 믿지 않는다는 말투로, 시크가 말했다. 그리고,

"나머지는 마술 구성의 정밀함, 정확함, 위력, 모든 면에서 강력한 세 명을 그쪽 팀에 모았다. 자네들이 주력을 맡는다. 그리고 미끼가 되고."

"그쪽 팀은?"

"키리란셰로, 자네를 앞에 두고 이런 말을 하는 건 부끄럽지만."

시크는 한쪽 눈을 감고, 처음으로 웃어보였다.

"나는 말이야, 암살자로서의 훈련을 받았다."

어쨌거나——

"당신의 말을 종합해보면, 귀족 연맹에게 아무 말도 없이 《13사도》와 《탑》이 동맹을 맺게 됩니다. 그리고 그 최접근령인가 하는 영주…… 혹시나 해서 여쭙습니다만, 당연히 귀족이겠죠? 그것과 싸운다고."

그렇게 되면 전쟁이 벌어진다. 대륙에서는 40년 전에 봉인된, 거대한 무장 대립이.

"일개 교사보가 대답할 수 있는 일이 아니군요. 이건 바에서 상사에 대한 불만을 늘어놓는 것과 비교할 수도 없는 일입니다. 아무런 생산성도 없습니다. 정말로 그러고 싶으시다면 《탑》 최고 집행부와 이야기해야겠군요."

포르테는 막힘없이 말하면서 자기가 생각해도 너무나 교과서적이자 어리석은 말처럼 들렸다. 하지만 크라베가 이야기한 것이 정말로 위급한 일이라면 유효한 것이기도 했다. 모든 이가, 아무 생각 없이 매뉴얼대로 따르는 것은. 하지만 크라베는 한 발도 물러날 생각이 없는 것 같았다.

표정 하나 바꾸지 않고 말했다.

"합법적인 전쟁을 벌인다면 그렇겠지. 하지만 나는 역사에 악명을 남길 생각이 없어."

"아주 편한 생각이군요."

"빈정대지 말라고. 귀족을 죽였다는 악명을 짊어지고, 마술사의 지위를 200년 전으로 되돌릴 수는 없으니까."

'한마디로——'

그가 말하려는 것을 깨닫고, 포르테는 저절로 미간에 힘이 들어갔다. 마술사의 역사가 박해의 역사였다고, 현대의 마술사들은 그렇게 말하려 한다. 그리고 전쟁의 역사이기도 했다고. 하지만 그들이 잊은 것도 있다──암살의 역사이기도 했다.

그것은 피할 수 없는, 마술사의 특기였다. 몸 하나로 지상의 그 어떤 병기 이상의 살상력을 발휘할 수 있는 인간들의.

잠깐 쉬었다가──신음하듯 말했다.

"세상의 일반 상식에 따르자면, 암살도 전쟁과 마찬가지로 기피하는 일입니다만."

"자네가 말하지 않았나──《탑》이 자랑하는 암살 기능자라면 최접근령의 영주에게 대항할 수 있다고."

"키리란셀로는 《탑》에서 영구 제명됐습니다."

"그렇다면 우리가 거두지."

"예전에 버린 적이 있었는데?"

"쓸데없는 간계 때문에 사상 최연소 《13사도》 탄생을 저지한 건 《탑》집행부가 아니다. 나도 전에는 이 《탑》에 있었지. 그 엘더 놈들을 싫어하는 이유는 잘 알고 있어."

말다툼하는 모양으로 점점 어조가 강해지는 크라베를 가만히 바라봤다. 쳐다보는 걸 의식했는지, 크라베는 바로 평정을 되찾은 것 같았다.

"……이야기가 샜군. 어차피 자네는 말과 반대로 더할 나위 없는 마술사를 두 사람이나 최접근령 근처로 보내고 있다. 이것이 자네의 뜻인지 아닌지를 의논할 생각은 없어. 어차피 결말이 나지 않을 테니까. 나도 가장 실력 있는 부하를 보냈다. 이제 자네가 다미안 르우의 네트워크만 막을 수 있다면, 영주는 암살할 수 있다."

"무리겠죠."

포르테는 바로 대답했다.

"어째서지?"

"그 계획에 의하면 당신 한 사람만이 아무것도 하지 않고 편하게 일을 끝내게 됩니다."

크라베 얼굴이 시뻘겋게 물들었다──

"……!"

"또 하나. 정말 이상한 점이 있습니다."

포르테는 책상 위로 몸을 내밀고서 계속 말했다.

"마리아 폰 교사가 자진해서 네트워크에 대해 말했을 것 같지는 않습니다. 그녀를 고문이라도 한 겁니까?"

──그러자.

한 박자 쉬었다가, 고개를 저었다.

"그럴 리가 없군요. 크라베 라실. 저는 말입니다, 지금 여기 있는 당신보다 그녀를 더 신뢰합니다. 그녀의 자존심을 말이죠. 당신은 어디서 그 정보를 얻었습니까?"

그 질문에, 크라베는 대답하지 않았다. 그저 가만히, 이쪽을 노려봤다. 처음 만났을 때만큼의 여유는 없이, 그렇다고 당황하지도 않았지만.

그저 눈동자 속에, 차가운 무언가가 떠오르고 있었다. 누군가가 누군가를 저주해서 죽인다면, 이런 눈빛을 하겠지──괜히 그런 생각을 하며, 포르테는 비슷한 눈으로 상대를 마주봤다.

그리고 몇 초.

크라베의 몸이 일그러지면서 녹아버렸다. 그리고 그대로, 흔적도 없이 허공으로 사라져버렸다.

'설마, 정말로 저주가 먹혔나——?'

어리석은 생각이라고 씁쓸하게 웃으며, 포르테는 방 안을 둘러봤다. 아무것도 보이지 않았다. 아무도 없는 방에 자기 혼자 있을 뿐이다.

하지만, 갑자기 목소리가 들려왔다.

"……가짜를 써서 말하는 것도 피곤하군. 아니, 정확히 말하자면 다르지. 나는 피로를 느끼지 않으니까."

"누구지?"

"상상이 될 텐데."

"……."

귓가에서 속삭이는 목소리에 온 신경을 집중하며, 포르테는 그 목소리 출처를 찾으려고 했지만 방향성이 느껴지지 않았다—— 방 어딘가에 누군가에게서 들려오는 소리가 아니다. 오한과 함께, 그것을 깨달았다.

그래도 대화를 계속 끌어가려는 것처럼, 말했다.

"이런 번거로운 일을 한 이유는?"

상대도 그 의도를 알았겠지. 대답하지 않을 가능성도 생각했지만, 목소리는 간단히 대답했다.

"이쪽도 이야기하면서 얻은 것이 있다. 특히 자네 같은 인간의 사고는 직접 읽을 수가 없으니까. 자네는 정말로 다른 뜻이 있어서 동료를 동부로 보낸 게 아닌 것 같군……. 그걸 확인하고 싶었다."

담담하게 말했다. 목소리는 분명히, 크라베의 목소리와 달랐다. 들어본 적이 없다. 쓸데 없이 멋 부리는 장년 남자의 목소리처럼 들렸다.

"진짜 크라베 라실은 내일 도착한다…… 그는 자네가 지적한 것처럼 《탑》 집행부와 지금 한 것과 비슷한 이야기를 할 것이다. 그것이 당연한 일이니까."

"……."

"하지만 자네가 없어지면 헛걸음이겠지. 자네가 나를 죽이지 못하는 것과 마찬가지로, 나도 자네를 죽일 수단이 없지만……."

목소리가 그렇게 말하는 것을 듣고, 포르테는 짜려던 구성을 취소했다. 정 안 되면 방을 통째로 폭파해버리고 도망칠까도 했지만, 직감이 헛된 일이라고 말해줬다. 목소리의 주인은 여기에 없다. 여기에는 자기뿐이다. 갑자기, 가슴 속에 그런 확신이 들었다.

'존재하지 않는 상대와 대화를 하고 있다…… 지금의 나는.'

자신이 대화하는 상대가 누구인지도…… 저절로, 생각이 났다.

포르테가 말이 없는 사이에, 목소리가 계속해서 말했다.

"네트워크 사용자는 적으면 적을수록 좋지. 영주님의 힘이 완벽에 가까워진다. 그것은 성역과 싸우기 전에 필요해진다."

그리고, 대화는 거기서 끝났다.

"나는 다미안 르우다. 처음 만났지…… 그리고, 작별이다."

몸이 튀었다. 그런 느낌이 들었다.

상대가 무슨 짓을 했는지는 이해하지 못했지만——

생각할 틈도 없이, 포르테는 어둠 속에서 의자에서 굴러 떨어져 바닥에 격돌했다.

제5장 구원하기 힘든 놈들이라면 여기에 있다

'너무 심하잖아!'

매지크는 뛰어가면서 계속 투덜댔다——스승의 의기양양한 얼굴을 떠올리니 더 화가 치밀었다.

'좀 더 당황해도 되잖아. 아니, 당황하지 않아도 되니까 내 말을 제대로 받아들이면 안 되냐고. 젠장, 분명히 클리오가 쓰러졌는데……!'

그리고, 갑자기 멈춰 섰다.

동시에 사고도 멈추고, 갑작스레 느껴진 차가운 기척에 몸을 떨었다.

'그렇다면…… 클리오가 죽었다는 건가? 총에 맞아서?'

맞으면, 어떻게 될까——

"일반적으로 외상에 의해 사망하는 요인은 세 가지 밖에 없지."

뒤쪽에서 목소리가 들려왔다.

고개를 돌렸다. 그러자 바위 뒤에서 나타난 날카로운 눈매의 남자——날카로운 것 같으면서도 어딘가 느긋해 보이는, 그런 눈빛.

"스승님……?"

영문을 알 수 없어서, 매지크는 신음했다.

"따, 따라오신 건가요? 거기서부터 쭉?"

하지만 스승은 대답하지 않고 자기 하던 말을 계속했다.

"신경계가 파괴되거나 혈액계가 파괴되거나 장기가 파괴되거나. 어느 경우건 그리 오래 살아있을 수는 없어. 상처를 입고도 살아있을 수 있는 건 치명상이 아니기 때문이야. 신경계가 파괴됐다고 치자.

즉, 뇌가."

뭔가 강의를 하면서 자기 머리를 가리키는 오펜을, 매지크는 자기도 모르게 뒤로 물러나서 거리를 벌리며 바라보고 있었다. 뭔가 위화감이 느껴진다. 구체적으로 뭔지는 모르겠지만.

머리 옆에 댔던 손을 내리고, 스승이 웃는다. 비웃는 것처럼.

"이건 순식간이야. 파괴된 순간, 이걸로 끝. 다음은 혈액계. 대동맥이나 심장이지. 혈액이 급격하게 체외로 방출되고 혈압이 저하되면서 쇼크사하게 되는 거야. 그게 아니라도 산소결핍 때문에 즉사하고. 10초도 못 견뎌. 만약 소생한다고 해도 후유증이 남을 가능성이 크지."

일단 듣고는 있지만, 내용이 대부분 머릿속에서 빠져나가고 있었다. 의식이 살갗을 뜨끔뜨끔 자극하는 게 느껴진다. 눈앞에 있는 건 자신의 스승. 그건 틀림없다. 하지만 이상하다.

말투도 동작도 이상한 점은 없지만.

"마지막으로…… 장기다. 다소 오랜 시간동안 괴로워하겠지만, 어차피 죽어. 뭐, 큰 차이는 없어. 순식간인지 몇 초인지, 몇 분인지 차이야——"

"바아보. 순식간하고 아닌 건 차이가 크다고."

같은 바위 뒤에서 위노나의 굵은 팔이 튀어나왔고, 그리고 스승의 광자놀이에 권총을 들이댔다. 총이 튀고, 오펜의 두개골이 변형되고, 얼굴 절반이 부서지고——

그런 잔상을 남기고, 그 모습이 소멸됐다.

"……어?"

소리를 냈다. 하지만 아무도 대답하지 않았다.

그대로 모습을 드러내는 위노나는, 그 총구를 이쪽으로 겨눴다.

"이 거리에서도 말이야——"

3미터 정도려나. 매지크가 눈대중으로 재는 사이에 총 끝에 있는 검은 구멍이 딱, 움직임을 멈췄다. 그 안쪽에 그 구멍보다도 검은 위해(危害)의 덩어리를 감춘, 너무나 둥근 총구.

위노나의 눈동자도 같은 색이었다.

"꽤 잘 맞거든."

"으아아아아아!"

이번 목소리도 뒤쪽에서—— 자신의 머리를 뛰어넘어서, 그대로 위노나의 얼굴에 날카로운 칼끝을 박아 넣은 것은 클리오였다. 이름은 잊어버린 킴라크에서 죽음의 교사에게 받은 검을 두 손으로 쥐고, 더 깊이 박아 넣었다. 날이 회전하기 전에 역시 위노나도 소멸됐다. 클리오의 몸이 겨우 땅에 내려왔다.

그러더니 균형을 잃은 건지, 얼굴부터 바위에 격돌했다. 그리고 클리오도 마찬가지로 사라져버렸다.

"뭐야…… 이거?"

혼자 남은 매지크가 중얼거렸다. 황야의 바람이 바위에 부딪치면서 날카로운 소리를 냈지만, 그런 건 대답이 되지 않았다. 원하지도 않았는데 구경하게 된 인형극 같았지만, 그렇다고 하기에는 너무나 의미 불명이다. 존재감은 틀림없다.

"그런데, 뭐지. 엄청나게 이상해. 마치——"

"마치 너무나도 네 생각대로인 인물상이지? 생각이 그대로 실체를 가진 것 같은. 하지만 그런 건 현실감하고 거리가 먼 거야."

이번 목소리도 또 뒤쪽에서 들려왔지만, 그건 더 이상 놀랄 일도 아니었다. 매지크가 고개를 돌려보니 거기엔 위노나가 서 있었다.

경계하면서, 말했다.

"이번엔——"

"진짜야."

어떻게 설득력을 느껴야 할까.

그것도 짐작할 수 없어도 그 말을 믿은 것은 위노나의 차림새가 달라졌기 때문인지도 모른다. 위노나가 입고 있던—— 아니, 몸 절반을 덮는 것 같은 보디 아머였다. 홀스터에는 조금 전에 총구를 이쪽으로 들이댔던 권총이 있다. 그녀가 짊어지고 있던 묵직해 보이는 짐을 떠올리고, 그 짐의 태반이 이 아머였다는 것을 알았다. 옷 위에 입어서 각 부분을 주로 와이어 같은 것으로 지켜주는 모양이고, 강인함과 움직이기 편한 점을 겸한 것 같다.

아머를 입은 위노나는 한 눈에 봐도 강인한 전사처럼 보였다. 그 방어구가 마술의 관통을 막을 정도의 신뢰성을 지녔을 리가 없다는 건 알고 있다. 그래도 시험해보기를 주저한 것은, 그녀의 생명에 대한 우려 때문이 아니다…….

이쪽으로 한 걸음 다가오려고 하는 그녀의 발끝을 향해서 말하는 것처럼, 매지크가 외쳤다.

"움직이지마!"

"……"

위노나는 시선을 약간 들어서 이쪽을 보며,

"……난 진짜라고 했잖아."

"그러니까 움직이지 말라고 한 거야."

매지크는 오른팔을 들어서 그녀 쪽으로 겨눴다. 손바닥을 최대한 벌리고——특별히 의미가 있는 동작은 아니지만, 그래도 위협적으로 보이기를 빌었다.

"내가 스승님이 아니라고 우습게보지 마. 클리오를 쐈지. 아까."

"바보 같기는."

위오나가 바로 대답했다.

"지금 그 이변 봤지? 자세한 설명은 안 하지만, 아까부터 이 주변에서 이런 일들이 빈발하고 있어. 그러니까, 그쪽이 아까 본 게 지금 같은 환각이 아니라는 보장이 있어?"

"그렇다면…… 클리오는 어디 갔어. 스승님이 당신이랑 같이 갔다고 했는데."

"따로 행동하고 있어. 로테샤를 빨리 찾으려고. 그 아이한테는 그 꼬맹이 드래곤도 붙어 있어서 걱정할 필요가 없으니까."

그 말을 듣고 느낀 것은——

'이 녀석은, 진짜다.'

늦은 것도 같지만, 대충 그랬다. 그녀는 진짜다. 가짜가 아니다. 이유는 보디아머가 아니다. 이쪽의 희망——클리오가 위오나에게 죽었다는 것이 희망이었던 게 아니다. 하지만 도무지 위오나의 말을 믿으려는 생각이 들지 않았다.

땀이 흐르는 것을 의식하며, 매지크가 말했다.

"말이 되네……."

"그렇지?"

"왜 납득할 수 없는 거지."

"네가 너무 완고해서 그래."

"하지만."

격렬하게, 숨을 내쉬었다. 목에서 흘러나온 숨결 때문에 몸 전체가 떨린 것처럼 느껴졌다. 안 된다. 그 말만이 머릿속에 맴돌았다.

"안 돼. 클리오가 무사하다는 걸 보기 전까지는 절대로 납득할 수가 없어. 알았어, 안 할 거야. 클리오는 어디 있지?"

"……."

위노나는 얼굴 절반을 크게 일그러트리고, 웃어보였다──운동선수 같은, 쾌활한, 보통 사람은 지을 수 없는 쓸쓸한 미소.

만전이라고 해도, 행운이 내 편이라 해도, 그래도 마음대로 안 되는 게 있다고 말하는 것 같은…….

"……10점 만점이네, 도련님."

"?!"

스승님이 했던 말이 떠오른 건, 우연일까. 매지크는 심장이 크게 뛰는 걸 느끼면서 위오나를 봤다.

위노나는 여전히 쓸쓸하게 웃고 있다.

"하지만…… 지금은 9점…… 8점……."

점수를 점점 낮추면서 다가온다. 펼치고 있는 오른손을 움츠리며, 매지크는 깨달았다. 수수께끼 같은 것이었다. 위노나는 행동으로 말하고 있다. 지금 마술로 먼저 공격하는 것 말고는 승산이 없다고. 그것은 시간이 지나면서 성공률이 낮아진다. 낮아지고 있는 점수는 그런 뜻이겠지.

다가오는 그녀를 향해, 마술을 날리는 것. 그건 간단한 일이었다. 구성을 짜고, 그 구성을 구현한다. 자신에게는 그것을 제어할 힘이 있다. 제어할 수 있는 의지의 힘이 있다. 스승의 말을 떠올린다──

『완벽한 구성이다.』

완벽한 구성. 매지크는 의식의 설계도를 그대로 공간에 그렸다. 위노나하고는 아직 거리가 있다. 그녀에게는 이 구성이 보이지 않는다. 이것은 마술사에게만 보인다. 그녀는 그가 어느 정도 힘으로 그녀를 쓰러트리려 하는지를 깨닫지도 못하고 격퇴 당한다. 그 시나리오에는 문제가 없다.

『그 때 필요한 힘이 그 중에 1인지 9인지를 파악해야만 해.』

그녀의 방어구는 얼마나 유효할까? 그것은 상상할 수밖에 없다. 예를 들어서 격투에는 도움이 돼도 마술 공격에는 제대로 된 방어력을 발휘하지 못할 것처럼 보인다. 온 힘을 다할 필요는 없다. 제대로 제어한 일격만 날리면 자신의 승리다. 의식을 집중하고, 표적을 중심으로 구성을 완성한다――

'지금이다…….'

타이밍도 문제없다.

"나 발하노라――"

순간. 단말마였는지도 모른다.

그 구성에 거대한 균열이 발생하는 걸, 매지크는 똑똑히 봤다. 집중이 끊어지고, 모든 것이 안개처럼 흩어진다.

――그 정도 힘으로 될까…….?

속삭임이, 세계에서 소리를 빼앗고 그의 귀를 점령했다.

눈앞에 떠오른 것은 어번라마의 모습이었다. 모습을 드러낸 드래곤 종족. 레드 드래곤 종족이었다고, 나중에 들었다. 마술을 써도 결코 쓰러트릴 수 없는 상대. 대륙에 존재하는 무적의 힘 중에 하나.

――네 힘이 부족한 게 아닐까…….?

'그런 건――스승님이 말했잖아! 내 구성은 완벽하다고――'

그렇게 외친 것과 동시에 속삭이는 소리가 사라졌다. 허무하게.

그 때 이미, 위노나는 눈앞까지 다가와 있었다. 아니, 위노나의 일부가. 그녀의 주먹이. 얼굴에 닿으려 하고 있었다.

거대한 주먹이었다. 그 일격이 얼굴을 부수고, 두개골을 꿰뚫고, 그 뼈로 된 그릇 속에 있는 매지크 자체를 엉망진창, 형태가 없는 살덩어리로 만들어버리는 것을 느끼며——

매지크는 깨진 구성을 다시 이어 붙이려고 두 손을 버둥대는, 헛된 노력을 하면서 잠들어버렸다.

농담처럼 깔끔하게 기절한 소년을 보며, 위노나는 자기 주먹을 문질렀다. 그리 세게 때린 것도 아니다——실제로 소년은 코뼈도 부러지지 않았다. 굳이 말하자면 제멋대로 기절했다고 봐야겠지. 엄청난 꼴로, 움찔움찔 경련하고 있다.

"정말이지."

한심해 하며, 혼잣말을 했다.

"대체 뭐가 뭔지. 후딱 집으로 돌려보내는 게 좋지 않을까?"

실제로 누가 그런 제안을 해도 반대하는 사람은 없을 것 같았다. 어쨌거나 판단하는 건 자신이 아니지만.

그녀는 고개를 들어 허공을 봤다.

"뭐, 일단 이걸로 내 할 일은 끝났네."

보이지 않는 상대에게 주문을 말하는 건 바보 같은 기분이었지만, 굳이 신경 쓰지 않고 계속 말했다.

"빨리 데리고 가, 다미안."

그리고.

그녀는 쓰러진 소년이 사라진 것을 보고, 다음으로 자신이 이동하기를 기다렸다.

"자……."

이런 상황의 상투적 문구라면 그런 애매한 한 마디만이 떠오르지만, 개울이 말라버린 자국 같은 가늘고 긴 골에 몸을 숨긴 오펜이 중얼거렸다. 고개를 내밀어 보니, 멀리 떨어진 곳에 사람들 무리가 보였다.

"저 녀석들 주의를 끌어야 한다는 거지."

"보통 일이 아니네."

벌써 질렸다는 기색의 레티샤. 그리고 그 다음에 이르기트가 혼자서 밝은 목소리로 말했다.

"저기저기 키리란셀로 군, 그거 기억 나? 벌써 몇 년 전 일이더라. 그러니까, 산중 합동 훈련에서——"

"아, 그 때도 같은 멤버였던가."

기억은 하고 있었다.

"그 때 상처가 아직도 남아 있는 것 같은데……."

"어머나~ 어쩌다 다친 거야."

"그게, 서바이벌 나이프로 싸우려는 두 사람을 말리려다가."

도끼눈을 뜨고 말했지만 이르기트는 안 들은 것 같았다. 레티샤도 재빨리 눈을 피하고 엉뚱한 곳을 보고 있다.

이르기트는 두 손을 얼굴 앞에서 깍지끼고, 큰 눈동자를 반짝반짝 빛내며 말했다.

"아쉽게도 우리 둘만 있는 건 아니었지만, 정말 즐거운 추억이었어."

"열 네 바늘이?"

"마술로 고치면 되는데 말이야."

"그래도 안 아물어서 꿰맨 거라고."

오펜은 왠지 다시 아프기 시작한 것 같은 등을 문지르며 한숨을 쉬었다. 그리고 다시 말했다.

"자……."

이런 상황의 상투적 문구라면 애매한 한 마디만이 떠오르지만. 작전이란 원래 이런 거라 생각했다. 도랑에서 고개를 내밀어서 밖을 봤다.

적군——이라고 부르면 될까. 그 은월공주와 지인들을 찾는 건 그리 어렵지 않았다. 지금은 이 도랑에서 100미터 정도 떨어진 공터에서 뭔가 의논인지 토론인지를 하는 것 같다. 가끔씩 그 중에서 지인 둘이 지인 하나를 바위 뒤로 질질 끌고 가는 모습이 보였지만 의미는 잘 모르겠다.

그 집단 곳에서 단 둘만 차림새가 다른 지인 형제를 발견했다. 다른 지인들과 마찬가지로 열광적인 눈빛으로 공주를 바라보며, 그 방사형 동심원의 일부가 되어 있었다. 실제로 보고도 믿기 힘든 기분이 들어서, 오펜은 목구멍 속에서 신음소리를 냈다.

"대체 뭐냐고……."

리얼리티가 없는 풍경이었다. 애당초 지인들이 자치령 밖에서 이렇게 잔뜩 모인 자체가 있을 수 없었다. 통행이 제한이 없다는 사실이 양쪽의 교류를 촉진하지 않기 때문이다. 실제로 인간종족과 지인종족은 거의 교섭이 없는 상태다. 아주 한정된 일부의 교역이 있는 정도로.

"어쩔 거야?"

이르기트가 레티샤를 밀치고 다가와서 물었다.

옆으로 밀려난 누나가 씩 웃으며 주먹을 쥐는 모습을 보며, 오펜은 일단 지인들 쪽으로 시선을 되돌렸다.

그리고 그대로 대답했다.

"너무 깊이 생각해봤자 의미가 없을 것 같아. 상대는 고스트니까. 각개격파면 되지 않을까. 그리고 여유가 있으면 은월공주도 공격하고."

"그래."

고개를 끄덕인 건, 어째선지 레티샤였다──한 순간 전까지 이르기트가 있었던 장소에 레티샤가 있고, 레티샤는 조금 떨어진 장소에 거의 거꾸로 뒤집힌 모양으로 쓰러져 있다.

크게 놀라지도 않고, 오펜은 그대로 계속해서 말했다.

"고스트를 상대할 때는 의지를 확실하게 가지는 게 중요해. 상대가 어디까지나 고스트라고 믿을 것. 미신과 결별할 것……."

"그렇구나."

이번에는 이르기트.

다시 눈을 돌렸다 되돌렸더니, 그 위치에 그녀가 있었다. 이르기트가 내지른 팔꿈치에 얼굴을 맞은 레티샤는 옆으로 밀려 있다.

"……."

오펜은 자신에게 뭔가 기회를 주는 심정으로 눈을 감았다. 계속했다.

"저게 영혼이나 유령이라고 생각하면 주저하게 돼. 이 세상에 그런 건 없다고 단호하게 믿을 것. 상대를 불쌍하다고 여기지 말 것. 그렇지 않으면 자기가 위험해지니까."

"알았어."

레티샤. 이르기트는 그녀에게 짓밟혀서 버둥버둥 날뛰고 있다.

오펜은 천천히 한숨을 쉬었다.

"저기 말이야."

머리를 가볍게 긁으면서 말했다.

"그러니까 말이야, 아주 조금, 겉으로 만이라도 사이좋게 지내는 척 하면 안 돼?"

"아, 왠지 옛날 키리란셀로 같은 말투다."

"그게 아니라!"

두 손을 부들부들 떨며, 오펜은 두 사람에게 다가갔다. 그 때, 발밑에서 뭔가 썩은 채소라도 밟은 느낌이 들어 아래를 보니 레티샤의 발밑에서 도망치려던 이르기트의 머리를, 오펜의 부츠가 밟고 있었다.

"아."

"너무해!"

이르기트가 울면서 벌떡 일어났다.

"너무해, 너무해, 정말 너무한 거 아냐?! 그래, 그런 거야? 역시 시누이 편을 드는 거야?"

"뭔소리야!"

소리를 지르고,

"정말이지…… 그러니까, 이제 와서 사이좋게 지내라는 말은 안 할 테니까, 최소한 싸우지만 말아주면 안 될까? 둘 다."

"무리야."

"무리야, 무리."

"아, 왜 네가 한 번 더 많은데. 무리야, 무리, 무리."

"뭐야, 내가 더 참은 게 당연하잖아, 내 흉내 내지 말라고 무리, 무리, 무리, 무리——"

"크아아악!"

오펜은 끼어 들어서 더 큰 소리를 질렀다.

"왜 그렇게 사이가 나쁜 거냐고!"

"그렇게 나쁜가."

"오늘은 꽤 좋은 편이지?"

"아니…… 저기…… 아냐, 됐어."

비틀거리며 제각기 말하는 두 사람한테서 떨어진 오펜은 고개를 저었다. 절망적인 기척이 다가온다. 이 두 사람한테는 전혀 기대할 수 없다.

'설마 그 시크라는 자식…… 단순히 이르기트를 떨쳐버리고 싶어서 이렇게 편성한 건 아니겠지.'

그것도 부정할 수는 없다. 부정할 도리가 없다.

어떻게든 기력을 되찾고, 오펜은 고개를 돌렸다. 헛된 짓이라는 생각이 들어도 포기할 수는 없었다. 솔직히 일시적이 됐건 뭐가 됐건, 이 두 사람을 단결하게 만들어야지, 혼자서는 저 군세를 막아낼 수가 없다.

"어쨌거나 둘 다——"

그렇게 말하다가.

두 사람의 시선이 다른 곳을 보고 있다는 걸 알았다.

두 사람의 시선은 자신을 약간 빗겨나서 뒤쪽의, 대각선 방향 위쪽을 보고 있었다. 깜짝 놀란 얼굴로.

"아."

그 목소리에 이끌려서 같은 방향을 봤더니——

녹색 모자를 쓴 지인이 있었다. 망원경으로 이쪽을 보면서.

"적 발견! 적이니까 적~!"

결국,

'다 소용 없다는 건가?!'

오펜은 마음속으로 욕지거리를 하면서 있는 힘껏 뛰어갔다.

"……시작했나?"

시크 마리스크는 멀리 떨어진 곳에서 바라보며 중얼거렸다.

옆에 있는 카콜키스트가 고개를 끄덕였다.

"그런 것 같네요."

"그럼, 가볼까."

"예."

나란히 걸으며, 시크는 칼집에 들어 있는 군도를 손가락으로 만졌다. 철의 감촉. 인체를 파괴하는, 인체보다도 단단하고 예리한 것. 예로부터 전해 내려온 도구. 이것은 유용한 것이며 영원히 역사 속에 묻히지 않는다. 앞으로도 사라지는 일은 없을 것이다. 형태를 바꿔가며,

쓰는 이를 바꿔가며 미래영겁, 계속 인체를 파괴할 것이다.

그래도 그는 살짝 고개를 돌려볼 여유가 있었다. 지인 군대는 움직이기 시작했다. 이르기트를 비롯한 《탑》의 마술사들을 쫓아서.

"그들의 도착이 얼마나 늦어질까."

의미가 없는 의문이었다. 학생이 속 편하게 추측한 내용을 대답했다.

"저희보다 하루 정도 늦지 않을까요?"

"그 정도인가."

딱히 반론할 내용도 생각나지 않아서 거기에 동의했다.

"뭐…… 이르기트까지 죽으러 갈 필요는 없으니까. 최접근령, 이라."

그리고 그들은, 출발했다.

일단 도랑에서 뛰쳐나오는 게 급했다. 도망치려면 그러는 수밖에 없다. 정면으로 싸울 수는 없다──질 게 뻔하니까.

"어쩔 거야?!"

레티샤의 짧은 질문에, 오펜이 대답했다.

"거리를 두고 시간을 번다!"

옆으로 돌아서 지상으로 올라가기 위해, 달려가려고──

하기 전에, 목소리가 울렸다.

"푸른 충격!"

그렇게 외친 이르기트의 손끝에서 순백색 빛이 뻗었고, 도랑 가장 자리를 때렸다. 폭발이 흙먼지를 일으켜서 한 순간 시야를 어둡게 만든 뒤에, 지면을 도려내서 지상까지 올라가는 완만한 언덕을 만들었다. 이르기트가 팔을 내리고서 말했다.

"여기로 올라가는 게 빨라."

"……그렇겠네."

오펜은 얌전히 인정하고 그쪽으로 뛰어갔다. 아직 모래가 뜨겁게 타오르고 있지만, 마술 때문에 발생한 열은 금세 사라진다.

척후 지인은 이미 보이지 않았다. 본대 쪽으로 도망친 건지 아니면 고스트답게 사라진 건지, 어느 쪽인지는 모른다. 둘 다 있을 수 있는 일이지만.

"아무튼 도망쳐서 적을 길게 끌어."

"끌어?"

나란히 달리고 있던 이르기트가 물었다.

오펜은 다시 말했다.

"상대 집단이 한 줄로 길게 늘어지게 만드는 거야. 그러면 어느 쪽이건 약해지니까. 시크가 돌입하기 쉬워질 거야."

"잘 될까?"

뒤따라온 레티샤가 신음하듯 말하는 소리가 들려왔다. 불안이라기보다는 보다 적극적인 회의——시크라는 《13사도》를 신뢰해도 될지, 이르기트 앞에서 노골적으로 말하지 않고 물었다고 봐야겠지. 오펜은 대답하지 않았지만 이것이 상당히 안전한 방법이라는 자신은 있었다. 아무리 생각해도 지인들이 자신보다 빨리 달릴 수는 없다. 순발력도, 지구력도.

어깨 너머로 돌아보니.

대량의 지인들이 바로 뒤까지 다가와 있었다.

"뭐야아아아아?!"

"모를 줄 알았어."

피곤한 얼굴로, 레티샤가.

오펜은 더 빨리 뛰면서——그래도 십여 미터 뒤에 있는 지인들이 점점 거리를 좁혀오고 있다는 걸 바로 알았지만——소리쳤다.

"왜 저 놈들이 저렇게 빠른 거야!"

"나도 몰라. 빨리 뛰라는 명령을 받은 게 아닐까?"

"그런 말도 안 되는——"

그렇게 말하려는데. 지인들 뒤쪽에서 소녀의 새된 목소리가 들렸다.

"전군 진격! 바람처럼 빠르게! 적군을 추격하라!"

"가라! 가는 거니까 더 빨리 가라!"

실제로 속도가 더 빨리진 것 같았다.

"……."

오펜은 오싹한 기분을 맛보면서 말했다.

"이 정도면 드래곤 종족하고도 싸울 만 했겠는데."

딱히 이론은 없는지, 레티샤도 이르기트도 말없이 계속 뛰고 있었다. 누구 목소리인지는 모르겠지만, 이렇게 물었다.

"어쩔 거야?"

이대로 가면 금세 따라잡힌다. 그건 틀림없다. 이 상태를 계속 유지할 수는 없다. 그렇다면 빨리 행동을 바꿔야 하는데——선택지는 거의 없을 것 같았다.

그리고 그 선택지를 말했다.

"산개! 둘로 갈라지자."

"의미가 있어? 저쪽도 같이 갈라져서 쫓아올 텐데."

"공주는 하나뿐이잖아?!"

오펜이 말하자, 두 사람 모두 바로 이해한 것 같았다. 오펜은 바로 오른쪽을 가리키며,

"난 이쪽으로 갈 테니까——"

"아, 그럼 나도."

"내가."

바로 말한 레티샤와 이르기트가 서로를 견제하듯 노려봤다.

이 짓에 어울려줄 틈은 없다. 오펜은 두 사람의 틈을 노리고, 마지막으로 말했다.

"그럼 둘이서 저쪽으로 가!"

그리고 왼쪽을 향해, 급격하게 방향을 틀었다.

동생이 순식간에 시야에서 사라지고 이르기트와 둘이서 남았다는 걸 알아차렸을 때, 레티샤는 짧은 한 마디를 입에 담았다. 숨 쉬는 것과 다를 것 없는. 하지만 지금 상태에서는 그 숨 쉬는 게 무엇보다 힘든 노동이지만. 어쨌거나 그것은 한마디였다. 단순한 한마디.

"우웩."

"뭐야 그거, 무슨 뜻이야?!"

이르기트가 난리를 쳤다——시끄러워 죽겠지만 말다툼을 한다고 저 입을 다물게 할 수 있는 것도 아니다.

'우웩, 에 무슨 의미가 있겠어, 정말이지!'

레티샤는 소리 없이 투덜거렸다.

'들은 그대로 아니겠냐고!'

사실 다른 의미가 있거나 없거나 이르기트는 눈꼬리를 치켜 올리고 소리를 질렀겠지만. 그 마리아 폰 교사의 가장 못난 학생──다른 교실 사람들은 그렇게 말했지만──은, 키리란셀로의 모습이 안 보여서인지, 더 기분 나쁘다는 목소리로 소리를 질렀다.

"이 기회에, 분명히 말해두고 싶은데, 레티샤 마크레디!"

"일일이 풀네임으로 부르지 말라고!"

"네가 날 이르기트 스위트하트라고 부르면 그만 둘게! 잘 들어? 너 말이야, 독점욕을 드러내고, 피가 이어지지도 않은 동생을 과보호하는 건, 정말 불건전하거든! 알기나 해?!"

"누가 과보호를 한다고 그래! 쟤는 5년이나 방랑을 했다고! 그 동안 어디 농장 딸이랑 결혼 약속을 하질 않나, 묘한 엉터리 여경을 지켜주지 않나, 하다하다 얼빠진 사서관이 따라다니는 데도 싫다고 하지 않았다나 뭐라나──"

"뭐야 그거! 정찰이라도 했던 거야?! 진짜 저질이잖아!"

"아니라고! 나도 얼마 전까지는 몰랐어! 정찰한 건 내가 아니라──"

이야기에 정신이 팔리면서도 뒤쪽의 날카로운 기척을 느낄 수 있었던 건, 훈련의 성과라기보다는 본능일 것이다. 재빨리 몸을 틀었다. 속도는 반걸음 정도 늦어졌지만, 딱 그 자리──자신의 등이 있던 곳을 거대한 창날이 뚫고 지나갔다.

오싹한 기분을 맛보면서도, 왠지 냉정한 목소리가 자기 자신에게 말했다. 이미 다 따라잡혔다. 여기서 싸우는 수밖에 없다.

멈춰서고, 뒤를 돌고, 싸울 태세. 그것을 한 동작으로 행했다. 게다가 마술 구성을 구현하는 데까지 전혀 주저하지 않았다. 가장 효과적인 방어란 영원히 막는 것이 아니다. 단 한 순간만 막고, 그리고 거기서부터 일격으로 적을 무력화한다. 그녀는 그것을 자신의 가슴 속에서 되뇌었다. 목에서는 주문만이 흘러나왔다.

"빛이여!"

표적은 보지 않았다. 어차피 바로 등 뒤에 있을 테니까 확인해봤자 의미가 없겠지. 고개를 돌리니 눈에 들어온 것은 예상대로 수많은 지인들──그리고 그것을 집어삼키는 하얀 빛의 소용돌이였다. 폭발하는 화염과 충격파의 범류가 접근하려던 지인들을 단번에 지워버렸다.

그래봤자 지인들 중에 일부지만.

상대는 수없이 많았다. 폭발 때문에 기세가 상당히 꺾이긴 했지만, 그 뒤에서 끊임없이 밀려오고 있다.

다음 구성을 짜는 사이에 목소리가 울렸다.

"진홍의 질풍!"

조금 전의 창날을 레티샤와 반대쪽으로 피했던 것 같은 이르기트가 자신을 따라한 것 같은 포즈로 주문을 외쳤다. 이르기트가 뿌린 불덩어리가 연속으로 지인들에게 쏟아져서 폭발을 일으켰다. 하얀 불꽃을 피워 올린 파괴의 흔적 속에, 지인의 모습은 남아 있지 않았다.

그것도 지인들 중에 일부를 없앴을 뿐이지만.

"……내 마술이 더 많이 쓰러트렸어."

들으란 듯이 거만하게 턱을 들어 보이며, 이르기트가 말했다.

그것이 신호였다.

레티샤는 유난히 시간을 들여서 허리를 곧게 폈다. 표적이 아니라, 자존심이 가득 찬 눈으로 이쪽을 보고 있는 여자 쪽으로 의식을 향한 채, 외쳤다.

"천마여!"

물질 붕괴가 발동했다. 공간이 삐걱거리는 소리를 냈다. 부풀어오른 폭발이 계속 몰려오던 지인들을 지워버렸고——그리고, 이르기트보다 거대한 파괴의 흔적을 남겼다.

레티샤는 아무 말도 하지 않았다.

이르기트도 아무 말도 안 했다.

그저 이르기트도, 이번에는 두 팔을 들고,

"녹색 폭명(爆鳴)!"

충격파가.

"벼락이여!"

벼락이.

"무색의 포효!"

난기류가.

"단열(斷裂)이여!"

공간 폐쇄가.

"검은 언어여!"

극저온이.

"하앗!"

가끔씩 맨손 공격도 섞어가며.

그리고——

"잠까아아아안!"

갑자기 울린 고함소리에, 레티샤는 정신을 차렸다. 계속 이르기트를 노려본 채로 마술을 연발하고 있었는데.

고개를 돌려보니 지인 군대는 이미 보이지 않았다. 지면을 태워버리고 꼼꼼하게 갈아 엎어버린 것 같은 수많은 파괴의 흔적만이 있을 뿐, 다른 것은 아무것도 없다. 반쯤 묻혀서, 시커멓게 그을린 지인 두 사람을 빼고.

소리를 지른 것은 그 중에 하나였다. 검을 뽑고, 누더기가 됐지만 목소리는 컸다.

"네놈들, 그러니까 뭐랄까, 아무리 이 민족의 영웅, 마스마튜리라의 투견 볼칸오 볼칸 님이 두렵다고 해도, 그러니까 말이다. 으아아, 소리가 나올 정도로 끈질기다, 이 꼼꼼한 파괴마!"

"솔직히 죽일 생각이면 미리 말 좀 해주세요, 열심히 각오할 테니까······."

또 하나, 안경을 쓴 쪽이 비참하게 울면서 신음했다.

뭔가가 생각나서, 레티샤는 손바닥을 탁, 하고 쳤다. 그러니까,

"아, 세뇌가 풀렸네."

"그렇다면 공주는 이쪽으로 안 왔다는 거잖아."

이르기트도 납득해서 고개를 끄덕였다.

하지만 그 지인은 불탄 땅에서 탈출하면서 불평을 늘어놨다.

"네놈들, 분석하기 전에 할 일이 있지 않느냐?!"

"키리란셀로 군은 괜찮을까······."

"걱정하기 전에!"

"뭐가 뭔지도 모르는 사이에 정신을 차려보니 숯덩이가 돼 있는 저희보다 더 걱정되는 게 있나요."

제각기 투덜거리는 두 사람을 보며, 레티샤는 다시 생각에 잠긴 뒤에,

"글쎄……."

"그 무책임한 언동에 대한 맹렬한 반성을 요구하며 죽인다!"

"대단하네~ 물질 붕괴까지 맞고 어떻게 살아남은 거지."

"굳이 따지자면, 고스트보다 이쪽이 괴물이네."

"받아들이기 힘든 감탄은 하지 마라아아아아!"

데굴데굴 구르면서 뭐라고 소리 지르고 있는 지인은 그냥 두고.

'……키리란셀로가 했던 말이 맞다면.'

이 고스트 현상이라는 것의 핵심이 은월공주라면.

이쪽 지인들이 소멸한 것은 자신들의 마술 때문이 아닐지도 모른다. 단순히 핵심에서 떨어져 멋대로 사라졌다고 할 수 있다. 그렇다면,

'저쪽은 키리란셀로 혼자서 전부 상대하게 됐다는 거잖아?'

레티샤는 슬쩍 눈짓을 했다. 이르기트도 같은 생각을 하고 있던 것 같다. 말은 안 했지만, 긴장된 눈빛으로 대답했다.

고개를 끄덕이는 이르기트에게, 레티샤가 말했다.

"키리란셀로가 쫓기고 있어. 우리도 그쪽을 쫓아가면 적의 뒤를 칠 수 있겠지."

"그렇겠네."

"서두르자. 쫓기면서 미처 도망치지 못한 사람을 따라잡아야 하니까."

"나도 알아."

"아! 도망치는 거냐, 네 이노오오옴?!"

"형님, 일일이 그렇게 맹수를 쫓아가는 짓을 할 필요는——"

뒤쪽의 고함 소리는 무시하고, 레티샤는 호흡과 타이밍을 정리하기 위해 뒤꿈치를 한 번 부딪치고는 단숨에 뛰쳐나가면서 큰 소리를 질렀다. 옆에 딱, 이르기트가 따라온다.

뒤에서 지인 형제가 시끄럽게 욕하는 소리를 들으며, 레티샤는 온몸의 근육을 이용하며 더 빠르게 달려갔다.

굳이 따지자면, 그건 도박도 아닌 자포자기였다——

'하티아 자식이라면 그렇게 말하려나. 포르테도 똑같은 소리를 하겠지. 아냐, 누구나 같은 말을 하려나? 누가 봐도, 분명히, 자포자기야. 이건.'

오펜은 뒤로 돌면서, 숨과 함께 주문을 외쳤다.

"나 부수노라, 원시의 정적!"

공간을 일그러트리는 폭발이 시야 전체를 진동시켜 빛을 빼앗았다.

시야는 바로 회복되어, 지면에 거대한 구멍이 남아 있는 황야를 볼 수 있었다. 그 폭발 자국으로 줄줄이, 지인들이 계속 밀려들어왔다.

'……고스트 현상의 핵심을 없애지 않는 한, 이런 짓을 계속 해봤자 의미가 없어.'

혀를 차면서 혼잣말을 했다.

'공주라는 건, 어디 있지?'

자세히 바라봤다.

모래먼지와 사람들 너머에, 은색 갑옷과 검이 보였다.

"할 수 있을까?"

반신반의하면서 발밑의 돌을 주웠다. 평범하게 공격해봤자 닿지도 않겠지만, 모든 방어를 무효로 만드는 비장의 카드 정도는 한 두 개 정도 있다.

"나 춤추노라——"

돌을 든 손을 은월공주 쪽으로 뻗고, 주문을 외웠다.

"——하늘의 누각!"

유사 공간전이. 손에 쥐고 있던 돌이 사라진다.

하지만 실제로는 전이하지 않은 돌은 직진하면서 온갖 물체와 충돌했고, 충격을 주면서 관통했다. 밀집 대형으로 공주를 지키는 지인들을 전부 뚫고, 확실하게 목표에게 파괴력을 전해야 했다.

하지만.

"막아라!"

라는 목소리를, 마술을 발동하기 직전에 들은 것 같았다.

아니, 실제로 들렸을 것이다. 앞쪽에 있는 지인이 뒤꿈치를 들고 팔을 높이 들어올리는 모습이 보였다.

파악, 가벼운 소리를 내며, 그 손이 돌을 잡았다.

"……뭐?"

순간, 무슨 일이 일어났는지 도저히 이해하지 못하고, 오펜은 움직임을 멈췄다. 하지만 눈앞에서 일어난 일이 거짓이 아니라면 오해할 여지는 없다.

'유사 공간전이 된 돌을…… 잡아서 멈췄다고?'

있을 수 없는 일이다. 돌을 막아낸 지인의 모습이 사라지고, 무력해진 돌멩이가 땅바닥에 떨어졌다. 그 광경에 시선을 사로잡히면서도 몸을 움직인 것은, 이성이 아니라 본능이었다.

"전군, 돌격!"

"돌격이니까 전진해서 다 죽여라~!"

흐트러지지 않고, 전원이 외치는 지인들에게 등을 돌리고 있는 힘껏 뛰었다.

'농담이지?!'

농담이라고 해도 믿기 힘들어서, 오펜은 뛰어가면서 고개를 저었다.

'어떤 명령이건 따른다고 해도, 이건 좀 아니잖아?!'

도망쳐봤자 따라잡으라고 명령하면 따라잡히게 된다. 절대로 끝까지 도망칠 수 없다.

멈춰 서서 역전을 노려도 통하지 않는다.

'말이 그대로 실현되는 건가? 아냐…… 그럴 리가 없어. 그런 일은 있을 리가 없어.'

오펜은 자기 자신을 달랬다.

'초상적인 힘이라도 가졌다면 모를까, 저런 일은 있을 수 없어. 고스트가 되고 네트워크에 재구축되면서 특징이 간략화 되고 확대해석됐나?'

그것 또한 있을 수 없는 일이라고 생각됐지만.

네트워크가 악의를 품고 이 고스트들을 만들어낸 것이라면 모를까.

'……?'

문득 떠오른 그 것을, 오펜은 깊이 생각해봤다.

'이 고스트 현상이 네트워크의 어긋남에서 자연적으로 발생한 게 아니라──'

어깨 너머로, 뒤를 돌아봤다.

'누군가가 우리에게 해를 끼치려고 만들어냈다면?'

오펜은 발을 멈췄다.

지인들은 사라졌다. 뒤에는 아무도 없는 황야가 있을 뿐이고, 자기 혼자만 그곳에 서 있다.

"그런 짓을 할 수 있는 놈은……."

중얼거린 것과 동시에.

뒤쪽에 기척을 느끼고 몸을 틀었다. 동시에 품 안에 있는 단검을 뽑아서 그 기척이 날린 일격을 막아냈다.

금속 부딪치는 소리가 울렸다. 갑자기 나타난 은월공주의 검을 단검으로 흘려내며 후방으로 뛰었다. 숨을 들이쉬고, 오펜은 다시 자세를 잡았다. 은월공주는 혼자서, 갑옷을 입었다는 걸 믿을 수 없을 만큼 가벼운 움직임으로 검을 정확히, 이쪽으로 겨누고 있다. 하늘색 머리카락이 바람에 날려서 수면처럼 흔들리고 있었다.

소리도 없이.

칼끝이 춤춘다!

이번엔 막아내는 대신 피하고, 오펜은 더 뒤로 물러났다. 하지만 거리는 전혀 벌어지지 않았다. 두 번, 세 번 눈앞을 스치는 칼날에 등줄기가 서늘해지는데도 익숙해졌을 무렵, 이번엔 속도가 완전히 다른 찌르기가 날아왔다. 옆으로 피했지만, 상대와의 거리를 좁혀봤자 공격할 수단이 없다. 마술을 쓸 틈도 없고, 중장갑을 입은 상대에게 손에 쥔 단검 하나로 달려드는 것도 힘들다.

'검은.'

왠지, 로테샤가 했던 말을 떠올리며 쓸쓸한 미소를 지었다.

'면과 면의 싸움이라. 경기 검술이라면 일리가 있지.'

하지만——

'기습이라면, 이런 것도 있어.'

제대로 노리지도 않고, 단검을, 상대를 향해 던졌다.

공주의 반응은 신속했다. 그 단검을 옆으로 쳐내고 그대로 칼을 휘두를 셈이겠지. 공주의 검이 날아나는 단검과 겹쳐지기 직전에, 오펜은 소리쳤다.

"나 치켜드나니, 항마의 검!!"

갑자기, 손 안에 검의 무게가 나타났다.

보이지 않는 검을 들고, 오펜은 자신의 단검을 노리고 치켜 올렸다——공주의 검 궤적이 보이지 않는다면, 검을 들이대는 길을 만들면 된다. 단검이 그것이었다. 단검을 쳐내려는 공주의 검을, 역장으로 만든 마술 검이 요격한다. 큰 힘은 필요 없었다. 충격이 터지고, 은월공주의 검이 중간 부분에서 부서지고 부러졌다.

깜짝 놀란 공주의 얼굴을, 오펜은 정면에서 바라봤다. 손에서 검의 무게가 사라진다. 그 두 손을 그대로 들고——

"나 발하노라, 빛의 칼날!"

마술의 폭발이, 은월공주를 지워버렸다.

"......."

바람의 여운이 황야를 진정시켰다.

주위를 둘러보며, 오펜은 발밑에 떨어진 단검을 주웠다.

"끝났…… 나?"

하지만, 순간.

단검이 떨어졌다. 오른팔에서 힘이 빠진다. 아래쪽을 보니 등 뒤에

나
치
켜
드
나
니
,
항
마
의
검
!!

서 찔러온 날카로운 칼끝이 어깨를 꿰뚫었다. 극심한 아픔에 숨이 새 나오지 않도록 이를 악물고, 그것을 뽑으면서 뛰었다. 방향은 어느 쪽 이건 상관없었다. 뒤이어서 날아올 마무리 일격을 피할 수만 있다면 어디라도 좋다.

구르면서 그 자리를 피하고, 고개를 들어보니 거기에 은월공주가 있었다. 멀쩡한 검을 들고, 지금 막 그 자리에 나타난 것처럼——아니, 실제로 거기에 나타난 건 틀림없지만. 고스트는 항상 시야 밖에서 나타난다. 피가 나는 어깨에 손을 대고, 오펜은 신음소리를 냈다. 마술로 치유하지 않으면 오른팔은 움직일 수 없을 것 같다. 아니, 그 전에,

'은월공주가…… 핵심이 아니라는 건가.'

그밖에 고스트의 핵이 되는 뭔가가 있다는 뜻이다. 은월공주와 싸우는 것은 전부 헛된 짓이다.

'뭐지……? 하지만, 달리 핵심이 될 만한 고스트 현상이 있었나?'

이어서 휘두른 은월공주의 검을 아슬아슬하게 피하고, 스스로에게 물었다. 온갖 인간들이 한 번씩 자신의 시야 밖으로 나갔다. 즉, 만난 이들이 전부 고스트일 가능성이 있다. 누나도, 이르기트도, 클리오와 매지크도. 아니, 시크와 카콜키스트까지 이르기트가 만들어낸 고스트였을 가능성이 있다. 어쩌면 아직 그 핵심과 만나지 못했을 수도 있다.

"고스트는, 네트워크의 사고에 의해 발생한다——누군가의 무의식적인 물음에 네트워크가 대답하는 형태로. 즉, 고스트가 발생했다는 것은 네트워크가 누군가를 불렀다는 뜻이야. 그리고, 거기서부터 고스트의 중추를 추측할 수 있지."

날카로운 찌르기와 거기서 이어진 베기를 몸 전체를 이용해서 피하며, 오펜은 중얼거렸다.

"분명히 처음부터 이상했어. 이 정도로 규모가 큰 고스트 현상인데, 부름을 받은 사람이 없다면 이상하지……."

정면에서 날아온 찌르기를 몸을 젖혀서 피했다. 후방으로 뛰고 싶었지만 움직이지 않는 오른팔이 짐이 됐다. 몸의 균형이 무너지고 있다.

"하지만 이게, 의도적으로 일으킨 사고였다면, 어떨까. 그렇다면, 애당초 내 앞에 핵심을 제출하지도 않겠지."

"누구와 말하는 것이냐!"

짜증이 난다는 듯이, 은월공주가 소리를 질렀다. 그 순간만이라도 공격이 멈춘 것에 감사하며, 오펜은 거리를 벌렸다.

무시하고, 혼잣말을 계속했다.

"하지만, 어떻게 된 거지? 단순히 날 죽이려는 거라면 그대로 지인 군대로 쫓아왔어도 됐는데. 어째서, 공격 방법이 바뀐 거지?"

"거인 놈이 공주의 전술에 참견하다니, 무엄하다!"

하얀 피부를 새빨갛게 물들이고, 공주가 검을 휘둘렀다. 점점 몸을 움직이기도 힘들어졌지만, 오펜은 간신히 그 검을 피했다.

"날 몰아넣고, 물아붙이고──하지만 죽이지는 않는다는, 그런 건가?"

"우리 군 앞을 막아서는 자는 죽인다! 다른 선택지는 없다! 우습구나!"

"……잠깐 조용히 해."

오펜은 결심하고, 공주 쪽으로 파고들었다. 검의 궤적 안쪽, 그리고 그녀의 팔 안쪽까지. 닿을 정도로 접근하자 공주의 안색이 바뀌었다.

엇갈리면서, 공주의 정강이 언저리를 뒤꿈치로 밟았다. 비명을 지르며 넘어진 공주의, 장갑이 지키고 있는 심장을 그대로 개의치 않고 걷어찼다. 부츠에는 철판이 들어 있다. 그 충격에 공주의 폐가 공기를 토하는 기묘한 소리가 들렸다 싶은 순간──공주의 모습이 사라졌다.

일단 오른쪽 어깨의 상처를 마술로 막고, 이번에야말로 단검을 집으면서 주위를 주의 깊게 둘러봤다. 상대는 고스트. 의미 없는 정보의 구현에 불과하다고 생각했지만, 가슴 속의 화는 풀리지 않았다. 그 불쾌감에 고집하면 고스트 현상과 맞설 수 없다. 그건 알고 있는데.

그런데도, 기척을 느낀 순간에 단검을 던지는 데 주저했다. 그래도 오펜이 던진 칼날은 망설이지 않고, 표적에 제대로 꽂혔다.

겨우 몇 미터 떨어진 곳에서, 단검에 목을 찔린 은월공주가 명료한 목소리로 말했다.

"어리석은…… 놈들의 편을 들겠다는 것이냐, 거인 놈!"

단검을 던진 자세 그대로, 오펜은 그 말을 듣고 있었다. 대꾸할 기분도 들지 않았다.

공주는 목에 박힌 단검을 뽑으려고 했지만 사라지기 시작한 손으로는 건드릴 수가 없어서, 그저 헛된 발버둥으로 끝나고 말았다. 목소리만이 계속 이어졌다.

"놈들을 믿다니, 어리석은 짓이다! 놈들은 자신이 힘을 얻는 대신에 세계를 전부 멸한 종족이다!"

목소리에는 괴로움이, 비통한 경련이 섞여 있었다.

"그뿐만이 아니다…… 그것만으로 끝나지 않는다는 것을, 어찌해 모르는가! 이런 것은 한 순간의 안녕일 뿐이고, 그 너머에 있는 파국은, 오늘의 죽음보다 더하다는 것을, 어이해 내다보지 못하는가!"

이미 사라지기 시작한 은월공주의 살갗은 흰색을 넘어 푸르스름하기까지 했다. 소멸에 고통이 따르는 건지, 아니면 목을 찔린 아픈 때문인지――어쨌거나 그것은 예전에 존재했던 은월공주라는 지인 공주의 형태를 모사한 이미테이션일 뿐이지만, 오펜은 눈을 돌렸다. 그렇게 따지자면 지인 군대 전체가 마찬가지다.

현실을 괴롭히는, 허구의 인격들.

그 중 하나인 공주가 긴 단말마를 외쳤다.

"이 공주를, 미친 공주라고 생각하겠지, 거인이여! 그럴지도 모른다. 허나, 공주를 미치게 만든 것은 싸움이 아니다! 싸움에 승리가 없기 때문이 아니다! 알겠나, 공주에게는 그 너머에 있는 미래가 보인다. 추악한 파멸이. 다가오고 있다! 그것을 피할 수 있다면, 공주는, 탄식하면서 영겁의 시간을 살아갈 것이다……."

더 이상 참을 수 없어서, 오펜이 말했다.

"절망이라면, 이미 들었어."

겨우 완전히 소멸된 공주의 몸에서 단검이 떨어졌다. 오펜은 고개를 들고 투덜댔다. 주위에는 당연히 아무도 없지만.

"……날 속이려고 하지 마. 아니, 은월공주 당신 말고. 당신 행세를 하면서 실실 웃고 있는 놈에게 하는 말이야."

대답은 바로 돌아왔다.

"웃지 않았다."

목소리는 정체를 감출 생각도 없는지, 바로 모습을 드러냈다.

'현실을 괴롭히는, 허구의 인격…….'

자신이 중얼거렸던 말을 되풀이하고, 탄식했다. 오펜은 나타난 백마술사──다미안을 향해 말했다.

"나한테, 드래곤 종족을 위협이라고 생각하게 만들려는 건가?"

다미안은 담담하게,

"지금 그것은 은월공주가 죽을 때 실제로 남겼던 말이라는 것 같다. 그녀가 두려워한 거인이란 무엇이었을지, 나는 생각한다. 물론 그녀가 살았던 시대에는 이 대륙에 인간종족이 없었다…… 고 한다. 네트워크에 의해 과거를 재현하면 이런 모순을 종종 볼 수 있지. 나는 종종 타인에게도 그 이야기를 하고 있다.

"그래서…… 은월공주 전설이 만들어졌다는 건가?"

볼칸과 도틴이 했던 말──은월공주는 지금도 살아 있다──을 떠올리고, 오펜은 씁쓸하게 웃었다. 이런 일이 종종 있었다는 건가?

다미안은 웃지 않았지만, 그래도 목소리에서 한심해하는 것 같은 기척이 느껴지긴 했다. 무엇을 한심해하는 건지는 알 도리가 없지만.

"의미 따위는 없는지도 모른다. 적어도, 대단한 의미는. 인간종족이 이 대륙에 온 것이 천 년 전이건 삼백년 전이건, 크게 상관없는 일이다. 어차피 우리는 천인종족에 의해 일컬어진 역사밖에 모르니까……."

"굳이 그런 얘기를 하려고 이 난리를 연출한 거야?"

"아니. 나는 그저 통상적인 역할을 다했을 뿐이다. 멸해 마땅한 상대가 영토에 들어왔는데, 코르곤이 붙잡지 못했다. 내가 인간을 멸하려고 생각하면 그 수단은 상당히 한정되니까. 잘 되어가고 있었는데, 자네가 거기에 난입한 덕에 중지할 수밖에 없었다."

"멸해야 할 상대?"

"뭐…… 됐다. 다른 방법은 있으니까. 그리고 사고는 사고로서 잘 이용했다.

"……."

물어봐야 하는 걸까──

아무 말도 못 하고 있는 사이에, 다미안은 그대로 모습을 감췄다.

"키리란셀로────!"

"키리란셀로 군!"

동시에, 멀리서 자기를 부르는 목소리가 들려왔다.

로테샤는 황야 한복판에서 그것과 만났다. 생각하던 것은 슬슬 옷을 갈아입으러 돌아가야겠다는──몸을 씻을 수는 있을까? 물은 귀중하다. 하지만 절약해서, 조금이라면 그 흑마술사도 너그럽게 봐주겠지. 실제로 그는 클리오의 부탁에는 엄청 약한 것처럼 보였다. 같이 부탁하면 어떻게든 될 것이다.

목검을 손에 들고 그런 생각을 하면서 걷다가, 문득 자신이 예정보다 멀리 와버렸다는 것을 알았다.

"아."

아무도 없다는 건 알고 있었지만, 목소리가 나왔다.

"돌아가야겠다……."

만난 것은 그 때였다. 돌아가려고 발걸음을 돌렸을 때, 한 남자가 눈에 비쳤다. 깜짝 놀라서 경계했다. 자세를 낮추고 검을 들고, 로테샤는 호흡을 멈췄다. 겨우 몇 미터의 거리. 거기에 있는 것은 자신의 남편——전 남편이었다.

"코르곤……?"

"의미가 없다. 검을 내려라. 나는 거기에 없다."

검은 망토로 몸을 감싸고, 여전히 음침한 얼굴로 중얼거렸다. 소곤거리는, 어두운 목소리. 밤길의 괴담 같은, 갈라지고 차가운 목소리…….

"무슨 소리야?"

목검을 겨눈 채, 로테샤가 물었다.

코르곤은 꼼짝도 하지 않고 같은 말을 되풀이했다.

"나는, 거기에 없다. 너는…… 영주가 있는 곳으로 가려는 건가? 키리란셀로와 함께……."

"헛소리 하지 마."

욕이라도 하고 싶은 심정으로 말했다.

"당신은, 그 영주인가 하는 사람이 있는 데 있잖아? 그래서 가는 거야. 난 당신을——"

"난 지금, 영주 곁에 없다. 다른…… 곳에 있다. 오산이 있었다. 작은 오산이지만, 그게 지금, 아슬아슬한 균형을 무너트릴지도 모른다."

그는 처음으로 동작 같은 동작을 보였다. 천천히, 살짝, 고개를 저었다. 그 때가 돼서야 로테샤는 그가 지금까지 입술조차 움직이지 않았다는 걸 깨달았다.

"그들이 고의로 일으킨 네트워크의 폭주…… 고스트 현상의 틈을…… 타서 말한다. 영주도 누구도, 이것은 도청할 수 없을 것이다."

'……환상?'

그렇게 생각할 수밖에 없었지만.

코르곤은 설명해주지 않고 자기 할 말을 계속했다.

"안 돼. 가지 마. 넌 자신에 대해 모른다."

"알고 있어. 난 당신을 죽일 거야."

딱 잘라서 말했다. 동요도 하지 않는 상대를 잡아먹을 듯이 노려보며, 로테샤는 앞으로 나서려고 했다. 환상이라도 좋다. 하다못해 일격이라도 먹여야──

하지만, 코르곤이 한 말에 발이 멈춰버렸다.

갈라진 목소리에, 다소의 힘이 깃들어서,

"그렇다면…… 한시도 마검을 놓지 마라. 키리란셀로를 믿어라. 내가 손을 쓸 수 없다는 걸 알면, 영주는 널 이용할거다. 자신을 지켜라!"

"무슨…… 소리야?"

영문을 모르겠어서, 로테샤는 신음했다.

"날 죽이려고 했던 당신이, 무슨 소릴 하는 거냐고!"

"……."

그는 대답하지 않았다. 뭘 신경 쓰는 건지, 눈을 감았다.

"길게 말할 수는 없다. 슬슬 한계다……."

"도망치지마!"

로테샤는 소리치며 뛰쳐나갔다. 목검을 휘둘렀다.

연습용 검의 궤적은 분명히 그 남자가 서 있던 공간을 가로로 베었다. 정확히 두개골의 위쪽 절반이 있는 위치를.

그 일격이 위력을 발휘했는지 아닌지는 모르겠지만──

다음 순간, 코르곤의 모습은 어디에도 보이지 않았다.

황야의 바람 속에서, 로테샤는 목검을 휘두른 자세 그대로 그저 가만히, 경직된 자세를 유지하고 있었다.

에필로그

클리오는 천천히 눈을 떴다. 마지막으로 본 황야의 풍경이 없다는 것에── 놀랄 수 없었다. 몸에 남은 공허한 나른함은 잠든 사이에 몸이 사치를 누린 덕분이라 생각했다. 호화로운 침대에 누으면 잠이 깨지 않는 것도 당연한 일이지.

"……?"

의아해하며 고개를 들었다. 자신이 침대에 누워 있는 건 틀림없었다. 일어나려고 손을 대니 그대로 묻혀버려 일어나지 못할 정도로 엄청나게 부드러운 쿠션. 하늘하늘한 레이스. 덮개에는 수많은 커튼. 역시 하늘하늘한 레이스. 방은 극단적으로 넓다. 침대밖에 없는 걸 보면 침실 혹은 병실일지도 모른다. 환자를 이런 데 눕히는 건 우스운 얘기지만.

창이 있어서 어느 정도 마음이 놓였다. 바깥도 보인다. 갇혀 있는 건 아닌 것 같다. 아마도──라고 추가했다.

'1층은 아닌가보네.'

창문 바로 앞에 있는 커다란 나무, 그 가지를 보면서 생각했다.

'급하면 저걸 타고 내려갈 거라는 생각은 누구든 할 테니까. 그렇다면 죄수를 이 방에 가둬놓을 리는 없다는 뜻이겠지?'

침대 나오니 자신이 셔츠에 청바지 차림이라는 걸 알았다. 신발도 변함없는 먼지 쌓인 운동화. 신발과 방의 조화를 신경 써주지 않았을까──혼자서 투덜거렸다. 딱히 이 차림새가 싫은 건 아니지만 세상에는 때와 장소와 상황에 맞는 복장이라는 게 있는 겁니다.

'그렇잖아…… 잠깐, 어라?'

평소처럼 부르려다가.

클리오는 깜짝 놀라서 주위를 둘러봤다. 레키가 없다.

어떻게 해야 좋을지 생각했다——하지만 좋은 생각은 나지 않았고, 클리오는 한숨만 쉬었다. 어쩔 도리가 없다. 자다 일어나고서 바로 해결할 수 있는 일과 없는 일이 있으니까.

'이런 타이밍에서 일어나셨나, 라는 소리를 하면서 들어오는 사람이 있으면 틀림없이 나쁜 놈이겠지. 뭐 그건 괜찮아. 무슨 일이 일어난 건지 설명만 해준다면. 개체 뭐가 어떻게 돼서 어디에 있는 거지?'

기억을 떠올려보려고 몸 전체를 써가며 고개를 갸웃거렸다.

분명히 로테샤를 찾으러 가려고 했는데, 갑자기 기억이 끊겼다.

답이 나올 것 같지가 않다.

그 때——

"일어나셨나?"

문을 열고 사람이 들어왔다. 클리오는 고개를 들고 그 남자를 봤다.

그는 이 땅의 주인.

마왕 숭배자.

알마게스트 베티슬리서.

"어떻게 된 거야!"

그녀는 불같이 화를 내고 있다. 당연하다면 당연한 얘기지만.

"시크는 어디 갔냐고! 그 자식, 거만한 얼굴로 잘난 척 해놓고, 어느새 사라져버렸잖아——"

"예상은 했지만."

화가 나서 소리를 질러대는 이르기트에게, 오펜이 말했다. 사실 확률은 낮다고 생각했지만.

"……뭘?"

그렇게 물은 이르기트에게, 피식 웃어 보이고,

"그 사람은 자기가 말한 대로 했을 뿐이야. 우리를 미끼로 삼았어. 그리고 그대로 목적지로 갔지."

"어째서."

"자기가 암살자라고 했었지."

그렇게 중얼거리고, 이르기트는 완전히 기세가 죽은 것 같았다. 목이 움직이는 걸 보고 침을 삼켰다는 걸 알 수 있었다.

오펜은 이르기트에게 물었다.

"애당초 너희가 여기에 온 목적이 뭐야"

"아마…… 그쪽하고 똑같을 거야. 최접근령 조사."

"난——"

끼어드는 레티샤의 말을 자르듯 이르기트가 또 소리를 질렀다.

"그냥 조사야! 암살이라니, 그런 구시대적인 짓을 할 리가 없잖아."

"……."

잠시 오펜은 그 단어를 곱씹었다. 조사. 암살. 조사하는 김에 암살.

"어쨌거나 모습은 보이지 않고, 목적지는 최접근령야. 그리고…… 위노나도 안 보이고. 클리오랑 매지크도, 로테샤고."

"그냥 떨어진 것뿐일지도."

"위노나는 아니야. 그쪽은 내 감시자니까. 아니…… 안내인인가."

"그렇다면?"

"……더 안내하지 않아도 될 만큼, 최접근령에 접근했을지도 몰라."

레티샤에게 말하고 주위를 둘러봤다. 황야. 뭔가 특이한 것도 아니다. 표식이 있지도, 길 같은 길이 있는 것도 아니다. 대륙 지도를 머릿속에 떠올려 봐도 큰 의미가 없지만, 그곳이 어번라마보다 한참 서쪽, 동부쪽 펜릴의 숲 근처라는 정도는 상상할 수 있었다. 최접근령.

'어디에 접근해 있는 영지라는 거지?'

그 사실은 예상은 할 수 있어도 결론은 내리지 못했다. 하지만 이젠 단정해도 되겠지. 위노나는 드래곤 종족과 항쟁한다고 했다. 그렇다면 당연히 최접근령은 드래곤 종족의 성역에 도전하는 자들의 땅이다.

"이유가 있다고 생각해보자. 시크와 카콜키스트. 두 사람이 우리를 떼놓고 서둘러 최접근령으로 가는 의미는?"

"누군가를 암살하려면 익숙하지 않은 우리와 같이 행동할 수는 없어. 이르기트도 포함해서."

"암살 따위는 안 한다고 했잖아?! 암흑시대가 아니라고!"

냉정한 목소리로 대답하는 레티샤와 대조적으로, 이르시트는 큰 소리를 질렀다. 자기 가슴을 가리키며,

"우리는 암살자가 아냐! 어엿한 시민이라고."

"……."

대답하지 않고, 오펜은 계속해서 말했다.

"위노나. 그 사람이 클리오와 매지크를 데리고 모습을 감췄다고 치자. 뭐, 클리오랑 마지막으로 같이 있었던 게 위노나라는 게 이유지만. 매지크도 위노나를 찾으러 뛰어갔고. 의미는?"

레티샤는 꽤 오랫동안 생각했지만——오펜과 똑같은 대답을 했다.

"그 두 사람을 영주라는 사람과 만나게 하고 싶지 않거나, 아니면 먼저 만나게 하고 싶어서. 둘 중 하나겠지."

"위노나——가 아니라 영주는 내게 뭔가를 요구하려 해. 인질로 삼을지도 모르지. 유쾌한 건 아닐 것 같아. 정신없는 틈에 데려간걸 보면."

"……키리란셀로?"

"젠장!"

땅바닥을 걷어차고, 오펜이 소리쳤다.

"그 놈들을 너무 우습게봤어. 적어도 우리한테 함부로 대하지 못할 정도의 열쇠는 쥐고 있다고 생각했는데. 너무 어설펐어!"

"……아까 말했던 로테샤라는 사람은? 처음 듣는 이름인데."

"아, 틧시는 모르던가. 그러니까, 어디부터 얘기해야 하나. 완전히 관계 없는 사람이라고는 할 수 없어. 코르곤이——"

라고 말하다가 멈췄다. 바위 뒤에서 흑발 소녀가 나타났기 때문이다.

"……?"

이르기트가 말없이 경계 태세에 들어갔다. 오펜은 고개를 젓고.

"아니, 고스트 현상은 끝났어. 저 사람이 로테샤야."

"오펜 씨?"

목검을 한 손에 들고 낯선 여자 두 사람을 의아하다는 표정으로 쳐다보며, 로테샤가 다가왔다. 약간 흥분해서 숨을 헐떡이고 있다.

"원래 있던 곳에 없어서 한참 찾았는데…… 무슨 일이 있었나요?"

"클리오랑 매지크가 잡혀갔어. 위노나한테."

이번에는 단정지어 말하며 하늘을 올려다봤다. 누군가가 듣고 있다는 확신은 있었다. 숨을 들이쉬고, 다시 내쉬는 사이에 꽤 진정됐지만 그래도 머리 꼭대기까지 치솟은 피는 쉽게 식지 않았다. 오펜은 투덜댔다.

"대등한 거래를 한다고 했을 텐데, 영주!"

황야는 그 목소리가 메아리칠 정도로 좁지 않았고 바람도 거셌다.

후기

먼저 사죄부터. 16권을 기다리신 독자 여러분. 갑작스런 발매 연기에 대해서는 뭐라 변명할 말이 없습니다. 고개 숙여 사죄하는 것 말고 딱히 사죄할 방법이 생각나지 않는 못난 작가입니다만, 앞으로 작품을 위해 한층 더 노력해서 다소나마 오명을 만회할까 합니다.

뻔뻔한 부탁일 수도 있습니다만, 다음 작품도 읽어주시면 감사하겠습니다.

……이렇게 사죄한 뒤에 평소처럼 구는 것도 버릇없는 짓인 것 같으니, 이번에는 이대로 가셨습니다.

이번 책으로 16권. 그리고 매번 후기에서 똑같은 얘기를 하는 것 같습니다만, 어느새 권수가 엄청나게 많아졌습니다. 이번 권은 클라이맥스로 향하는 준비편이다보니 그런 기분이 더 크게 느껴집니다.

준비편이다보니 가능한 가벼운 이야기로 가보자고 의식했습니다. 최근 들어 본편의 전개가 저 답지 않게 무거운 분위기가 계속됐으니, 마침 좋지 않을까 싶어서. 뭐, 나름대로 어울리는 것 같기도 한가냥? 제가 대체 어떤 이미지인지는 저도 잘 모르겠습니다만. 뭐, 작자 따위는 아무러면 어떻습니까(웃음).

자. 왠지 항상 책을 낼 때마다 작자의 취미 폭로 코너가 돼가는 것

같은 기분도 드는 후기입니다. 최근에는 DVD 타이틀 찾기에 푹 빠져 있습니다.

아니…… 영화를 보는 게 아니라. DVD 찾는데 만 빠져 있습니다. 지나가다 매장을 볼 때마다 진열장을 구석구석 샅샅이 검색. 원래 영화에 대해 잘 모르는 저로서는 알고 있는 영화보다 모르는 영화가 더 많습니다만, 왠지 눈이 가는 게 있으면 그걸 집습니다. 그리고 가격이 2천 엔 이하라면 겟!

으으. 왠지 제가 써놓고도 상당히 허무한 놀이 같은 기분이 듭니다. 그래도 꽤 재미있습니다. 2천 엔 정도 가격대는 외국 영화가 많고, 꽝을 뽑아도 크게 손해 본 기분이 들지 않는 게 괜찮습니다. 이겨도 져도 스트레스가 없는 놀이는 오랜만인 것 같습니다. 아무튼 그렇게, 너무 깊이 빠지지 않고 즐기고 있습니다.

산 DVD를 집에 와서 바로 볼 때도 있고, 그대로 내버려둘 때도 있습니다. 언젠가 몰아서 볼 예정입니다. 시간에 여유가 있으면 DVD가 아니라 극장에 가서 영화를 보고 싶지만~.

그리고 장난감도 더 늘어났습니다.

수명이 다 된 노트북 컴퓨터 대신 2대째 모바일을 산 나. 그리고 일부러 아침 일찍 패밀리레스토랑에 가서 원고를 쓰는 나. 역시 다른 사람들 눈이 신경 쓰여서 프라이버스 필터를 산 나. 그러는 사이에 일과 여행을 병행하면 좋겠다는 생각을 하는 나. 크게 상관은 없지만 노트북을 켤 때「딩동」소리가 안 나게 할 수는 없을지 고민하는 나.

그렇게 해서? 올해쯤에 한 달에 한 번 정도는 멀리 나가볼 생각을 하는 나. 목표는 서른 살이 되기 전에 일본의 모든 현을 제패하는 것. 아아, 뭔가 어중간한 젊음의 연소라는 느낌이라 너무 좋다. 음.

그렇게 해서.

그럼, 또 다음 권 후기에서 뵙게 됐으면 좋겠습니다.

세기말에 이걸 쓰고 있는 아키타로부터, 신세기에 이 책을 구입하신 당신께.

그럼——.

2000년 12월——
아키타 요시노부

마술사 오펜 뜻밖의 여행 애장판 8

초판 1쇄 발행   2019년 1월 15일

저자 아키타 요시노부

발행인 원종우
발행처 (주)이미지프레임

주소 (13814) 경기도 과천시 뒷골1로 6, 3층
영업부 02-3667-2653 **편집부** 02-3667-2654 **팩스** 02-3667-2655
메일 edit01@imageframe.kr **웹** vnovel.co.kr

ISBN 978-89-6052-680-8 02830   **(세트)** 978-89-6052-649-5

V+ +039

글 : 카즈키 미야 / 그림 : 시이나 유우 / 번역 : 김 봄

가격 : 10,000원